장편소설

사막에서 길을 잃다

봉 필 현 지음

도서출판 동 강

봉필현 장편소설

사막에서 길을 잃다

"사막에서 길을 잃다"를 쓰며...

내가 〈사막에서 길을 잃다〉를 쓰게 된 동기는 물론 내가 중동이란 특수한 지역에서 근무를 하게 된 것도 하나의 동기가 되겠지만 그보다는 지금의 젊은이들에게 우리나라의 경제가 이만큼 성장하기 까지는 열사의 땅 중동에서 근로자들의 피와 땀이 밑바탕이 되었다는 것을 있는 그대로 진솔하게 알려주고 싶은 마음에서다. 당시 딸라가 부족했던 우리나라 경제에는 그들이 보내오는 딸라가 얼마나 큰 도움이 되었는지는 당시의 위정자들이 더 잘 알 것이라 믿는다. 또한 요즘 젊은이들의 무분별한 인스턴트식 사랑을 주인공인 정민과 수련을 통해서 진솔한 사랑이 무엇인가를 말하고 싶어서이다. 사실 우리는 우리 근로자가 열사의 나라인 중동에서 어떠한 환경에서 일을 하고 어떻게 생활을 하여 왔는지를 잘 모른다. 그곳에서도 사고로 죽은 근로자가 부지기수이다. 그러나 그들의 죽음은 그들이 그들의 돈을 벌기 위하여 갔었다는 이유로 그들의 죽음은 어느 곳에도 이슈화되지 못했고 하나도 알려진 것이 없다. 월남전에서 전사한 군인들은 국립묘지에 묻히며 가족에게 연금이 나간다고 하지만 중동에서 죽은 근로자들에겐 그런 것은 꿈에도 생각할 수가 없다. 그러나 그들도 월남전에서 전사한 군인들 못지않게 우리 경제 근대화의 초석(礎石)이 되었다는 것은 부인할 수 없는 사실일 것이다. 그렇다고 월남에서 전사한 군인들의 공을 깎아 내리기 위해 하는 말이 아니다. 그들 못지않게 중동 열사의 땅에서 사풍(砂風)과 50도를 넘나드는 따가운 햇볕 속에서 사풍과 강렬한 햇볕을 차단하는 천으로 얼굴을 감싼 채 일을 해야만 했던 악조건 임에도 불구하고 땀 흘려 번 외화를 보내어 조국 발전에 이바지한 그들의 피와 땀이 번영해 가는 조국과는 반대로 잊혀 져 가는 것이 안타까워 한 말이다. 지금까지 월남전을 소재로 한 소설은 꽤 있었지만 중동 근로자들을 소재로 한 본격적인 소설은 없었다. 그래서 이 한 편의 소설이 중동 근로자들의 애환을 대변할 수 있고 이해하는 데 도움이 되었으면 하는 바람에서 이 글을 중동에서 땀 흘리며 수고했던 모든 근로자에게 바치고 불의의 사고로 인하여 유명을 달리한 영령께도 이 글을 바치는 바이다.

2018년 4월 저자 봉 필 현 올림

1 가슴비를 찾아서

정민이 정선에 있다는 수련을 찾아가는 것은 그녀가 십삼 년 전 천안역에서 헤어질 때 울먹이며 한 말이 떠올랐기 때문이다.

“오빠, 우리가 지금 헤어지면 언제 또 만나지? 아무 연락도 없이 살다보면 우리 둘 중 누가 하나 죽어도 모르잖아.”

수련은 울먹이며 정민에게 그렇게 말했다. 정민은 수련의 꼭 잡은 손을 놓으며 열차에 몸을 실었다. 홀로 남은 그녀는 손을 흔들며 울고 있었다. 마음이 아려왔다. 그렇게 헤어 진지 십삼여 년의 세월이 흐른 것이다. 정민은 그녀가 살고 있는 정선의 임계를 한 번 쯤은 가보아야겠다고 마음은 먹었었지만 그 동안 IMF로 인하여 부도난 회사를 수습하고 새로운 회사를 창업하여 안정적인 기반을 다지기까지는 쉬운 일이 아니었다. 한 고비를 넘겼다 싶었는데 미국 발 금융 위기는 세계적인 경기불황으로 이어져 모든 나라가 불황의 늪을 빠져 나가기 위하여 힘든 고비를 넘기고 있었다. 나라마다 그 모양이다 보니 기업들은 살아남기 위한 몸부림을 칠 수밖에 없었다. 인건비 절약 차원에서 직원들을 감원하는 자구책을 쓰기 시작한 것이다. 때문에 실업자가 늘고 파직당한 사람들은 어떻게든 가족은 부양을 하여야 하기에 일자리를 구하려 하지만 일자리를 구하기란 하늘의 별 따기와 같았다. 대기업도 그런 실정인데 규모가 작은 중소기업들의 고충이란 이루 말할 수 없었다. 그러나 정민은 작은 규모지만 시대에 부응할 수 있는 녹색사업인 환경사업을 시작했다. 모든 제품은 친환경적이었고 자연에서 추출한 물질로 천연제품을 만들어 내는 일이었다. 사람에게 이로운 미생물을 이용한 발효제품인 데 모든 생필품은 미생물을 이용해 만든 제품들이었다. 아직은 폭발적이지는 않지만 꾸준하게 성장할 수 있는 미래지향적인 사업이라고 보면 될 것이었다. 숨 쉬는 것부터 물 한 모금 마시는 것까지 모두 환경과 직결되어 있다 보니 환경에 대한 경각심이 높아져 불황 속에서도 그나마 버텨내고 있다고 보는 것이 옳을 것이다. 불황속에서도 안정적인 약진을 하다 보니 그동안의 긴장감이 풀려 며칠이라도 편히 쉬고 싶은 마음이 생겼다. 그래서 큰맘 먹고 정선이나 한번 다녀와야겠다는 마음을 갖게 된 것이다. 말이 십삼 년이지 강산이 한 번 반을 바뀐 세월인 것이다. 이제 그녀의 나이도 오십을 넘긴 나이니 많이 변해 있을 거란 생각을 하며 머릿속에 하얗게 반백이 된 그녀의 모습을 상상해 본다. 오랜만에 나서보는 여행이지만 그녀가 있는 정선을 한 번도 가보지 않은 초행길이기에 그쪽의 사정에 대해서는 전혀 아는바가 없었다. 다만 강원도 정선군 임계면이라 했으니 산속 깊은 곳 어디쯤일 것이라는 짐작만을 하고 있을 뿐이었다.

"정말 그런지도 모르지. 죽고 나서 누군가 둘 중에 하나가 꽃다발을 무덤 앞에 놓고 울며 그리워 할 지도 모르는 일이지."

사실 십삼 년 동안을 한 번도 소식을 주고받은 적이 없기에 행여 그녀가 이미 이 세상 사람이 아닐 수도 있다는 불안한 마음을 가진 적도 있었다. 그런 불안한 마음이 더욱 정민의 마음을 안타깝게 하였다. 가끔은 그녀가 남긴 사진을 보며 그리움을 지우려 하지만 그렇게 쉽게 되는 일이 아니었다. 그러나 그녀를 만나 새삼스럽게 전과 같은 관계를 회복해 보겠다는 생각은 추호도 없었다. 그러기에는 정민 자신이나 그녀나 그때의 활활 타올랐던 불꽃같은 정열은 이미 사그러든지 오래다. 다만 아무런 조건 없이 그녀가 보고 싶을 뿐이었고 살아 있는지 확인 하고 싶은 것 외에는 다른 이유는 있지 않았다.

"이제 많이 변했을 거야. 나도 이렇게 변했는데, 그녀라고 변하지 않을 수 있겠어. 어떤 모습일까? 아마 시골이니 순박한 시골 아줌마 모습을 하고 있겠지."

곧게 뻗은 6월의 고속도로 변에는 이름 모를 야생화들이 아름답게 피어 있었고, 평일이라 그런지 고속도로에는 차가 별로 보이지를 않는다. 3시간은 족히 걸려야 도착 할 수 있다던 고속버스가 2시간 45분 만에 강릉에 도착을 하였다. 예상보다 15분이 단축이 된 것이다. 정민은 아침을 굶고 와서 배가 고팠다. 점심을 터미널 식당에서 먹기로 하고 들어가니 손님이 밀려 앉을 자리가 없다. 조금 기다린 후 점심을 먹고 나오니 2시 차는 이미 출발을 하고 2시간을 기다려야 정선 방면으로 가는 차가 있었다. 긴 시간을 기다리자니 너무 지루할 것 같다. 마침 터미널 안에 PC방이 있었다. PC방에 들어가 친구들에게 편지를 띄우고 나니 시간이 4시 가까이 되어가고 있었다. 버스가 도착을 하고 사람들이 하나 둘씩 탑승을 한다. 정선이 초행길인 정민은 옆에 앉은 아주머니에 물었다.

"아주머니는 어디까지 가십니까?"

"임계까정 갑니다."

"그러면 임계까지는 시간이 얼마나 걸립니까?"

"한 45분 걸릴 겝니다."

"감사합니다."

"임계가 초행인가 봐요?"

"네, 그렇습니다."

"어디를 가시는데요?"

"아는 사람을 만나러 가슬비라는 곳을 가려고 합니다."

"아! 가슬비라면 임계면에선 좀 떨어진 곳이랍니다."

아주머니와 이야기를 하는 가운데 4시가 넘었지만 버스가 출발을 하지 않는다. 정각 4시가 훨씬 넘어서야 버스가 출발을 한다. 남대천을 따라 가다 왼쪽으로 방향을 바꾸니 가파른 산길이다. 버스는 계속 산허리를 굽이굽이 돌고 돌아서 힘들게 오른다. 정말 구불구불한 아리랑 고개다. 빙빙 돌아가는 길이 초행인 정민으로서는 현기증이 날 지경이다. 그러나 그 와중에도 차창 밖으로 보이는 산에는 하얀 찔레꽃이 무수히 피어있고 뒤늦은 아카시아 꽃이 만발하게 피어 있다. 서울은 이미 아카시아 꽃이 진지 오래인데 말이다. 산악지대라 기온이 낮아서 그런 것 같다. 버스가 신형 리무진 버스임에도 굽이진 언덕길을 오르기가 힘이 든 모양이다. 정선 아리랑의 애조 띤 곡조가 어디선가 절로 흘러나올 것만 같다.

"아리랑 아리랑 아라리요

아리랑 고개고개로 나를 넘겨주게

간다지 못간다지 얼마나 울었나
송정암 나루터가 한강수 되었오

아리랑 아리랑 아라리요
아리랑 고개고개로 나를 넘겨주게

눈이 올라나 비가 올라나 억수장마 질라나
만수산(萬壽山) 검은 구름이 막 모여든다

아리랑 아리랑 아라리요
아리랑 고개고개로 나를 넘겨주게

담배 불이야 반짝 반짝에 님 오시나 했더니
저 몹쓸놈의 반딧불이가 나를 또 속이네

아리랑 아리랑 아라리요
아리랑 고개고개로 나를 넘겨주게

물 한 동이를 여다 놓고서 물그림자를 보니는
촌살림 하기는 정말 원통하구나.

아리랑 아리랑 아라리요
아리랑 고개고개로 나를 넘겨주게

밥 한 냄비를 달달 볶아서 간난이 아버지 드리고
간난이하고 나하고는 저녁 굶어자자

아리랑 아리랑 아라리요
아리랑 고개고개로 나를 넘겨주게

삼신산(三神山)의 불로초도 풀은 풀이 아니냐
하루 밤을 자고 가도 님은 님일세."

〈정선군 발행 정선아리랑 가사집에서 발췌〉

한숨이 튀어 나올 듯 한이 서리서리 맺힌 정선 사람들의 정서를 잘 표현한 것 같은 가사이다. 버스가 숨이 차 한숨을 토해내듯 한 번 멈칫하고 난 다음에야 언덕을 다시 힘들게 오르기 시작한다. 정선 아리랑의 가사를 떠올리는 사이 버스는 산의 정상에 올라와 있었다. 산 정상에는 마침 등산객들이 무리지어 차를 기다리고 있었다. 등산객을 태운 버스는 내리막 길을 미끄러지듯이 내려온다. 주변의 풍경은 낯설지만 산세는 빼어나게 수려해 보인다. 그런 가운데 내리막길이라 버스는 올라올 때와는 사뭇 다르게 무풍지대를 달리듯 편하게 내달린다. 오면서 느끼는 것이었지만 유월의 이곳 산은 정말 아름다웠다. 굽이굽이 돌고 돌아오면서 초행길인 객에게 보여줄 것은 다 보여주고 있었다. 그러나 이 아름다움이 전부일까? 어쩌면 이 아름다움은 속에 감춰진 정선 사람들의 애환을 겉포장 하기에는 충분할지 모르지만 그 속에 있는 삶의 본질은 우린 알지 못한다.

산의 험한 길을 내려오던 버스가 거의 다 내려 왔는지 가옥이 띄엄띄엄 눈에 들어오기 시작한다. 길옆으로 작은 도회지 건물이 눈에 들어오고 넓게 닦여진 비포장의 공터로 버스가 들어간다. 정선군 임계면에 도착을 한 모양이다.

"정선군 임계면입니다. 임계면에 내리실 손님은 내려 주시기 바랍니다."

리무진 버스기사 아저씨가 친절하게 안내 방송을 한다. 정민은 가지고 간 배낭을 어깨에 메고 버스에서 내렸다. 마침 함께 옆에 타고 왔던 아주머니도 임계에서 내리고 있었다.

"아주머니도 임계에서 내리셨네요."

"네, 집이 이곳이거든요."

"그러면 임계면사무소가 어디에 있습니까?"

"저쪽에 보이는 큰 건물이 임계면사무소입니다."

아주머니가 손가락으로 가르치는 쪽을 보니 면사무소가 생각보다는 큰 건물이었다.

정민은 아주머니에게 감사하다는 인사를 한 후 임계면을 눈으로 한 바퀴 둘러보았다. 짐작했던 것처럼 임계면은 작은 면소재지였다. 주위는 온통 산으로 둘러싸여 있었고 산 가운데 분지처럼 임계면이 자리하고 있었다. 정민은 우선 면사무소를 들르기로 했다. 가고자 하는 목적지를 제일 빨리 찾는 방법은 관공서를 찾아가서 안내를 받는 것이 빠른 방법일 것 같았기 때문이다. 안으로 들어가니 임계면은 생각보다 큰 건물이었다. 정민이 민원실로 들어가니 직원이 친절하게 맞이해 준다. 마침 손님이 하나도 없어 텅 빈 민원실은 조용했다.

"어서 오십시오. 뭘 도와 드릴까요?"

"가슬비라는 곳을 가려고 합니다. 초행길이라서...."

"그러시군요. 어디서 오셨는지요?"

"네, 서울에서 왔습니다."

"가슬비는 여기에서 차로 가도 25분 정도는 걸리는 거리입니다."

임계면 사무소 직원은 정민이 찾고자 하는 곳의 위치를 자세하게 설명해 주었다. 정민이 감사하다는 인사를 하고 막 나오려는데 안내했던 직원이 부른다.

"선생님, 이곳이 초행길이라 하셨지요? 그렇다면 제가 차로 모셔다 드리겠습니다."

처음 보는 손님에게 면사무소 직원은 정중한 자세로 친절하게 말했다. 정민은 면사무소 직원의 호의 섞인 말을 들으니 임계가 따뜻한 곳이라는 생각이 든다. 슬며시 기분이 좋아졌다.

"호의는 정말 고맙습니다. 그러나 여유 있게 이곳 구경도 할 겸 걸어서 천천히 가겠습니다."

정민은 친절한 면직원의 호의를 사양하고 일부러 걸어서 가기로 했다. 그는 수련을 만나는 것이 첫 번째 목적이었지만 한편으로는 틈틈이 수련을 모델로 한 소설을 쓰고 싶은 마음도 있었다. 정민이 소설을 쓰고자 하는 것은 대학에서 소설 창작을 전공했기 때문만은 아니었다. 소년기부터 책을 무척이나 좋아 했던 그는 소설가의 꿈을 키우며 살던 시절이 있었다. 그러나 운명은 그를 소설가로 살게 내버려 두지를 않았다. 그가 가는 길은 소설가와는 전혀 다른 방향의 길이었다. 건설업에 종사를 하게 되었고 지금도 소설과는 무관한 미생물을 소재로 한 일을 하고 있는 것이다. 그러던 차에 임계에 도착을 하고보니 이런 산골짝에까지 와서 살게 된 수련의 인생유전을 한번 소설로 써보고 싶은 충동을 느낀 것이다. 그러려면 편하게 차를 타고 가는 것보다는 걸으면서 수련이 사는 임계를 무대로 써야 하기 때문에 길 하나 나무 한그루 풀 한포기라도 예사롭게 볼 수 없는 것이었다. 임계면을 나서서 차가 한 대 겨우 다닐 정도의 좁은 도로를 한동안 걸으니 왼쪽으로 도랑을 건너는 다리가 놓여 있었다. 그 도로를 따라 30여분 정도 걸어 들어가니 산 아래 분지에 마을이 옹기종기 세워져 있는 모습이 보인다. 마을 입구에 들어서 비닐하우스를 지나 마을로 들어서니 사람들이 한가로이 씨앗을 파종하고 있었다. 정민이 마을 사람들에게 물었다.

"여기 설수련씨 집이 어디입니까?"

"어떻게 찾아 오셨는지 모르지만 그 사람은 임계면에서 약국을 하고 있어요. 지금쯤 약국에 있을 겁니다."

"집에는 아무도 없습니까?"

"네, 아무도 없는 것 같습니다. 혹시 모르니 저기 보이는 저 집인데 한번 가보시지요."

하면서 손으로 건너편에 있는 집을 가르쳐 준다."

"감사합니다."

정민은 파종을 하고 있는 사람들에게 가볍게 인사를 하고 길을 따라 그 집을 향하여 걸었다. 수련의 집은 산 밑에 있었고 가는 도중에 공동 수도인 정수장이 있었다. 정수장에서 직선으로 보이는 밭 가운데로 길이 나 있었다. 정민이 집 가까이 가 사람을 찾았으나 전혀 인기척이 없다. 대문을 두드리며 몇 번인가 불러 보았으나 집에서는 전혀 아무런 기척이 없었다. 정민은 임계면의 약국으로 찾아가야겠다고 마음먹고 왔던 길을 되돌아 나오기 시작했다. 걸어서 나오다 보니 시간은 4시가 되어가고 있었다. 임계면에 들어와 수련이 운영한다는 약국을 찾기는 쉬웠다. 작은 면소재지였기 때문이다. 설레는 마음으로 약국 앞에 도착을 하니 약국문은 굳게 닫혀 있었다. 문은 잠겨 있었고 약국의 불도 꺼놓은 상태였다. 가까이 다가가 안을 들여다보니 깔끔한 그녀의 성격만큼이나 깨끗하게 정돈 되어 있는 모습이다. 그곳에 잠시 서 있으려니 맞은편 점포 주인이 다가와 묻는다.

"약 사러 오셨나요?"

"아닙니다. 서울에서 볼일이 있어서 왔는데 왔던 길에 한번 뵙고 갈까 해서 들려 봤습니다. 문이 닫힌 걸 보니 주인이 안계신 모양이지요?"

"네, 그렇습니다. 오늘은 약국에 서울 손님이 많이 오시는 것 같습니다. 아까도 서울에서 웬 젊은 청년이 찾아 왔었는데 왜 그런지 매우 심각한 것 같았습니다. 손으로 얼굴을 가리고 울더니 그 청년의 차를 타고 어디론가 가는 것 같았어요. 요즈음은 아주머니가 자주 아파서 약국을 비우는 일이 종종 있었습니다."

그 사람은 묻지도 않았는데 그동안 수련에게 있었던 일을 자세히 설명해 주고 있었다. 정민은 그 사람이 보기에 수련과 자신이 무슨 관계가 있는 것 같이 느꼈는지 모른다고 생각했다.

"젊은 청년이 왔었다고요? 몇 살 정도 보이던가요?"

"한 25 ~ 28세 정도 보임직 했어요."

그 소리를 듣는 순간 정민은 직감적으로 그 아이가 찾아 왔었다는 것을 알 수 있었다. 벌써 이십육 년이 흘렀으니 그 아이가 이미 청년이 돼 있을 것이었다. 그러나 그녀가 아프다는 것에 신경이 더 쓰였다.

"어디가 어떻게 아픈 줄은 아시는지요?"

"아무튼 요 근래에 얼굴의 안색이 별로 좋지 않았어요."

2 운명적인 만남과 유혹의 덫

이십육 년 전이다. 건설회사에 다니고 있던 정민은 강화도 바닷가에 해변도로를 만드는 일에 업무차 가고 있는 중이었다. 막 강화대교로 진입해 중간쯤 왔을 때였다. 웬 여자가 처연한 얼굴로 다리 난간에 서 있었다. 얼핏 보기에 눈물로 범벅이 된 슬픈 얼굴이었다. 꼭 무슨 일을 저지를 것만 같은 섬뜩한 기분이 들어 다리 가외로 차를 세우고 비상등을 켠 뒤, 차에서 내리는 순간 여자는 다리 아래 바닷물로 몸을 던지고 있었다. 정민이 한발 늦은 것이다. 정민은 이것저것 생각할 틈이 없었다. 구두와 윗옷을 훌렁 벗어 던지고 다리 아래 바닷물로 급히 뛰어 들었다. 5월 초의 바닷물은 금방이라도 심장을 마비시킬 듯이 차가웠다. 정민은 8년 전부터 수영장에서 단련을 시킨 베테랑급의 수영 실력의 소유자였다. 그래서 가끔 바닷가에서 하는 철인3종 경기에도 출전한 경험이 있어 바닷물이 무섭지 않았다. 만약 그런 경험이 없었다면 감히 겁이나 그 높은 다리에서 바닷물로 뛰어 내리지 못했을 것이다. 바닷물에 입수를 하고 사방을 두리번거리며 찾으니 방금 전에 뛰어 내린 여자는 눈을 감은 채 물을 먹으며 허우적거리고 있었다. 정민은 빠른 속도로 헤엄쳐 여자의 뒤로 다가간 다음 머리채를 잡고 끌고 나오기 시작했다. 축 늘어진 여자를 모래바닥에 눕히고 인공호흡을 시키니 다량의 물을 토한 후 한 참 만에 깨어난다. 파리한 모습이지만 상당한 미인이라는 걸 알 수 있었다. 그렇다면 무엇 때문에 이렇게 아름다운 여자가 자살을 하려 했을까? 하는 의문이 들었다. 생각에 골똘해 있을 때 여자가 눈을 뜨며 정신이 드는 것 같았다. 입술은 차가운 물에 입수한 후라 그런지 시퍼렇게 변해 있었다. 정민 또한 추운 것은 마찬가지여서 입술이 파란 것은 여자와 다를 바 없었다. 그러나 정민은 추운 것을 참으며 물었다.

"정신이 좀 들어요?"

"?"

여자는 아직 정신이 맑지 않은지 초점이 없는 눈으로 정민을 보고 있었다. 한참을 그렇게 있던 여자는 정신이 들기 시작하는지 눈물을 흘리며 정민을 원망하는 투로 말을 한다.

"왜 살렸어요. 죽으려는 사람을 왜 살렸느냔 말이에요. 흐흐흐흑"

"그럼 눈앞에서 사람이 죽어가는 것을 보면서 그냥 구경만 하고 있으란 말이요?"

"그냥 죽게 내버려 두지요. 흐흐흑"

여자는 어깨를 들썩일 정도로 슬픈 울음을 울고 있었다.

"무슨 사연이 있는지는 모르지만 목숨이란 그리 쉽게 버릴 수 있는 게 아닙니다. 그만 진정하고 추우니 어디로 가 씻고 밥이나 먹으며 얘기합시다."

정민은 여자를 차에 태운 뒤, 차에 가지고 다니던 수건을 찾아 얼굴과 몸을 대충 닦으라며 건네주고는 차를 몰아 강화 시내로 들어와 여관으로 들어갔다. 우선 짠 바닷물로 범벅이 된 몸을 닦아야 했기 때문이었다. 정민이 먼저 샤워를 하기로 여자에게 양해를 구했다.

"미안하지만 내가 샤워 후 잠깐 밖에 나갔다 와야 하기에 먼저 씻겠습니다."

그러나 여자는 아무런 말도 없이 고개만 숙인 채 묵묵부답일 뿐이었다. 정민은 여자의 대답과는 상관없이 욕실로 들어가 훌훌 옷을 벗고 샤워기의 스위치를 켰다. 샤워기를 통하여 따뜻한 물줄기가 뻗어 나온다. 바닷물에 뛰어들어 소금으로 범벅이 된 몸을 따뜻한 물로 씻어내니 한결 찝찝한 기분이 사라졌다. 정민은 여자 또한 자신과 마찬가지로 소금기가 몸에 배어 있어 찝찝할 것이라는 생각이 들어 빨리 샤워를 마치고 나왔다. 그러나 입을 옷이 없어 젖은 옷을 그대로 입고 나올 수밖에 없었다.

"옷이 젖어 있어 시장에 나가 옷을 좀 사와야겠습니다. 바닷물이 몸에 배어 찝찝할 테니 우선 따뜻한 물로 몸부터 씻고 잠간만 기다리쇼."

"죄송합니다."

여자는 고개를 숙인 채 대답을 하고 있었다.

밖으로 나온 정민은 시장으로 나가 자신이 입을 옷과 그녀에게 맞을만한 옷을 한 벌씩 샀다. 다행이도 여자의 몸매는 표준 사이즈였기에 옷을 고르기는 그리 어렵지 않았다. 옷을 사가지고 돌아오니 여자는 샤워를 마치고 젖은 옷을 걸친 채 머리는 정갈하게 빗어 넘겨 어여뻐 보였다. 그러나 옷이 젖어 있어 앉아 있지를 못하고 서성이며 정민을 기다리고 있는 눈치였다.

"배고프지 않아요? 이 옷으로 갈아입고 밥을 먹도록 합시다."

"미안 합니다"

"미안한 것은 알아요? 그러면 빨리 갈아입고 함께 밥이나 먹으러 가자고요. 나도 배가 고프니까요."

"무슨 옷이에요. 그렇잖아도 미안한데...."

"그러면 젖은 옷을 입고 그냥 그렇게 있을 거예요?" 우선 옷부터 갈아입도록 해요. 그럼 밥은 내가 식당에 시켜서 배달을 하도록 할 테니까요."

하고는 정민은 우선 욕실로 들어가 방금 사온 옷을 갈아입었다. 젖은 옷을 벗고 새 옷으로 갈아입으니 금방이라도 날아갈 기분이다. 정민은 밖으로 나와 가까운 식당으로 갔다. 직접 가서 여자가 먹을 만한 음식을 보고 고르려는 것이다. 물에 빠졌었으니 뜨끈한 매운탕이 괜찮을 것 같았다. 매운탕 2인분을 시키고 오니 여자는 옷을 갈아입고 있었다. 옷을 갈아입고 얼굴을 매만져 놓으니 완전히 다른 사람이 된 것 같다. 눈이 부실 정도로 아름다운 여인이었던 것이다.

"이렇게 아름다운 사람이 무엇 때문에 죽으려고 했는지 모르겠어요. 물론 그럴만한 사연이 있었겠지만 말입니다. 조금 있으면 식사가 올 겁니다. 우선 밥부터 먹고 이야기나 해봅시다."

그러자 마침 맞게 음식이 도착을 하였다.

"배가 고플 테니 밥부터 먹기로 해요."

식사를 마치고 여자의 이야기를 듣기로 했다. 그녀는 배가 고팠는지 아까 입맛이 없다는 말이 무색할 정도로 한공기의 밥을 깨끗이 비웠다. 식사가 끝난 후 정민은 차에 가지고 다니던 커피를 가져와 여관에 부탁한 뜨거운 물로 두 잔 의 커피를 탔다. 여자는 정민이 타 주는 커피를 아무 말 없이 받아 마셨다. 처음엔 경계와 의혹이 가득 찬 눈으로 정민을 보는 듯 했지만 시간이 지나며 경계와 의혹의 눈은 안도하는 듯한 눈으로 바뀌는 모습이었다. 이젠 정민이 믿을만한 구석이 있어 보였는지 정민의 물음에 자신의 지난 과거를 여과 없이 솔직하게 털어놓기 시작했다.

그녀의 이름은 설수련이라 했다. 명문사립 E여자대학교 약대를 졸업한 재원이었다. 약대를 졸업을 한 수련은 서울에 있는 대한제약 그룹에 입사를 하게 되었다. 집안 형편이 어려워 힘들게 아르바이트를 하며 8년여 만에 졸업을 한 그녀는 회사에 다니면서 받는 봉급은 최소한의 생활비만 남기고 모두 시골에서 혼자 살고 있는 어머니에게 보냈다. 대학을 다닐 때 자신이 아르바이트를 해서 등록금을 충당하기도 했지만 시골에서 농사짓는 어머니의 도움이 없었다면 훨씬 졸업이 수월치 않았을 것이었다. 작은 방을 얻어서 자취를 하며 사는 그녀였지만 항상 밝은 모습 때문에 함께 일하는 직원들은 수련이 편모슬하에서 자라 어렵게 사는 줄은 모르고 있었다. 그러나 회장인 김덕수는 수련의 사정을 빤히 알고 있었다. 입사를 할 때에 이력서에 신상명세가 기록되어 있었고 키가 팔등신으로 크지 않은 것이 흠이라면 흠이었지만 상당한 미인이었기 때문에 회장인 김덕수의 눈에 띄게 된 것이다. 수련은 그 회사에 잠시 다니다 사정이 되면 약국을 개업하겠다는 생각이었지만 자신에게 처한 사정이 녹녹치 않았기 때문에 쉽게 자신의 생각을 실행에 옮길 수가 없었다. 약대에 입학을 하게 된 것은 형부가 대학을 졸업하고 약사가 되면 약국을 차려 준다하여 택하게 됐던 동기 중의 하나였다. 그러나 형부의 사업이 실패를 하면서 그것 또한 기대할 수 없게 되었다. 형부는 원래부터 부잣집 외아들이어서 돈이 귀한 줄을 모르고 자란 사람이었다. 그러나 형부는 경마도박을 좋아했다. 도박에 빠져든 후에는 회사에 크게 신경을 쓰지 않았다. 그러니 회사는 기울어 갈 수밖에 없었다. 회사가 기울어가니 상심한 나머지 매일 그렇고 그런 사람들과 어울려 술을 마시기를 즐겨했다. 원래 통이 크고 인정이 많은 사람이었는데 사업이 기울어 가니 허풍만 늘고 뻥이 센 사람이 되고 말았다. 그렇게 형부의 사업이 급격하게 기우는 것을 보며 믿었던 바는 아니지만 한구석에 작은 희망의 불씨라도 지피고 있었기에 실망을 했던 것은 사실이었다. 그렇기에 사업이 기울어 가는데도 정신 차리지 못하고 도박이나 술독에 빠져 있는 형부를 보면서 약국을 낸다는 것은 허황된 꿈이라는 것을 알 수 있었고 이젠 누구에게도 의지하지 않고 자신의 힘으로 이루어 낼 것이라고 굳은 결심을 하면서도 행여나 하는 실낫 같은 희망은 가지고 있었는지 형부의 분별없는 행동에 조금이나마 인간적으로 실망을 하고 있었다. 사람이 실망에 빠져 있을 때가 유혹에 빠져들기 쉬운 법이다. 그때에 유혹의 손길을 뻗은 사람이 그룹 회장인 김덕수였다. 그는 사십대의 젊은 나이에 부모를 잘 만나 많은 재산을 유산으로 물려받아 사업도 왕성하게 확장하여가고 있는 야심이 큰 사람이었다. 퇴근 무렵이었다. 한통의 전화가 걸려 왔다.

"연구실이지요? 여기 회장실인데 설수련씨좀 부탁합니다."

"제가 설수련인데요."

"회장님께서 설수련씨를 뵙고 싶다고 하십니다."

"회장님께서 무슨 일로....."

"별일은 아니고 저녁이나 먹으면서 알아볼 일이 있다고 하십니다."

"네, 그렇게 하겠습니다."

"그러면 회장님께서 퇴근을 하시는 길에 연구실로 들리실 겁니다."

일단 회장이 보자는데 거절 할 수 없어 승낙을 했지만 입사한지도 얼마 되지 않는 햇병아리나 다름없는 수련으로서는 기분이 나쁘지는 않았지만 당황이 되는 것 또한 사실이었다. 수련이 퇴근 준비를 하고 잠시 기다리니 회장이 연구실 문으로 들어온다.

"설수련씨지요?"

"네."

"별일은 아니고 저녁이나 함께 하면서 설수련씨에 대하여 알아볼 일이 좀 있어서요."

"네,"

수련은 회장이 단 둘이 저녁을 함께 하자는 데는 무슨 이유가 분명 있을 것인데 사회 경험이 그리 많지 않았던 관계로 들뜬 기분일 뿐이었다.

"설수련씨는 무슨 음식을 좋아 합니까?"

"전 아무거나 잘 먹습니다."

"그럼 생선회도 좋아 하나요?"

"아주 좋아 하지는 않지만 잘 먹는 편입니다."

"그럼 일식집으로 가기로 합시다."

회장은 회사에서 그리 멀지 않은 일식집으로 들어가 조용한 방으로 안내를 한다. 아마 미리 예약을 시킨 것 같았다.

"설수련씨에게 하나 제안을 하려 해요."

"무~ 슨~ 제안인데요?"

"아~ 이상하게 생각할 것은 없어요."

"내가 조금 있으면 종로에 대형약국을 개업하려고 합니다. 그걸 설수련씨가 맡아서 관리를 해주었으면 해서요. 그동안 얼마 안 되는 시간이었지만 설수련씨를 눈여겨보았습니다. 한 일을 보면 열일을 안다고 성실하고 거기에 미인이고 내가 보기엔 관리자로서는 안성맞춤이라 생각하는 데 어떻습니까?"

회장이 자신을 그리 잘 아는 것도 아닌 신입사원에게 그런 제안을 했을 때는 조금은 의심을 할만도 한데 순진한 수련으로서는 꿈같은 이야기일 뿐이었다.

"운영을 잘하여 사업수완이 인정 되면 수련씨에게 약국을 하나 차려 주어서 독립을 시켜 줄 수도 있어요."

수련은 회장의 이 제안이 황홀하여 꿈을 꾸고 있는 것만 같았다. 마치 구름을 타고 하늘을 나는 기분이라고 표현하는 것이 옳을 것이다. 그날부터 회장인 김덕수와 가까워지기 시작한 수련은 그와 식사를 함께 하는 횟수가 늘어가기 시작했다. 그런데 회장인 김덕수에게는 말 못할 고민이 있었다. 대학 때에 미팅에서 만나 결혼한 아내가 십 수 년이 넘도록 아이를 갖지 못하는 것이었다. 그러다 보니 처음엔 젊은 혈기로 서로의 육욕에 탐닉해 아이의 존재는 생각지도 않고 살다 삼십대를 훌쩍 넘기고 사십대가 되었다. 사십대가 되니 사랑도 시들해지고 섹스에 탐닉해 사는 데도 한계가 있게 마련이었다. 아무리 애를 썼지만 두 사람은 신체적으로 아무런 이상이 없다는 의학적 소견임에도 불구하고 아이는 들어서질 않았다. 그러자 급기야 아내는 입양을 하자고 했지만 김덕수는 단호하게 거절하였다. 누구의 씨앗인지도 모르는 아이에게 정이 갈 것 같지도 않았고 이 많은 재산을 물려주고 싶지도 않았다. 그러나 그런 이유보다 더 김덕수가 입양을 싫어 한 것은 혹 살인자나 흉악범의 씨앗일 수도 있다는 생각 때문이었다. 김덕수는 언제인가 읽었던 일본인이 쓴 소설이 생각났기 때문이다. 그 소설에서 나오는 주인공이 입양하여 기른 딸의 친부가 살인범이기 때문이었다. 종결부에 그렇지 않다는 것이 밝혀지기는 하지만 얼마든지 그럴 수도 있다는 생각은 바뀌지 않았다. 이런 고민 속에 빠져 있을 때 김덕수 눈에 띤 것이 수련이었다. 그는 그때부터 수련을 유심히 지켜보았다. 무난한 성격에 성실해 보였다. 거기에 근면한데다 미인이니 그만한 여자를 찾기가 쉽지는 않을 것이란 판단에 이르자 수련과 같은 지성(知性)을 갖춘 여자라면 자신의 아이를 낳아도 좋겠다는 엉큼한 생각을 하기에 이른 것이다. 그러나 김덕수의 고민은 그때부터 시작됐다. 자신이 미혼이라면 그리 어렵지 않게 청혼할 수 있는 문제였다. 그러나 그녀는 명문사립 E여자대학교를 나온 엘리트였다. 생각다 못한 김덕수는 수련의 입사 기록부를 찾아 신상명세서를 보게 되었고 그녀가 편모슬하에서 어렵게 대학을 졸업하게 된 것을 알게 되었다. 편모슬하에서 어렵게 살고 있는 그녀를 공략하는 방법은 돈밖에 없다는 생각을 하게 되었다. 적을 알고 나를 알면 백전백승한다는 손자병법의 지피지기(知彼知己)가 떠오른 것이다. 그래서 서서히 수련에게 접근을 시도하기 시작한 것이다. 그런 줄도 모르는 수련은 김덕수가 고마울 다름이다. 회장이라면 이름도 제대로 파악하지 못하고 있을 말단 사원의 이름까지 기억하고 배려해 준다는 것은 거의 있을 수 없는 일이란 것을 수련은 잘 알고 있었다. 그것을 알았다면 미리 차단을 했어야 하는데 수련의 처한 상황은 그렇지가 못했다. 믿었던 형부가 부도를 내고 보니 약국 개업의 꿈은 산산조각이 났고 그 꿈은 자신의 힘으로 이루어야 하는데 언제 이루어질지 기약도 할 수 없는 일이었다. 그렇게 한쪽이 비워져 있을 때 김덕수는 수련의 허전한 마음속으로 절묘하게 파고들어 왔던 것이다. 그런 것도 모르는 수련은 김덕수가 고마울 다름이다. 새로 개업한 대형약국에서 열심히 뛰다보면 땀 흘린 만큼 보상을 해주겠다는데 마다할 이유가 없었다. 약 한 달이 지난 후 김덕수는 종로에 대형약국을 개업하며 수련을 그 대형약국 관리자로 내정을 하였다. 물론 회사 내에서는 수근 대는 소리가 끊임없이 들렸다.

"흥, 요즈음 회장과 뻰질나게 붙어 다니더니 쎄컨드라도 된 모양이지."

"허긴 쎄컨드가 아니라면 저깟 풋내기를 그 큰 매장의 관리자로 보낼 수가 있겠어."

"낯 짝이 반반한 계집애들은 머리가 나쁘다고 하더니 재는 사내 홀리는 재주는 비상한가봐. 호호호."

"그것 보다는 거시기가 더 좋은 것 아닐까? 호호호"

그들은 모이면 시샘어린 시선으로 수련을 보았으며 입에 담지 못할 음담패설로 수련을 질시하는 말을 서슴지 않았다. 그러나 수련은 무슨 소리가 들려도 귀를 막고 있을 뿐이었다. 자신은 떳떳했기 때문이었다. 수련은 종로에서 관리자로 근무 하면서 성실한 것은 말할 것도 없었지만 매상에 더 신경을 썼다. 매장의 관리자란 매상을 올리는 것이 첫째였다. 매상이 올라야 관리자로서의 능력을 더 인정받게 되는 것이다. 다른 약국보다는 후발주자지만 성실하게 하다보면 선발 주자를 얼마든지 따라 잡을 수 있을 것이란 생각을 가지고 근무에 임하자고 직원들을 독려했다. 직원들에게 친절과 예절을 강조했다. 그 결과는 서서히 나타나기 시작했다. 시간이 흐르며 점차 매상이 올라가기 시작했다. 매상이 올라가니 기분이 좋아진 사장 김덕수의 방문이 잦아졌다. 그때마다 관리자인 수련과의 회동도 자연스럽게 이루어 졌다. 그날은 약국을 새로 연 후 최고의 매상을 올린 날이었다. 기분이 좋았던 수련은 회사로 전화를 걸어 매상 실적을 회장인 김덕수에게 보고를 하였다. 김덕수는 기분이 매우 좋은 것 같았다.

"수련씨, 기분 좋은 날이니 내가 조금 늦어도 약국에서 기다려 줘요. 나머지 서류를 처리하고 바로 약국으로 나갈게요. 저녁이나 함께 하도록 합시다."

"네, 그렇게 할게요."

퇴근 시간보다 한 시간가량 늦은 시간에 김덕수가 왔다.

"수련씨, 내가 좀 늦었지요. 회사에 처리할 일이 좀 밀려서요. 이해해 줘요."

이제 회장인 김덕수와 수련 사이에는 서먹함 같은 것은 존재하지 않았다. 밖으로 나온 김덕수는 수련을 차에 타라며 옆 좌석의 문을 열어 준다.

"아가씨, 타시지요. 제가 근사한 곳으로 모시겠습니다."

능청스러워 보이기는 하지만 수련으로서는 자신의 능력을 인정받는 것 같아 기분이 나쁘지 않다. 그렇게 수련은 김덕수의 의도대로 서서히 말려 들어가고 있었다. 한참을 가던 차가 들어선 곳은 한 유명 호텔의 한식식당이었다. 수련과 김덕수는 식당에 마주 앉아 음식을 시켜 놓고 먹으면서 곁들여 술도 한 잔 시켜 마시면서 이야기를 시작했다. 김덕수는 대충 매장에 대한 이야기를 주로 한 다음 이런 곳까지 와서 사업에 대한 이야기는 접어놓고 좀 더 진취적인 이야기를 하자며 솔깃한 이야기로 수련의 마음을 사로잡으려 했다.

"이번에 내가 수련씨에게 줄 멋진 매장을 보아 놨는데 수련씨는 어떻게 생각해요?"

"무슨 말씀이세요. 회장님."

"말 그대로 수련씨에게 약국을 내어 주려고 봐둔 매장이 있다는 말이에요."

"네? 그게 정말이에요?"

"그럼 내가 쓸데없는 말이나 하고 다니는 사람인줄 알았어요. 하하하"

수련은 김덕수의 그 말에 하늘로 붕 뜨는 기분이다. 눈에는 아무 것도 보이질 않았다. 다만 자신이 운영할 약국만이 눈에 그려질 뿐이다.

"어디인데요?"

"그리 급해요?"

“급한 게 아니라 좋아서 그러죠.”

“그러면 나와 내일이라도 함께 가기로 해요.”

“그렇게 해 주실래요?”

수련은 너무 좋아 약국 외에는 아무 것도 보이질 않았다. 당장이라도 어머니에게 달려가 이 소식을 알리고 싶었다. 이런 수련의 모습을 살피던 김덕수는 기회는 이때다 생각하며 회심의 미소를 짓고 있었다.

“수련씨, 내가 오늘 수련씨에게 꼭 할 말이 있는데 들어 줄지 모르겠어요.”

“뭔데요? 말씀해 보세요. 회장님께서도 저의 소원을 들어 주시는데 저라고 회장님 원하시는 것 못 들어 드릴 것이 뭐가 있겠어요. 뭔지 말씀해 보세요.”

“다른 게 아니라 내가 집사람과 이혼을 하려 하거든요.”

“네? 왜요?”

나에겐 자식 복이 없나 봅니다. 결혼 한지 십여 년이 훨씬 넘었지만 아이가 없어요. 아이가 없어서 그런지 매일 다투게 되고 때론 언성이 높아져 자연스럽게 이혼에 대한 말이 나오게 된답니다. 그래서 고민 끝에 이혼을 해야겠다는 결심을 하게 됐어요. 아내는 입양을 하자고 하는데 근본도 알 수 없는 아이를 어떻게 데려다 키우겠어요. 그래서 나는 반대를 한답니다.“

“그래서 이혼을 하기로 했나요?”

“그래요. 이혼하고 수련씨와 결혼하고 싶습니다. 만약에 수련씨가 나와 결혼해 아들만 하나 낳아 준다면 부러울 게 하나도 없지요. 그러면 나의 재산이 모두 수련씨의 것이 되는 것이지요. 아들 재산이 엄마 재산 아니겠어요?”

수련에게는 솔깃하게 들렸다. 언니가 있지만 바쁘게 살다보니 시골에서 혼자 살고 있는 어머니를 돌보아줄 사람이 없었다. 아직은 건강해 혼자서도 모든 걸 해결하기에 당장은 걱정이 없지만 노인네 건강은 장담할 수 없다고 하는데 혼자 있다가 어느 날 갑자기 무슨 일을 당 할런지 모르는 일이었다. 그래서 수련은 늘 어머니 걱정에 전화는 자주 한다지만 마음은 항상 어머니 곁에 있었다. 그동안 수련을 좋아 한다며 결혼을 하자는 사람은 많이 있었다. 그러나 늘 생활에 쫓기는 수련은 그러한 일도 사치란 생각에 마음 문이 열리지 않았다. 그런데 지금 덕수의 제안은 솔깃한 유혹과도 같았다. 가난이 지긋지긋했던 수련으로서는 그렇게만 된다면 더 좋은 조건은 없을 것 같았다. 결혼을 했다고는 하나 자식이 하나도 없으니 이혼을 한다면 재산은 풍족하겠다, 무엇하나 부족할 것이 없을 것 같다. 거기에 아들 하나만 낳아준다면 모든 것은 수련의 뜻대로 되는 것이다. 어떻게 보면 꿈같은 일이지만 수련으로서는 덕수를 믿고 싶었다.

"정말 그렇게 할 수 있어요?"

"아니 내가 쓸데없이 수련씨에게 왜 헛소리를 하겠어요. 떡두꺼비 같은 아들만 하나 낳아 봐요. 왕후가 부러운가요. 하하하"

수련의 귀에는 지금까지의 생활이 각박하게만 살아와서인지 덕수의 웃음소리가 공허하게만 들릴 뿐이었다. 그러나 덕수가 믿을만한 사람이라는 데에는 한 치의 동요도 일지 않았다. 꼭 그렇게 믿고 싶고 그렇게 될 것이라고 믿고 싶었다. 큰 제약 그룹의 회장으로서 자신을 각별하게 생각해 종로 매장의 총 관리자로 임명 하지를 않나 또 자신을 위하여 약국을 개업하여 준다며 이미 매장 자리를 봐 놓았다고 하지를 않나 모두가 꿈만 같은 일이었다. 거기에 아내와의 이혼을 조건으로 결혼을 제안하니 이젠 아무 것도 눈에 보이질 않았다. 그러나 그것은 김덕수의 치밀한 계산에 의한 것이었다. 김덕수는 부모의 유산을 물려받았다고 소문은 자자 하지만 내막을 알고 보면 그런 것이 아니었다. 김덕수가 소유한 모든 재산은 김덕수 장인인 민학민이 남겨준 재산이었다. 고명딸이었던 김덕수의 처 민경희였기에 그 많은 재산을 고스란히 물려받을 수 있었다. 실제 모든 재산의 행사권은 그의 아내 민경희가 쥐고 있었고 김덕수는 전면에 세워진 인물에 지나지 않았다. 지금 진행하고 있는 일도 처인 민경희와 짜고 벌이는 일종의 사기극과 같은 일이었다. 민경희는 김덕수에게 수련에 대한 이야기를 듣고 그 일을 실행에 옮기라고 했던 것이다.

"당신이 입양하는 것을 그렇게 싫어 하니 그렇다면 그 여자를 잘 꼬여서 아이를 낳아서 데려 오도록 해요. 단 아무 것도 그 여자에게는 보상해줄 것은 없으니 당신이 알아서 해요."

김덕수는 원래 고아였다. 부모가 누군지도 알 수가 없고 누군가가 보육원 앞에 놓고 간 것을 보육원에서 키운 것이다. 덕수는 크면서 다른 아이들보다 다르게 머리가 명석했고 영리했다. 다른 아이들이 놀 때도 그는 공부를 했다. 김덕수가 자라면서 늘 원장에게 한 말은 다른 아이들은 부모가 있는데 왜 나는 부모가 없냐는 것이었다. 그때마다 원장은 이렇게 대답을 했다.

"네가 공부를 열심히 해서 성공을 하면 부모님을 만날 수 있단다.”

김덕수는 원장에게 그 말을 듣고부터 다른 아이들과는 다른 사람으로 자랐다. 원장이 그렇게 말 한 것은 덕수가 보육원 앞에서 데려 왔을 때 짤막한 쪽지가 있었다.

“죄송합니다. 피치 못할 사정으로 이 아이를 맡기고 갑니다. 이 아이의 성씨(姓氏)는 김해(金海) 김(金) 씨고 이름은 덕수라고 합니다. 김덕수지요. 그 아이가 장성하여도 저 같은 부모는 찾지 말라고 하여 주십시오.”

김덕수는 초등학교 때부터 고등학교를 졸업하가까지 단 한 번도 전교에서 톱을 빼앗긴 적이 없었다. 대학은 말할 것도 없이 최고의 명문인 S대였다. 그는 경영학과를 지망했다. 기업가가 되어 돈을 벌어 이름이 알려지면 부모를 찾을 수 있을 거란 생각 때문이었다. 대학에 가서도 그는 항상 톱이었고 그래서 장학금을 놓친 적이 없었다. 어떻게든 대학은 졸업을 해야만 했기 때문이었다. 그러던 김덕수가 민경희와 만난 것은 대학 미팅 때였다. 군대에 다녀와 S대 경영학과 3학년 봄 학기에 복학을 했던 김덕수는 2학년이었던 민경희를 군에서 제대해 함께 법학과에 복학한 박영수란 친구의 소개로 동아리 미팅에서 만나게 되었다.

“어이~ 김덕수, G 대학 아이들과 5일 후에 미팅이 있는데 함께 가지 않을래? 마침 그쪽에서 5명이 나오기로 했는데 우리는 4명밖에 없거든, 웬만하면 함께 가도록 하지 그래.”

“숫자가 부족하다? 그래, 가보도록 하지 뭐.”

그는 시큰둥하게 대답을 했다.

"야, 확실해야 해, 공연히 빵꾸 내면 내가 망신당한다고."

"알았다니까."

5일 후에 장소에 조금 늦은 시간에 가니 모두 나와 있었다. 모두가 남녀 짝을 이루고 있었다. 그중 짝 없이 혼자 앉아 있는 여학생의 옆자리가 비어 있었다.

"왜 늦었어? 안 나오는 줄 알았잖아."

"응, 차가 밀려서 조금 늦었어. 미안해."

"나한테 미안하다 하지 말고 하려면 저기 혼자 앉아 있는 여성 동지에게 하도록 해. 너 때문에 지금까지 외기러기 신세가 됐었잖아. 하하하"

그녀는 전체적인 얼굴 윤곽이 미인 형이었지만 호감을 줄만한 인상은 아니었다. 눈이 위로 치켜져 있어 차가워 보이는 인상이었다. 덕수는 머쓱한 표정으로 민경희 옆에 앉았다.

"S대 경영학과 3학년에 복학한 김덕수입니다. 본의 아니게 늦어서 죄송합니다."

덕수는 민경희를 보며 간단히 사과를 했다. 그러자 민경희가 어쩔 줄 몰라 하며 덕수의 인사를 가까스로 받았다.

"저, 굳이 사과할 필요는 없는데...."

그때의 민경희는 G대학 2학년의 어린 대학생이었다. G대학 간호학과에 다니고 있다고 했다. 민경희는 S대에 다니는 김덕수의 명성에 대하여 이미 들었던 터라 대단한 인물로 생각하고 있어서 그가 공연히 어렵게 느껴졌다. 또한 S대는 사회적 통념상 수재 아니면 들어가기 힘든 대학이라고 알고 있었기에 S대생이라면 존경스러웠다. 그러기에 사실 조금 늦게는 왔지만 사과할 정도는 아니라고 생각했다. 그녀는 서글서글하고 준수한 김덕수를 보고 첫눈에 호감이 갔다. 김덕수를 보며 순간적으로 온 몸이 굳어 오는 것 같은 착각을 일으킬 정도였다. 박영수가 사과를 하라고 한 것은 정말 늦어서 사과를 하라고 한 것이 아니고 분위기도 살릴 겸 기다리고 있던 민경희의 체면도 살리고 또한 김덕수를 소개하는 자리로서는 제격이라 생각했기 때문이었다. 그러나 그곳에 모인 모두가 민경희가 대한제약 그룹의 회장 딸이라는 것을 아는 사람은 아무도 없었다. 김덕수도 민경희가 대한제약 사장 무남독녀라는 것을 안 것은 그가 졸업을 앞둔 시점이었다. 그간 김덕수 보다는 민경희의 적극적인 성격 탓에 민경희가 연락을 취하여 가끔 만나 데이트를 즐겼다. 그러나 김덕수로서는 민경희에 대하여 어떠한 매력을 느끼지 못하여 시큰둥한 상태였다. 김덕수가 졸업식을 며칠 남겨 놓은 어느 날 김덕수의 하숙집으로 민경희의 전화가 걸려 왔다.

"덕수 학생, 전화 받아봐, 아가씨 목소린데."

"네, 알겠습니다."

김덕수가 수화기를 바꾸니 민경희의 카랑카랑한 목소리가 수화기를 통하여 들려온다.

"나 민경희인데요, 저녁에 시간 좀 어때요?"

"나 졸업식 준비 때문에 바쁘거든, 졸업식 끝나고 만나면 안 돼?"

"안돼요. 오늘 꼭 만나야 될 일이 있단 말이에요."

"무슨 일인데 그래?"

"사실은 아버지가 오빠를 저녁식사 자리에 초대하고 싶대요."

"아버지가 무엇 때문에 나 같은 사람에게 저녁 자리에 초대를 하신대?"

"만나 보시면 알아요. 꼭 나와야 돼요."

덕수로서는 경희와 연인 관계도 아니었고 그런 내색도 한 적이 일절 없었다. 그러나 어른이 뵙자는 데 무작정 내 뻗을 일도 아니어서 일단 나가 보기로 했다. 저녁 약속 시간에 약속한 H호텔 레스토랑으로 나가니 풍채가 좋은 신사가 민경희와 함께 앉아 있었다. 덕수는 민경희의 아버지라고 짐작했다.

"오빠, 여기야."

민경희가 활짝 웃는 얼굴로 손을 흔든다. 덕수는 민경희 아버지를 향하여 인사를 했다.

"처음 뵙겠습니다. 김덕수라고 합니다."

"어서 오시게. 난 경희 애비 되는 민학민이라고 하네."

민경희가 소개하기도 전에 경희의 아버지가 먼저 자신을 소개하며 명함을 내민다.

명함에는 대한제약 그룹 회장 민학민이란 이름이 새겨져 있었다.

"진즉에 자네를 알고 있었네. 우리 경희가 자네에 대한 이야기를 어찌나 하는지 말일세. 아주 잘났군, 우리 경희가 반할만도 해, 이번에 S대 경영학과를 수석 졸업 한다지?"

"네, 그렇습니다."

"대단하구먼. 대단해, 우리 경희가 매일 침이 마르도록 칭찬할 만도 해. 하하하"

"과분한 말씀입니다."

"과분하긴 뭐가 과분한가. 대단한 일을 한건 데. 그런데 부모님은 계신가?"

"전 부모님이 안 계십니다. 전 보육원에서 자랐습니다. 보육원 원장님이 저에겐 부모님이시지요."

"쯧쯧, 그랬군, 공연한 것을 물어봤군 그래. 우리 경희도 엄마 없이 컸다네. 우리 경희가 3살 때 교통사고로 죽었지."

"그랬었군요."

"내가 자네에게 한 가지 제안을 하고 싶은데 들어 보지 않겠나?"

"네, 그렇게 하겠습니다."

"우리 부부에겐 아이가 없더니 내 나이 오십이 훨씬 넘어서 경희를 낳게 됐어, 기쁨도 잠시 조금 전에 말 했듯이 애 엄마가 죽고만 거야. 난 그때의 상처로 지금 것 경희만 키우며 재혼을 하지 않았다네. 그러나 이젠 나도 나이가 들었어, 마침 자네도 혼자라는 소리를 경희로부터 들었지, 자네 이제 졸업도 하게 되었으니 내 데릴사위가 되어 주지 않겠는가? 난 이제 살만큼 살았으니 하늘에서 언제 부를지도 모르잖은가, 내 회사와 내 딸 경희를 맡아 주면 안 되겠나?"

지금 것 경희와 가끔 만난 것은 사실이지만 크게 관심을 갖지 않은 탓에 경희가 재벌의 딸인 줄은 몰랐었다. 그런데 이야기를 듣고 보니 대단한 집안의 딸인 것이다. 거기에 민회장의 이야기를 듣고 보니 손해날 일은 아닌 것이다. 순간 그는 머릿속에 손익 계산을 해본다. 한마디로 호박이 넝쿨째 굴러 들어왔다는 계산이 나온 것이다. 김덕수는 어안이 벙벙할 수밖에 없었다. 그러나 속내를 바로 털어 놓을 수는 없었다.

"저에게는 분에 넘치는 조건입니다. 생각할 수 있는 시간을 주십시오."

"그렇게 하게나, 충분하게 심사숙고 하여 연락을 주시게나."

하고서 민회장은 식사를 하지 않은 채 경희와 둘이서 식사를 하라며 가는 것이었다. 덕수가 자신과 처음 만나 함께 식사하기가 어려울 것 이라는 생각에 젊은이 둘이서 오붓하게 즐기라는 민회장의 배려였다. 경희와 식사를 마치고 돌아온 덕수는 춤이라도 덩실덩실 추고 싶은 심정이었다. 대학을 졸업하고 대기업에 입사를 한다하여도 꼭 성공한다는 보장이 되어 있는 것은 아니다. 자신이 아무리 목표를 높게 설정 하여 놓는다 하여도 그것을 달성하기까지는 언제가 될지도 모르고 그곳까지 가는 도중에 인생이 끝날지도 모르는 일이었다. 그런데 힘 하나 들이지 않고 멀지 않아 대기업의 총수가 될 수 있는 기회가 온 것이다. 그는 이것저것 생각할 것도 없다는 결론을 내렸다. 그리고 며칠 고민한 척 하고는 민회장에게 연락을 했다.

"회장님, 저 김덕수입니다."

"어떻게 마음의 결정은 했나?"

"네, 회장님의 말씀대로 하겠습니다."

"내 그럴 줄 알았네, 잘했네, 잘했어."

그런 일이 있은 후 그들의 결혼은 말할 것도 없이 일사천리로 진행이 된 것이다. 그렇게 결혼을 하고 10년이 넘도록 아이가 없었다. 민회장은 자신이 죽기 전에 손자라도 안아보고 죽는 것이 소원이라고 늘 입버릇처럼 했지만 끝내 그 소원을 이루지 못한 채 세상을 뜨고 말았다. 그러나 그는 죽기 전 변호사를 통하여 유서를 남겼는데 거의 모든 것을 딸인 민경희에게 남겼다. 후계자로서의 회장 자리와 약간의 주식을 김덕수에게 남겼지만 대부분의 주식은 민경희에게 양도했던 것이다. 말하자면 겉은 화려했지만 속은 텅 빈 강정이나 다름없는 셈이었다.

착하기는 했지만 너무 가난 했기에 돈에 대한 집착이 강했던 수련은 김덕수 내외의 제물이 되기엔 안성맞춤이었다. 그러나 아무리 순진하고 돈에 대한 집착이 있는 수련일지라도 몸을 마구 굴리는 것은 생각조차 할 수 없는 일이었다. 정식으로 결혼하기까지는 절대 안 된다는 마음이 확고히 내려져 있었다. 이제 몸이 단 건 김덕수였다. 그런데 일이 꼬이느라 그랬는지 일은 엉뚱한 곳에서 터지고 있었다. 그날도 매장은 무척 바쁘게 돌아가고 있었다. 그때 전화벨이 요란하게 울린다. 직원이 전화를 받더니 수련에게 수화기를 넘긴다.

"점장님 전화 받아 보세요. 급한 전화 같아요."

"설수련입니다."

"얘, 수련이니? 엄마가 돌아 가셨단다. 흐흐흐흑"

청천벽력 같은 소리였다.

"언니, 무슨 소리야?"

"나도 조금 전에 연락을 받았어, 이웃집 아줌마가 전화로 알려 줘서 알았어. 나 지금 바로 내려갈 테니 너도 될 수 있는 한 빨리 내려오도록 해라."

"응, 알았어."

수련은 기가 막혔다. 이번 일이 잘되어 약국을 개업하던지 아니면 김덕수와 결혼을 하게 되면 어머니와 함께 살려고 했었는데 마른하늘에 날벼락 떨어지는 소리였다. 수련은 덕수에게 어머니의 죽음을 알리고 지금 바로 가야겠다고 하였다. 그러자 김덕수는 함께 가자고 했다. 수련의 어머니인데 그냥 있을 수는 없다는 것이었다. 김덕수에게는 수련과 더 가까워질 수 있는 절호의 기회를 놓칠 수가 없었다. 덕수의 속내를 모르는 수련은 덕수의 배려에 고마움을 느끼고 있을 뿐이었다. 어머니는 밤에 혼자 자다 죽었는데 저녁에 먹은 음식이 기도를 막아 죽은 것이었다. 장례를 치루는 3일 동안 덕수는 회사에 출근도 하지 않은 채 꼬박 함께했다. 돈이 필요한 곳에는 모두 덕수의 지갑에서 나온 돈으로 해결을 했다. 그러고 보니 마을 사람들은 모이기만 하면 수근 거린다.

"수련이 신랑감인가 보지? 잘생기기도 했고 돈도 많은 부자라나 봐."

"쯧쯧, 수련이 엄만 복도 지지리 없지, 저렇게 돈 많고 잘난 사윗감을 보게 됐는데 호강한번 못해보고 그새를 못 참아 지지리 궁상만 떨다가 저렇게 가다니 다 그게 타고난 복이 아니겠어."

"누가 아니래?"

덕수의 도움으로 장례는 무사히 잘 치렀다. 천안에 묻혀 있는 아버지와 함께 합장을 하였다. 어머니의 장례 일로 인하여 덕수와 수련의 관계는 급격히 가까워졌다. 덕수가 수련의 신랑감이라고 마을 사람들이 쑥덕거리는 소리를 덕수도 은연중에 들었지만 싫지가 않았다. 그러고 보니 마을은 물론 언니인 수옥에게도 자연스럽게 알리게 된 꼴이 되고 말았다. 수련이 어머니의 사망 소식을 듣고 장례식에 가야한다는 이야기를 했을 때 먼저 쾌재를 부른 사람은 김덕수였다. 이번 기회에 수련에게 자신을 완벽하게 믿게 만들 수 있는 절호의 기회였기 때문이다. 모든 장례 일정을 끝낸 김덕수는 민경희에게 전화를 했다.

"여보, 장례식 잘 끝내고 지금 바로 올라 갈 거요."

"무슨 소리를 하는 거예요. 기왕에 믿게 하려면 철저하게 믿게 해야지요. 그러자면 삼우제(三虞祭)까지 함께 치루고 오도록 하세요."

민경희가 그런 면에서는 한 수 위에 있었다. 그러지 말고 삼우제(三虞祭)까지 보고 함께 올라오라는 지시를 받은 것이다.

그러나 남의 장례식에 참석해 삼우제(三虞祭)까지 치루고 함께 올라가겠다고 말하기는 덕수로선 쉽지가 않았다. 그때 마침 장례를 마친 수련이 덕수에게 다가왔다.

"회장님, 수고 많으셨어요. 신세도 많이 지고요. 삼우제를 마치는 대로 바로 올라갈 테니 회장님께서는 바쁘시니 먼저 올라가시도록 하십시오. 너무 감사 했어요."

"아, 괜찮아요. 회사엔 미리 연락을 해놓았어요. 삼우제를 마치는 대로 함께 올라간다고요."

"회장님께서 너무 무리를 하시는 것 아닌지 모르겠어요. 저 같은 것이 뭐라고요."

"무슨 말을 그렇게 해요? 수련씨는 우리 약국의 점주예요. 일개 사원이 아니라고요."

수련은 자신을 배려해 주는 덕수가 너무 고맙기만 하다. 처음엔 어머니의 사망 소식을 듣고는 딸만 둘인 집안이었기에 당황스럽고 막막하게만 느껴졌다. 그러나 덕수가 옆에서 지켜주어 무사히 장례를 마칠 수 있었기에 더욱 그에 대한 믿음이 쌓일 수밖에 없었다. 원래 사람의 일이란 게 기쁜 일일 때는 혼자서도 감당 할 수 있지만 장례식 같은 굳은 일에는 누군가의 손길이 절신하게 필요한 것이다. 그랬기에 수련의 마음은 덕수가 더 없이 고마울 수밖에 없었다. 어머니의 장례식을 치루며 수련과 덕수의 사이는 급격히 가까워졌다. 삼우제를 마치고 올라 온지 이 주일이 지날 무렵의 퇴근시간이었다. 직원들은 퇴근을 하고 수련은 마지막 정리를 하고 막 나오려는데 덕수가 들어왔다.

"수련씨, 특별한 볼일 없으면 저녁은 나와 함께 하도록 해요."

"특별한 볼일은 없습니다만~"

"그럼 함께 가도록 해요."

실은 수련이 먼저 어머니 장례식 때의 일도 있고 해서 덕수에게 식사대접을 하려던 참이었다.

"회장님, 마침 잘됐어요. 실은 제가 회장님을 식사에 초대를 하려 했거든요."

"하하하, 그래요? 누가 대접을 하던 무슨 상관이 있겠어요."

"회장님, 어디로 모실까요?"

"아, 그러면 오늘은 수련씨 집으로 가는 게 어때요?"

"우리 집은 혼자 사는 집이라 너무 초라해서 싫어요."

"그게 무슨 상관이에요. 오늘은 수련씨가 만든 음식을 먹고 싶은데..."

할 수없이 수련은 덕수를 집으로 데려갈 수밖에 없었다.

"회장님 찬이 없으니 잠깐 시장 좀 봐와야겠어요."

"괜찮아요. 수련씨 먹는 대로 그냥 먹으면 돼요."

"그래도 그냥 어떻게..."

"정 그렇다면 맥주나 조금 사오도록 해요."

"네, 그럴게요. 심심하시면 텔레비전이라도 보고 계세요."

수련은 덕수를 집에서 기다리라 하고 가까운 슈퍼로 반찬 재료를 사러 갔다. 왠지 모를 뿌듯한 행복감이 충만해 옴을 느낀다. 덕수가 무엇을 좋아 하는지를 몰라 이것저것 골라 본다. 그리고 덕수의 부탁대로 맥주도 몇 병을 샀다. 빨리 온다고 급히 오니 덕수는 텔레비전을 켜 놓은 채 잠이 들어 있었다. 하루 종일 업무에 시달렸을 것이란 생각을 하며 정성을 들여 부지런히 음식을 만들었다. 반찬이래야 얼큰한 생태 탕과 몇 가지 나물종류가 다였다. 준비를 하고 깨우니 덕수는 깜짝 놀라 일어난다.

"깜빡 잠이 들었나 봐요."

"호호호, 오늘 회사에서 업무가 많았나 봐요. 솜씨가 없어 입맛에 맞을 런지 모르겠어요. 찬은 없어도 맛있게 드세요."

"어디 수련씨의 솜씨 좀 볼까?"

숟가락으로 국물을 떠 먹어본 덕수는 놀랍다는 양 엄지손가락을 치켜세우며 칭찬을 한다.

"음식 솜씨가 대단한걸요. 맛이 일품입니다."

수련은 덕수의 칭찬이 빈말로 하는 것일지라도 기분이 나쁘지 않다. 밥 한 공기를 다 비운 덕수는 맥주를 한 잔 마셔야겠다며 병뚜껑을 딴다. 거품이 병마개 위로 솟구쳐 오르자 얼른 컵에 맥주를 따르니 거품이 시원스럽게 맥주 잔 위로 부풀어 오른다. 처음 잔은 잔에 따라 건배를 하고 마셨다. 그렇게 마시기를 반복을 하다 보니 다섯 병의 맥주가 동이 나고 말았다. 슬며시 덕수가 일어나 나가더니 맥주 다섯 병을 더 사가지고 들어왔다.

"마시다 보니 이제야 조금 발동이 걸리는 것 같아요. 수련씨 못 마시면 내가 모두 마실게요. 걱정하지 말아요."

이미 어머니의 장례를 치루며 덕수를 잘 알게 되었다고 판단한 수련은 덕수는 이제 경계의 대상이 아니었다. 그러다 보니 이미 수련도 덕수와 함께 마신 맥주의 량이 적지 않았다. 덕수는 별로 취하지 않았지만 수련은 취하여 몸을 가누기가 쉽지 않았다. 정신을 차리려 하지만 몽롱해져 오는 자신을 제어할 수가 없다. 그녀는 덕수를 놓아 둔 채 그만 정신을 놓아 버린다. 그런 상태에서 덕수는 수련에게 술을 더 권하는 척 하더니 수련이 술에 떨어진 것을 확인 하고는 술자리를 모두 치우고 요를 깔고 수련을 그 위에 눕혔다. 그리고 전깃불을 끄고 그녀의 옷을 벗긴다. 그의 이러한 행동은 나름대로 수순에 의한 것이었다. 그는 수련에게 식사를 하자고 제의 하면 수련의 성격상 거절할 수 없다는 것을 잘 알았다. 장례식 때 덕수가 베푼 일들이 수련에겐 너무 컸기 때문에 수련의 성격으로서는 절대 거절을 못 할 사람이라는 것을 잘 알고 있었기 때문이다. 설혹 수련이 피치 못할 사정이 있어 덕수의 제의를 거절할지라도 덕수로서는 손해 볼 일이 없었다. 오늘이 아니면 다른 날로 약속을 하면 되기 때문이었다. 그러나 그런 걱정은 아예 없던 것이 되고 말았다. 도리어 수련이 덕수를 초대해 식사 대접을 하려했다는 것이 아닌가. 그는 속으로 쾌재를 불렀다. 수련이 만약 덕수의 속셈을 알았다면 그녀의 운명은 달라졌을 것이다. 그러나 운명의 신은 수련의 운명을 알 수 없는 곳으로 이끌어 가고 있었다. 덕수는 여자를 경험 못한 것도 아니건만 수련의 옷을 벗기는 손이 떨리는 것은 어쩔 수가 없다. 옷이 하나 둘 벗겨져 나가며 봉긋한 처녀의 유방이 처음으로 사내 앞에 모습을 드러낸다. 사내를 받아들여 보지 않은 처녀의 하얀 속살이 드러나고 처녀만이 가지고 있는 체취가 덕수의 성욕(性慾)을 자극시킨다. 수련은 인사불성은 아니지만 취한 상태여서 몸이 달아오른다. 몸이 스스로 사내를 받아들이고 있는 것이다. 덕수는 아내가 있는 유부남이라고는 하나 지금 이 자리에서는 자신도 수컷일 수밖엔 없다는 것을 잘 안다. 자신이 그렇게도 원하던 수련과 처음으로 관계를 갖는다는 데에는 황홀할 수밖에 없었다. 애무를 하는 손이 마구 떨린다. 백옥 같은 그녀의 살결과 젖무덤이 너무 곱고 눈부시다. 그녀에게서는 몸매에서 단점이라고는 찾을 곳이 전혀 없는 것 같다. 그는 몸이 점점 달아오르기 시작했다. 여자의 유두를 입으로 애무한다. 그러자 여자가 몸을 꿈틀거리며 신음소리를 낸다. 덕수는 몸이 달구어져 폭발할 것만 같다. 여자는 눈을 감고 아무 말 없이 입에선 신음 소리만 낼 뿐이다. 덕수의 떨리는 손이 여자의 아래를 더듬는다. 이미 여자의 아랫도리는 촉촉하게 젖어 있었다. 여자의 문이 열리고 있는 것이다. 덕수는 더 이상 참을 수가 없다. 드디어 그는 여자의 문으로 자신의 몸을 밀어 넣는다. 여자도 펄펄 끓는 활화산 같다. 마치 기다리고 있었던 것처럼 달아올라 있었다. 그렇게 얼마의 시간이 흐르고 덕수는 화산의 용암이 분출 하듯 자신의 모든 것을 한 방울도 남김없이 분출하고 진저리를 치며 여자의 몸에서 떨어졌다.

"흐흐흑흑…"

그녀는 울고 있었다.

"수련씨 울어?"

"흐흐흑흑…"

그녀는 서럽게 울고 있었다.

수련씨, 울지 말고 내 말 잘 들어요. 이제 아이만 낳으면 우리 함께 살면 되는 거예요."

"정말 그럴까요?"

"그럼요. 내가 왜 거짓말을 하겠어요. 잘 생긴 사내 녀석 하나만 내 품에 안겨 줘 봐요. 그러면 금 방석에 앉혀서 먹여 살릴 테니까요."

울음을 멈춘 수련은 덕수의 품에 안겨 행복을 꿈꾼다. 이렇게 모든 걸 허락한 수련은 이제 매일 덕수를 기다린다. 어쩌다 하루만 못 봐도 그녀는 미칠 지경이 된다.

그렇게 지내기를 수개월이 지나고 수련의 몸에 이상이 생기기 시작 했다. 한 달에 한 번씩 있어야 될 일이 생기질 않는 것이었다. 곧 이어 음식 냄새만 맡아도 역겨워 토할 것 같은 증상이 생겼다. 고민을 하던 수련은 처녀의 몸으로 산부인과에 가기도 부끄러웠다. 기회를 엿보던 수련은 용기를 내어 덕수에게 알리기로 결심을 하고 회장실 문을 두드렸다.

"똑똑똑"

"들어오세요."

"회장님 계신가요?"

"네, 마침 오늘은 혼자 계십니다."

비서는 친절하게 수련을 안내한다.

"수련씨가 웬일이요? 사전에 연락도 없이…"

"회장님께 긴히 드릴 말씀이 있어서요."

“수련씨가 나에게 볼일이 있어서 이곳까지 찾아오다니 영광인데. 하하하”

“저~ 다름이 아니라....”

“무슨 말인데 그렇게 뜸을 들여요? 무슨 말인지 어서 해봐요.”

“저~ 다름이 아니라 제가~ 이~ 임신을 한 것 같아서...”

“뭐라구요? 지금 뭐라고 했어요?”

“제가 임신을 한 것 같아요.”

“병원에서 그래요? 임신이라고?”

“병원에는 아직 가보질 못했어요. 창피해서요.”

“하하하~ 창피하다니요. 임신을 한 것이 어째서 창피하단 말이요. 당장 나와 함께 병원에 가보기로 해요.”

덕수는 겉으론 기쁜 표정으로 말하고 있지만 좀 더 천천히 있다가 아기를 가졌으면 하는 바람도 있었기 때문이었다. 그러나 아기를 가졌다는데 병원에 함께 안 갈 수도 없는 노릇이었다. 덕수도 처음엔 아기나 낳게 한 후 돈이나 적당하게 주고 끝날 생각으로 접근을 했지만 시간이 가면서 수련을 사랑하게 되었다. 그녀에게서는 무엇 하나 버릴 것이 없었다. 굳이 버리라면 가난한 것 빼놓고는 버릴 것이 없는 여자였다. 덕수는 하루 중 퇴근 후 수련과 함께 하는 시간이 가장 행복한 시간이었다. 그러나 수련이 임신을 했으니 경희가 허락한 시간은 수련이 아기를 낳는 순간까지가 주어진 시간이었다. 그녀는 집요한 여자였기 때문에 사람을 시켜 언제나 수련의 일거수일투족을 감시하고 있을 것이었다. 여하튼 수련은 덕수와 함께 가서 진찰을 받은 결과 임신 2개월째라는 진단이었다. 그때부터 덕수는 수련을 일체 직장에도 출근을 못 하게 하고 45평짜리 고급 아파트로 옮겨 주었다. 그것은 경희가 사람을 시켜서 한 일이었다. 만약 나중에 아기를 낳아서 빼앗아 오더라도 위자료 조로 그만한 아파트는 주어야 한다는 기준은 세우고 있었던 것이다. 임신을 했다는 소리를 들은 후부터 수련에 대한 대우가 완전히 달라져 있었다. 그러나 사람이 자신 앞에 펼쳐진 앞일을 알고 있다면 살맛이 나지 않을 것이다. 앞으로 수련이 겪어야할 앞날이 가시밭길임에도 아무 것도 모른 채 수련은 조금씩 불러오는 배를 쓰다듬으면서 아기를 낳으면 덕수와 함께 할 행복을 꿈꾸고 있었다. 덕수 또한 마찬가지였다. 처음엔 경희와 짜고 아이만 낳으면 빼앗아 오면 그만이라는 생각으로 접근을 시도하고 임신까지 시켜 놓은 상황이지만 수련과 자주 만나고 가까워지면서 수련과 헤어지기 싫은 마음이 싹트기 시작했다. 이렇게 덕수의 안타까운 시간이 흐르고 10개월이 되자 어김없이 아기는 밖으로 나오려 했다. 이제 오늘 내일 시를 다투는 시간까지 왔다는 생각이 드는 어느 날 새벽 수련은 진통이 시작 되었다. 함께 있던 덕수가 급히 차에 실고 병원으로 가자 조금의 진통 끝에 수련은 잘생긴 사내아이를 순산을 했다. 아이는 엄마를 고생 시키지 않으려고 순하게 세상에 태어난 것이다. 그러나 사내아이란 것을 알고 기뻐하는 수련과는 달리 덕수는 아무것도 모르는 수련과는 달리 가슴이 찢어져 나가는 고통을 느끼고 있었다. 이제 아이도 낳았고 경희의 어떤 모종의 조치가 취해질 것은 빤한 노릇이었기 때문이다. 민경희는 무슨 일이든지 한다고 하면 어떤 출혈이 있어도 기어이 해내고야 마는 집요하고 잔인한 성격을 가지고 있기도 했다. 그런 경희의 성격을 잘 알고 있는 덕수이기에 앞으로 닥쳐올 일들이 걱정스러울 수밖에 없었다.

"내가 나쁜 놈이지, 어쩌다 내가 그런 나쁜 흉계를 꾸미게 되었는가."

처음 수련이 서류 통과를 하고 면접을 볼 때 덕수는 직접 면접관으로 참석을 했었다. 다른 사람의 순서가 끝나고 수련의 차례가 되어 덕수의 앞에 앉았을 때 이상하리만치 덕수는 전율을 느끼며 그녀에게 말려드는 느낌을 강하게 받았다. 어디라고 딱 잡아 말을 할 수는 없지만 수련에겐 관심을 끌만큼 매력이 있었다. 그런 그녀가 자신의 눈에 띄어 제물(祭物)이 된다는 생각을 하니 지금까지의 행동이 후회스러워지는 것이다. 이제는 아내가 수련이 애를 낳은 것을 알기는 시간문제일 뿐이었다. 차라리 할 수만 있다면 수련과 함께 어디론가 도망이라도 가고 싶다. 그러나 그건 불가능한 일이었다. 이럴 때는 차라리 이름 없는 평범한 사람이 부럽기만 하다. 고민하는 덕수의 생각을 비웃기라도 하듯 일주일이라는 시간이 흐르고 수련은 퇴원을 했다. 덕수는 병원에 더 있으라 했지만 수련은 병원비만 더 들고 병원이 꼭 감옥 같다며 서둘러 퇴원을 한 것이다. 퇴원을 한지 3일이 지난 저녁 무렵이었다. 낮에 업무가 많았는지 덕수가 퇴근을 하여 피곤하다며 누워 있더니 이내 코를 골며 잠이 들었다.

그때 현관문을 두드리는 소리가 요란하게 들렸다. 덕수는 피곤함에 깊이 잠이 들었는지 미동도 않는다. 수련은 현관 벨이 있는데도 누가 와서 저렇게 문을 두드리나 생각을 하며 일어나 문을 열었다. 그러자 귀부인 티가 나는 인상이 매우 날카로워 보이는 여자가 문 앞에 서있었다. 그 여자는 수련의 얼굴을 냉소어린 눈으로 흘겨보고는 말 한마디 없이 안으로 성큼 들어서려 한다.

“누구신데 남의 집을 함부로 들어가세요?”

그러자 그 여자가 수련을 다시 한 번 조소 어린 눈으로 아래위를 훑 터 보고는 냉소 섞인 한마디를 내뱉는다.

“흥, 낯짝이 반반해가지고 사내 꽤나 홀리게 생겨 먹었군.”

하고는 거침없이 안으로 들어선다. 안에는 덕수가 세상모르게 자고 있었다.

“누구신데 남의 집을 함부로 들어가느냐고 물었잖아요?”

이렇게 말을 하고도 수련은 어딘가 이상하다는 느낌이 들었다. 여자의 당당함이며 그냥 아무 일없이 온 여자 같지는 않았다. 문을 열 때는 자세히 보지를 않아서 느끼지 못했지만 안에 들어와 밝은 불빛에서 본 여자의 얼굴은 밉상은 아니지만 날카로워 보이는 인상이 차가운 느낌을 준다. 안으로 들어선 여자는 방에서 자고 있는 덕수를 발견 하고는 눈에서 파란 불이 인다.

“아니 이놈의 인간이 심심하면 집에 안 들어오더니 이제 보니 젊고 반반한 년과 붙어먹느라고 그랬었어.”

하고는 뒤에 따라 들어오던 수련의 머리채를 다짜고짜 잡아챈다.

“이년, 반반한 젊은 년이 무얼 못해 처먹어 남의 서방질을 해 처먹니? 이년아.”

그리고는 덕수를 향하여 포악을 부린다.

“그래 젊은 년이 가랑이를 벌려주니 좋던? 저런 육시랄 년

저런 년은 가랑이를 찢어 죽여야 해."

그녀의 큰 소리에 잠에 곤히 떨어져 있던 덕수가 깜짝 놀라 일어난다. 혼비백산한 덕수는 수련의 머리채를 잡고 있는 경희의 손을 떼어 놓는다. 그녀의 손에는 수련의 머리카락이 한 웅큼이나 뽑혀있었다.

"이게 무슨 짓이야?"

그러자 그녀는 입에 게거품을 물고 더 큰소리로 악을 쓴다.

"흥, 두 년 놈이 붙어서 애까지 내질렀구나. 이런 찢어 죽일 년 놈들. 너희 년 놈들 간통죄로 집어넣을 테니 어디 콩밥이나 한 번 먹어봐."

그녀는 몸을 부르르 떤다. 떠는 몸에서 독이 뚝뚝 떨어질 것만 같다. 아이를 낳지 못해 처음엔 덕수와 짜고서 일을 여기까지 진행을 시켰지만 그동안 덕수의 행동에 불만을 가지고 있었던 그녀였다. 임신만 시키면 모든 것은 끝난 것이라고 묵인을 했었다. 그러나 덕수가 그 일을 핑계 삼아 집에도 오지 않고 매일 수련에게로 가는 것이 그녀의 질투심에 불을 붙인 것이나 다름없었다. 거기에 자신의 집처럼 편안하게 잠들어 있는 덕수의 모습을 보자 질투와 분노의 불길이 활화산처럼 활활 타올랐다. 그러자 자신의 행동을 제어할 이성조차도 잃어버리고 폭언과 폭력으로 이어지고만 것이다. 그것은 덕수가 자신과 처음 약조한 것과는 달리 마음과 행동이 전과 같지 않았기 때문이었다. 그녀의 마음은 차츰 질투로 끓기 시작했다. 사람을 시켜 그들의 행동을 감시케 하고 자신의 생각을 결행하기에 이른 것이다. 그렇게 행동을 하면서도 속으론 쾌재를 부르고 있었다. 덕수에게서 이미 들어 잘생긴 아들을 낳은 것은 알고 있었다.

비록 자신이 낳은 자식은 아니지만 자신이 사랑하는 남편의 자식인 것이다.

"흥, 이 아이가 당신의 애라고? 그러면 내가 데려다 키워야 되겠네."

그녀는 한쪽에서 곤히 잠든 아기를 보니 듣던 말 그대로 잘 생긴 아이였다. 아기를 보는 순간 아기를 못 낳아 본 여자의 마음에 욕심의 불이 일었다. 순간 자신도 모르게 아이를 안고 가슴에 품은 채 밖으로 나가려고 하였다.

"앗! 안돼요. 그 아이는 제 아이입니다. 흐흐흑"

수련은 대략 모든 정황을 알 것 같았다. 덕수가 자신을 사랑한 나머지 이혼을 한다고 하고 아직 그 일이 실행에 옮겨지질 못한 것이라고 생각할 수밖에 없었다. 이렇게 된다면 상황은 자신과 덕수에게 불리하게 돌아갈 수밖에 없었다.

"여보, 왜 그러는 거요? 우선 아이는 내려놓고 얘기해요."

"흥 왜 그러다니? 그럼 당신이 나 몰래 어린 계집애와 붙어서 애까지 낳고 살림 차린 게 아니란 말이야? 이렇게 확실한 증거가 있는데도."

"내가 아니라고 하지는 않았소, 또 잘했다는 소리는 더욱 아니잖소."

"그러면 아무소리 말고 따라오면 되잖아. 이 아이는 당신 새끼니 내가 키워도 되겠지?"

그녀는 악에 바친 표정으로 아기를 안은 채 밖으로 나간다.

"안됩니다. 그 아기는 제 아기이니 돌려주십시오. 제발요. 흐흐흑."

수련이 울며 애원을 했지만 함께 온 승용차 운전기사의 제지로 수련은 아무런 저항도 못한 채 아기를 빼앗기고 말았다. 수련은 미칠 지경이 되고 말았다. 이런 일이 일어나리라고 는 상상조차도 해보지 않았었다.

"수련씨, 미안해, 며칠만 기다려봐. 내가 모든 일을 잘 해결할게."

"제발 그렇게 해주세요. 나 회장님과 결혼 안 해도 괜찮아요. 금 방석에 앉혀 주지 않아도 돼요. 제발 내 아이만 찾아 주세요. 회장님. 흐흐흐흑"

덕수는 며칠만 기다리라고 수련을 다독여 놓고 간 뒤 종내 소식이 없었다. 휭 하게 큰 아파트에 정적만이 흐를 뿐 가끔 혼자 남은 수련의 흐느낌 소리만이 한숨과 함께 섞여서 들릴 뿐이다. 그래도 사내인데 하며 덕수의 말을 믿었건만 당당하지 못하고 마지못해 도살장으로 끌려가는 소처럼 보였던 덕수의 뒷모습을 보며 더 실망할 수밖에 없었다. 회사에 나가봤지만 이미 해고된 상태였고 직원들의 대하는 태도도 냉소적이며 비웃는 것 같은 모습이 확연 했다.

"흥, 회장님과 붙어 출세한줄 알았겠지, 내 진즉에 회장님과 함께 다닐 때부터 알아봤지."

"제 주제를 알았어야지, 오르지 못할 나무에 오르려 했으니 당연한 것 아니겠어."

수련이 회사를 나오려는데 삼삼오오 짝을 지어 수근 대는 소리가 여기저기서 들렸다.

"소문에 의하면 회장 사모님이 애를 낳지 못해서 재를 씨받이로 이용한 것이라나 봐."

"허긴 같은 여자인 우리가 봐도 잰 예쁘긴 예뻐, 그러니 회장이 눈독을 들일만도하지 안 그래?"

"그럼 대리모란 말이야?"

"그래, 얼마나 받았을까?"

"50평짜리 아파트 한 채래."

"와~ 정말? 나도 저런 자리 있으면 소개시켜 줘. 호호호"

"야, 그런 자리 있으면 내가 가겠다. 호호호"

부러움 반 시샘 반인 것 같은 소리들이었다. 수련은 수근 대는 소리를 뒤로 한 채 밖으로 뛰쳐나왔다.

"그렇다면 회장 부부가 서로 짜고 아이를 얻기 위해 나를 이용한 것이란 말이지."

그때서야 모든 일이 계획적으로 이루어진 일이란 걸 희미하게나마 느껴지는 것 같았다. 너무 가난하게 살았기에 분수에 맞지 않는 옷을 걸치려던 욕망이 자신을 이렇게 만들었다는 생각이 들자 자신이 너무 비참해졌다. 한 때는 순수한 열정으로 향학열에 불타서 진학을 했던 대학이었는데 대학 4년의 생활이 생각만큼 쉽지 않았다. 컸던 꿈은 힘든 만큼 작아져 갔다. 자신의 마음이 돈의 노예가 되어 자신도 모르게 자신의 마음이 풀 한포기 살 수 없는 사막으로 변해가고 있는 것도 모른 채 살았던 시간이었다. 그런 것을 어렴프시 깨닫게 되니 자신이 부끄럽고 아이를 이용해 부를 얻으려 했던 자신이 부끄러워 당장 죽고 싶었다. 그러나 아기를 낳은 후 아기에 대한 모정은 가슴에서 우러나오는 진실이었다. 죽기 전에 아기만은 한번 보고 싶었다. 그래서 덕수가 사는 집을 찾아 갔지만 문전박대만 받고 발길을 돌려야만 했다. 회사에도 몇 번이고 찾아가 덕수를 만나려 했지만 회장이란 신분이 이렇게 대단하게 만나기 어려운 사람인 줄은 몰랐다. 전에는 덕수와 가깝게 지냈기에 언제나 회사에 들어가면 회장실은 언제나 자유로이 드나들 수 있는 곳이었다. 그러나 지금은 회장실을 들어간다는 것은 고사하고 회사 출입마저도 자유스럽지가 못했다. 그녀는 아기는 찾아야겠는데 어떻게 할 방법이 없었다. 앞이 캄캄하고 쓰러질 것만 같다. 이젠 어렴프시 느꼈던 생각이 무서운 음모에 의해서 자신이 희생의 제물로 받쳐 졌다는 것을 알 것 같았다. 생각이 거기에 이르자 자신이 철저한 이용물이 되었다는 생각에 반은 미친 사람이나 다름없었다. 법에 호소를 해야 되겠다는 생각도 해보았지만 지금의 상태에서는 계란으로 바위를 치는 것에 지나지 않을 것은 빤한 사실이었다. 별안간 김덕수와 민경희가 마법의 철옹성에 있는 마법의 성주와 같은 무거움으로 짓눌려와 도저히 그들과는 상대가 될 수 없다는 절망감 속에 무기력증에 빠져 든다. 이젠 그녀에게 남은 거라곤 아무 것도 없었다. 덕수도 떠나고 아이도 떠났다. 회사의 동료들은 질시의 대상일 뿐이다. 그녀는 모든 걸 잃었다는 허전함에 마치 눈보라가 휘몰아치는 벌판으로 홀로 내쫓긴 기분이다. 배신을 당해본 사람만이 그 쓰라린 고통을 알 것이다. 김덕수와 그의 처 민경희에 의해 농락을 당하고 아이까지 빼앗겼다는 절망감에 마음이 처참해진 수련은 지친 상태에서 삶에 의욕을 상실하고 죽음을 생각했다. 다른 것은 아무 것도 생각이 나질 않는다. 오직 죽음만이 지금의 숨 막힐 듯한 상황을 탈출하는 길이라 생각했다. 죽을 곳을 찾아 가기 위해 탄 차가 강화행 버스였다. 강화버스터미널에서 내린 수련은 발길이 닿는 대로 가다보니 닿은 곳이 강화대교였다. 다리 아래는 마침 밀물 때라 그랬는지 시퍼런 바닷물이 바람에 일렁이고 있었다. 눈물이 주체할 수 없이 흐른다. 몇 번 안아 보지도 못한 아기의 울음소리가 떠나지 않고 귓전을 맴돈다.

"아가야, 아가야, 흐흐흑흑"

그녀는 미친 듯이 아기의 환영을 쫓는다.

"아가야, 엄마야, 엄마 여기 있어, 자꾸 어디로 가니?"

일렁이는 바닷물에 아기의 환영이 떠 있다. 순간 그녀는 아기의 환영을 쫓아 바다로 뛰어 들었다.

여기까지 이야기를 마친 그녀는 눈물을 쏟아낸다. 정민은 초록은 동색이라는 생각이 들어 그녀에게 동정이 갔고 뭔가 그녀에게 위로가 되고 싶었다.

"기막힌 이야기군요."

"이게 다 저의 죗값입니다. 세상을 편하게 살고자 한 제 마음이 이런 화를 부른 거지요."

"그 당시의 정황은 그럴 수밖에 할 수 없었던 것 같아요. 어쩌면 그때 그렇게도 절묘하게 상황이 맞아 떨어졌는지 모르겠어요. 어머니의 타계 소식이 없었다면 그런 일은 일어나지 않았을지도 모르잖아요."

"허긴 그랬을지도 모르지요."

"저에게도 수련씨와는 다르지만 아픈 기억이 있었지요."

3 아픈 과거

정민에게는 최승혜란 여자 친구가 있었다. 그녀는 늘 밝은 모습의 만년소녀였다. 그녀는 운동을 매우 좋아 했는데 특히 탁구를 잘했다. 정민도 탁구 실력이 수준급은 되었기에 늘 그녀와 시간이 빌 때면 탁구를 함께 했다. 그러나 아이러니 하게도 그녀는 탁구를 즐기긴 해도 탁구선수는 아니었고 테니스 선수였다. 탁구가 테니스에 어떤 도움이 되는지는 잘 모르지만 테니스의 축소판이 탁구라는 생각은 할 수 있었다. 둘은 그렇게 가까운 사이면서 서울에 있는 대학에도 함께 통학을 했다. 그녀는 정민보다 2년이 후배였는데 체육대학을 다니고 있었다. 정민이 다니는 K대학과는 거리가 멀었지만 집으로 갈 때는 열차통학이었기에 열차 안에서 자연스럽게 만날 수 있었다. P역에 도착을 하면 그들은 친구들과 무리지어 P역 앞에 있는 카페 역마차에서 차를 마시며 이야기의 꽃을 피우기도 하지만 때론 호프집으로 몰려가 늦도록 맥주를 마시기도 했다. 정민과 승혜는 서로 좋아 하는 감정을 가지고 있으면서도 사랑한다는 말을 못한 채 절친한 선후배로만 지내고 있을 뿐이었다. 그렇게 시간이 가고 승혜는 대학을 졸업하고 실업팀에서 테니스 선수로 얼마간 활동을 했지만 어깨 부상으로 인하여 운동을 그만 두고 회사의 평사원으로 일을 하고 있었다. 그녀는 운동선수 출신이어서 그랬는지 행동 하나 하나가 남자 같았고 여자다운 모습은 도무지 찾을 수가 없었다. 그렇다고 남자들이 전혀 좋아하지 않는 스타일은 아니었다. 남자 중에는 그녀 같이 화끈하고 와일드한 스타일을 좋아하는 사람도 있게 마련이다. 정민이 그런 사람 중에 하나였는지도 모른다. 그러나 정민도 승혜도 한 마을에 살면서 서로 좋아는 하면서 갑돌이와 갑순이처럼 내색을 못한 채 지내고 있을 뿐이었다. 그녀에게 있어서 정민이 아닌 다른 남자는 그리 필요한 존재로 여겨지질 않았다. 그래서 그랬는지 중매를 해서 선을 몇 번인가를 봤지만 볼 때마다 깨지곤 했다. 그러다 보니 세월만 흘려보내고 나이만 삼십 줄을 훌쩍 넘긴 것이다. 그러나 승혜가 정민을 좋아 하면서도 결혼을 못하는 것은 나름대로의 복잡한 사연이 있었다. 정민의 집안이 너무도 가난하기 때문이었다. 승혜는 그런 것 따질 것 없이 정민과 결혼을 하겠다며 중매가 들어 올 때마다 거절을 했다. 허나 승혜의 부모는 가난뱅이에게는 절대 시집을 보낼 수 없다며 맞서고 있는 것이었다.

"처녀 귀신으로 늙어 죽더라도 너를 가난뱅이 집안으로는 절대 시집을 보내지 않을 게다."

승혜 아버지의 최씨 고집과 딸인 승혜의 최씨 고집이 맞닥뜨린 것이다. 정민의 집이 가난하다고 하는 것은 진짜 가난하기 때문이 아니라 양 부모님이 교통사고로 함께 사망해 부모 없이 삼남매가 살고 있기 때문일 것이었다. 부모가 생전에 남겨 놓은 재산이 있어 그리 어려운 살림은 아니었지만 삼남매

중 맏이인 누나 정희가 살림을 도맡아 끌고 나가고 있었다. 정희가 고등학교 2학년 때 부모님이 교통사고로 죽자 학교를 중퇴하고 동생들을 위하여 살림을 할 수밖에 없었다. 부모가 교통사고로 죽었을 때가 정희가 고등학교 2학년이었고 정민이 바로 위 누나인 정애가 중학교 2학년이었다. 정민이 초등학교 5학년이었던 막내였다. 부모의 재산이 많지 않았던 정희는 동생들을 가르치며 살아야만 했다. 그럭저럭 있던 것으로 알뜰하게 살다보니 정애가 고등학교를 졸업하고 정민이 고등학교에 입학할 무렵 정희가 수입이 좋다는 말에 술집 주방에서 일을 한 적이 있었다. 긴 시간을 하지 않았지만 동네 사람들은 술집에서 일을 한다며 수군거리곤 했었다. 그러나 정희는 그런 말에는 개의치 않았다. 동생들만 잘되고 가르칠 수만 있다면 자신은 지옥이라도 가겠다며 자신을 채찍질 하던 정희였다. 그렇게 지독스레 돈을 벌어 정애를 대학에 진학 시키고 미국으로 유학까지 시켰다. 정애는 미국에서 만난 사람과 결혼하여 미국에 살고 있으며 다달이 자신이 언니에게 신세를 졌다며 생활비와 정민이의 학비를 보내 왔다. 정애의 도움으로 정희가 어깨를 필 수 있었던 것이다. 정민이 또한 고등학교 때부터 성적이 우수하여 K대에 진학하여 졸업을 하고 국내 굴지의 건설회사에 입사를 하였다. 이렇게 보면 재산은 없다지만 보이지 않는 가족 (家族)간의 유산만큼은 부족함이 없는 집안인 것이다. 한 동네에 살면서 모두를 잘 아는 사람들 간의 결혼이 이래서 힘이 드는지도 모른다. 승혜의 집에서 부모님이 정민과의 결혼을 반대하는 것은 정희가 술집에서 일을 했다는 것과 부모님이 교통사고로 한 번에 죽었다는 점이었다. 한마디로 재수가 없는 집안이라는 것이었다. 이러다 보니 정민과 승혜는 만날 일이 별로 없었다. 절친한 사이였지만 오랜 시간 연락을 않고 살다보니 가끔 생각은 나지만 전과 같은 애틋함은 사라진지 오래였다. 눈에서 멀어지면 마음도 멀어진다고 하더니 대학을 졸업하고 직장을 다니다보니 만나는 횟수가 줄어들고 그렇게 조금씩 멀어져 간 것 같았다. 그러나 그녀를 머릿속에서 완전히 지운 것이냐 하면 그런 것은 아니었다. 가끔은 문득문득 생각이 날 때도 있었다. 그런 마음은 승혜 또한 마찬가지였다. 그렇게 서로가 나이만 먹어가고 있던 어느 날 휴일인 일요일 승혜에게서 전화가 걸려 왔다.

"형, 나야, 승혜. 한번 만날까?"

"무슨 일이 있어?"

"꼭 무슨 일이 있어야 전화하나? 형하고 상의할 일이 있어서 그래."

"그럼 시간이야 만들면 되는 거지."

"그럼 우리 전에 매일 가던 역전앞 카페 역마차 알지? 7시야."

"오우케이."

"누나, 나 밥 좀 줘. 친구 좀 만나러 나가려고."

"친구 누군데?"

"누난 모르는 친구야."

"그래? 알았어, 바로 밥할게."

정민은 저녁을 일치감치 먹고 천천히 약속 장소로 향했다. 겨울이라 해가 짧아 거리는 이미 어둠이 내린지 오래다. 다방문을 밀고 들어가 한 바퀴를 둘러보니 승혜가 먼저 나와 손을 번쩍 들며 웃고 있었다.

"형, 여기야."

"그런데 무슨 일이야?"

정민은 자리에 앉자마자 차를 시키기도 전에 승혜에게 묻는다.

"좀 심각한 이야기야, 그런데 형은 뭐가 그리 급해? 차부터 시키고 마시며 천천히 얘기해도 되잖아."

"그래, 그럼 그렇게 하지 뭐."

차가 나오자 한 모금을 마신 승혜는 무언가를 고심하는 눈치였다. 그러던 그가 작심을 한 듯 정민에게 정색을 하고 다가선다.

"형 나 심각하게 말 하는 거니까 솔직한 대답을 해줘."

"그래, 뭔데 그렇게 심각해."

"형, 나하고 결혼하자."

"아니 생전 결혼 안 할 것 같더니 별안간 변덕이 났냐?"

"내가 그냥 결혼하고 싶어 졌어."

"그래? 결혼이 뭐 뉘 집 강아지 이름이냐?"

"우린 지금 농담할 때가 아니라고, 우리 지금 30대야, 누구의 허락 없이도 결혼할 수 있는 나이란 말야."

"그럼 지금 것 누가 결혼을 못하게 해서 결혼을 안 한 거라는 얘기잖아."

"아니, 가령 그렇다는 얘기지. 호호호"

승혜의 아버지는 승혜를 자신의 친구 아들에게 시집을 보내려 하고 있었다. 그 친구는 p지방에서는 꽤 재력이 있는 편이었다. 그러다 보니 자연스럽게 정민의 집안과 비교를 하며 정민의 집안 내력을 이러쿵저러쿵 트집을 잡고 물고 늘어진 것이다. 그러나 승혜로서는 정민에게 그러한 내막을 말할 수가 없었다. 이제는 나이도 찰대로 찼고 정민이 동의만 한다면 둘이서 결혼식을 올릴 수도 있는 나이다. 정민으로서도 작은 누나 정애가 먼저 결혼을 해서 미국에 살고 있고 큰 누나인 정희도 전부터 결혼하자며 기다렸던 사람과 얼마 전 결혼을 하여 한집에 같이 살고 있었다. 이제 정민만 결혼을 하면 정희의 짐은 한결 가벼워지는 것이다. 정민도 빨리 그렇게 하고 싶었다.

"그럼 잘됐네. 나도 처지가 승혜 너와 비슷한데."

"형, 그러면 교회에서 우리끼리만 결혼식 올리면 어떨까?"

"우리끼리만? 아니 어린애 소꿉장난도 아니고 부모형제가 다 있는데 왜 그런 결혼을 해야지?"

"실은..."

승혜는 지금껏 정민에게 망설이며 하지 못했던 이야기를 비로소 하기로 하였다. 지금 것 말을 못한 것은 정민이 받을 상처를 생각지 않을 수 없었기 때문이었다. 승혜의 이야기를 들은 정민도 그동안 승혜의 마음고생이 컸을 것이라는 것을 이제야 알 것 같았다. 이렇게 서로의 마음을 확인한 이상 망설일 이유가 없었다.

정민이 다니던 교회에 가서 목사님과 상의 후 주일에는 예배가 있어 평일에 식을 올리기로 하였다. 물론 승혜네 부모에게는 알리지 않고 정민의 가족이래야 누나 정희와 얼마 전 결혼한 매형이 있을 뿐이었다. 정민의 절친한 친구들과 승혜의 친구들이 하객의 전부였다. 목사님의 주례로 성대한 결혼식은 아니었지만 정민의 가족과 친구들의 축하 속에 결혼식을 올린 정민과 승혜는 부산으로 신혼여행을 떠났다.

"승혜, 미안해. 나중에 너희 부모에게도 인정을 받은 후 좋은 곳으로 다시 한 번 신혼여행을 하는 것도 괜찮을 거야."

"형, 걱정 되나보지. 나 괜찮아."

신혼여행지인 부산에 도착해 호텔을 잡은 후 정민이 제안을 했다.

"어때? 우리 탁구장에 가서 몸 한번 풀지 않을래?"

"그럴까."

정민과 승혜는 물어서 탁구장을 찾을 수 있었다. 전엔 만나면 둘이서 늘 하던 게임이었다. 둘은 치면 언제나 막상막하였다. 실력이 비슷하기 때문이지만 열 번을 치면 그래도 승률은 언제나 승혜가 조금 앞서는 편이었다. 땀을 흠뻑 흘리고 돌아와 욕실에 들어가 샤워를 하고 나오니 몸과 마음이 날아갈 듯 상쾌하다. 소파에 앉아 캔 맥주를 마시고 있는데 프런트에서 전화가 왔다. 지금 프런트에 손님이 승혜를 찾아 왔다는 것이었다.

"신혼여행 중에 어떤 손님이 찾아 왔다는 거야?"

"영주 같은데. 나 잠깐 나갔다 올게."

갔다 온다던 승혜는 같은 직장에 다니는 영주라는 후배를 데리고 들어왔다. 그녀와 함께 들어온 승혜는 영주를 소개했다.

"학교 후배고 직장 후배야. 영주라고 하지. 이영주."

"?"

"야, 영주야, 우리 신랑이야. 인사해."

영주가 꾸벅 고개를 숙이며 인사를 한다.

"이영주라고 합니다. 언니한테 얘기는 많이 들었습니다."

정민도 웃음으로 인사를 받았다. 그러나 영주는 시간이 흘러도 갈 생각을 않고 있었다. 이때나 저때나 갈까 기다렸으나 도무지 갈 기미가 보이질 않는다. 정민이 지루해 하품을 하자 기다렸다는 것처럼 승혜가 먼저 자라고 권한다.

"졸리면 먼저 자도록 해, 난 영주와 침대에서 잘 테니 자기는 밑에서 요를 깔고 자도 되지?"

황당했지만 화를 낼 수도 없고 참으려니 울툭불툭 치밀어 오르는 화를 참을 수가 없어 잠을 이룰 수가 없다. 세상에 이런 황당한 일이 어디 있는가. 신혼여행에 쫒아와서 신부를 빼앗아 잠을 자는 여자는 무슨 생각에 저러며 신랑은 방바닥에 잠재우고 자신의 후배를 끌어 들여 함께 자는 신부는 도저히 이해 할 수가 없다. 그렇게 첫날밤을 치룬 후 다음날 영주는 아침식사를 하고 가라는 승혜의 권유를 뿌리친 채 급한 일로 가야 한다며 떠나 버렸다. 그때도 승혜는 영주에게 신혼여행을 하는 동안 함께 여행을 하자고 부추겼다. 그러나 영주도 정민의 표정 속에서 불쾌감을 눈치 챈 것 같았다. 정민이 감정을 감추려 했지만 어딘지 모르게 나타나는 표정은 자신은 모르지만 옆에 있는 사람은 아무리 눈치가 없는 사람일지라도 알게 마련이다. 부산을 떠나 경주를 돌면서도 신혼여행의 기분을 깨지 않기 위해 정민은 승혜에게 일절 영주에 대한 이야기는 하지 않았다. 이미 지난 일인데 그런 일을 가지고 승혜의 기분을 상하게 하고 싶지는 않았기 때문이었다. 신혼여행에서 돌아와 둘만의 신혼살림이 시작 되었다. 큰 아파트는 아니지만 신혼살림하기엔 적당한 크기였다. 아침에 출근할 때와 저녁에 퇴근을 하면 승혜는 언제나 반갑게 정민을 맞아 주었다. 이래서 결혼을 하는 거구나, 하고 행복감에 취해 있었다. 그러나 그 행복도 잠시였다. 한 달 남짓 그렇게 하던 승혜는 정민이 퇴근을 하면 집을 비우는 일이 잦았다. 작은 쪽지라도 남기거나 늦으면 늦는다는 연락이라도 해야 하건만 일절 연락 한마디 없이 안 들어오는 날이 많아졌다. 처음엔 걱정 때문에 처갓집에 연락이라도 할까 했으나 승혜와 결혼한 것도 모르고 있는 상황에서는 그럴 수도 없는 일이라 혼자서 속만 태워야 했다. 한번 나가면 보통 3 ~ 5일 후에나 들어오곤 했다. 그날도 퇴근을 하여 집에 돌아오니 문이 굳게 잠겨 있었다. 현관문을 열쇠로 따고 들어가니 승혜의 코트가 옷걸이에 걸려 있다.

옷을 갈아입고 다시 나간 것 같았다. 옷걸이에 있는 코트 주머니를 뒤져 보니 필름 한통이 나온다. 필름을 현상소에 맞기고 사진을 빼보니 신혼여행지에 왔던 영주와 찍은 사진들이었다.

"그럼 영주와 동성애를 하고 있단 말인가?"

복잡한 생각들이 머릿속을 어지럽게 한다. 생각 속에 잠 못 이루고 있을 때 현관문을 열고 들어오는 기척이 들린다. 정민이 일어나 방문을 여니 거실에 승혜가 영주와 함께 서 있었다.

"죄송합니다."

영주가 먼저 죄송하다는 인사를 한다. 죄송하다는 사람에게 무슨 말을 하겠는가. 그러나 정작 승혜는 정민에 대한 미안함이 전혀 없어 보였다. 아마 그녀의 태도로서는 당연한 행동을 하고 있다는 표정이다.

"난 애하고 잘 테니 건넌방에서 자도록 해."

미안하다는 말 한 마디 없이 당당하게 하는 말이다.

"이러려고 결혼 하자고 했어?"

영주를 앞에 세워놓고 싸우는 것도 부끄러워 속은 부글부글 끓지만 꾹 참고 건넌방으로 들어가 잠을 청할 수밖에 없었다. 그렇게 그녀의 기이한 행각은 끝없이 이어졌다. 정민도 더 이상은 참을 수 없는 지경에 이르고야 말았다. 그녀가 한 달 중 집에서 자는 것은 열흘도 되지 않았다. 그렇게 그녀는 신혼 초부터 외박을 밥 먹듯 하고 다녔다. 할 수 없이 흥신소에 부탁을 하여 그녀의 뒤를 밟게 하였다. 며칠이 지나서 흥신소에서 연락이 왔다. 지금 당장 나오라는 것이었다. 어느 집으로 들어갔는데 시간이 꽤 됐다는 것이다. 정민이 급히 도착하여 현관문의 벨을 눌렀다.

"누구세요?"

여자의 음성이었는데 술에 취한 듯 혀 꼬부라진 소리 같이 들렸다.

"사람 좀 찾으러 왔습니다."

"찾는 사람이 누군데요?"

"최승혜라는 사람인데 이 집으로 들어갔다는 것을 본 사람이 알려줘서 왔습니다."

술에 취해서 문을 연 여자는 영주였다.

"죄송합니다."

그녀는 취한 상태에서도 정민을 알아보는 것 같았다. 정민이 아무 말 없이 집안으로 들어가 보니 승혜는 술에 취해 겉옷을 벗어던진 채 인사불성이 되어 있었다. 화가 났지만 속으로 화를 누르며 벗어놓은 옷을 입혔다.

"이게 무슨 꼴이야? 우선 집으로 가자."

"누구야? 씨팔. 오! 백정민씨가 오셨구먼."

정민은 어이가 없었다. 술에 취해 인사불성이 된 승혜를 데리고 오면서도 화가 나는 것은 어쩔 수 없다. 무엇이 불만이란 말인가? 정민은 헤어져 있는 동안 그녀가 어떻게 살았는지를 알아보지 않고 결혼한 것이 후회스러웠다. 옛날 순수했던 그녀만 생각하며 결혼을 한 것인데 그것이 정민의 인생에 최대의 실책이었다.

"그런데 왜 그런 거래요?"

정민이 이야기 하는 동안 수련은 마음이 많이 진정이 되어 있었다. 수련은 결과가 궁금한지 재촉이라도 하듯 묻는다.

"다음날 저녁에 집에 들어오니 그녀는 집에 없었어요. 잠시 있으려니 현관 벨이 울리더군요. 영주가 찾아온 것이었어요."

"왜 찾아 왔대요?"

"그동안 내가 몰랐던 이야기들을 들려주었어요."

승혜의 집은 시내에서 좀 떨어진 곳에서 부모님이 농장을 하고 있었다. 넓은 도로 옆이었지만 으슥한 곳이 많아 밤이면 여자 혼자 다니기에는 위험한 곳이었다. 통학을 했던 승혜는 그날도 역에서 내려 친구들과 맥주를 몇 잔 마시고 걸어 들어가던 중이었다. 그런데 같은 동네에 살고 있는 진환이라는 청년이 승혜를 짝사랑하고 있던 참에 마침 술이 취하여 걸어오고 있는 승혜를 발견하고는 산속으로 유인하여 성폭행을 하려다 미수에 그친 사건이 있었다는 것이다. 물론 같은 동네에 살고 있는 진환이라는 청년을 정민 또한 잘 아는 친구였다. 그 이 후로 승혜나 진환은 비밀을 간직한 채 서로 입을 다물고 살고 있지만 생각도 않던 같은 동네 남자에게 자신의 나신을 일부나마 보였다는 수치심에 여자인 승혜로서는 정신적인 충격이 대단했던 것이다. 누구에게도 말 못하고 살던 그 이야기를 영주와 만나 털어 놓은 것이다.

"영주야, 나 결혼 할 거야."

"언니, 결혼할 사람은 있어?"

"응, 내가 전부터 사랑하던 사람이 있어, 같은 동네에 살지만 전부터 그 사람과 결혼 한다니 우리 부모님이 반대를 해왔어, 그 사람의 부모가 교통사고로 죽자 그 사람의 누나가 잠시 술집 주방에 나간 적이 있었지, 그때 동네 사람들은 그 사람의 누나를 술집에 나간다며 수근 거렸었어, 그 이야기를 들은 우리 부모가 그런 집안과는 절대 결혼을 못 시킨다는 거야. 그러나 나는 지금도 그 사람과 결혼을 할 것이라는 데는 조금도 변함이 없어."

"그럼 언제 결혼 할 건데?"

"그 사람의 가족들과 또 나는 친구들을 불러 놓고 교회에서 우리 부모 몰래 결혼식을 올리기로 했어. 그런데 너에게 부탁이 있어."

"언니, 뭔데?"

"나 결혼하고 신혼여행을 가면 여행지에 네가 좀 와 줄래?"

"남의 신혼여행에 내가 왜?"

"사실 난 지금 무서워, 결혼 후 신혼여행에서 그 사람과 치러야 될 첫날밤이 무섭단 말이야."

"언니, 이건 장난이 아냐. 정식 결혼이란 말이야."

"그래도 난 정말 무서워, 그때 강간 당 할 뻔한, 생각이 떠올라서 도저히 제대로 첫날밤을 치러내지 못할 것 같아. 영주야 나 좀 도와 줘 응."

간절한 승혜의 부탁을 거절할 수 없어 도리가 아닌 줄 알면서도 갈 수밖에 없었다. 신혼여행을 다녀와서도 결혼은 했지만 도저히 정민의 앞에서 자신의 몸을 떳떳하게 보여줄 수가 없다는 것이었다. 그래서 승혜는 영주를 찾아 왔고 영주는 마지못해 정민에게 욕을 먹을 것을 알면서도 그렇게 할 수밖에 없었다.

"그 남자와의 사이에 아무 일도 없었지만 생명까지도 잃을 수 있었다는 절박감과 여자의 생명과 같은 정조를 잃을 뻔 한 사실이 잊혀 지지가 않는 것 같았습니다."

"영주씨, 고마워요. 난 그런 줄도 모르고 영주씨를 오해 했어요."

"오해가 풀리셨다니 저도 마음이 가벼워요."

그렇게 영주가 가고 난 뒤 방으로 들어가 보니 경대 앞에 쪽지가 한 장 놓여 있었다.

형,

나 그동안 잘못 많이 했지? 나 스스로가 그걸 알고 있어. 그런데 알면서도 고친다는 것이 잘 안 됐어. 내 마음이 안정이 되면 언제가 될지 모르지만 만나서 사과할게. 그동안 속상하게 한 것 미안해. 난 친정집에도 안 갈 거야. 좋은 여자 만나서 행복하길 바랄게.

최승혜 올림

"그러면 그렇게 떠나고 다시는 오지 않았나요?"

수련은 흥미롭다는 듯 다음을 묻고 있었다. 지금의 표정으로 보아선 몇 시간 전 바닷물에 뛰어들어 자살을 감행했던 여자의 모습이 아니었다.

"?"

"그럼 그렇게 이혼을 하고 말았군요."

"우리에겐 이혼이라고 말할 것도 없었어요. 4개월여 만에 파경을 맞았고 그 와중에 혼인신고를 할 기회도 없었으니까요."

"마음이 아팠겠어요. 그러나 두 분 사이에 아이가 없었던 것이 다행인 것 같아요."

"아이가 왜 없었겠어요. 뒤 늦게 알았지만 그녀는 이미 뱃속에 아이를 임신하고 있었던 거지요."

"그럼 그 아이는 낳아서 그분이 기르고 있나요?"

"아니지요. 나는 까마득히 몰랐는데 나중에 안 일이지만 그녀는 나에게는 말 한마디 없이 아이를 유산을 시키고 말았지요. 그런 후 그녀는 여행을 다닌다며 차를 한 대 사서 유유자적하며 살았던 듯합니다. 그렇게 2년여가 흐른 뒤에 그녀가 찾아왔어요."

"그렇게 쪽지 한 장 남기고 떠난 후 소식도 없이 있다가 2년 만에 왜 찾아 왔을까요?"

"용서를 해달라고 하더군요. 솔직히 모든 것을 털어 놓으며 그 당시는 그 충격에서 벗어날 수가 없었다는 거예요. 그러면 그 상태에서 왜 결혼을 하자고 했느냐고 물었어요."

"뭐라고 말하던가요?"

"그 당시 나이는 먹고 그렇게라도 하지 않으면 나를 놓칠 것 같아 초조한 마음에 일을 저지르고 나니 모든 것이 후회스러웠다는 겁니다."

"말도 안 되는 얘기네요."

"도저히 용서를 할 수가 없었어요. 아이를 낳아서 데려 왔다면 아마 용서 했을 겁니다. 내 자식이라고 낳아서 데려 왔는데 어떻게 내 칠 수가 있겠어요. 나에겐 한마디의 상의도 없이 멋대로 아이를 유산시키고 와서 용서를 하여 달라니 누구인들 쉽게 용서가 되겠어요."

"그렇게 보내고 난 후 더 이상 연락이 없었나요?"

"그녀와는 전혀 연락이 없었는데 약 3년여가 지난 후 어떤 여자에게서 연락이 왔어요. 잠시 만나서 할 이야기가 있으니 만나 달라구요. 처음엔 모르는 사람이라 거절을 했는데 승혜와 연관이 있는 이야기라며 극구 만나기를 청하는 것이었어요. 수원역 앞에 있는 궁전이란 카페에서 나오지 않더라도 기다리고 있겠다는 것이었어요. 그래서 고민을 하다가 일단 나가 보기로 한 것이지요."

서울에서 출발해 수원역에 도착을 하니 해가 넘어가고 어둠이 내리기 시작했다. 역 맞은편에 궁전이란 네온싸인이 현란하게 번쩍이고 있었다. 정민은 아무런 생각 없이 문 입구에 들어서니 넓은 홀 안에 사람들이 그득 차 있다. 주위를 둘러보아도 정민이 알 만한 사람은 보이질 않는다. 피아노 옆에 자리를 잡고 앉아 있으려니 피아노의 반주자는 슈베르트의 세레나데를 연주하고 있었다. 정민이 좋아하는 곡이라 정민은 눈을 감은 채 곡에 빠져 들었다. 잠시 후 슈베르트의 세레나데 연주가 끝나자 청중들의 박수가 터져 나왔다. 박수 소리에 깜짝 놀란 정민은 눈을 번쩍 뜨고 청중들과 함께 호흡하려 힘차게 박수를 쳤다. 그때 맞은편 테이블에 혼자 앉아 있는 아가씨가 정민을 보고 웃고 있었다. 아래위로 한 벌의 청바지와 청 점퍼를 입고 있었는데 풋풋한 젊음이 보기 좋아 보이는 아가씨였다.

"예쁜 아가씨가 참 풋풋해 보이는군."

하고 혼자 중얼거리고 있는데 그 아가씨가 씩 웃으며 손을 번쩍 든다. 그리고 일어나 정민을 향하여 걸어오고 있었다.

"안녕하세요? 저 모르시겠어요? 저 영주예요."

"영주씨가 어떻게..."

홀 안이 어둠침침해서 영주인지를 몰랐던 것이다. 설령 그렇다 하더라도 영주가 이곳에 있으리라곤 상상할 수도 없었다.

"아니 그럼 전화한 사람이 영주씨였단 말입니까?"

"제가 영주라고 하면 안 나오실 것 같아서요."

"여하튼 반가워요. 몰라보았어요. 길거리에서 만나도 몰라볼 것 같은걸요."

"사실은 승혜 언니의 부탁을 받았어요."

"승혜의 부탁을 받고 온 거라면 더 이상 할 이야기가 없는 것 같습니다. 차나 한잔 하고 가도록 해요."

"성격이 매우 급하신가 봐요."

"그래요? 그렇다면 미안하군요."

"사실 저는 승혜 언니의 부탁도 있었지만 개인적으로 아저씨를 만나보고 싶었어요."

"네?"

아저씨는 잘 모르시겠지만 전 아저씨에 대하여 잘 알아요.

저의 오빠 친구가 아저씨 사촌동생이거든요. 결혼식에 갔을 때 그 오빠를 거기서 만났어요. 그때 아저씨가 그 오빠의 사촌 형이라는 걸 알게 되었지요. 그 오빠는 아저씨를 무척 성실한 분이라고 말해 주더군요. 전 승혜 언니에게 속을 썩고 계시는 아저씨를 보며 전들 왜 마음이 아프지 않았겠어요. 한 번 쯤은 언젠가 개인적으로 만나 뵙고 싶었어요. 그런데 승혜 언니가 한 번 만나서 설득을 해달라고 해서 핑계 김에 연락을 드린 거예요. 듣던 대로 성실한 분이란 걸 몇 마디 대화에서도 느낄 수가 있었어요. 사실 아저씨보다 훨씬 전에 와서 자리에 앉아 있었어요. 조용히 음악을 감상 하시는 모습이 보기 좋아서 보고만 있었답니다. 나중에 아저씨가 저를 보고 있는 것 같아 손을 들고 아는 체를 한 거예요."

"미안하군요. 영주씨가 생각하는 것처럼 좋은 사람인지는 잘 모르겠습니다. 그것보다는 영주씨가 매우 아름답다는 생각을 하고 있었어요."

"정말이에요? 제가 아름답다고 하셨어요? 호호호"

그녀는 정민의 아름답다는 말에 매우 행복해 하는 모습이었다. 사실 영주는 학교도 승혜의 한참 후배였다. 그런데다 원래 인물도 뛰어날 정도로 아름다운데다 한창 젊음이 물오른 듯해 더욱 매혹적인 아름다움을 가지고 있었다. 그녀는 정민의 칭찬에 붉게 상기된 모습이었는데 상기된 얼굴이 더 고혹스럽게 아름다워 보였다.

"아저씨 감사합니다. 그렇게 칭찬해 주시니 얼마나 기분이 좋은지 몰라요. 좋아하는 사람에게 칭찬 받는다는 게 얼마나 좋은 줄 아세요?"

그녀는 은연중에 자신이 정민을 좋아 한다고 말하고 있었다. 그러나 정민은 예쁘고 풋풋한 영주의 젊음이 자신에겐 부담으로 다가왔고 어린 그녀의 말만 듣고 함께 춤을 출 수 있는 나이는 지났다고 생각했다. 거기에 자신은 승혜와의 결혼에 실패한 이혼남이었다. 정민은 양심상 영주와는 가까이 할 수 없다는 결론을 내렸다.

"영주씨, 지금 영주씨 나이가 몇인데 나 같은 사람을 좋아해요. 나는 결혼에 한번 실패한 사람이고 영주씨보다 나이도 한참 많아요."

"알아요. 전 모든 걸 알고 아저씨를 만나기로 한 거예요. 그런 예비지식도 없이 나왔겠어요. 그런 걱정이라면 하지 않으셔도 됩니다. 아저씨와 저의 연령 차이가 15년의 차이가 있지만 그게 뭐 어때서요. 아저씨는 남자고 나는 여자일 뿐이 예요."

그녀는 그녀가 나이가 많은 사람과 왜 결혼을 해야 되는지에 대한 당위성을 설명하려고 하였다. 영주가 초등학교에 다니고 있을 때 아버지는 중동으로 일을 떠났다. 영주 위로 오빠 둘에 막내딸이었던 그녀는 아버지의 사랑을 듬뿍 받으며 자랐다. 그런 아버지가 중동으로 떠난 뒤 15년 만에 돌아왔다. 그녀가 초등학교 3학년 때에 떠난 아버지는 한 번도 귀국을 하지 않은 채 15년의 세월을 열사의 땅에서 흘려보낸 것이다. 뜨거운 나라에서 보낸 세월이라 그랬는지 아버지의 모습은 영주가 생각했던 것보다는 훨씬 더 늙고 수척한 모습이었다. 가난했지만 자신의 분신인 자식들만은 떳떳하게 교육을 시켜야 된다는 일념으로 잠시 휴가라도 다녀갈 수도 있었으련만 휴가비가 아까워 그러질 못했던 아버지였다. 영주가 대학을 졸업하고 취직을 하여 3년의 세월이 지나서야 아버지는 귀국을 했다. 돌아온 것도 오고 싶어 온 것이 아니었다. 자신의 몸에 병이 들어 온 것이었는데 귀국 후 검사를 받은 결과는 위암 말기 판정이었다. 그렇게 돌아 온지 3개월 후 아버지는 죽고 말았다. 영주는 죽기 전 파리했던 아버지의 모습을 뇌리에서 지우려 해도 지워지지가 않았다. 한마디로 아버지의 생애는 자식들을 위하여 헌신하다가 떠난 삶이었다. 그녀는 그런 아버지를 떠올릴 때마다 결혼을 하게 되면 나이가 많은 사람과 결혼하여 그 사람에게서 아버지를 느끼며 살고 싶었다. 정민으로서는 그런 아버지를 생각하는 영주의 애틋한 마음은 이해할 수 있었다. 그러나 영주의 지난 과거의 아픔이 정민의 마음을 그녀에게로 기울게 할 수는 없었다. 동정은 가지만 영주의 마음을 이해하기에는 승혜와의 상처가 아물지 않은 정민으로서는 선뜻 받아들여지지가 않는다.

"이렇게 영주씨가 훌륭하게 성장하기 까지는 헌신적이셨던 아버지의 아픈 삶이 있었군요. 오늘 하루 만나서 앞으로의 장래를 결정한다는 것은 성급하다 생각해요. 그러니 차차 만나면서 거리를 좁혀 가는 것도 좋은 방법이라고 생각합니다."

"제가 너무 성급했던 것 같습니다. 아저씨 말씀대로 하겠습니다."

"오늘 영주씨와의 만남 즐거웠습니다. 효심이 가득한 마음, 아버님께서도 하늘에서 기뻐하실 겁니다."

그렇게 헤어진 후 영주에게서 전화가 온 것은 한 해가 지나고 새해 2월 초였다. 수원이 집이었던 그녀는 불광동이 집이었던 정민에게 중간 지점쯤 되는 곳에 있는 관악산 등산을 하는

게 어떻겠느냐고 했다. 그러나 정민은 서울 근교에 있기 때문에 풀방구리 드나들듯 올랐던 관악산은 별 매력이 없었다.

"영주씨, 나는 관악산보다는 지금쯤 눈이 하얗게 쌓여 있을 선자령이 괜찮을 것 같은데요. 그쪽으로 가는 게 어떻겠어요?"

"아저씨가 좋다면 전 어디든 상관없어요."

"그럼 일요일 날 전철을 타고 동대문에서 내려요. 동대문종합상가 주차장에서 8시에 버스가 출발을 하니 일찍 서둘러야 될 겁니다."

"네, 그렇게 할게요."

정민이 동대문에 있는 동대문종합상가 주차장에 도착을 하니 여러 대의 관광버스가 도열해 있고 산행을 하려고온 등산객들과 산행에 필요한 물건들을 파는 장사꾼이 북적대고 있었다. 7시 45분이 되어갈 무렵 영주가 숨이 찬 모습으로 뛰어오고 있었다.

"영주씨, 수원에서 오려면 부지런 좀 떨었을 텐데요?"

"아. 행여 여기서 아저씨 못 만나면 어떻게 하나 걱정하며 왔어요. 호호호"

산행을 하려면 산악회와 미리 예약을 해야 하는데 정민은 산악회로 가는 산행에 대하여 잘 알고 있었다. 분명 빈자리가 있을 것이었기 때문이다. 마침 선자령 가는 산악회에 빈자리가 몇 좌석이 있었다. 8시가 되자 버스는 곧 출발을 했다. 강을 끼고 양수리를 지나가는 길엔 강에서 물안개가 피어오르고 있었다. 띄엄띄엄 보이는 작은 섬들과 나뭇잎 같은 조각배가 물안개와 어우러져 아름다운 하모니를 이루고 있는 모습이 선경처럼 신비롭게 보인다.

"아저씨, 너무 아름다워요. 아침에 떠오르는 햇빛을 받아 더 아름답게 보이는 것 같아요. 너무 멋있어."

그녀는 피어오르는 물안개와 주변의 경관에 심취되어 있었다. 버스는 양평을 지나고 홍천을 지나 인제쯤에 왔을 때도 눈이 온 흔적이 보이질 않는다. 사람들이 웅성거리기 시작했다.

"이거 선자령에 가도 눈이 없는 것 아냐? 눈 없는 선자령은 가보나 마나지."

그러자 영주가 정민을 보고 말했다.

"아저씨, 선자령 가봤어요?"

"그럼요."

"사람들은 눈이 없을 거라 하며 눈이 없는 선자령은 가보나 마나 라고 하잖아요."

"걱정 말아요. 안내하는 사람들이 그것도 알아보지 않고 안내 하겠어요."

버스가 대관령에 들어서자 나무에 하얗게 눈꽃이 피어있었다.

"와~ 눈꽃이다."

"아! 어쩌면 저렇게 아름다울 수가 있을까?"

사람들의 입에서 탄성이 터져 나왔다. 나무마다 피어난 설화가 너무도 아름다웠기 때문이다. 영주 또한 마찬가지였다.

"아저씨, 저 나무에 눈꽃이 너무 아름다워요. 난생 처음 보는 눈꽃이 예요."

"영주씨 만큼이나 아름다운 걸. 하하하"

"어머 아저씨 제가 저렇게 예뻐요? 호호호"

"눈꽃보다 더 아름답지. 영주씨를 어떻게 저 눈꽃에 비교하겠어."

선자령 입구에 버스를 세우고 줄줄이 선자령을 향하여 오르기 시작했다. 입구부터 하얀 눈이 쌓여 발이 푹푹 빠진다. 정민은 준비해온 스팻치를 영주의 등산화 위에 채워주고 자신도 착용을 했다. 스팻치가 없으면 등산화에 눈이 들어가 발이 시려 등산을 할 수 없기 때문이었다. 그렇잖아도 함께 오르던 몇 사람의 젊은 일행이 있었다. 그 젊은이들 중 한 사람이 전혀 눈(雪)에 대한 대비가 없는 상태로 온 모양이었다. 다른 일행이 걱정을 하자 그는 걱정 말라며 호언을 하고 있었다. 군대시절에 유격 같은 어려운 훈련도 받아 냈고 이것보다 더 어려운 일도 얼마든지 겪었다고 큰소리 쳤다. 그러나 그 큰소리는 오래 가지 않았다. 그날 선자령의 기온은 무척 추위를 느끼게 했다. 거기에 선자령의 바람은 족히 알려진 대로 살인적이었다. 싸리나뭇가지에 바람에 날린 눈이 설화로 피어나 이름다움의 극치를 이루고 있었다. 등산객들은 설화를 보고 아름답다고 탄성을 지르며 카메라의 셔터를 누르기 바빴다. 그러나 그 젊은이는 시간이 갈수록 얼굴이 하얗게 질려가고 있는 모습이었다. 정민이 보다 못해 그 젊은이에게 말했다.

"공연히 동상(冬傷)이라도 걸리면 큰일이니 버스 있는 곳으로 내려가는 것이 좋겠습니다."

그러자 젊은이는 순순히 대답을 한다.

"그래야 할 것 같습니다. 정말 발이 시려서 도저히 참을 수가 없을 것 같습니다."

하고는 하산을 하기 시작한다. 젊은이가 그렇게 내려가고 일행은 능선을 타고 계속 전진을 하고 있었다. 선자령의 바람은 더욱 세차게 불어왔다. 바람에 날린 눈이 싸리나무에 붙어 얼어 너무도 아름다운 그림을 연출하고 있었다. 그 모습을 본 영주가 사진을 찍자고 한다.

"아저씨 저 싸리나무의 꽃이 너무 아름다워요. 우리 사진 한 장 같이 찍어요."

"응, 그렇게 하지 뭐."

사진을 찍은 후 정민과 영주는 일행을 따라 계속해 오르고 있는데 별안간 하늘이 캄캄해지며 굵은 눈송이가 내리기 시작했다. 바람은 더욱 세차게 불고 방금 온 길마저 분간을 할 수 없을 정도가 되었다. 그러자 산악회 회장이 큰 사고가 날 우려가 있다하여 산행을 중단하고 하산을 하기로 결정을 하였다. 산행을 포기한 채 영주의 손을 잡고 내려오며 그녀의 손을 통하여 전해오는 온기가 무척 따뜻하다는 생각이 들었다. 등산을 통하여 많이 가까워졌음은 분명한 것 같다. 그러나 마음 한 편에선 연령의 차이는 별 것 아니라고는 하나 자신은 이혼 한 사람이고 영주는 순결한 처녀라는 생각에 미치자 괴롭기만 하다. 그녀는 젊고 귀엽고 예쁘고 순결함 그 자체였기 때문이다.

"아저씨, 오늘 등산은 완등은 못했지만 너무 멋졌어요. 양수리의 물안개도 멋이 있었고 선자령의 눈꽃도 너무 아름다워 좋은 추억이 될 것 같아요."

"영주씨가 좋았다면 나 또한 좋은 추억이 될 것 같아요."

월요일, 퇴근할 무렵이다. 사무실의 전화벨이 요란하게 울린다. 막 퇴근을 하려던 정민이 무심히 수화기를 들었다.

"백정민입니다."

"백정민 사장님이시죠?"

"맞습니다. 누구시지요?"

"저는 박치호라고 합니다. 영주의 친구이기도 하고요."

"영주씨에게 무슨 일이라도 있습니까?"

"아닙니다. 뵙고 드릴 말씀이 있어서 입니다."

박치호라는 젊은이의 전화를 받으며 기분이 썩 좋은 느낌이 들지 않았다. 그동안 영주를 만나면서 박치호라는 젊은이에 대한 이야기는 한 번도 들은바 없었기 때문이었다. 그러나 영주에 대하여 할 말이 있다는데 피할 이유는 없었다.

"그러면 언제 만날까요?"

"사실은 제가 사장님 회사 건물 지하 커피숍에 와 있습니다."

정민은 박치호라는 젊은이가 자신에 관해서 대략은 알고 있다는 느낌을 받을 수밖에 없었다. 그러나 자신은 박치호라는 젊은이를 전혀 모르고 있는 것이다. 그러나 영주와 관계가 있는 사람이라면 이야기 끝에 자신에 대한 이야기가 있었을 수도 있다는 생각을 했다.

"그렇군요. 무슨 일로 그러는지는 모르나 곧 내려가겠습니다."

정민이 지하 커피숍에 내려가니 웬 젊은 청년이 먼저 인사를 건넨다.

"백정민 사장님이시지요?"

"좀 전에 전화 했던 사람이 젊은이였군요."

"네, 그렇습니다. 무례를 용서해 주십시오."

젊은이가 예의도 깎듯 했으며 인상도 서글서글한 것이 괜찮아 보이는 청년이었다. 자리에 앉은 정민은 박치호란 청년에게 만나자고 한 이유를 먼저 물었다.

"영주씨의 친구인 박치호씨가 나에게 볼일이 무언가요?"

잠시 침묵하고 있던 박치호는 고개를 들고 정민을 바라보는 눈에서 무언가 결심을 하고 말하려는 것을 알 수 있었다.

"실은 영주 문제 때문에 드릴 말씀이 있어 왔습니다. 사장님 영주를 놓아 주십시오. 전 영주와 지금 것 한 동네에서 자란 친구입니다. 초등학교부터 중, 고 까지 늘 함께 했지요. 전 지금까지 살아오면서 영주가 내 짝이라는데 대하여 한 번도 주저하거나 의심한 적이 없었습니다. 그런데 어는 때인가부터 영주가 변하기 시작했습니다. 만나기조차 힘들었으니까요. 그래서 뒤를 캐봤더니 사장님과의 만남 때문이란 걸 알게 되었습니다. 그리고 사장님은 영주의 학교 선배이자 직장 상사였던 최승혜라는 사람과 결혼 후 이혼까지 했다는 사실을 알게 되었고요, 사장님 영주를 포기해 주십시오. 사장님과는 나이 차이도 많고 한 번 결혼에 실패한 분이잖아요. 영주는 순수한 아가씨입니다. 지금 아버지가 돌아가신지 얼마 안 되어 마음이 허전해 사장님께 부정(父精)을 느껴 그런 것 같습니다만 그런 마음은 일시적인 충동일 수도 있습니다. 사장님께서 포기 하신다면 제가 영주의 마음을 정상으로 돌려놓겠습니다. 제가 사장님께 무례를 범하는 줄 잘 알면서도 이렇게 찾아뵙고 감히 여쭙는 것을 용서하여 주십시오."

박치호의 말이 한마디도 틀린 것이 없었다. 자신은 나이도 많고 이혼이란 영광스럽지 못한 경력도 가지고 있다. 지금까지 영주와의 만남에서 정민이 연락을 하여 만난 적은 단 한 번도 없었다. 지난번 등산을 다녀온 것도 영주의 제의로 내키지 않는 것을 따라간 것에 불과 했다. 그러나 영주의 거짓 없는 행동과 풋풋하고 귀여운 면에 조금씩 마음의 문이 열려가고 있다는 생각은 들었다. 그런데 박치호의 말을 듣고 보니 부끄러운 생각이 들었다.

"박치호씨, 실례랄 것도 없어요. 난 지금 것 영주씨를 좋아한 적도 없고 그녀와 어떤 관계도 마음에 작정한 바 없습니다. 다만 아버지를 생각하는 마음이 갸륵해 냉정하게 내치지 못했던 것뿐입니다. 그러나 영주씨가 싫어서 이런 말을 하는 것은 아닙니다. 영주씨의 마음을 받아들이기에는 결혼에 한 번 실패한 나로서는 어린 아가씨에게 양심상 받아들일 수 없는 일이었습니다. 더 정이 들기 전에 여기서 접는 것이 좋을 것이란 생각입니다. 영주씨 착하고 아름다운 아가씨입니다. 많이 사랑해 주세요."

다행스럽게도 박치호는 성실해 보였다. 저런 사람이라면 영주를 행복하게 해줄 수 있을 것이란 확신이 서기에 쾌히 그렇게 말할 수 있었다.

"그럼 박치호란 청년과 만난 후 영주란 아가씨와는 연락은 끊겼나 보지요?"

"지금도 가끔은 전화가 오지만 내가 거리를 두고 있지요."

왜 그래야 해요. 남자들은 나이 어린 여자를 좋아 한다고 하던데요."

"그건 사람 나름이겠지요."

그러면 그 후 승혜란 분은 영주씨 때문에 더 이상 만나지 못했겠군요."

만나진 못했지만 가끔씩 소식은 바람결에 들려옵니다."

"어떻게요?"

"영주씨가 전화할 때마다 간단한 소식은 전해 줘요. 나도 이젠 그 친구에 대하여는 잊고 살았으면 했었어요. 재혼을 한 모양이더군요. 재혼을 한 그녀는 매일 우울증에 시달린다고 합니다. 그 원인이 나 때문이라고 하더군요. 너무 많은 잘못을 저질러서 나에게 용서를 받기 전에는 세상을 편히 살 수가 없다고 한답니다. 그러니 영주는 그녀에게 전화라도 한 번쯤 해줬으면 하더군요."

"그래서 전화는 해주었나요?"

"전화번호를 받는 즉시 해주었답니다."

수련은 호기심이 발동을 하는지 계속해서 묻고 있었다. 정민은 수련의 관심이 자신의 이야기에 있다는 것을 알고부터 그녀가 빨리 지난 일을 잊기를 바라는 마음으로 이야기를 계속하고 있었다.

"뭐라고 해주었어요?"

"지난 과거일 뿐이니 이젠 마음 편히 살라고 했어요. 그랬더니 그녀는 용서해 주는 거냐고 묻더군요. 용서고 뭐고 있겠느냐, 나도 용서할 자격도 없는 사람이라 했더니 감사하다며 울더군요."

"여자가 울며 용서를 구하니 마음이 아팠겠어요."

"마음이 편치는 않았지요."

수련은 정민의 이야기를 듣는 동안은 눈이 마치 어린 아이의 눈망울처럼 빛이 나고 있었다.

얼마 전 자살을 하려고 바닷물에 뛰어든 사람이라고는 도저히 믿기지 않은 정도로 생기가 넘쳐흐르고 있었다. 지금 것 정민의 이야기를 들으며 평정심을 회복한 것 같았다. 정민은 우선 수련의 보호자를 찾아야 했다.

"수련씨, 언니가 있다고 했지요? 혹시 연락처 좀 가르쳐 줄 수 있겠지요?"

"네 가르쳐 드릴게요. 언니네 전화인데 031-044-1004번이고 언니 이름은 설수옥이예요."

전화번호를 받은 정민은 담배를 한 대 피우고 싶은 생각이 들었다. 무엇이 안 풀린 때라든가 잘 풀렸을 때 나오는 정민의 버릇이기도 했다. 담배를 끊은 지 이미 오래 됐지만 수련과 과거 이야기를 하다 보니 유쾌한 과거가 아니어서 그런지 목이 텁텁하다.

"밖에 잠깐 나갔다 올 테니 편히 자도록 해요. 그동안 이야기 하느라 쉬지도 못했는데요."

잠시 나갔다 온다며 밖으로 나온 정민은 공중전화를 찾았다. 마침 도로변에 공중전화가 있었다. 동전을 넣으니 신호음이 들린다. 수련이 가르쳐준 번호대로 다이얼을 돌리니 잠시 후 여자의 음성이 들려왔다.

"여보세요?"

"저는 백정민이라고 합니다. 혹시 설수련씨 언니 되십니까?"

"네, 맞기는 맞는데 누구신지요?"

"다름이 아니라 설수련씨 일 때문에 전화를 드렸습니다."

"수련이는 제 동생인데 수련이에게 무슨 일이 있습니까? 지금 전화 하는 분은 남자 분인데 누구시죠?"

수련의 언니라는 사람은 정민의 전화를 받고 상당히 놀라는 음성이었다. 특히 남자의 목소리라 더 놀라는 것 같았다. 정민은 지금까지 수련에게 있었던 일을 소상하게 알리고 이곳까지 와주길 청하였다. 처음엔 미친년이라고 하며 죽긴 왜 죽느냐고 욕을 하던 언니는 끝내 울음을 터뜨리고야 만다. 한참을 울던 언니는 진정이 되었는지 수련이 있는 곳이 어디냐고 묻고는 자신의 집은 이천인데 바로 가도 2시간은 족히 걸릴 것이라 했다. 우선 쉽게 찾기 위하여 강화대교에서 2시간 후 만나기로 약속을 했다. 흰색 승용차에 차번호를 가르쳐 준다. 약속 장소가 정해지자 정민은 담배 가게로 향했다. 건너편 슈퍼에 담배라고 쓴 작은 간판이 보였다. 정민은 천천히 횡단보도를 건넜다. 수련의 언니가 오려면 빨라도 2시간 이상은 걸린다 했으니 마음의 여유가 있었다.

"담배 한 갑만 주십시오."

몸집이 조금 비대한 아줌마가 무표정한 얼굴로 묻는다.

"무슨 담배로 드리시깨?"

비대한 몸매로 보아서는 걸걸한 음성일 줄 알았는데 상상외로 목소리가 가냘프다. 담배를 피워본 지가 오래돼서 담배 값이나 이름을 잊은 지 오래다.

"그냥 아무 담배나 주십시오."

아주머니는 디스란 담배를 내민다. 정민은 담배 값을 지불하고 곧장 수련이 있는 여관으로 발길을 옮겼다. 안으로 들어가 문 앞에서 노크를 하였으나 아무런 기척이 없다. 순간적으로 불길한 예감이 든다. 그녀가 정상적인 사람이라면 별 걱정도 안 되겠지만 자살을 기도했던 사람이다. 순간적으로 또 자살을 하러 간 것이 아닐까 하는 불길한 생각이 들었다. 정민은 급히 방문을 열고 안을 살피니 그녀는 편안한 얼굴로 곤히 잠들어 있다. 그동안 몸과 마음이 얼마나 지쳤으면 저렇게 곤하게 잠들었을까? 잠든 그녀의 모습을 보니 측은하고 가엾어 보인다. 곤하게 자고 있는 그녀에게 방해가 될 것 같아 다시 밖으로 나왔다. 피우려고 하다만 담배를 꺼내 입에 물었다. 라이터를 켜 불을 붙이고 한 모금을 길게 빨아들인 후 한숨을 토해내듯 뱉아 낸다. 오랜만에 피워보는 담배라서 그런지 역겨운 냄새가 나며 기침이 터져 나온다. 아직도 수련의 언니가 도착을 하려면 1시간 30분 정도는 더 기다려야 한다. 수련이 곤하게 자고 있는데 방에 들어가기는 그렇고 하여 PC방으로 들어가 시간을 보내기로 했다. 게임에 몰입되어 있다 보니 잠깐 동안에 시간이 다 된 것 같다. 시계를 보니 1시간 30분은 족히 된 것 같다.

강화대교는 정민이 있는 곳에선 거리가 좀 됐다. 아직 30분 정도의 시간은 여유가 있었으나 처음 만나는 사람에게 미리 가서 기다리는 것이 예의라 생각이 들어 조금 미리 가기로 했다. 택시를 타고 가니 미쳐 10분도 안 되는 거리였다. 택시에서 내려 길을 건너야 했다. 횡단 보드를 건너 다리 한복판에서 기다리니 몇 시간 전에 있었던 일이 마치 오랜 전에 있었던 일 같기만 하다. 만나기로 한 시간보다 약 10여 분이 지나서 흰색 승용차가 정민을 향하여 멈추어 선다.

"혹시 백정민씨가 아닌지요?"

"네, 아까 전화 했던 백정민입니다."

대답을 하면서도 정민은 수련과 많이 닮았다는 것을 알 수가 있었다. 수옥은 차에서 내려 정민을 보며 물었다.

"그럼 우리 수련이가 이곳에서 뛰어 내렸단 말입니까?"

"네, 그렇습니다."

"이렇게 고마울 수가…. 어떻게 이 높은 곳에서 위험을 무릅쓰고…"

수옥의 눈에 눈물이 맺힌다. 그녀의 얼굴에 정말 고마워하는 표정이 역력하다.

"저뿐 아니라 다른 사람이 봤어도 그렇게 하였을 겁니다."

"그렇지 않아요. 누가 저 높은 다리 밑으로 제 목숨 아까워하지 않고 뛰어 내릴 사람이 있겠어요. 그런 사람 없어요."

"전 그런 인사 받으려고 한 일이 아닙니다. 수련씨가 무사했으면 됐잖아요."

"그렇군요. 그저 감사할 다름입니다."

"그런데 자매라 그런지 너무 닮았어요. 조금 전 저에게 물었을 때 수련씨와 너무 닮아서 금방 알아볼 수 있었지만 놀라기도 했습니다."

"남들이 그러더군요. 너무 닮아서 자매인줄 금방 알아보겠다고요. 아까 전화로 대충 이야기는 들었지만 경황이 없어서 인사도 제대로 하질 못했어요."

"마침 제가 지나다 보았길 망정이지 못보고 그냥 지나쳤다면 큰 일 날 뻔 했습니다. 대략 수련씨에게 이야기를 들었는데 그럴 수밖에 없는 일이었어요. 수련씨가 있는 곳으로 가시지요."

정민은 수옥의 차를 타고 수련이 있는 여관으로 안내 했다. 수옥과 같이 갔을 때도 수련은 여전히 깊은 잠에서 깨어나지 않고 있었다.

"잠이 든 지가 2시간이 넘었는데 아직도 자고 있네요. 무척 피곤했었나 봅니다."

정민은 그동안의 정황과 수련에게 들은 이야기를 대충 수옥에게 얘기해 주었다. 정민의 이야기를 들으며 수옥은 놀라는 기색이 역력했다.

"세상에 이럴 수가... 전 동생이지만 바쁘게 살다 보니 통 연락을 못하고 살았어요. 어머니 장례식 후 거의 연락을 한 적이 없었어요. 바쁘다 보니 무관심하게 살았다고 하겠지만 무소식이 희소식이라고 잘 살고 있는 줄 알았지 이런 일이 있을 줄은 까마득히 몰랐답니다."

수옥은 그렇게 말하고 수련을 보며 눈물을 흘린다. 수옥은 어머니의 장례식 때 덕수를 처음 보았다. 당시 동네 사람들은 돈도 많은 회장이고 잘생겼다며 어머니가 복이 지지리 없어서 부잣집 사위를 보게 되었는데 복이 그것뿐이라 호강 한 번 못하고 죽었다고 안타까워 하는 것을 보았었다. 그리고 삼우제(三虞祭)까지 함께 있다 가겠다는 덕수가 수옥은 그리 믿음이 가질 않았었다. 나이는 먹은 것 같은데 수련이 통 그 사람에 대하여 말을 하지 않아 결혼을 한 사람인지 아닌지 알 수가 없었다. 조금 알고 있는 것은 수련이 다니는 회사의 회장이라는 것 외에는 아는 것이 전혀 없었다. 제약회사의 회장이라면 나름대로 업무에 바쁠 것이었다. 아무리 수련이 약국의 매장을 맡아 관리하는 점 장이라 하여도 일개 여사원의 어머니 장례식에 참석을 하여 삼우제(三虞祭)까지 마치고 간다는데 대하여 의아함을 가진 적이 있었다. 또한 삼우제(三虞祭)를 마치고 수련과 함께 올라가는 덕수를 보며 한편으로는 고맙게 생각하기도 했다. 누가 시골 장례식에 내려와 많은 돈을 들여 호화스럽게 장례를 치러줄 사람이 있겠는가? 덕분에 어머니는 편하게 갔다는 생각을 했었다. 그런데 그 뒤에 수련의 희생이 너무 컸다는 생각에 미치자 가슴이 미어지는 것 같다. 그녀는 서럽게 오열한다. 수련이 너무 가여워서다. 수옥의 울음소리에 수련이 잠에서 깨어났다. 잠에서 막 깨어나 멍한 가운데서도 언니가 와서 반가웠지만 언니가 왜 울고 있는지 알 수 있을 것 같았다. 대략 그동안의 정황을 정민이 이야기 해주었을 것은 빤한 일이기 때문이다.

"언니 왔어?"

"응, 좀 전에 왔어, 그런데 이 바보야 죽긴 왜 죽어, 어느 년놈 좋으라고 네가 죽니? 왜 그런 일을 나한테 얘기하지 않고 너 혼자 끙끙 앓고 있었어. 흐흐흑흑흑"

"언니 미안해. 울지 마."

"이게 모두 돈이 없어 일어난 일이다. 죽을힘으로 산다면 무엇인들 못하겠니."

자매는 서로 부여안고 울고 있었다. 그 모습을 지켜보고 있는 정민도 코끝이 찡해 옴을 느낀다. 그러나 정민으로서는 두 자매의 우는 모습을 마냥 지켜보고만 있을 수 없는 노릇이었다. 공사현장으로 가다가 바다로 투신하는 수련을 구출한 후 회사에 전화를 하여 전 후 사정을 이야기 하고 수습이 되는대로 곧 공사현장으로 가겠다고 했기 때문이다.

"시간이 있으면 좀 더 있으면 좋겠는데 회사 일로 현장에 가던 중이라 전 이만 가봐야겠습니다. 수련씨는 마음이 정리되는대로 한번 쯤 전화를 주십시오."

그렇게 말을 한 후 정민은 명함을 수련에게 건넨다. 거기엔 한국건설산업주식회사 중기부 대리 백정민이라고 되어 있었다. 수련은 명함을 받아 들고 정민이 자신의 연락처를 알리기 위하여 명함을 주고 가는 것이 고맙기도 하고 헤어진다는 것에 대한 서운함이 복잡하게 얽혀 있는 착잡한 표정이었다. 물론 정민도 수련의 전화번호를 알고 싶었지만 일단 수옥의 집으로 갈 것이 자명한 일이라 그냥 가기로 하였다. 수련이 수옥에게 연락하기 위하여 가르쳐준 전화번호가 있기 때문이었다.

“정말 고맙습니다. 동생의 생명을 살려준 은인입니다. 이 은혜 갚을 날이 있을 겁니다. 가끔 수련이 소식 알고 싶으시면 아까 저에게 하셨던 전화로 연락을 주시면 수련이와 통화를 하실 수 있을 겁니다.”

”안녕히 가세요. 정말 너무 고마웠어요. 제가 몸을 추스르고 마음이 정리가 되면 연락을 드릴게요.”

그렇게 말하고 있는 수련의 눈에 살짝 눈물이 비친다. 잠시 몇 시간의 일이었지만 서로의 과거를 숨김없이 털어 놓고 이야기 할 수 있는 친구로서 만리장성을 쌓고도 남을 만큼 정이 들었다. 부부가 평생을 살아도 정이 안 가는 사람이 있다고 한다. 그러나 잠시 만났어도 한순간에 그 사람의 모든 것을 사랑할 수 있는 사람이 있는데 정민과 수련이 운명적으로 그걸 어렴프시 서로 느끼고 있는지도 모를 일었다.

4 재회(再會)

그렇게 수련과 헤어진 후 정민은 정신없이 회사 일에 빠져 있다 보니 6개월이란 시간이 훌쩍 지나갔다. 회사에서 해외 현장으로 파견할 직원을 무작위로 뽑았는데 정민이 거기에 선정이 되었다. 14일의 휴가 겸 준비 기간이 주어졌다. 2일 동안 준비를 마치고 12일 후면 떠나는 날이라 편한 마음으로 쉬고 싶어 잠시 음악을 듣고 있었다. 그는 우울한 선율의 음악인 솔베이지의 노래를 즐겨 들었다. 그 음악은 멀리 떠난 님을 그리워하며 검은 머리 흰머리로 변할 때까지 기다리는 솔베이지의 마음을 노래한 곡이다. 어떻게 보면 슬프고 음울한 곡이다. 그러나 정민은 조용한 가운데 사색을 좋아하는 성격이어서 그런지 밝고 신나는 음악 보다는 조용하고 슬픈 음악을 선호하는 편이었다. 그는 이 음악을 들을 때마다 인생은 평생을 살면서 끊임없이 누군가를 기다리는 것이라고 생각했다. 음악에 심취해 있는데 음악 감상을 깨는 전화벨이 울린다. 정민은 수화기를 천천히 들었다.

"백정민입니다."

"백정민씨, 저 누군지 아세요?"

전화에서 들려오는 음성은 많이 듣던 음성이었다. 그때 퍼뜩 떠오르는 수련의 모습이 있었다.

"아! 설수련~ 씨?"

별안간 정민의 가슴이 방망이질을 한다. 6개월 동안 자신과는 별 상관없는 여자라고 잊고 살았는데 자신의 입에서 그녀의 음성을 듣고 그녀의 이름을 자신의 입으로 부르게 되니 사뭇 가슴이 방망이질을 치고 있는 것이다. 그렇다면 그동안 정민의 가슴에 수련에 대한 사랑의 불길이 뜨겁게 타고 있었는지 모른다. 다만 휴화산처럼 죽은 듯 고요하다가 수련의 음성을 들으며 점차 걷잡을 수 없이 폭발하는 분화구의 용암처럼 그리움이 분출 되고 있음을 느끼고 있는 것이다.

"오랫동안 연락이 없었는데 잊지 않고 있었네요. 고맙습니다."

"잊을 수 있나요. 어떻게 알게 된 사인데 쉽게 잊겠어요."

"피~ 그런 사람이 한 번도 전화를 하지 않았어요?"

"미안합니다. 그러나 너무 바빠서 통 무슨 생각을 할 틈도 없었답니다."

"그럼 내가 전화를 하지 않았다면 모른 척 잊고 살았겠네요."

그렇게 수련이 말하는 데에는 정민도 할 말이 없었다. 사실 수련의 전화마저 없었다면 정민은 정신없이 해외로 나갔을 지도 모른다. 전화가 오기 전까지는 무엇에 홀린 듯 일에만 매달려 통 어떤 생각을 할 수가 없었다. 수련의 전화를 받고서야 자신의 마음속에 수련이 들어 있다는 걸 알 수가 있었다. 그동안 가끔 영주에게 전화가 걸려와 만나자고 했지만 핑계를 대며 만나지 않았다. 박치호와의 약속도 있었고 영주가 너무 어린아이 같아 마음이 내키지 않았다고 하는 것이 더 솔직한 대답일 것이다. 그러던 그가 수련의 전화에는 자신도 모르는 설렘을 느끼고 있는 것이다. 별안간 수련이 보고 싶다. 12일 후면 떠난다 생각하니 당장 만나서 어떤 약속이라도 하고 떠나야 되겠다는 생각이다. 다행히 수련도 정민이 싫지 않음을 직감으로 느끼고 있는 정민이었다.

"수련씨, 지금 전화를 하고 있는 곳이 어디입니까?"

"서울이에요. 오늘 서울에 올라 왔거든요. 여기 동대문입니다."

"난 지금 노원에 있는데 바쁜 일 아니면 이곳으로 올 수가 있겠어요."

"노원을 가려면 차를 어떻게 타지요?"

"동대문이면 지하철 4호선 타고 노원역에서 내려 9번 출구로 나오세요. 내가 나가서 기다리고 있을 테니까요."

30여분을 기다리니 핑크색 티를 입고 아이보리 색상의 치마를 입은 수련이 개찰구를 빠져 나오고 있었다. 그동안 마음의 안정을 찾아서 그런지 얼굴은 전보다 훨씬 안정돼 보였다. 다만 다른 점이라면 시골에 있어서 그런지 검게 끄슬린 모습이 건강미인의 모습을 하고 있었다.

"오랜만이에요. 정민씨 더 멋져 보이는걸요. 호호호."

"그래요? 수련씨도 더 예뻐지고 훨씬 건강해 보여서 보기 좋아요."

전혀 6개월 전에 처절한 모습으로 자살을 하려던 사람 같지 않아서 정민은 더 반갑다. 정민은 아직 점심 전이라 수련과 함께 점심을 하고 싶었다. 마침 수련도 점심 전이었다. 서울에 올라온 것은 정민에게 그때의 일에 대하여 감사의 인사도 할 겸 식사를 대접하고 싶어서였다.

"수련씨, 아직 식사 전이지요?"

"네, 오늘은 전번 일에 대하여 감사도 드릴 겸 식사를 함께 하려고 일부러 올라 왔어요. 죽을 목숨을 살려 주었는데 평생을 두고도 못 갚을 은혜이지만 오늘은 제가 식사를 대접할 수 있도록 해주세요."

"수련씨가 무슨 돈이 있다고 밥을 사요? 지금 백수일 텐데."

"나 돈 많아요. 언니 집에서 3개월 쉬고 3개월 전부터 일을 시작했어요. 직장에 오래 다닌 건 아니지만 정민씨에게 맛있는 음식을 오래도록 사줄 수 있는 능력은 돼요. 호호호."

그녀는 수옥의 집에 머물며 마음의 정리를 하고 몸을 추슬렀다. 그리고 덕수의 처(妻)민경희가 사줬던 아파트는 어떻게든 정리를 해야 했다. 그래서 전세를 놓고 그 전세금으로 약국을 개업했다.

"그거 잘 된 일이네요. 그럼 수련씨가 사장님이 된 거잖아요. 축하합니다. 하하하."

"아이를 팔아 개업한 것 같아 마음이 아파요."

"세월이 가면 차차 잊혀 질 거예요. 또 아이가 자라면 언젠가 만날 수 있을 겁니다."

"그랬으면 오죽이나 좋겠어요. 정민씨, 그런 가슴 아픈 이야기는 그만하고 밥이나 먹으러 가요."

"그럽시다."

잠시 후 그들은 규모가 큰 식당으로 자리를 옮겼다. 한우를 전문으로 하는 식당이었는데 마침 점심시간이어서 홀이 빈틈없이 손님으로 꽉 차 있었다. 안심이 부드럽고 맛이 있다며 수련이 안심 3인분을 시켰다. 고기를 불판에 올리자 고기 익는 냄새가 식욕을 돋운다.

"많이 드세요. 부족하면 더 시키면 되잖아요. 사양치 말고 오늘은 실컷 들어요. 날이면 날마다 있는 것이 아닙니다. 호호호."

처음 만날 당시와는 전혀 다른 모습이다. 선천적으로 명랑하고 쾌활한 모습인데 그때는 상처가 깊었다는 것을 지금의 모습이 말해 주고 있는 것 같았다.

"그런데 그동안 소식도 없이 어떻게 지냈어요."

"언니네 과수원에서 일을 하며 보냈어요. 일은 고되고 힘들었지만 그 덕에 아파할 새가 없더라고요. 호호호. 지금도 영주란 아가씨한테서 연락이 오는지요?"

"몇 번인가 연락은 왔었지만 내 생각이 완강하니 더 이상 연락이 없더군요. 아마 빅치호란 청년이 내 마음을 잘 전달했을 겁니다."

"그러면 결혼은 안 해요? 어떤 타입의 여자를 좋아 하는데요?"

"허허허, 별로 마음에 드는 여자가 없었어요. 그런데 언제인가 마음에 꼭 드는 여자가 나타났지 뭡니까."

그러자 수련의 얼굴에 잠간이었지만 긴장하는 모습이 스쳐가는 것을 정민은 놓치지 않고 볼 수가 있었다.

"어떤 여자인데요?"

정민은 대답을 하기 전에 한참 뜸을 들이고 말을 하지 않자 수련이 궁금한지 안달이 나서 대답을 재촉을 한다. 정민이 수련의 마음을 알아보기 위하여 던지는 말이었는데 대번에 수련의 마음을 읽을 수 있었다.

“난 수련씨 같은 여자면 당장 결혼하겠어요.”

“그럼 마음에 드는 여자가 생겼다는 것이 나란 말이에요? 피~ 거짓말, 나 같은 여자가 정민씨에게 자격이나 있겠어요?”

“정말이에요. 난 싫은 사람에게 그런 말 함부로 하지 않아요. 난 정말 수련씨 같은 사람이면 당장이라도 결혼할 겁니다.”

사실 정민이 수련과 헤어지던 날 수련의 눈빛에서 정민을 바라보는 시선이 예사롭지 않음을 느꼈었다. 정민 또한 수련을 그렇게 보내는 것에 대하여 못내 아쉬움을 가지고 있었다. 그러나 처참할 정도의 상처를 안고 있는 그녀에게 어떤 말을 한다 하여도 위안이 될 것 같지 않아 아쉬움 속에 그냥 보냈던 것이다. 그러나 이렇게 다시 만나게 되니 아무 일 없었다는 듯 수련을 그냥 보내기는 싫었다. 12일이 지나면 정민은 중동으로 나가야 한다. 마음은 수련을 두고 떠나고 싶지 않지만 장래를 생각하면 그럴 수는 없는 일이었다. 수련과 결혼을 한다면 생활을 해야 할 대책은 세워 놓아야 하기 때문이다. 이대로 헤어진다면 수련을 영원히 잃고 후회할 것 같다. 영주가 사랑을 고백했어도 꿈쩍 않던 정민이 왜 수련에게는 마음이 가는지 알 수가 없었다.

“정말이에요? 정말 제가 좋아요? 저의 과거를 모두 알고도 저와 결혼할 마음이 있단 말이에요.”

그렇게 말을 하고 있는 수련의 눈가에는 어느새 눈물이 흐르고 있었다. 정민은 자신의 손수건을 꺼내어 수련의 눈물을 닦아 준다.

"수련씨가 어디가 어때서요. 수련씨가 무슨 잘못이 있어요. 나쁜 사람들은 수련씨를 철저하게 이용한 김덕수와 그의 처(妻)지요."

그렇게 말하는 정민의 마음이 자신의 가슴으로 따뜻하게 전이되어 옴을 느끼는 수련이다. 그동안 덕수와의 부적절한 관계가 있었지만 그 일은 덕수와 그의 처(妻)가 작당하여 속인 일이기에 순진했던 수련은 피해자일 뿐이었다. 정민은 그런 수련에게 연민과 함께 사랑을 느끼고 있었다. 그러나 12일 후면 떠나야 한다는 것이 아쉽기만 하다.

"수련씨, 나 12일 후면 멀리 해외로 떠나게 돼요. 사우디아라비아 현장으로 파견 나가는 거랍니다."

"정말이에요? 거짓말이지요? 내가 어떻게 하나 보려고 거짓말 하는 걸 누군 모를 줄 알고..."

"정말입니다. 농담이 아니라고요. 수련씨, 나 수련씨 정말로 사랑 하는데 나와 결혼해 줄래요?"

사실 멋진 프로포즈를 하고 싶었는데 시간이 없어 이렇게 뿐이 할 수 없는 것이 아쉽습니다."

"정민씨 같은 사람과 결혼 할 수 있다면 저야 과분한 상대지요. 그러나 나 같이 흠 덩어리로 뭉친 여자가 무슨 자격으로 정민씨 같이 훌륭한 사람과 결혼을 할 수 있겠어요."

"그게 무슨 소리입니까? 그렇다면 나 또한 흠이 있는 사람입니다. 지금 당장에 대답해 달라는 것은 아닙니다. 열이틀이 남아 있으니 며칠 생각해 보고 대답해 줘도 괜찮습니다."

"알겠습니다. 물론 내 의견이 첫 번째지만 언니가 있으니 함께 상의해 보고 연락드릴게요."

그날 둘은 곧 헤어졌다. 그러나 정민과 수련은 나름대로 가슴에 하나 가득 아름다운 꿈을 듬뿍 안고 헤어진 것이다. 그렇게 헤어진 후 2일이 지났지만 수련에게서는 아무런 소식이 없었다. 이제 열흘 후면 떠나야 하는데 정민의 마음은 초조하기만 하다. 늦가을인 11월의 하늘은 맑았고 낙엽이 거의 떨어져 나무는 썰렁해 보이지만 아직 바람은 그리 차지 않았다. 그러나 저녁이 되니 기온이 내려가 옷깃을 여미게 하는 바람이 제법 차다는 느낌을 준다. 그때 전화벨 소리가 요란하게 울린다. 급히 수화기를 들었다.

"백정민입니다."

"나다, 누나야."

수련의 전화를 기다리고 있던 정민이었기에 누나의 전화는 조금 실망스러웠다.

"누나, 웬 일이야?"

" 너 내 전화가 반갑지 않은 것 같구나."

정민이 자신도 모르게 좀 짜증이 섞인 목소리였나 보다.

"아냐, 내가 누나한테 왜 짜증을 내겠어."

"그래, 그러면 다행이고, 난 네가 가기 싫어 그러는 것 아닌가 하고 깜짝 놀랐어. 내가 떠나기 전날 집으로 갈게."

"응, 알았어."

누나와 통화를 끝내고 수화기를 놓자 또 다시 전화벨이 요란하게 울린다. 이번엔 수련의 전화라 생각하고 두근거리는 마음으로 수화기를 들었다.

"여보세요, 정민씨죠?"

기다렸던 수련의 목소리였다.

"수련씨, 왜 이렇게 전화가 늦었어요."

"언니와 상의 하느라 그랬어요. 제가 험한 일을 한번 당하고 나니 언니가 좀 더 신중하게 생각해 보라고 해서요. 또 정민씨도 신중하지 못해 아픔을 겪은 거잖아요. 언니는 정민씨라면 일등 신랑감이라고 하던걸요."

"그래서 결론은 뭐예요."

"정민씨만 좋다면 언니는 찬성이래요."

"그게 정말입니까? 하하하."

다음날 수련이 점심시간에 맞춰 보자기에 싼 물건을 잔뜩 들고 왔다. 언니와 함께 밤늦도록 만든 밑반찬이라 한다. 해외에 나가면 한국 음식이 그리울 거라며 여러 가지 골고루 만들어 가지고 온 것이다. 부모님이 없는 정민으로서는 코끝이 찡할 수밖에 없었다. 누나가 가끔 와서 집안 청소도 하여주고 밑반찬도 해서 갖다주지만 남편과 아이들 돌보며 때론 시댁의 눈치도 보아야 하는 정희로서는 정민까지 전적으로 돌보기에는 힘에 부칠 수밖에 없는 일이었다. 사람이란 정에 약한 동물이다. 작은 정성에도 감격하는 것이 사람인 것이다. 자신을 생각해 주는 수련의 마음에 가슴이 뭉클해 눈에서 눈물이 비치는 것도 모르고 있었다. 수련은 그런 정민의 모습을 하나도 놓치지 않고 보고 있었다. 그러면서 정민은 착하고 마음이 여린 사람이라는 것을 읽을 수 있었다. 자신이 처음 알았던 김덕수와는 전혀 다른 사람인 것이다. 어쩌면 정민의 모습은 아버지의 모습과 흡사함을 느끼게 했다.

아버지는 딸 둘과 늘 친구처럼 지냈다. 그 중 막내인 수련을 끔찍이도 사랑했던 아버지였다. 들에서 풀을 뜯기던 소를 저녁에 끌고 들어 올 때는 마중을 나온 수련을 번쩍 들어 소 잔등에 태운다. 그러면 소등에 타고 있는 수련을 본 마을 사람들은 한마디씩 한다.

"허허, 설서방 수련이가 꼭 공주님 같고 설서방은 시종 같구먼."

그러면 아버지는 신이 나서 싱글벙글 웃으며 딸 자랑을 한다.

"그러문유, 우리 수련이는 전생이 설(雪) 나라의 공주님이었답니다. 그런 공주님이 내 딸로 태어났으니 얼마나 이쁘겠어유. 그래서 내가 설(雪)나라 공주님을 금지옥엽으로 모시고 있는거지유. 공주님 시종이라도 할 수 있으면 그것도 영광 아니겠어유. 하하하."

마치 자신의 성씨(姓氏)인 설(薛氏)를 눈 설(雪)씨라고 표현하며 수련을 눈(雪)나라의 공주님이라고 자랑하는 아버지였다. 아버지는 가끔 이야기를 할 때마다 수련이 태어나기 전 꿈을 꾸었는데 태몽 꿈인지 확실히 알 수는 없지만 눈이 많이 내리는 아름다운 나라의 왕궁에 살던 공주님의 꿈을 꾸고 수련이 태어났다고 말했다. 아버지는 그래서 수련이가 공주님처럼 잘 될 것이라고 믿었다. 아버지는 집에 들어오면 딸들과 어울려 팔씨름을 하며 힘을 쓰는 척 하다가 힘이 없다며 일부러 져 주는 아버지였다. 그리고 때로는 집안 분위가 어두울 때면 두 딸이 보는 앞에서 어머니의 치마폭을 잡고,

"여보, 나 당신 사랑해."

그러면 어머니는 부끄러워하면서도 싫지 않은 표정으로 한마디 한다.

"여보, 저리가요, 애들이 봐요. 부끄럽게 뭐하는 짓이에요."

그럴 때마다 두 딸은 배꼽을 쥐고 웃곤 했다. 아버지의 멋진 연기로 무거웠던 집안 분위기는 어느새 밝은 분위기로 바뀌곤 했다.

"허허, 우리 공주님들을 데려갈 왕자님들은 어디에 있는지 몰라, 아주 근사한 왕자님들일 꺼야."

그러면 어린 수련은 입을 씰룩이며 아버지에게 대든다.

"싫어, 난 크면 아부지한테 시집 갈 거야. 왕자님한테 시집 안가. 난 세상에서 우리 아부지가 제일 좋아."

그렇게도 수련이라면 끔찍이도 사랑했던 아버지가 어느 날 경음기를 몰고 들에 일하러 가다 부주의로 그리 높지도 않은 낭떠러지로 굴렀는데 운이 없게도 경음기에 깔려 죽고 말았다. 아버지가 죽던 그날은 수련은 지금도 잊지 못한다. 초등학교 2학년이었던 수련은 학교에서 돌아오자 집에 하얀 천막이 처져 있었고 머리를 헤치고 하얗게 질려 있는 어머니의 모습은 반은 넋이 빠진 형상이었다. 돈이 많은 사람을 질시한 적도 없었고 가진 것이 많지 않았지만 주어진 환경에서 최선을 다하며 불우한 사람들과 작은 것이지만 나누고 살려 했던 늘 넉넉한 모습의 아버지였다. 지금 그 모습을 수련은 정민에게서 어렴프시 느끼고 있는 것이다.

"정민씨, 잠간만 기다려요. 내가 점심을 해줄게요."

"그러지 말고 오늘은 우리 나가서 외식을 하도록 합시다."

"이젠 안돼요. 지금부터 한 푼이라도 아껴야지요. 그렇지만 외식하는 것보다 내가 더 맛있게 해주면 되잖아요. 어디 내 솜씨 좀 보지 않을래요? 호호호."

정민으로서는 싫지 않은 수련의 제안이었다. 사실 정민은 수련이 직접 지어주는 밥이 먹고 싶었지만 아직은 손님이란 생각이 들어 미안함에 외식을 하는 것이 편하겠다는 생각을 했던 것이다. 그러나 수련의 의견이 맞는 것 같아 못이기는 척 그렇게 하기로 했다. 과연 수련의 음식 솜씨는 보통이 아니었다. 단 둘이라 음식도 많이 만들지 않으면서도 맛 갈 나고 정갈하게 차린 음식은 정민의 입에 꼭 맞았다.

"음식 맛이 그만인데요. 아주 입에 딱 맞아요."

"그렇죠? 내가 만든 음식 정말 맛있지요. 우리 형부도 내가 만든 음식이 최고래요. 호호호."

"아쉬운걸요. 이렇게 맛난 음식을 한동안 못 먹는다 생각을 하니 조금은 억울 하기도 합니다."

"정민씨, 정민씨 떠날 때까지 나 여기 있으면 안돼요? 열흘 후면 떠나는데 남은 열흘간이라도 정민씨에게 따뜻한 밥이라도 해주고 싶어요. 집에서 올 때 언니도 그렇게 하면 좋을 것 같다고 했어요."

"그렇다면 나야 너무 좋지요."

"어차피 정민씨 다녀오면 바로 결혼할 몸이고 전 이미 정민씨의 사람이에요."

정민은 오늘 수련을 가지 말라고 잡고 싶었다. 어차피 다녀와 결혼을 하기로 작정한 사이인데 남은 열흘간이라도 함께 했으면 하는 아쉬움이 있었지만 말을 꺼내기가 쉽지 않았다. 그녀의 의중도 모르고 말을 했다가 실수를 할 수도 있다는 생각에서였다. 그런데 수련이 먼저 그 말을 해준 것이다. 요즈음 떠날 날이 가까워 오면서 정민은 많은 외로움을 느끼고 있었다. 그러던 차에 수련에게 연락이 왔고 일이 잘 되느라 결혼까지 약속을 하고 떠나게 된 것이다. 거기에 보너스처럼 열흘간을 수련과 꿈같은 시간을 함께 보내고 떠나는 행운도 누리게 된 것이다. 정민은 이번에 떠나면 2년은 있어야 한다. 기능공은 1년을 계약하고 가기 때문에 1년 후 연장 계약을 할 수 있지만 직원은 규정이 한 번 나가면 2년을 근무해야 하기 때문이었다. 그러나 1년 근무 후 휴가를 신청하면 15~ 20여일 정도 나올 수가 있었다. 처음엔 2년을 마치고 나오려 했지만 수련의 적극적인 사랑 표현에 1년 후 휴가를 나와 결혼을 하고 다시 들어가기로 결심을 했다.

"수련씨, 나 이번에 나가면 2년 후에나 오게 되는데 2년이란 기간은 우리에겐 너무 긴 시간인 것 같아요. 1년 후 휴가를 나와 수련씨와 결혼식을 올려야겠어요. 수련씨 생각은 어때요?"

"난 할 수만 있다면 오늘이라도 결혼식을 하고 싶어요. 그러나 그 짧은 시간에 그렇게 할 수는 없잖아요. 그러니까 남은 열흘을 십년이라고 생각하며 아주 소중하게 써야지요. 그리고 이왕 나가는 거니까 일 년 후에 휴가를 왔다가 바로 떠 날거라면 아예 2년 만기를 채우고 오세요. 그러면 휴가비도 아낄 수 있잖아요."

"정말 그렇게 해도 괜찮겠어요? 그러면 좋아요. 기왕에 그렇게 하기로 하였으니 남은 시간을 함께 하기로 하고 그 시간이 우리의 짧은 신혼기간이라 생각하며 보내기로 해요. 괜찮겠지요?"

어차피 남은 시간은 함께 하기로 한 것이기에 정민은 수련에게 편한 마음으로 말 할 수 있었다. 마음에 결정을 내리니 서로에게 벽이 사라져 버렸다.

"수련씨, 사랑해요. 내가 다녀와 지난날 수련씨가 당한 아픔들 모두 보상해 줄게요. 힘들겠지만 조금만 기다려 줘요. 괴로움은 잠시지만 우리가 가꾸어갈 행복은 영원할 겁니다."

"정민씨, 만신창이가 된 저의 아픈 과거도 모두 사랑으로 보듬어 주시고 너무 고마워요. 만약 정민씨를 못 만났다면 전 이 세상 사람도 아니겠지만 설혹 누군가에게 구원을 받았다 해도 지금처럼 희망을 갖지 못했을 겁니다. 결혼 하면 정말 잘 할 거예요. 사랑해요"

둘은 누가 먼저랄 것도 없었다. 뜨겁게 포옹을 한다. 그들은 이미 인생에 아픈 실패를 맛본 사람들이다. 또 성(性)에 대해서도 오랫동안 굶주려 왔다. 어느새 둘은 저 아득한 에덴의 벌거벗은 아담과 이브가 되어 있었다. 그들은 이미 서로가 서로를 원하고 있었기에 한 몸을 이루는 것은 그리 어려운 일이 아니었다. 수련과 정민은 그동안 참았던 성(性)이 뜨겁게 분출을 하고 있었다. 이것은 쾌락이 아니었다. 사랑하는 이와의 사랑의 행위이며 창조 때부터 신께서 허락한 성스런 의식이었다. 누가 누구를 일방적으로 원하는 것이 아니라 서로가 서로를 원하고 있는 성스러운 행위였다. 격정적인 사랑의 행위가 끝나고 그들은 서로가 서로를 안은 채 숨이 멎은 듯 정지된 상태로 있었다. 이렇게 두 사람만의 꿈같은 시간이 흘러가고 있었다. 다음날이다. 이제 출국일이 이틀 남은 시점이었다.

"수련씨, 누나가 올 겁니다."

"당연히 우리가 찾아가서 누님께 인사를 드려야 하는데 오신다니 도리가 아닌 것 같아요."

"수련씨 말이 맞아요. 허나 누나는 내가 시간이 촉박하니 준비할 시간을 더 많이 주느라고 그러는 겁니다."

그때였다. 전화의 벨이 요란하게 울린다. 정민이 수화기를 들었다.

"여보세요?"

"정민이니? 나 누난데 어떻게 하지, 애들 할아버지가 별안간 돌아 가셨단다. 나 급히 시댁으로 가야 하는데 어떻게 하니? 공항에도 나가지 못할 것 같아."

"누나 알았어, 너무 걱정 하지 마. 내가 알아서 할게. 내가 문상을 못가더라도 서운케 생각지 말고 장례식이나 잘 치르도록 해."

"그래, 미안하다. 건강하게 잘 다녀와야 한다."

5 새로운 이별(離別)

2일 후 김포공항. 정민이 떠나는 날이다. 공항은 떠나는 사람과 많은 환송객이 몰려 북새통을 이루고 있었다. 정민도 떠나기 전 모든 짐을 화물로 부치고 돌아 왔다. 누나 시아버지의 의 초상으로 인하여 둘만의 오붓한 시간이 더없이 좋은 것 같았다. 비행기에 탑승할 시간이 가까워 올수록 수련의 마음은 초조하기만 하다. 왜 그런지 자꾸 눈물이 나려고 한다. 그런 수련의 모습을 보는 정민의 마음 또한 편 할리 없는 것은 마찬가지다.

"수련씨, 2년은 잠시입니다. 눈 한번 감았다 뜨면 일 년은 간 거고 한 번 더 질끈 감았다 뜨면 또 일 년이 간 거죠. 내가 떠나는 것은 우리의 좀 더 나은 미래를 위함이니 서로 참고 기다립시다."

이제 탑승할 시간이 되어 모두 비행기에 오르고 잠시 후 비행기의 문이 닫히고 동체가 서서히 움직이기 시작했다. 요란한 젯트엔진 소리를 내며 비행기가 서서히 지상을 박차고 공중을 향하여 이륙하기 시작했다. 수련은 멀어져 가는 비행기를 보면서 두 손을 모으고 기도를 한다.

"주여, 우리 정민씨 무사히 임기를 마치고 돌아올 수 있도록 도와주세요."

수련은 비행기가 시야에서 완전히 사라질 때까지 눈을 떼지 못하고 보고 있다가 눈가에 맺혀 있는 눈물을 수건으로 닦는다. 짧은 열흘간의 정민과 함께한·시간들이 세상에 태어나 가장 행복 했었다. 그 기간 동안 정민은 다정다감했으며 수련은 지금 것 누려보지 못한 행복을 경험한 시간이었다. 정민을 그렇게 보낸 후 그동안 마음에 쌓였던 더러운 먼지를 훌훌 털어내고 새로운 마음으로 살겠다고 다짐을 했다. 모든 걸 잊고 정민을 기다리며 행복을 설계하고 싶다. 그러기 위해서는 신앙이 필요하다는 생각이 들었다. 수옥이 교회를 다니고 있었다. 전에 함께 몇 번인가 쫓아간 적은 있지만 본격적인 신앙은 가져본 일이 없었다. 수옥이 교회를 함께 나가자고 권유 해봤지만 이 핑계 저 핑계를 대며 한 번도 나가질 않았다. 그러나 정민을 만나며 자신의 인생관을 바꿔야 되겠다는 생각을 갈기 시작했다. 그 첫 번째가 교회에 나가는 일이었다. 정민을 오래 전부터 안 사람은 아니지만 그녀가 바다에 몸을 던졌을 때 자신의 위험은 생각지도 안은 채 바다에 뛰어 들어 자신을 구한 일과 또 열흘간 함께 하며 그가 보여준 인간미(人間美)는 아름다운 사람, 그 자체였다. 그런 정민을 위하여 그가 무사히 일을 마치고 건강한 몸으로 돌아오기를 신께 간절한 기도를 올리고 싶었다.

"언니, 나 교회에 언니하고 함께 나가고 싶어."

"뭐? 전에 내가 그렇게도 교회에 함께 가자해도 싫다고 하더니 웬일이니."

"나 사실 정민씨를 위해 무사히 돌아오게 해달라고 교회에 나가 하나님께 기도하고 싶어."

"그러고 보면 정민씨의 착한 심성이 수련의 영혼을 구원한 것 같구나. 내가 그렇게 권해도 들은 척도 않더니 네가 정민씨의 마음에 감동을 한 것 같구나."

그 길로 수련은 수옥을 따라 교회에 나가기 시작했다. 교회에선 수옥을 따라 나온 수련을 모두 반긴다.

"아유~ 설집사님도 고운데 동생도 참 곱네요. 잘 왔어요, 환영합니다."

교인들은 너나없이 한결같은 마음으로 수련의 손을 잡으며 환영한다. 작은 교회여서 그런지 가족과 같은 분위기다. 누구 하나 환영 한다는 말이 빈말로 하는 것 같지 않다. 처음 와본 곳이지만 따뜻한 느낌이 몸에 와 닿는다.

"잘왔수, 고운 처자가 왔네요."

할머니들은 수련이 딸 같아서 그런지 더 정겹게 맞아주는 것 같았다. 그러나 수련을 더 열광적으로 환영하는 것은 몇 안 되는 청년들이었다. 그 중에 키가 작고 볼품없는 청년이 작은 눈으로 수련을 뚫어져라 보고 있었다. 홀어머니와 함께 교회에 나오고 있는 장영우라는 청년이었다. 장영우는 수련을 본 순간 전기에 감전된 것처럼 몸이 굳어버렸다. 그 후부터 장영우는 무엇에 홀린 사람처럼 수련의 뒤를 따라 다녔다. 수련이 약국에서 일할 때에도 장영우는 수련이 약국을 하고 있다는 걸 어떻게 알았는지 약을 사러 왔다며 수시로 드나들었다. 또 약을 사러 오지 않을 때는 밖에서 서성거리며 약국에 있는 수련을 흘끔 거리며 보다가 눈이 마주치면 무안했는지 고개를 돌리곤 했다. 정민이 사우디아라비아로 떠난 지도 2개월이 되어갈 즈음이었다. 그날은 저녁 예배시간이었다. 예배를 마치고 혼자 가는 길이었다. 그런데 뒤에서 누가 따라오는 기척이 들렸다. 한적한 길에 인기척을 들으니 더럭 겁이 나서 마음이 불안하여 뒤를 돌아다보니 장영우가 따라오고 있었다. 장영우는 숨이 찬 듯 헐떡이며 수련에게 다가왔다. 할 말이 있으니 시간을 좀 내달라는 것이었다. 수련의 입장에선 잘 알지도 못하는 장영우와 할 말이 없었다.

"전 장영우씨와 한가롭게 앉아 이야기할 시간이 없는 사람입니다. 전 지금 집에 가서 할 일이 많거든요. 시간을 못 내드려 죄송합니다."

"잠깐이면 됩니다. 잠시만 저에게 시간을 주십시오."

"장영우씨, 나 잘 알아요? 잘 알지도 못하는 저에게 왜 그래요?"

"잘 알지 못하니 잘 알고 싶어 그런 것 아닙니까?"

장영우는 귀찮을 정도로 말대답을 하며 집요하게 말꼬리를 물고 늘어진다. 수련은 시간이 없다고 했음에도 말꼬리를 물고 늘어지는 장영우가 불쾌하기만하다. 더 이상 장영우와 말하기가 싫었다. 자신의 처한 상황을 이야기 하고 끝을 내야겠다고 결심을 하였다.

"좋아요. 어디 한가한 장소로 자리를 옮겨서 조용히 얘기해요."

그들은 잠시 후 작은 카페로 자리를 옮겨 앉았다. 늦은 밤 시간이라 그런지 손님은 그리 많지 않았고 음악만 정민이 좋아 한다는 솔베이지의 노래가 조용하게 흐르고 있었다. 마침 계절이 가을이라 그런지 원래가 조용하고 슬픈 곡의 음악인데다 정민이 평소에 잘 듣는 곡이어서 더욱 수련의 마음을 가라앉게 한다. 왠지 모르게 멀리 모래사막에서 사풍(砂風)과 싸우고 있을 정민이 더욱 그리워진다. 그리고 마치 자신이 음악속의 주인공처럼 백발이 되도록 돌아올 남편을 기다리는 솔베이지의 모습이 어쩌면 자신의 모습일지도 모른다는 상상을 해보기도 한다. 그렇게 생각에 잠겨 있다 보니 장영우란 존재를 잠시 잊고 있었다. 생각에서 깨어난 수련이 물었다.

"할 말이 뭐지요?"

수련은 어느 정도는 영우가 무슨 말을 할 것이라는 것을 모르는 바가 아니었기에 짐짓 모르는 척 하며 묻고 있는 것이었다.

"전 수련씨를 처음 볼 때부터 좋아하게 되었습니다. 그래서 사랑하고 싶습니다."

"전 과거가 있는 여자입니다. 더 솔직하게 말할까요? 한 아이의 엄마이기도 하고요. 지금은 사랑하는 사람을 기다리고 있는 중입니다. 그 사람이 돌아오면 곧 결혼을 할 예정입니다."

"수련씨의 지난 과거와 결혼할 사람을 기다리고 있다는 것 다 알고 있습니다. 나로서는 수련씨의 지난 과거는 아무런 상관이 없습니다. 다만 지금은 수련씨가 혼자라는 것이 중요할 다름이지요. 외국에 나간 사람이 2년 후에나 온다고 알고 있습니다. 그 시간이면 나에게 주어진 시간은 충분하다고 생각합니다."

"아니 어떻게 내 과거와 그 사람에 대한 것을 잘 알고 있어요?"

"내가 결혼하고자 하는 사람인데 그 정도도 모르면 되겠어요. 수련씨는 지금은 기분이 나쁠지 모르지만 내 입장에서는 수련씨의 작은 아픔까지도 사랑하려면 더 소상히 알아야 한다고 생각했습니다."

장영우는 학벌도 없고 외모도 보잘 것 없지만 머리 하나는 비상한데가 있었다. 아버지가 일찍 죽고 중학교만 나온 후 홀어머니를 부양하며 안 해본 것이 없었다. 그렇게 근근이 모은 돈으로 부동산사무실을 차렸다. 일을 하는 틈틈이 부동산 학원을 다니며 중개사 자격증을 딴 것이다. 그런 후 부동산사무실에 취직을 하여 2년여 동안 실무를 익힌 후 개업을 한 것이었다. 생긴 외모는 보잘 것 없고 학벌은 없었지만 선천적으로 싹싹한 면이 있었다. 부동산은 사는 사람이나 파는 사람이나 같은 입장이게 마련이다. 파는 사람은 한 푼이라도 더 받고 싶고 사는 사람은 한 푼이라도 싸게 사고 싶은 것이다. 영우는 그런 면에서 매수자나 매입자의 가려운 곳을 잘 알고 긁어 주는데 매우 뛰어난 재질을 발휘했다. 다른 곳 부동산은 손님이 없어 놀고 있어도 영우의 부동산은 늘 바빴다. 부동산을 하려면 돈이 될 만한 곳에 투자를 하여야 하는데 영우에게는 그럴만한 돈이 없었다. 그러나 손님들의 가려운 곳을 잘 긁어 주는 비상한 재주가 있어 약간의 돈을 벌면서 먹고 사는 데는 별 지장이 없었다. 부동산사무실을 개업하기 전까지는 먹고 사는데 급급했으나 약간의 돈이 통장에 쌓여가자 여기저기 돈이 될 만한 땅에 조금씩 투자를 해 놓았다. 그것이 몇 년 되자 땅값이 많이 오른 것이다. 재산이 불어나니 모든 일에 자신감을 갖게 되었다. 전에는 자신의 보잘 것 없는 외모와 배우지 못한 콤플렉스를 가지고 있었으나 재산이 늘면서 여기저기서 중매가 들어오니 자신의 콤플렉스도 잊어갔다. 그때부터 돈만 있으면 세상에 못할 일이 없다는 졸부근성이 생기기 시작했다. 맞선을 본 후 자신의 눈에 차지 않으면 그 자리에서 상대방에게 무안을 주고 벌떡 일어나 나오기 일 수였다. 그러나 수련은 처음 본 순간 한눈에 반해 버렸다는 말 외에는 다른 말이 필요 없었다. 한마디로 한 순간에 뿅 간 것이다. 그는 조상 대대로 내려오며 잘 살았었다는 이야기를 들어본 적이 없었다. 그 원인은 너무 보잘 것 없고 가진 것 없는 집안이기에 혼인을 하는데 있어서도 수준이 같은 집안끼리 만나게 되니 그럴 수밖에 없었다는 결론이었다. 그래서 그는 피는 섞여야 한다는 생각을 하게 되었다. 자신은 씨도 밭도 시원찮아 못났지만 수련과 같이 인물이 반듯한 사람과 혼인해 아이를 낳는다면 2세는 자신보다 훨씬 훌륭한 인물을 얻을 것이란 생각이었다. 그는 어떤 일에 빠져들면 그 한 가지 일에 집착을 하는 성격이었다. 그는 수련에 대해서만은 어떠한 대가를 치루더라도 꼭 자기 사람을 만들어야겠다는 생각을 갖게 되었다. 그는 수옥과 가까운 사람들을 통하여 수련에 대한 정보를 입수하시 시작했다. 그러다 보니 그녀가 약대를 나왔고 제약회사 회장과 간통을 하여 애까지 낳고 자살을 하려 했다는 것과 다시 만난 사람과 결혼을 약속하고 외국에 간 그 사람을 기다리고 있다는 것을 알게 되었다. 장영우의 말을 들으며 수련의 마음은 편치 않았다. 당장이라도 일어나 장영우의 뺨이라도 후려갈기고 싶었다. 장영우에게 자신의 깊은 곳에 숨겨둔 치부를 모두 들킨 것 같아서였다.

"흥, 누구 마음대로 남의 뒷조사까지 하고 다녀요. 그렇게도 할 일이 없어요?"

"아, 그랬나요. 수련씨의 마음이 어떠하든 난 상관치 않아요. 수련씨가 나를 미워한다 해도 내 마음은 변함이 없을 테니까요."

"헛수고 하지 말아요. 난 장영우씨 같은 사람 안중에도 없어요. 장영우씨 같은 사람과 한가하게 앉아 노닥거릴 시간이 없습니다. 찻값은 내가 마신 것은 내가 내고 가겠습니다."

영우가 미쳐 대답할 새도 없이 수련은 자리에서 벌떡 일어나 카운터로 간다.

"이 돈은 제가 마신 찻값입니다. 나머지는 저 사람에게 받으세요."

그러고는 준비한 돈을 카운터에 휙 던지고 뒤도 돌아보지 않고 나가 버린다.

영우는 남은 차를 마시며 무안한 마음을 달래려는 듯 혼자 낄낄거리며 씨부렁거리고 있다.

"발끈 화내는 모습이 더 예쁜걸, 네가 아무리 그래도 내 그물에 걸린 이상 빠져 나가기 힘들 걸. 후후후~"

영우는 느긋한 표정으로 수련이 뛰쳐나간 문을 한참을 바라보고 있었다.

다음날 출근을 한 수련은 아무리 생각해 봐도 영우가 괘씸하기만 하다. 이제는 느물거리기까지 하는 모습이 역겹기까지 하다. 장영우가 나오는 한 교회에도 나가기가 꺼림칙하다. 이런저런 생각 속에 점심때가 된 것 같다. 장영우 때문에 기분이 나빠 아침을 거르고 출근을 했더니 배가 고프다. 약국 문을 닫고 식당으로 향했다. 식당 문을 들어서려는데 음식 냄새가 풍겨온다. 그러자 별안간 속이 뒤틀리고 냄새들이 역겨워 토할 것만 같다. 도저히 밥을 먹을 것 같지 않다. 가만히 생각해 보니 한 달에 한번 있어야할 달거리를 하지 않은지가 꽤 오래 된 것 같다.

"그럼 임신을 했단 말인가?"

정민과 열흘 동안을 함께 지냈으니 그럴 수 있겠다는 가능성에 이르자 급히 약국에서 파는 임신테스트기를 꺼내어 소변 검사를 했다. 틀림없는 임신이란 표시였다. 수련은 그 길로 산부인과로 향했다. 병원에서 초음파를 해보니 결과는 임신 2개월이 되어 간다는 것이었다. 틀림없이 정민과 지낸 열흘간에 생긴 아이였다. 수련은 당연이 좋아해야 하지만 한편으로는 고민이 되는 것 또한 사실이었다. 아기를 낳아보지 않은 것도 아니지만 뱃속의 아이 아빠라고 할 사람이 있는 것 또한 아니고 아직 혼인도 하지 않은 몸으로 아이를 가졌다는 것은 수련으로서는 남의 눈을 의식하지 않을 수 없는 노릇이었다. 일단 수련은 수옥과 상의를 할 수밖에 없었다.

"언니, 나 언니와 상의할게 있어."

"뭔데?"

"나 임신한 것 같아."

"뭐?"

"지난번 정민씨와 열흘 동안 지내고 왔잖아, 그때 생긴 아이 같아."

"잘된 일이지 뭐. 너나 정민씨나 나이도 많은데 정상적이라면 아이가 많이 늦은 편이잖아."

"그렇겠지. 그러나 정민씨가 좋아할까?"

"좋아하고 안 좋아 하고 가 어디 있어, 늦은 나이에 애 가졌다면 무척이나 좋아 할 건데, 편지할 때 정민씨에게 아기 아버지 되었다고 알려라."

"언니는? 알리지 않고 있다가 귀국할 때 자기 자식이라고 하면 아마 더 놀라겠지."

"너 그러려고 하는구나."

"언니, 그런데 나 결혼도 하지 않았는데 임신을 했으니 창피해 어떻게 하지? 나 이곳을 떠나 다른데 가서 살까봐."

"허긴 그것도 그렇구나. 네가 김덕수에게 아들을 낳아 준 것을 대략은 사람들이 알고 있는데 네 생각도 나쁜 것 같진 않다."

"그러면 배가 부르기 전에 빨리 해야 되잖아."

"그럼 내일이라도 당장 서울에 올라갔다 오도록 해. 내일 한번 다녀와 결정 하기는 쉽지 않을 거야."

"혹시 누가 알우, 재수가 있으면 아주 좋은 곳에 빈자리가 있을지도 모르잖우."

수련은 수옥과 상의 후 서울로 올라와 부동산 중개사와 함께 약국을 낼만한 장소를 물색했다. 우선 종로로 갔다. 그러나 종로에는 점포가 너무 비싸서 수련이 가지고 있는 돈으로는 쉽지가 않을 것 같았다. 실망하고 돌아오려는데 중개사가 수련을 부른다.

"너무 실망하지 말고 며칠만 기다려 보십시오. 약국은 작지만 미국으로 이민을 가려는 사람이 있는데 내가 좋은 값으로 흥정을 해보겠습니다."

"정말입니까? 큰 약국이 아니어도 좋으니 그걸 꼭 부탁합니다. 제 전화번호를 드릴 테니 연락을 주십시오."

"네, 그렇게 하겠습니다. 염려 마시고 기다려 보세요."

그런 후 정말 며칠이 지나고 그 부동산 중개사에게서 연락이 왔다. 약국 주인이 급히 보자고 한다는 것이었다. 지체할 이유가 없었다. 수련으로서도 하루가 급한 처지였다. 그날로 서울로 올라온 수련은 권리금 없이 그 약국을 싼값으로 양도 받을 수 있었다. 이천에 있는 약국은 성업 중이었기에 다른 사람에게 넘기는 것은 그리 어려운 일이 아니었다. 수련의 생각대로 약국을 내놓자 새로운 주인이 나타났다. 성업 중인 약국이었기에 권리금도 두둑하게 챙길 수 있었다. 약국이 정리되자 이천에 더 머물러 있을 이유가 없었다. 서울에는 혼자 살 집이 었기에 그리 큰 집을 얻을 필요가 없었다. 서울로 올라온 수련은 약국의 간판을 새 생명 약국이라고 바꾸고 바로 개업을 하였다. 종로에서의 약국 경영은 수련으로서는 자신이 있었다. 비록 덕수의 계획에 의해서 해본 경험이지만 덕분에 수련으로서는 자신감이 충만해 있었다. 우선 사람이 많이 다니는 곳이기에 혼자의 몸으로는 영업이 힘들었다. 그래서 여자 약사를 한명 채용 하였다. 여직원인 약사의 이름은 양혜영이라고 했다. 양혜영은 미혼에 26세였고 키는 수련과 비슷했다. 상당한 미인이었는데 어떻게 보면 수련과 많이 닮은 곳이 있었다. 수련이 앞으로 배가 불러 올 것이기에 양혜영은 수련의 집에서 함께 생활하기로 하고 채용한 것이다. 그리고 차차 매상의 실적을 봐가며 직원의 채용도 늘릴 계획을 세워 놓았다. 영업은 전에 수련이 덕수의 약국에 있을 때와 별반 다르지 않았다. 다르다면 직원의 봉급을 대폭 올렸다는 것이다. 다른 약국의 직원들과 비교해 자신이 많이 받고 있다는 걸 알기에 그만큼 더 노력을 할 것이란 생각 때문이었다. 수련의 그 계획은 성공이었다. 친절하고 성실한 약사 양혜영 덕분에 손님은 늘 붐볐다. 정민에게도 편지를 띄워 서울로 약국을 옮겼다고 알렸다. 바쁜 속에서도 시간은 흘러 수련의 배도 산달이 되어가고 있었다. 먼저 번 경험도 있어서 수련은 자주 병원을 다녔다. 의사는 미리 입원을 하는 것이 좋겠다고 권했다. 아이는 다행스럽게도 건강하다는 것이었다. 수련은 혜영과 상의 하고 당분간 힘들겠지만 혼자서 근무를 해 줘야겠다며 양해를 구했다.

"사장님, 걱정 마세요. 편안하게 순산하시고 약국일은 아무일 없도록 제가 알아서 하겠습니다. 그리고 매일 끝나면 병원으로 찾아가 보고 드리겠습니다."

혜영은 아무 걱정 말라며 입원을 앞둔 수련을 안심 시키는 것이었다. 병원에 입원한지 하루가 지나자 수옥이 올라왔다. 병원에 입원한지 3일 만에 수련은 예쁜 딸을 순산했다.

"얘, 수련아 공주님이다. 꼭 너하고 정민씨를 빼 닮았어."

"딸이라고? 예쁘게 키워야 할 텐데. 나 같은 인생을 살면 안 되지, 그러기 위해선 내가 열심히 살아야 될 거야."

"그래, 우리 같은 인생을 살게 하면 안 되지. 참 정민씨에게는 알렸니?"

"언니 정민씨에겐 알리지 말고 귀국하면 정민씨 딸이라고 안겨주며 놀라게 하고 싶어."

"호호호, 그것도 재미있을 것 같다. 그럼 네가 알아서 해."

"응, 언니."

정민이 사우디아라비아로 떠난 지도 어느덧 1년여가 되어가고 있었다. 수련이 약국에 출근해 있는 시간에 웬 남자가 약국 문을 밀고 들어온다.

"어서 오세요. 뭘 찾으시는지요?"

약사인 혜영이 친절하고 공손하게 손님을 맞이한다.

"혹시 여기 설수련씨가 이곳에 계신가요?"

수련이 자신을 찾는 사람이라 자세히 봐도 전혀 모르는 사람이다.

"설수련이요? 제가 설수련인데 무엇 때문에 그러시죠?"

"아, 그러시군요. 저는 사우디아라비아에서 나왔습니다. 백정민 대리의 심부름으로요."

"네~에, 정말이요?"

수련은 너무 반가웠다. 비록 심부름으로 왔다지만 백정민이라는 이름이 불려 지자 눈물이 핑 돌 정도로 반가웠던 것이다.

"백정민 대리의 심부름으로 왔습니다. 저는 함께 근무하다 만기 귀국한 이수현이라고 합니다. 백대리의 부탁으로 물건을 전해 드리려고 왔습니다."

"너무 수고가 많으시군요. 물건을 이렇게 그냥 받아도 되는 건지 모르겠습니다."

"그럼요, 전 어차피 귀국하는 길에 물건을 가지고 나왔을 뿐인걸요. 이렇게 좋아 하시는 모습을 보니 심부름을 잘 왔다는 생각입니다. 이제 백정민 대리도 일 년이 지나가고 있으니 일 년 후면 만나시게 될 겁니다."

심부름을 왔다는 이수현이라는 사람으로부터 대략 그곳의 정황을 듣고 정민이 건강하게 잘 있음을 확인한 수련은 그 사람이 또 다른 곳에 물건을 전해 주어야 하기 때문에 빨리 가야 한다며 급하게 가는 바람에 대접도 못하고 돌려보낼 수밖에 없었다. 그 사람이 떠난 후 천천히 정민이 보낸 포장을 풀어 보니 편지 한 장과 사우디아라비아의 전통공예품과 프랑스제 양산과 샤넬화장품 세트였다. 물건을 받고 보니 마치 정민을 만난 기분이다. 분명 그 물건에는 정민의 따뜻한 손길이 묻어 있을 것이기 때문이었다. 그동안 수련은 정민의 편지가 올 때면 기쁨을 한 아름 선물 받는 것 같았다. 편지를 읽을 때마다 정민은 그리움이 절절이 배어 있는 사연을 보내오곤 했다. 그럴 때마다 먼 하늘을 보며 빨리 시간이 가기를 바라고 또 바랐다. 그녀는 천천히 편지를 뜯었다. 거기엔 정민이 깨알처럼 정성들여 쓴 글씨가 빼곡하게 채워져 있었다.

나의 사랑하는 수련,

태양은 사막에서 떠올라 사막으로 지고 있습니다.
이글거리며 붉게 지고 있는 저 노을의 지평선 너머엔
내 사랑하는 수련, 당신이 있을 텐데 오늘은 그리움을
더 많은 날의 행복을 위하여 이 어두워지려는 사막에
잠시 묻어 두렵니다.

중략

내 생각의 관념 속에는 언제나 팔만 뻗으면 곧 잡힐 듯
한 곳에 당신이 있을 것 같은데 당신과 나의 거리는 너무

멀기만 합니다.

중략

그러나 이 그리워하는 고통은 우리의 사랑이 영원하기 위한 하나의 과정이라 생각하면 이보다 더한 고통이 온다 하여도 나는 기꺼이 인내할 것입니다.

후략

여기 귀국자 편에 작은 선물을 보냅니다. 비록 작은 선물이지만 나의 마음이니 기쁜 마음으로 받아 주었으면 좋겠습니다. 우리 몸은 멀리 떨어져 있어도 늘 내 마음은 당신 곁에 서성이지만 멀지 않은 날의 행복을 위해서 잠시의 고통은 즐기면서 이겨내렵니다.

사우디아라비아에서 당신의 정민 올림

수련은 정민의 편지를 읽고 정민이 자신을 얼마나 애틋하게 사랑하며 그리워하고 보고 싶어 하는지를 알 수가 있었다. 수련도 그리움에 먼 하늘을 하염없이 바라보고 있었다.

6 열사의 땅 사우디아라비아

정민이 사우디아라비아 다란 공항에 도착 했을 때는 어둠이 내리기 시작한 저녁 시간이었다. 그동안 오면서 아래를 내려다보니 보이는 것은 모두 하얀 모래벌판일 뿐이고 간간이 모래벌판 사이로 난 도로가 마치 강처럼 보였다. 비행기가 육중한 동체를 넓은 활주로를 향하여 미끄러지듯 가볍게 구른 후 멈추자 출구 문이 열리고 트랩이 내려지자 승객들이 밖으로 나가기 시작한다. 출구 문을 나서자 뜨거운 열기가 확 몸으로 부딪쳐 온다.

"드디어 열사(熱砂)의 땅에 도착을 했구나."

하는 생각과 함께 2년이란 긴 시간을 이곳에서 건강하게 보내야겠다는 결심을 해본다. 그래야만 귀국해 사랑하는 수련과 행복한 가정을 꾸밀 수 있는 것이다. 공항대합실로 나오니 회사에서 나온 직원이 정민을 찾는다.

"오늘 오신 분 중 백정민 대리님이 계시지요?"

"네, 제가 백정민입니다."

"오시느라 수고가 많았습니다. 우선 정확한 인원을 파악한 후 출발을 하겠습니다."

여러 명의 근로자들과 함께 정민이 인솔자가 되어 온 것이기 때문이었다. 인원 파악이 끝나자 곧 출발을 했다. 버스를 타고 공항 건물을 빠져 나오니 사방이 모래사막이다. 보이는 것은 모두가 낯선 풍경들뿐이다. 그렇게 한참을 사막 길을 달리다 보니 도회지의 건물이 보이기 시작한다. 다란공항에서 출발해 담맘 시내로 접어든 것이다. 사우디아라비아에서 리야드 젯다에 이어 제 3의 도시라고 하는데 건물들이 우중충해 화려한 모습은 전혀 찾아볼 수가 없었다. 담맘 시내의 외곽에 위치한 회사는 지점이지만 쥬베일 항이란 큰 공사를 하고 있어 규모가 꽤 큰 지점이었다. 일단 숙소가 정해지자 짐을 풀고 우선 식사부터 하기로 했다. 비행기에서 기내식만 먹으며 오다 보니 식사를 한 것 같지도 않고 속이 텅 빈 것 같았다. 해외 현장이라 김치가 없을 줄 알았는데 제법 싱싱한 열무김치가 올라와 있었다. 한국에서 먹는 음식과 별반 다를 게 없었다. 식사가 끝나니 비행기의 여독으로 피로가 몰려왔다. 이곳 시간으로도 이미 늦은 밤이다. 해가 뜨면 출근을 해야 하기 때문에 우선 잠을 자야 했다. 그러나 낯선 곳이어서 그런지 몸은 피곤했으나 잠은 쉽게 오지 않는다. 거의 뜬 눈으로 보내고 아침에 일어나 밖으로 나오니 햇볕이 부셔 눈을 뜰 수가 없다. 한국에 비해 햇볕이 엄청나게 강렬한 것을 느낄 수가 있었다. 우선 사무실로 가서 부서장에게 인사를 해야 했다. 그리고 그날로 보직을 받아 업무에 임해야 하는 것이다. 정민의 원래 보직은 중기관리로서 각종 건설 장비를 필요할 때 적재적소에 현장에 투입하기 위해 정비를 해놓고 관리를 해야 하는 일이었다. 그의 밑에는 중장비 기사와 중장비를 정비하는 기사들이 대부분이었다. 출근 즉시 중기부로 들려 수장인 중기부장에게 인사를 하니 부장은 그날로 전임자로부터 중장비 부속을 구매하는 업무를 인수받으라 한다. 전임자는 한 달 후 귀국을 하기 때문이었다. 인수를 받으려면 서류부터 인수인계를 받아야 하지만 우선 물건을 구입하는 거래처를 먼저 알아 두는 것이 순서일 것 같았다. 그날로 전임자와 함께 거래처가 있는 담맘 시내로 나갔다. 전임자는 업무를 인수하여 주기 위하여 이곳저곳 중장비 부속을 구매하는 거래처를 인계하여 주고 자신의 귀국 준비를 위하여 여러 군데 선물 가게도 들렀다. 마침 전자기기 상가 앞을 지날 때다. 아리랑의 가락이 울려 나왔다. 왠지 모르게 가슴이 뭉클해 온다. 누가 그러길 외국에 나오면 누구나 애국자가 된다 하더니 귀에 익은 아리랑 가락을 들으니 조국의 소중함을 일깨워 주는 것 같다. 사랑하고 애국할 수 있는 조국이 있다는 것을 오늘처럼 실감나게 느꼈던 적이 있었던가? 정민이 공항에서 수련과 작별을 하고 사우디아라비아 담맘지점에서 부속 구매를 한지도 많은 시간이 흘렀다. 그러다 보니 중기 부속을 구매하는 과정에서 발생하는 수입이 꽤 된다는 것을 알았다. 얼마 가량은 윗선에 상납을 하고 남는 것으로는 부하직원들과 회식을 하기도 하고 귀국 선물을 사서 주는데 썼다. 기후가 맞지 않아 식사를 못해 고생하는 직원에게는 식사대용으로 먹도록 영양제와 과일 등 다른 음식을 사다 주는 세심한 배려도 했다. 자신보다는 함께 일하는 밑의 직원들을 더 생각해 주니 자연스레 직원들 간에 신망이 두터울 수밖에 없었다. 휴일 날이다. 오늘은 직원들과 함께 코바란 곳으로 쇼핑 겸 해수욕을 가기로 한 날이다. 식당에 부탁해 물과 먹을 것을 잔뜩 차에 실고 코바로 향했다. 코바는 해변 도시였는데 신흥 도시여서 건물이 담맘에 비해 매우 깨끗해 보였다. 우선 쇼핑보다는 직원들의 의견이 해수욕을 먼저 하자는 쪽으로 기울어 해수욕장엘 먼저 가기로 하였다. 이곳에서는 여인들의 비키니 입은 모습을 본다는 것은 하늘의 별따기나 다름이 없었다. 그러나 해수욕장엘 가면 눈요기라도 실컷 할 수 있을 것이란 직원들의 기대 심리가 있었기에 해수욕장을 먼저 가기로 했던 것이다. 코바 근교에 있는 해수욕장은 넓고 깨끗한 해수욕장이었다. 그러나 해수욕객의 모습은 상상했던 것과는 너무도 동떨어진 모습이었다. 간간이 보이는 유럽인이나 미국인들 빼고는 거의 현지인이었는데 수영복을 입고 해수욕을 즐기는 사람들은 거의 없었다. 현지 여자들로서는 수영복을 입고 해수욕을 한다는 것은 상상도 할 수 없는 일이었다. 긴 옷을 입은 채 얼굴엔 검은 두건을 쓴 채로 물에 들어갔다 나오길 반복을 하고 있었다. 남자들은 여자들과는 달리 윗옷은 벗었지만 긴 반바지 차림으로 해수욕을 즐기고 있었고 수영복을 입은 사람은 눈을 씻고 보려 해도 볼 수가 없었다. 해수욕장의 풍경이 그런 모습이니 함께 간 직원들은 자신들이 상상했던 모습이 아니자 모두들 실망하고 있는 표정이 역력했다. 직원들이 이구동성으로 그만 가자고 아우성이다. 처음 해수욕장엘 간다고 했을 때는 한국에서의 해수욕장 풍경을 상상했는지도 모른다. 그러나 전혀 다른 풍경에 정나미가 떨어진 모양이었다.

"에이~ 백대리님 이제 그만 가시죠? 이럴 줄 알았으면 이곳에 가자고 하지 않았을 겁니다."

"왜 벌써 가려고 하나? 해수욕장 가자고 난리를 치더니 볼 거리가 없는 모양이지? 하하하"

"해수욕장이라고 해서 늘씬한 여자들이 많아 눈이라도 즐거울 줄 알았지요. 그런데 이게 뭐예요."

"하하하~"

일행이 모두 웃는다. 사실이 그랬다. 술도 없지, 그렇다고 여자가 있는 것도 아닌 나라에서 혹시 해수욕장에라도 가면 비키니를 입은 쭉쭉빵빵의 여자들이라도 눈요기 하려던 것이 모두 허사가 돼버린 것이다. 마음이 허탈했는지 시내에서의 쇼핑도 재미가 없는 것 같았다. 일찌감치 돌아오는 길에 하나같이 입을 다물고 있었다.

오늘은 춘계 재 사우디아라비아 교민체육대회가 열리는 날이다. 당연히 정민의 회사에서도 선수를 선발하여 출전을 하였다. 본 대회에 출전하기 전 회사 내에서는 선수를 선발하는 과정이 있었다. 우선 건설 현장에서 선수를 선발하여 지점으로 보냈다. 지점에서 선발한 선수와 현장에서 선발한 선수를 놓고 다시 최종 선발을 하는 것이었다. 최종 예선에 정민이 출전한 것은 물론이다. 종목은 100m 달리기와 400m 계주였다. 100m 예선에서는 지점에서 선발된 선수가 1, 2, 3등을 휩쓸었다. 현장에서 올라온 선수는 400m 계주에 출전할 선수 한명과 예비 선수 한명이 선발되었을 뿐이었다. 그렇게 선수 선발이 끝나고야 재 사우디아라비아교민체육대회에 출전을 하게 된 것이다. 교민체육대회라야 거의가 이곳에 진출한 건설 회사들의 체육행사나 다름없었다. 주 사우디아라비아 대사가 나와서 지켜보고 있었고 나머지는 각 건설 회사들의 지점장들이 자리를 채우고 있었다. 정민은 100m 달리기에 나가 1위를 했지만 400m 계주는 입상을 하지 못하고 말았다. 계주란 한명이 잘한다고 되는 일도 아니고 모두 잘 뛴다고 하여도 바통 터치가 제대로 이루어지지 않으면 안 되는 일이었다. 출발서부터 잘 달려야 하지만 바통 터치도 일사불란하게 이루어져야 만이 경쟁상대를 이길 수 있는 것이다. 그러나 그날의 계주는 1번 주자는 잘 뛰어 1위로 들어 왔는데 2번 주자부터 바통을 넘겨주는 과정에서 매끄럽지를 못하여 서두르는 바람에 바통을 놓치고 만 것이다. 1위와 2위의 차이는 순식간에 뒤바뀌고 점점 차이는 벌어지고 있었다. 3번 주자에 와서도 차이는 더욱 벌어졌다. 마지막 4번 주자인 정민이 바통을 넘겨받았을 때는 1위와는 50m의 차이가 나 있었다. 정민은 사력을 다했으나 50m의 차이는 400m 계주에서는 너무도 먼 거리였다. 그래도 정민의 사력을 다한 분투로 2위를 한 것도 잘한 것이었다. 정민은 운동을 잘하는 것만큼이나 품성도 좋았다. 자신보다 높은 상사에게 잘 보이려 아부하지 않았고 일에는 원칙대로 처리했다. 동료나 부하 직원들에게는 인기가 있었지만 모두 그런 건 아니지만 윗선에는 눈 밖에 날 수도 있었다. 체육대회가 끝나고 회사로 돌아온 저녁이었다. 모두 식사를 마치고 숙소에서 쉬며 라디오를 켰다. 쉬는 시간이면 너나 할 것 없이 고국의 소식이 그리워 라디오를 듣는 것이다. 정민은 가끔 방송을 통해 자신이 쓴 글을 수련에게도 보내곤 했다. 그리운 사연을 써서 방송 전파를 통해 수련에게 전달하는 방법이었다. 고국의 방송에서는 해외 교민들 중 단골손님이라고 수차례에 걸쳐 정민에게 기념엽서를 보내오기도 했다. 그날도 고국의 반가운 소식을 들으려고 라디오를 켠 순간 귀를 의심할 뉴스가 흘러나오고 있었다.

"박정희 대통령이 서거하셨습니다. 박정희 대통령이 서거하셨습니다."

방송은 계속해서 이 멘트만 반복하고 있었다. 많은 사람들이 정민의 방으로 몰려들기 시작했다. 모두 방송을 듣고 찾아온 것이다. 하나 같이 근심어린 얼굴들이었다.

"백대리님, 박정희 대통령이 돌아 가셨다는데 어찌된 일이지요? 한국에 전쟁이라도 나는 것은 아닌지 모르겠네요."

"전쟁이야 그리 쉽게 나겠어요. 우선 뉴스가 시원하게 알려주질 않아요. 왜 죽었다든가 하는 것이 전혀 없어요."

근로자들은 하나같이 정확한 뉴스가 전달되지 않으니 답답해 할 수밖에 없었다. 그래도 모두가 고국의 뉴스에 귀를 기울일 수밖에 없었다. 고국의 방송에서는 여전히 아나운서는 '박정희 대통령이 서거하셨습니다.'란 멘트만 계속해서 내보내고 있었다. 잠시 후 정확한 뉴스가 흘러 나오기 시작했다. 모두들 라디오에 귀를 기울이며 듣고 있었다. 우리 군(軍)은 비상경계 태세에 돌입했으며 미국(美國)은 북한(北韓)의 동향을 예의 주시하고 주한미군(駐韓美軍) 또한 비상경계 태세에 들어가 있으며 도발을 하지 말라고 경고를 하고 있다고 하였다. 한편으로는 미국의 핵 항공모함 콜러시호가 만약의 사태에 대비하여 한국해역으로 항진 중이라는 것이었다. 정민은 뉴스를 들으며 혹시 핵을 보유키 위하여 핵개발을 하고 있는 박정희 대통령을 미국 측에서 하지 말라 하였으나 말을 듣지 않아 누군가를 시켜 암살을 한 것이 아닌가 하는 생각도 해보고 아니면 북한의 암살요원이 저격을 한 것이 아닌가 생각해 보았다. 정확한 뉴스가 전달이 되지 않으니 별 추측이 난무하는 현상이 일어나고 있는 것이었다. 그러나 좀 더 시간이 흐르며 뉴스는 정확한 사건의 전말을 방송하고 있었다. 박대통령을 암살한 범인은 중앙정보부장인 김재규였다는 것이었다. 김재규의 지시로 중앙정보부원들이 대통령 경호원들을 모두 사살하고 김재규가 직접 차지철과 박대통령을 사살 하였다는 것이었다. 사람들은 놀라운 뉴스를 접하고 여러 가지 생각들을 말했다. "왜 정보부장인 김재규가 대통령을 죽였을까?"

"뉴스를 들어보니 경호실장인 차지철이 너무 제 멋대로 해서 홧김에 그랬다고 하잖아."

그러나 정민은 그것 때문만은 아니란 생각이 들었다. 김재규가 박대통령의 머리에 겨누고 한 말은

"각하, 똑바로 하십시오."

하고는 방아쇠를 당겼다고 했는데 사람을 죽이면서 그것도 자신이 모시고 있던 대통령을 죽이면서 그렇게 침착하고 당당할 수 있었을까, 하는 의구심이 일었다. 그것은 자신을 지켜줄 믿는 구석이 있어서 그랬던 것이 아닌가 하는 의구심이었다. 그러나 정민의 의구심과는 달리 근로자들의 마음은 혹시 북한이 이 기회를 틈타 전쟁을 일으키는 것은 아닐까 하는 불안감이었다.

"이럴 때 북한이 남침을 하면 어떻게 하지?"

그러자 옆에 있던 사람이 그 말을 받아서 답변을 한다.

"어떻게 하긴 뭘 어떻게 해. 북한이 쳐들어온다면 모두 귀국해 총 들고 싸워야지."

그러자 또 한사람이 그 말에 대하여 거드는 말을 한다.

"그래, 우리만 살아서 무얼 해, 자식과 마누라는 사지(死地)에 놔두고 우리만 살 수는 없는 일이지. 만약에 전쟁이 난다면 모두 가서 총 들고 싸워야 해."

"그래야 하겠지. 그러나 지금 당장 전쟁이 난 것도 아니고 추이를 지켜보면서 최악의 경우 정말 전쟁이 난다면 우린 모두 귀국해 총 들고 싸워야 할 거야."

모든 사람들의 마음이 하나 같이 똑같았다. 자신의 목숨을 부지하기 위해 혼자 살겠다는 사람은 한명도 없었다. 모두가 똑같은 마음으로 전쟁이 발발할 경우 들어가 싸워야 한다는 마음으로 똘똘 뭉쳐 있었다. 그때 문을 열고 들어오며 찬물을 끼얹는 발언을 하는 사람이 있었다. 그 사람은 다름 아닌 최명관 과장이었다.

"아니 전쟁이 났는데 미련스럽게 무엇 때문에 죽으러 들어가, 여기 가만히 있으면 목숨은 안전하게 지켜질 것이고 누구에게도 욕먹을 일 없잖아, 일부러 도망쳐 나온 것도 아니고 나라를 위하여 이 먼 나라 열사의 모래땅에서 달러를 벌어 조국에 보내고 있는데 어느 누가 감히 욕을 하겠어. 아무 동요하지 말고 열심히 일이나 하자구."

최명관 과장의 말을 듣고 자리가 조용하자 모든 사람들이 자신의 말에 동조하는 줄 아는 모양이었다. 그는 기고만장하여 부끄러운 줄도 모르고 더 떠들어 댄다.

"내가 홍콩을 여행을 하고 있을 때였어. 판문점 인근에서 미루나무를 자르던 미군을 북한군이 도끼로 찍어 죽인 사건이 발생을 한 것이야. 내가 홍콩 공항에 내리니 한국에 전쟁이 났다고 뉴스가 흘러나오더군. 나는 그 뉴스를 들으며 놀라기도 했지만 정말 한국에 전쟁이 낫는 줄 알고 안도의 숨을 쉴 수 있었어. 사실 한국에서는 휴전선에서 북한과 늘 있는 일이라 뉴스일 뿐인데 외국에서는 크게 확대하여 전쟁이 났다고 방송을 한 것이지. 그걸 몰랐던 나는 그 뉴스를 듣고, 아, 나는 운이 좋구나, 나는 살았다 하며 좋아 했었지. 그런데 지금도 그렇잖아, 한국에서는 전쟁이 난다 하는데 난 여기 나와 있으니 생명에는 지장이 없잖아, 얼마나 운이 좋은 거야, 여기 있는 여러분도 운이 좋긴 마찬가지겠지만 말이야."

그는 남이 욕하는 줄도 모르고 그것도 자랑이라고 계속 떠들어 대고 있었다.

"최과장님, 그렇게도 자신의 목숨이 가족과 조국보다도 귀하다 여기십니까?"

"내가 죽는데 자식이고 조국이고 무슨 필요가 있겠어. 내가 있고 처자식과 조국이 있는 거지"

정민은 그렇게 말하고 있는 최과장의 면상을 보기 좋게 후려갈기고 싶었다. 정민뿐이 아니라 그 자리에 함께 있던 모든 사람들이 그런 마음이었을 것이다. 그때부터 사람들은 최과장을 매국노 같은 인간이라며 싫어했다.

"아니, 제 마누라와 새끼들은 한국에서 전쟁이 터져 죽던 말던 저만 살면 된다는 이야긴 데 저런 남편과 저런 애비를 둔 자식들은 무엇을 배우겠어."

그때부터 정민은 최과장을 멀리 하였다. 전에는 친하지는 않았지만 같은 부서에서 일을 하기에 사무적인 이야기는 자주 했었다. 그러나 이번 일이 있고 부터는 자신도 모르게 의식적으로 피하게 되는 것이었다. 새로운 뉴스는 국무총리였던 최규하씨가 대통령이 되면서 안정이 되어가고 있으며 대통령이 된 후 사우디아라비아를 방문한다는 소식이었다. 최규하 대통령이 방문을 하는 날 이곳 교민들이 다란 공항으로 대통령을 환영하러 나갔다. 국내가 안정이 되어가니 술렁이던 이곳 근로자들도 마음이 안정되어 가고 있었다. 다시 평정심을 찾은 건설 현장은 언제 국내에 그런 일이 있었냐는 것처럼 활기 있게 돌아가기 시작했다. 최과장은 처음부터 정민을 시기하는 사람이었다. 보통 키에 마음이 너그럽지 못했고 가끔 쓸데없는 말을 자주 하여 부하직원들에게 비난 받기 일 수였다. 그래서 직원들은 그와 마주치기를 싫어했다. 그는 눈매가 매우 날카로웠으며 매부리코에 바짝 마른 모습이 신경질적인 인상이었다. 거기에 자존심은 강해서 성격적으로 지고는 못살았다. 자존심도 정당한 것이라면 괜찮을 텐데 아무 쓸데없는 자존심이었다. 그래서 직원들 간에는 그를 고집불통이라 불러지고 있었다. 그런 그가 정민이 하는 구매에 대하여 아무 것도 아닌 일을 가지고 사사건건 시비를 걸며 추궁을 했다. 원래 정민이 오기 전까지는 전임자의 뒤를 이어 최명관 과장이 부속 구매를 하기로 내정이 되어 있었다. 예정대로라면 당연히 최명관 과장이 그 자리로 가는 것이 맞는 일이었지만 중기부의 수장인 부장이 판단하여 정민을 그 자리에 앉힌 것이다. 그 자리는 봉급 외에 가외 수입이 만만치 않아서 누구나 그 자리를 탐내고 있는 자리였다. 부속을 구매할 때 거래처에서 구입비로 100% 영수증을 발행하고 받지만 결제 후 30%는 부속 구매자에게 따로 떼어주는 것이 공식이었다. 그것이 아랍인의 상술이었다. 중장비 부속이 고가인 점을 감안 한다면 엄청난 부수입을 올릴 수 있는 자리인 것이다. 물론 중기부에서는 공식적으로 아는 사항이기 때문에 구매자인 정민이 적정한 선에서 부장에게 상납을 하고 나머지는 부하 직원들과 회식비로 쓰거나 귀국하는 직원들에게 선물을 하는데 쓰고 있었다. 전임자들은 윗선에만 상납을 하고 나머지는 자신의 수입이었다. 월급보다는 부속을 구매 하면서 들어오는 수입이 더 짭잘했다. 그러다 보니 자연 그 자리를 탐내는 사람들이 많을 수밖에 없었다. 그런 자리를 정민이 꿰차고 들어 왔으니 최명관 과장이 정민을 곱게 볼 리가 없는 것이다. 어떻게 하면 꼬투리를 잡아 정민을 그 자리에서 낙마 시키고 자신이 그 자리를 차지할까 호시탐탐 노리고 있는 것이었다. 그러나 허물을 찾으려 해도 정민에게는 도무지 허물이 발견되질 않았다. 최명관 과장에겐 그 자리에 들어가야만 할 그 나름대로의 말 못할 이유가 있었다. 수년 전부터 아내가 신부전증에 걸려 정기적으로 피를 투석하며 생명을 연장하고 있었다. 그러다 보니 늘 돈에 시달림을 받을 수밖에 없었다. 그는 아내를 핑계로 이곳에 나오지 않을 수도 있었지만 당장 국내에서 받는 봉급으로는 아이들 학비와 아내의 병원비를 충당할 길이 없었다. 박봉에 아내의 긴병, 그렇게 생활고에 시달리다 보니 자신도 모르게 신경질적인 성격이 형성되고 말았다. 생활환경이 그의 성격과 얼굴 모습까지 나쁜 쪽으로 변화를 시켜 놓은 것이다. 그렇게 고민 중인 그에게 그렇게 어려우면 사우디아라비아에 나가 구매 담당을 해보라고 먼저 다녀온 전임자가 귀 뜸을 해주었다. 사우디아라비아에 가면 월급도 곱절을 받고 해외 수당도 따로 나오며 구매를 하게 되면 월급보다도 수입이 훨씬 좋다는 것이었다. 그가 나와서 구매 담당자의 이야길 들어 보니 사실이었다. 그래서 이때나 저때나 기회가 올까 기다렸지만 좀처럼 기회는 그의 차지가 되질 않았다. 그러다 보니 자신이 받아야 할 보직을 정민이 받아 차지하고 있으니 곱게 보일 리가 없는 것이다. 늘 정민을 대하는데 있어서 고운 눈으로 볼 수가 없었다. 그러나 가만히 생각을 해봐도 그건 정민의 잘못이 아니었다. 정민은 위 부서장인 부장의 명령에 의해서 보직을 받았을 뿐인 것이다. 생각이 거기에 미치자 최명관 과장은 고민 끝에 정민과 만나 그동안의 일은 남자답게 사과하고 자신이 처한 어려움을 솔직히 고백하고자 만나기로 결심을 했다. 휴일이 시작되는 목요일이다. 회교도의 안식일은 목요일 해지는 시간부터 금요일 해지는 시간까지였다.

"백대리 내일이 휴일인데 일 끝나고 나 좀 볼 수 있을까?"

가끔 정민에게 말도 안 되는 꼬투리를 잡아 싫은 소리를 하는 상관이지만 그 제의를 거절할 이유는 없었다.

"무슨 일인지는 모르나 그렇게 하시지요. 제가 과장님 숙소로 갈까요?"

"아니야, 내가 백대리 숙소로 가도록 하지."

온다던 최명관 과장은 무슨 일인지 늦은 시간이 되어서 어디서 구했는지 양주 한 병을 들고 들어온다.

"백대리, 내가 좀 늦었지? 백대리가 술을 좋아하는지 모르겠어, 양주나 한 잔씩 마시며 얘기 하자구."

"그렇게 하지요, 그런데 그 술은 어디서 구했어요?"

정민은 늘 사사건건 트집을 잡고 늘어지던 최명관 과장이 자신의 숙소까지 찾아 와서 또 무슨 말을 하려나 긴장도 되었다. 그러나 뜻밖인 것은 이곳에서는 구하기 힘든 양주를 가지고 왔다는 것이다. 본론으로 들어가기 전에 최명관 과장은 먼저 술을 한 잔씩 하자며 술병의 마개를 딴다.

“백대리 우선 한 잔 받지.”

“아닙니다. 과장님부터 먼저 한 잔 따라 드리겠습니다.”

“아닐세, 어려운 부탁을 하러온 내가 먼저 대접을 해야지. 안 그런가?”

“네, 그러면 제가 먼저 받겠습니다.”

술을 따라 한 순배가 돌자 두 사람은 얼굴이 붉어지며 취기가 조금씩 돌자 최명관 과장이 무거운 표정으로 말문을 열었다.

“백대리, 내가 백대리에게 어려운 부탁 좀 해야 되겠어.”

“무슨 부탁인지는 모르나 제가 들어 드릴 수 있는 부탁이라면 모두 들어 드리지요.”

그러자 최명관 과장은 자신의 집안 내력을 숨김없이 털어놓았다. 이곳에 나오게 된 동기부터 숨길 것이 없었다. 그리고 지금까지 있었던 일에 대하여도 사과를 하며 무릎을 꿇었다.

“과장님 이게 무슨 일이예요. 부끄럽지도 않으세요?”

정민은 황급히 최명관 과장을 바로 앉힌다. 최명관 과장의 눈엔 눈물이 고여 있었다.

“백대리, 그동안 본의는 아니었어. 이곳에 나와 돈을 벌어야 하는데 가족과 떨어져 살면서 고작 아이들 학비와 집사람의 병원비만 대고 귀국해 봤자 손에 한 푼도 쥘 수 없다면 얼마나 기막힌 일이겠는가? 모은 돈 없이 들어가 또 돈에 시달려야 되지 않겠는가? 난 그 일이 두려운 걸세.”

"과장님 그런 사정이 있었군요. 전 그런 사정도 모르고 과장님을 많이 오해 했습니다. 그런 일이라면 진즉에 말하지 않았어요. 휴일이 지나고 부장님께 말씀을 드리겠습니다."

정민은 최명관 과장의 어려운 이야기를 들으며 그가 말 하고자 하는 것이 무엇이라는 것을 알 수가 있었다.

"그렇게 해주겠나? 면목 없네. 진즉에 이렇게 마음을 털어놓고 이야기를 했더라면 오해는 없었을 걸, 그동안 백대리에게 못할 짓을 한 것 같아 미안한 마음일세."

최명관 과장은 지나간 것은 모두 잊으라고 하며 그동안의 일들을 사과한다. 환경이 사람을 그 지경으로 만들었다 생각하니 최명관 과장이 가엾어 보인다. 궁핍은 때론 사람을 바보로 만들 수 있다는 걸 오늘 또 다시 한 번 느꼈다. 그동안 최명관 과장에 대한 나쁜 소문 때문에 그에 대하여 좋지 못한 선입견을 가진 적은 있었다. 그러나 그도 한 가정의 가장으로서 가족을 지키려는 어쩔 수 없는 모습을 보는 것 같아 마음이 아려왔다. 수련이 바다에 뛰어 들어 스스로 목숨을 끊으려 했던 것도 깊이 들어가 보면 결과는 돈 때문이 아니던가. 정민은 수련을 떠 올리며 공연히 최명관 과장에 대해 미안함을 느꼈다. 휴일이 지난 다음날 업무가 조금 한가해지자 정민은 부장실을 찾았다.

"백대리가 웬일이야?"

"부장님께 긴히 드릴 말씀이 있어서 왔습니다."

"오~ 그래? 무슨 얘긴가?"

"제가 알기로는 호퍼프 현장에 이수현 대리가 얼마 후 귀국하는 것으로 알고 있는데 혹시 그 자리로 제가 가면 안 될까 해서요.”

호퍼프 현장에는 이수현 대리가 있었는데 만기가 되어서 귀국을 하게 되어 있었다. 현장 직원은 모두 지점에서 파견하기 때문에 언제쯤 결원이 생긴다는 것을 정민도 알고 있었다.

“그럼 백대리가 호퍼프로 가면 누가 구매를 하나.”

“그 일은 최명관 과장님에게 맡기면 될 것 같습니다.”

하면서 최명관 과장의 프라이버시도 있는 것이니 최명관 과장에게는 내색을 하지 말아 달라고 부탁을 하고 최과장의 처한 사정을 상세하게 설명 했다. 한참을 생각하던 부장은 미소를 띠며 정민을 바라본다. 그리고는 고개를 끄덕이며 명쾌하게 대답을 한다.

“내가 백대리를 좋아하는 게 왜 인줄 아나? 바로 이런 점일세. 내가 사람은 잘 봤어. 자넨 역시 의리가 있는 사람이야. 자네의 말대로 함세. 그러나 구태여 호퍼프에 갈 이유가 있나? 이대로 이곳에 있으며 날 좀 도와주게. 어차피 호퍼프 현장에는 이수현 대리의 대체요원이 곧 와서 투입 될 걸세.”

“저는 지점에서 편히 있는 것보다 현장에서 직접 여러 가지 경험을 쌓아 보는 것도 좋다고 생각합니다.”

이곳에 오면 사람들은 공사 현장보다는 먼지 없고 조용한 지점에서 근무하기를 원하는데 자네는 왜 사서 고생을 하려 하는지 모르겠네. 여하튼 자네의 요청이니 보내주긴 하는데 언제든 내가 필요해서 부르면 다시 오도록 해, 알았지?”

이렇게 조건을 부친 후에 부장은 정민의 호퍼프 현장행을 승인 하는 것이었다. 정민은 그날로 짐을 싸 호퍼프 현장으로 가기로 했다. 부장은 구매차 운전기사에게 정민을 호퍼프 현장까지 태워다 주도록 배려를 한다. 호퍼프는 사우디아라비아의 작은 도시였다. 담맘에서 수십 키로 떨어진 곳이었는데 회사에서는 그곳에 사막을 가로지른 도로를 내는 공사를 하고 있었다. 가는 도중의 도로 옆은 온통 하얀 모래로 뒤덮인 사막만 존재하고 있을 뿐이었다. 도로 주변엔 모래가 바람에 날려 도로에 들어오지 못하도록 폐유를 부어 놓아 검은 띠가 도로를 따라 길게 눈에 띄고 있었다. 그리고 사막에 간간이 나 있는 가시나무 풀이 있을 뿐이다. 그렇게 긴 시간을 달려 차는 현장에 도착을 하였다. 공사 현장엔 현장직원들의 숙소인 모빌 하우스 수십 동이 사막 한가운데에 서 있었다. 나무 한그루 풀 한포기 없는 사막에 서 있는 막사가 삭막해 보일 뿐이었다. 우선 중기부 사무실로 가니 얼마 후 귀국할 이수현 대리가 소식을 들었다며 반갑게 맞아 준다. 이수현 대리의 안내로 숙소에 짐을 풀었다. 짐을 푼 후 운전기사는 바로 담맘으로 보냈다. 하룻밤 묵어가라 했으나 당장 내일 구매를 나갈지 모르고 최명관 과장이 처음 나가게 되니 안내도 해줘야 한다는 것이었다. 할 수 없이 그냥 보내려니 마음이 섭섭하다.

"아까 지점에서 전화가 왔어요. 백정민 대리께서 온다고 하여 기다리고 있었어요. 간단하게 업무 파악도 하고 인수인계도 해드려야지요."

"그렇게 해주시겠어요? 고맙습니다."

"그런데 편안한 자리를 두고 왜 하필이면 불편한 호퍼프를 택하셨습니까?"

"해외 현장에 나왔는데 지점에서 편히 있다 귀국하면 서울에 있는 거나 다를 게 없을 것 같았습니다. 차라리 건설현장에서 직접 부딪치며 보고 배워야 많은 것을 알지 않겠어요? 견문을 넓히는 거지요. 그래서 일부러 부장님께 부탁을 해 이곳으로 보내 달라고 하였습니다."

"허긴 얘기를 듣고 보니 그런 것도 괜찮을 것 같습니다. 기왕에 해외 건설현장에 나왔으니 이곳에서 직접 보고 느끼며 견문을 넓히는 것도 멋진 인생 공부가 될 테니까요."

"그런데 이대리님, 귀국이 얼마나 남았지요?"

"일주일 남았습니다. 부탁할 거라도 있는지요."

"작은 물건을 하나 부탁하려고요. 아직 준비를 하지 못했는데 호퍼프 시내에 나가서 사오면 되겠지요. 부탁을 할 테니 전해 주시겠어요?"

"그럼요. 걱정 마시고 물건이나 준비 하세요."

"감사합니다."

정민은 사우디아라비아에 온지도 일 년여가 되어 가지만 단 하루도 수련을 잊고 산적이 없었다. 몸은 떨어져 있지만 마음은 그녀와 늘 함께 있었다. 영혼마저도 녹여 버릴 것 같은 무더위와 사풍(砂風) 속에서도 늘 힘이 되어 준 것은 설수련이라는 그 이름 때문이었다. 피곤했던 일과가 끝나고 숙소에 들어가면 수련이 보내온 편지를 읽으며 그녀와 함께할 날들을 설계하는 것이 하루 일과 중 유일한 낙이었다. 수련을 생각하면 힘든 일도 즐겁게 느껴졌다. 하루 빨리 귀국하여 그녀를 만나고 싶은 마음이 굴뚝같았지만 훗날의 행복을 위하여 묵묵히 땀 흘리며 참아내고 있는 것이다. 휴일이 되자 호퍼프 시내에 나가 수련에게 보낼 선물을 사기로 했다. 우선 샤넬 화장품 세트와 고운 그녀의 피부를 햇볕으로부터 보호하여줄 양산, 그리고 이곳의 민속 공예품을 몇 점 샀다. 수련이 그 물건을 받고 좋아할 것이란 상상만 해도 정민은 기분이 좋다. 일주일이 지나고 이수현 대리는 귀국을 하였다. 거기에 정민의 부탁으로 보내는 수련의 선물도 함께 가지고 떠난 것은 물론이다. 정민이 이곳 호퍼프 현장으로 온지도 6개월이 넘어가고 있었다.

사막의 기후는 종잡을 수가 없다. 맑은 날도 많지만 어느 날은 모래바람이 심하게 불어 숨쉬기조차 힘들 때가 많다. 이곳은 전형적인 사막지대인데 그 사막에 베드윈족이 많이 살고 있었다. 베드윈족들은 풀이 있는 곳을 찾아다니며 주로 양이나 낙타를 방목하며 살고 있었다. 이런 사막에서도 재미있는 일들이 많이 일어난다. 겨울에는 사막에도 비가 폭우처럼 쏟아진다. 그럴 때면 숙소가 물에 잠기는 일도 종종 발생을 한다. 물이 없어 생명이 없는 듯한 사막에도 비가 내리면 이곳저곳에서 파랗게 생명들이 돋아나기 시작을 한다. 그러면 잠깐 사이에 삭막했던 사막은 푸른 초원을 방불케 할 정도로 멋진 평원으로 변하고 마는 것이다. 이런 때는 양들이나 낙타 떼들도 먹을거리가 제법 풍성하다. 이렇게 양떼들이 풀 뜯기에 정신이 없을 때 사막의 침입자가 나타나 양들의 무리 속으로 소리 없이 스며든다. 사막의 무법자 들개인 것이다. 양의 특성은 들개가 목을 물어도 소리를 지르지 않는다는 것이다. 그걸 잘 아는 들개는 양의 무리 속으로 스며들어 양의 목을 물어 죽인 후 재빠르게 모래 속에 묻어 놓은 후 슬며시 양의 무리 속을 빠져 나오는 것이다. 그런 후 며칠이 지나고 양이 모래 속에서 부패가 되면 파내어 먹는 것이다. 정민은 현장에 나가 있으면서 차를 몰고 다니며 그런 장면들을 무수히 보아왔다. 그러나 양을 치는 목동들이 대부분 여자였기에 일러줄 수도 없는 노릇이었다. 그 나라는 외간 남자가 여자에게 가까이 다가가 말을 걸 수 없기 때문이었다. 이곳 공사현장도 70%의 공정이 이루어지고 있었다. 사막에도 어둠이 내리려 하고 있다. 정민은 저녁식사를 마치고 도로공사 현장으로 찝차를 몰고 나왔다. 한참을 달리다 연료게이지에 연료가 얼마 남지 않았다고 표시가 되고 있었다. 연료를 채우기 위해 주유소로 향했다. 주유소에는 먼저 온 차가 앞에서 기름을 넣고 있었다. 앞차에는 화물을 싣는 적재함에 사람들이 잔뜩 타고 있었다. 어린 아이들과 여자들이었다. 한국이라면 화물 적재함에 사람을 태우면 교통법에 저촉이 되어 처벌을 받게 되지만 이곳에서는 흔히 볼 수 있는 일들이었다. 뒤에서 순서를 기다리고 있는데 화물 적재함에 타고 있는 여인들이 검은 천으로 얼굴을 가린 채 신기한 듯 정민을 뚫어져라 쳐다본다. 그들 눈에는 누런 색깔의 동양인이 이색적으로 보였는가 보다. 마치 호수 같은 검은 눈망울에 금방이라도 빨려들 것만 같다. 그들은 모두 차를 운전하고 있는 사람의 부인들과 자녀들인 것이다. 일부다처제인 이 나라에는 부인이 여럿이니 자녀도 많을 수밖에 없다. 어디를 가는지 대가족의 이동이었다. 그들이 떠난 뒤 바로 기름을 채운 정민은 공사 중인 도로로 올라섰다. 도로 옆으로는 나무 한그루 없지만 겨울이라 사막엔 파란 풀들이 나 있어 넓은 초원지대를 달리는 기분이다. 아직 개통이 이루어지지 않은 도로엔 막힘이 없어 좋다. 타고 있는 차의 최고 속도를 내본다. 도로의 사방엔 푸른 지대는 사라지고 백모래가 펼쳐지고 있다. 한참을 더 가던 정민은 차를 멈췄다. 도로 밑 모래사막에 불도저 한 대가 달빛 아래 외로이 서 있다. 한 낮에는 굉음을 울리며 사막을 주름 잡았는데 지금은 그 소리를 멈추고 조용히 달빛아래 숨을 멈추고 있다. 정민은 멈추어 있는 불도저 위로 올라갔다. 달빛은 광활한 사막을 환하게 비추고 있다. 온 천지가 하얀 모래로 덮여서 주위가 눈이 내려 있는 것처럼 착각을 일으키게 한다. 바람마저 세차게 분다. 사막에 부는 바람은 막힌 곳이 없어 더 강하고 영하의 날씨는 아니지만 몸으로 느끼는 체감온도는 영하의 추위를 방불케 한다. 하늘에 떠 있는 달을 보니 달 속에 수련의 모습이 서려있다. 달 속의 그녀가 정민을 보고 웃는 것 같다.

"수련아~ 수련아~ 보고 싶다~ 보고 싶다~."

정민은 그리움에 수련의 이름을 목이 터져라 불러 본다. 목이 터져라 큰소리로 외쳐보니 속이 시원한 것 같다. 불도저에서 내려와 찝차에 올랐다. 찝차를 몰고 한참을 오는데 뭔가가 휙 하고 차 앞을 스쳐 간다. 차를 멈추고 보니 밝은 달빛 아래 한 마리의 여우가 5m 정도 앞에서 도망도 않고 정민을 빤히 바라보고 있었다. 정민이 타고 온 차는 사막용 타이어를 장착한 찝차여서 사막을 자유로이 다닐 수가 있었다. 호기심이 발동을 한다. 차를 몰고 여우 있는 곳으로 가까이 접근했다. 그러자 여우는 도망을 한다. 그리고는 또 5m 정도를 가서 도망을 않고 정민을 빤히 쳐다보고 있다. 쫒아오려면 얼마든지 오라는 듯 마치 정민을 조롱하는 것 같다. 몇 차례를 반복하다 보니 어느새 차는 사막의 한복판에 와 있었다. 호기심으로 여우를 쫒아 왔지만 홀린 기분이 든다. 옛 사람들이 여우가 사람을 홀린다는 말을 이제야 알 것 같았다. 정민은 더 이상 쫒는 일을 포기하고 차를 오던 길로 돌렸다. 달이 휘영청 밝아 대낮 같아 돌아오는 길은 그리 어렵지 않았다. 모래사막에는 아무 것도 살 것 같지 않지만 그런 악조건 속에도 많은 생명이 살고 있다는 것을 확인 할 수 있었다. 얼마 전이었다. 야간작업을 마치고 동료직원과 함께 차를 몰고 숙소로 돌아오는 길이었다. 그때 약 2~ 3m 앞에 무언가 지나가고 있는 모습이 자동차의 헤트라이트 불빛에 보였다. 운전을 하고 있던 직원과 내려 보니 고슴도치가 도망을 가다 말고 그 자리에서 머리를 속으로 집어넣고 밤송이처럼 자신의 모습을 감추고 있었다. 호기심 발동한 직원이 발로 툭툭 차봤지만 고슴도치는 미동도 하지 않는다. 직원은 장난기가 있는 사람이었다.

"백대리님, 고슴도치가 뜨거워도 이렇게 있을까요?"

"자네 또 무슨 생각을 하고 있는 거야?"

"잠시만 두고 보십시오."

직원은 차 시트 뒤에서 작은 박스를 찾아내 고슴도치를 담는다. 그리고 박스에 불을 붙였다. 나는 못하게 했지만 직원은 뜨거우면 금방 튀어 나올 것이라고 하면서 지켜보고 있었다. 그러나 고슴도치는 밤송이 같은 몸속에 머리를 숨긴 채 끝내 나오지 않은 채 불에 타 죽고 말았다. 그러자 직원은 낭패라는 듯 중얼거리고 있었다.

"어, 난 이게 아니었는데."

"왜 죄 없는 동물을 죽이는 거야?"

여우를 쫓다가 포기하고 돌아오며 문득 지난번에 있었던 고슴도치에 대한 생각이 떠올랐던 것이다. 정민은 그런 일이 있은 후 이런 사막에서 작은 고슴도치는 무엇을 먹고 살까 하는 의문을 가진 적이 있었다. 그런데 달밤에 여우에게 홀린 듯 쫓아 왔지만 과연 이런 모래사막에서 여우는 무엇을 먹고 사는지 알 수가 없었다. 허나 무언가 이런 척박한 사막에서도 분명 어떤 먹이 사슬이 존재하기에 생명들이 살아가고 있을 것이란 생각을 하며 숙소를 향하여 차를 몰았다. 숙소에 돌아오니 함께 근무하는 사무실 직원이 황급히 달려온다.

"백대리님 어딜 다녀오세요."

"무슨 일이 있어요?"

"말도 마세요. 한바탕 난리가 났었어요."

"무슨 난리가 났는데요?"

"섹스비디오 안 보여 준다고 박희도가 다른 사람들과 합세하여 난리를 쳤어요."

다른 부서 사람이 그랬다면 정민으로서는 그리 골치 아플 것은 없는데 하필이면 정민의 부하직원인 타워크레인 기사 박희도가 난리를 친 것이다. 휴일 저녁이면 흔히 말하는 포로노 비디오테이프를 보여 주었는데 그날은 테이프가 준비되지 않아 못 보여 준 것이다. 그러자 기분이 나빠 술렁이던 참에 홍십장이라는 사람이 차를 몰고 계곡을 지나오는 중에 차의 라이트 불빛을 보고 놀란 필리핀 사람들로 추정되는 사람들이 급히 산중턱에서 차를 몰고 사라지더라는 것이다. 그곳 산이라야 나무 한그루 풀 한포기 없는 토산이다. 사람이 어두운 밤에 있을 곳은 아니기에 이상히 생각해 올라가 보니 동굴이 있었고 동굴 안에는 드럼통과 물통 안에는 물과 같은 액체가 들어 있었다. 뚜껑을 열어보고 냄새를 맡아 보니 소주 같은 술이 통마다 가득 들어 있었다. 자그마치 7통이나 되었던 것이다. 7통의 술을 모두 가져와 각 숙소마다 한통씩을 나누어 준 것이다. 보통의 약한 술을 마셔도 더운 지방이라 취했을 텐데 독한 소주를 먹어 놓았으니 난리가 난 것이다. 그 중에 회사에 항상 불만이 많았던 타워크레인 기사 박희도가 포로노비디오테이프를 보여주지 않은 것을 빌미로 행패를 부렸던 것이다.

"박희도 지금 어디 있어요?"

"술에 취해 사우디아라비아 경찰서에 가서 포로노비디오테이프를 고발한다고 난리를 치다 잠이 들었습니다."

"아침에 일어나면 바로 사무실로 보내도록 하세요."

다음날 9시쯤 타워크레인 기사인 박희도가 사무실로 왔다. 평소엔 좋은 사람이었는데 왜 그랬는지 이해할 수가 없었다. 술이 사람을 그렇게 만든 것이다. 박희도는 미안하여 연실 머리를 긁으며 엉거주춤한 상태로 서있다. 흘깃 박희도의 얼굴을 본 정민은 앉으라고 권했다. 그가 게면 쩍은 얼굴로 자리에 앉자 정민이 물었다.

"박희도씨, 왜 그랬어요?"

"죄송합니다. 그러나 비디오테이프 문제는 저만 불만을 토로한 것은 아닙니다. 사실 이런 곳에서 스트레스 풀 때도 없고 그 방법만이 유일한 출구인데 그것도 휴일 날 보여주지 않는다는 것은 너무한 것 아닙니까?"

"박희도씨, 처음 이곳에 나올 때 그런 교육 받지 않았어요? 다 알고 왔으면서 왜 그래요. 그걸 사우디 경찰서에서 알면 어떻게 되는지 잘 알잖아요. 그걸 알면서 경찰서에 가서 신고 하겠다고요?"

정민은 박희도에겐 이렇게 말했지만 사실 이곳 근로자들의 성(性)에 대한 욕구는 어제 오늘의 일이 아니었다. 물론 이곳에 올 때에 해외개발공사에서 교육을 받을 때 그런 사항은 귀가 따갑도록 듣고 나온 사람들이다. 그러나 막상 현지에 나와 술과 여자가 없다는 데에는 포기한 상태라지만 포로노비디오 테이프를 보면서라도 대리만족을 느끼고 싶은 것이 당연한지도 모른다. 사실 이곳 근로자들의 심리상태를 알아보려면 화장실에 가보면 잘 나타나 있다. 한국에서 장사를 나온 부부가 있었다. 그 부부는 회사와 계약을 체결하여 회사 숙소 내에 있는 매점을 독립적으로 독점 운영하는 일이었다. 그래서 그런지 근로자들은 그 부부가 부러운 모양이었다. 화장실의 낙서를 보면 모두가 그 아주머니에 대한 낙서다.

"아줌마, 마려워 죽겠어요."

"아줌마, 한번만 주면 안 돼요?"

"아! 아줌마, 미치겠어요."

"아줌마, 한번만 안아 보았으면 죽어도 원이 없겠당~."

"아! 매점 아저씬 행복하게당~"

화장실에 가보면 그들의 욕구가 무엇인지 다양한 낙서의 문구들이 솔직하게 말하고 있는 것이다. 트레일러 운전기사가 한국에 휴가를 다녀왔다. 그런데 그 운전기사가 하는 이야기가 걸작이었다. 사우디아라비아에서는 근로자들이 모이면 성(性)에 대한 이야기가 주를 이룬다. 그들은 칫솔대를 페퍼로 곱게 갈아서 동그랗게 구슬처럼 만들어 그것을 성기(性器)에 박아 넣는다. 어떤 사람은 도깨비 방망이처럼 여러 개를 박아 넣는 사람도 있었다. 그런데 트레일러 운전기사가 구슬을 박고 고국에 다녀온 것이다. 밤에 잠을 자며 아내와 섹스를 하는데 아프다며 불평을 하더라는 것이다. 그럼 구슬을 빼버릴까, 하고 말하니 아내 왈 절대 빼지 말라고 하더라는 것이다. 그렇게 근로자들이 모이면 음담패설이 자연스럽게 나온다. 이곳은 매춘을 하는 여인네도 없고 술이란 것도 아예 없다. 사내들의 마음이란 것이 있으면 잊고 살지만 없으면 더 궁함을 느끼고 찾게 마련인 것이다. 그러니 자연 여자를 더 생각하게 되고 그런 것을 푸는 방법이 음담패설인지도 모른다. 입으로라도 떠들어야 쌓이는 스트레스가 풀리는 모양이다. 이번에 고국에 휴가차 다녀온 이동춘이라는 친구의 이야기다. 2년 만에 휴가를 가니 매일 아내 곁에 있고 싶었다. 그러나 6살짜리 아들 녀석이 항상 옆에 있어 어쩌지도 못하고 죽겠더라는 것이었다. 그래서 아내와 더불어 짜낸 묘책이 어린 아들에게 장난감 나팔을 사주며 나갔다 집에 들어 올 때는 그 나팔을 불고 들어오라고 했다는 것이다. 또 한 친구는 밤에 아이들이 잠들자 아내와 한창 작업 중이었는데 자고 있던 어린 딸아이가 일어나 눈을 부비며,

"엄마, 뭐해?"

그러자 아내는 딸아이의 머리를 쥐어박으며

"하긴 뭘 해. 빨리 잠이나 자."

하더라는 것이다. 자신은 놀라 심장이 멈추는 것 같았지만 아내가 하는 행동을 보며 속으론 웃으면서도 소름이 오싹하게 돋더라는 것이었다. 그 소리를 들으며 모두 박장대소하며 웃어버리고 말았지만 중동 근로자의 가족들 중 아내나 근로자인 남편이나 그 부분에 대한 욕구가 얼마나 간절했던가를 보여 주는 한 대목일 것이다. 성(性)에 대한 해결은 어렵지만 술에 관한한 편법을 동원해서 해결해 나가는 모습을 볼 수가 있었다. 미리 귀국자 편에 듣고서 왔는지 나올 때에 이스트를

사가지고 온다. 현지에는 낙클이라는 야자수 열매가 있는데 마치 대추와 비슷하다 하여 중동 근로자들은 대추야자라 불렀다. 맛은 고염의 단맛을 그대로 닮아서 엄청난 당도를 갖고 있었다. 그 낙클과 빵, 그리고 이스트를 함께 물통에 넣고 모래땅에 묻어 두고 일주일 후면 걸쭉한 막걸리가 되는 것이다. 또 그 막걸리를 불로 열을 가하면 파이프를 통해 떨어진 수증기가 독한 소주가 되기도 했다. 이렇게 어느 방법이든 술에 관한 것은 해결해 나갈 수 있었지만 성(性)이란 상대가 있어야 하는 것이기 때문에 어쩔 수 없는 노릇이었다. 해서 근로자들은 대리 만족을 위해 포로노테이프라도 보며 욕구를 달래는 수밖에 없었던 것이다. 박희도의 말은 하나도 틀린 것이 없었다. 그러나 그 나라에서는 해선 안 되는 법이기에 박희도가 저지른 일은 정민의 선에서 무마될 일이 아니었다. 박희도가 술을 먹고 행패를 부린데다 비디오테이프에 관한 사항을 사우디아라비아 경찰서에 고발하겠다고 한 발언은 입에서 입으로 일파만파 커져서 현장 소장에게까지 알려지게 된 것이다. 현장 소장은 박희도는 위험한 인물이니 당장 조기귀국을 시키라 했다. 중기부에서 못하면 공사현장에서는 그런 사람을 쓸 수 없으니 빠른 시일 내로 사람을 교체해 달라는 것이었다. 할 수 없이 정민은 지점으로 나와 중기부장과 상의를 할 수밖에 없었다. 중기부장은 그러면 다른 현장의 기사와 맞바꾸는 것으로 마무리 하자고 했다. 정민이 생각하기에도 그 방법이 제일 좋은 방법 같았다. 정민이 호퍼프 현장에 돌아와 박희도를 찾으니 현장 소장의 지시로 숙소에서 대기 중이었다. 박희도에게 오해 없도록 상황을 설명하고 다른 현장의 기사와 맞바꾸기로 했으니 짐을 챙기도록 지시 했다.

"백대리님, 죄송하고 면목이 없습니다."

"할 수 없지요. 모두 운이 없어 그렇다고 생각합시다. 조기 귀국을 당하는 것보다는 나을겁니다."

"백대리님과 함께 있어 좋았는데 그만 술이 이렇게 만들었습니다."

"박희도씨, 다른 현장에 가서는 이런 일이 없도록 각별히 조심 하여야 할 겁니다. 만약 조기귀국을 당하면 다른 회사로도 다시 나오기는 힘이 들 겁니다."

박희도는 현장 소장의 말대로 조기귀국을 시켜도 할 말이 없는 처지였다. 그래도 그 정도 선에서 무마 된 것이 다행이라면 다행이었다. 좋은 일로 다른 현장으로 보내는 것도 아니고 또한 박희도의 입장에서도 쫓겨 가는 모습으로 가게 되니 기분이 좋을 리는 없었다. 그러나 박희도는 이번 일 말고도 1년 전에도 말썽을 일으킨 전력이 있었다.

젯다 현장에서였다. 함께 근무하던 동료와 바닷가로 산호를 따러 갔다. 산호를 따려면 배를 타고 한참을 들어가야 하는 곳이었다. 산호 군락지에 도착해 많은 산호초를 채집을 하여 배에 실고 오는 중이었다. 그때 바람이 불어 파도가 치니 젓던 노를 박희도가 놓쳐 버리고 말았다. 노가 없으니 배는 제 멋대로 파도에 밀려 깊은 바다로 밀려가고 있었다. 그러자 함께 간 동료가 별안간 윗옷을 벗는 것이었다.

"너 왜 그래?"

하고 물으니

“이대로 가다간 둘이 모두 죽어요. 내가 헤엄쳐 가서 회사에 가 알릴게요.”

하면서 그는 바닷물로 뛰어 들었다. 50m쯤 가던 그는 억 소리를 내며 바닷물로 들어가더니 영 나오지를 않더라는 것이었다. 그러나 박희도는 그가 죽으리라는 생각은 전혀 생각지도 못하고 배에서 혼자 남아 동료를 향해 푸념하며 울었다. 박희도는 엉엉 울면서,

“젊은 놈이 저만 살려고 나를 버리고 혼자 가냐, 이 나쁜 놈아. 아이고 이 나쁜 놈아.”

한참을 울다가 잠시 잠이 들었는데 깨어보니 해질 무렵이었다. 배는 어느새 바람에 밀려 육지에 닿아 있었다. 그는 배에서 내려 택시를 잡아타고 회사로 와 함께 간 동료가 왔느냐고 물으니 모두가 못 봤다는 대답이었다. 그날 회사는 발칵 뒤집혔다. 밤새 회사 전 직원을 동원하여 바닷가에 나가 횃불을 밝히고 그 동료를 찾았으나 행방은 오리무중이었다. 약 10여 일 정도가 되어 그 동료의 시체가 바다에서 떠올랐다. 몸은 이미 많이 부패가 된 상태였다. 그런데 이상하게도 다리가 부러져 있었다. 부검 결과는 심장마비였다. 다리가 부러진 것은 시체가 바다 밑에 가라앉아 산호초에 끼어 물이 흔들릴 때 부러졌다는 결론이었다. 박희도는 죽은 동료와 함께 귀국할 수밖에 없었다. 말하자면 죽은 동료의 관을 호송하는 책임이었다. 그러나 그것으로 끝난 것은 아니었다. 죽은 동료의 형이 월남전에서 부상을 당한 상이용사였는데 동생의 죽음을 자세히 보고 다리가 부러진 것을 문제 삼은 것이다. 박희도는 당시의 상황을 그대로 설명을 했으나 그 동료의 형인 상이용사는 목발로

박희도를 마구 구타를 하는 것이었다.

"이새끼야, 너 왜 거짓말을 해, 회사와 짜고 얼마를 받았어? 다리를 부러뜨려 죽이고 거짓말까지 해? 이런 나쁜 놈의 새끼들 같으니라고."

재판까지 가는 진통 끝에 박희도의 진술이 결정적인 것이 되어 승소를 했다. 그 공로로 다시는 해외 현장에 나오지 못할 것을 복직이 되어 다시 나오게 됐던 것이다.

정민은 박희도를 그런 모습으로 보내기는 싫었다. 누가 뭐라 하여도 자신의 부하 직원은 직속상관인 자신이 지켜 주어야 한다고 생각하는 정민이었다. 그날 밤 현장에서 일하는 중기부 직원들이 모여 조촐한 송별 파티를 열고 있었다. 박희도의 전출을 위로하는 정민이 마련한 송별회 자리였다.

"여러분 박희도씨가 내일이면 이 현장을 떠나 다른 현장으로 갑니다. 어디에서 일을 하든 건강하게 있다가 귀국할 수 있도록 행운을 빌어 주기를 바랍니다. 박희도씨가 간단한 인사말을 하겠습니다."

"여러분께 죄송하다는 말 밖에는 할 말이 없습니다. 다른 현장에 가서는 이런 일이 없도록 각별히 조심하겠습니다. 그동안 고마웠습니다."

그렇게 박희도를 보내고 나니 왠지 마음이 씁쓸하다. 끝까지 함께 있다 귀국을 시키고 싶었는데 뜻대로 안 된 것이 못내 아쉽기만 했다.

7 만남

수련이 퇴근을 하고 이천의 수옥의 집으로 오기로 한 날이었다. 수옥의 집에 도착을 하니 검은색의 고급 승용차가 마당에 세워져 있고 수옥이 대문 앞에서 잔뜩 굳은 얼굴로 수련을 기다리고 있었다. 수옥의 굳은 얼굴을 보며 수련이 넌지시 묻는다.

"언니, 무슨 일이 있어? 왜 그리 심각한 얼굴이야."

"애는 데리고 오지 않았니?"

"아직 데리고 다니긴 이르잖아, 그래서 잠깐 혜영이에게 맡기고 왔어."

"잘했다. 그건 그렇고 수련아, 나하고 잠깐만 얘기하자."

하면서 수련의 손을 잡고 외진 곳으로 끌고 간다.

"얘, 그 인간이 왔어. 네가 오는 걸 어떻게 알고 왔는지 모르겠어."

"언니, 밑도 끝도 없이 그 인간이 왔다고 하면 내가 어떻게 알아."

"김덕수 그 인간이 왔단 말이야."

"뭐? 그 인간이 왜?"

"아이도 데리고 왔어."

"뭐라고?"

아이를 데리고 함께 왔다는 말에 수련은 놀라고 있었다. 태어난 지 얼마 되지도 않아 품에 제대로 안아 보지도 못하고 민경희에게 강제로 빼앗긴 아이였다. 얼마나 보고 싶었는지 모른다.

당장 달려가 아이를 안아보고 싶다. 그러나 무슨 일인지는 모르나 아이를 데리고 왔다는 것에 대해서는 이상한 생각이 든다. 그렇게 보고 싶어 미치도록 찾아 다녔어도 미친 사람 취급하며 대문도 열어주지 않던 사람들이다.

"씨 도둑질은 못한다더니 정말 너를 빼 닮았더라."

"정말?"

"그럼 내가 정민씨 아이를 낳은 것 이야기 했어?"

"내가 미쳤니. 내가 그 인간에게 애 난 이야기를 왜 해."

"언니 잘했어. 구태여 그 인간에게 할 이유가 없잖아."

수련은 그 아이를 언젠가는 한 번 쯤은 보고 싶었다. 그러나 그것은 막연한 생각일 뿐이었다. 방금 수옥에게 덕수와 그 아이가 왔다는 말을 듣는 순간 보고 싶다는 생각 보다는 돈 때문에 자신의 인생이 엉망이 되었다는 수치심 때문에 만나고 싶지 않다는 생각이 강했었다. 그런데 수련을 빼 닮았다는 말 한마디에 그 아이가 보고 싶어지는 것이다. 그 아이가 얼마나 컸으며 정말 자신을 빼다 박아 놓은 것처럼 닮았단 말인가? 수련의 큰 눈에 어느새 눈물이 맺혀 있다.

"만나 볼 거니?"

수옥의 묻는 말에 수련은 목이 메어 대답을 못하고 고개만 끄덕일 뿐이다.

“어떻게 왔대?”

“나도 자세히 못 들었어, 형부하고 얘기하는 사이에 네가 올 시간이 된 것 같아 별안간 닥치는 것보다 내가 너에게 먼저 알려서 마음의 준비를 하고 만나는 것이 나을 것 같다는 생각이 들어서 너를 기다린 거란다.”

수옥의 말이 일리가 있었다. 사실 아무 것도 모르고 들어갔다가 덕수와 그 아이를 보았을 때 자신의 표정을 생각지 않을 수 없었다. 분명 표정관리가 엉망일 것은 빤 한 것이다.

"언니, 고마워. 난 그것도 모르고 언니의 얼굴이 잔뜩 굳어 있어서 무슨 큰 일이 났나 했었어.”

“너만 아니면 우리 집에 큰일 날 일이 뭐 있겠니? 자, 이제 들어가자.”

두 자매가 방문을 열고 들어가니 아이는 잠들어 있었다. 수련의 품을 떠날 때는 태어난 후 얼마 되지 않아 빼앗긴 아이라 얼굴도 기억이 나지를 않았다. 그런데 벌써 세 살이 된 아이는 몰라보게 자라 있었다. 아마 밖에서 마주쳐도 몰라볼 것이었다. 잠들어 있는 모습이 천사와 같다. 순간 수련의 눈에서 왈칵 눈물이 쏟아져 내린다. 수옥의 남편과 이야기를 하고 있던 덕수가 일어나 수련을 보고 서있었다.

“웬일이에요?”

“오랜만이요.”

“?”

할 말이 있어서 왔어요.”

“우리에게 아직도 할 말이 남아 있어요? 아이를 빼앗고 나를 내 팽개치듯 내친 사람들이 누군데 무슨 할 말이 있다고 찾아 와요."

"그때는 미안했어요. 그러나 수련씨도 잘 알잖아요. 그건 내가 하고 싶어 한 일이 아니잖아요."

"일이 어떻게 됐던 결과는 나를 씨받이로 이용하고 버린 거잖아요. 흐흐흑흑"

아이를 보고 쏟아졌던 눈물이 수련은 덕수를 보자 분노의 눈물로 변하고 말았다. 덕수도 수련에게 더 이상 할 말이 없다. 수련의 말이 사실이었기 때문이다. 그때 시끄러웠는지 설잠을 자고 있던 아이가 부스스 눈을 뜨고 낯선 사람이 많아서 그런지 덕수의 옆으로 바짝 붙는다.

"아빠, 우리 집에 가자."

"그래, 조금만 더 있다 갈게, 아줌마하고 조금만 더 이야기하고 가자. 응."

"네, 아빠."

"아빠 아줌마하고 밖에 나가서 잠간만 얘기하고 올게 여기 가만히 앉아 있어, 알았지?"

"네,"

아이는 수련을 닮아서 눈이 컸다. 큰 눈을 껌뻑이며 대답하는 모습이 너무 앙증스럽다. 그런 아이의 모습을 보는 수련은 마음만 아플 뿐이다. 그러나 수련의 마음을 더 아프게 하는 것은 자신이 낳은 자식이면서도 엄마라고 떳떳하게 나서지 못하는 것이다. 지금 자신이 친엄마라고 하면 어린 아이에게 혼란만 줄 것은 빤한 일이기 때문이다. 덕수는 밖으로 나가서 이야기 좀 하자며 먼저 밖으로 나간다. 수련은 밖으로 나가기 전에 아이를 품에 안아 본다. 품에 안고 아이의 손을 잡아보니 포동

포동한 것이 마치 고사리 손 같아 깨물어 주고 싶다. 울음이 나올 것 같아 일어나 밖으로 나왔다. 그런 수련의 모습을 보는 수옥 내외의 마음도 편치가 않다. 밖으로 나온 덕수는 수련이 뒤쫓아 나오자 수련을 차에 태우고 어디론가 가고 있었다.

"어디로 가는 거예요."

"그냥 내가 가는대로 따라만 와요."

10여분을 달리니 차는 어느 산속의 카페에 와 있었다. 주변이 온통 숲으로 둘러 싸여있어서 조용하고 아늑한 분위기였다. 안으로 들어가니 실내장식이 유럽풍과 한국의 고유미가 잘 어우러져 고풍스럽게 보인다. 마침 흘러나오는 음악이 정민이 좋아 하는 그리그의 "솔베이지의 노래"다. 음울하게 흘러나오는 음악이 마음을 가라앉게 한다. 아직 초저녁이라 그런지 홀 안엔 손님이 드문드문 앉아 있을 뿐이었다. 차를 시킨 후 덕수가 먼저 입을 열었다.

"소문으로 수련씨의 소식은 듣고 있었어요. 내가 수련씨에게 어떻게 용서를 빌어야 할지 모르겠어요. 너무나 많은 죄를 지어서요. 용서해 달라고는 않겠어요."

"할 말이 무엇인지 용건만 말씀하세요. 전 회장님 얼굴 대하기가 소름이 돋을 정도니까요."

수련의 대답은 찬바람이 불 정도로 냉랭했다.

"난 사실 수련씨에게 용서를 구하고 저 아이와 셋이서 살자고 찾아 온 거요."

"뭐라고요? 그 잘난 마나님은 어떻게 하고 지지리도 못나 이용만 당하고 버림받은 나와 살려고 해요?"

"나라고 수련씨의 그런 소식을 들으며 편했겠어요? 그동안

내가 겪은 고통도 수련씨만은 못했겠지만 뼈를 깎는 고통 속에서 살아온 시간이었어요."

덕수의 처인 민경희는 재벌집의 무남독녀로 세상에 부러울 것 없이 성장한 사람이다. 단 하나 부족한 것이 있었다면 어머니를 일찍 여위고 홀아버지 밑에서 자랐다는 것이다. 그녀는 어려서부터 어머니의 사랑을 받아 보지 못해 그런지는 모르나 남을 사랑하고 배려할 줄을 모르는 사람이었다. 또한 외톨이로 자란 사람의 특성이 그러 하듯이 자신뿐이 모르는 이기적인 마음과 독선적인 성격을 가지고 있었다. 그러면서 의심이 많았다. 수련을 알기 이전에도 그런 성격 때문에 종종 다투기도 했지만 수련이 낳은 아이를 빼앗아 온 후로는 그녀의 성격은 더 나쁜 쪽으로 변해 갔다. 그런 성격 때문에 아이를 낳아 오면 달라질 줄 알았는데 성질만 더 나빠지게 한 꼴이 되고만 것이다. 회사에서 업무가 늦어져 늦게 퇴근을 하게 되면 회사로 전화를 해 무엇 때문에 늦게 퇴근을 하느냐고 꼬치꼬치 물었다. 때론 어떤 여자와 만나기로 약속이 되어 늦게 퇴근을 하려 한다고 다그치기 일 수였다. 그녀의 의부증 증세는 시간이 갈수록 심해져 갔다. 어느 날은 밖에서 낳아온 아이라 더럽다며 그 아이를 데려다 버리라고 했다가 어느 때는 아이를 세상에 없는 보물처럼 대하기도 하고 때론 자신을 버리지 말아 달라고 애원하기도 했다. 그렇게 시간마다 다른 히스테리 한 성격으로 변해가는 경희와 한바탕 다투고 홧김에 아이를 데리고 집을 나온 것이다. 몸이 별로 좋지 않아 다른 날에 비해 일찍 퇴근을 하여 들어와 쉬고 싶었는데 집에 도착을 하니 아이의 우는 소리가 들리고 경희의 앙칼진 목소리가 들려 왔다.

"엄마, 잘못했어요. 다신 안 그럴게요."

밥이 먹기 싫다는 아이와 밥을 먹이려고 실랑이를 하다가 음식을 쏟은 모양이었다.

"네가 배가 덜 고팠구나. 쫄쫄이 굶겨야 정신이 들 거야, 지가 어떤 주제인지도 모르고..."

들어오며 그 소릴 듣는 덕수는 얼굴이 화끈 거리며 화가 치밀어 오른다.

"당신 그게 무슨 소리야? 그게 아이에게 할 소리야?"

"내가 뭔 소리를 했다고 그래요. 그리고 내가 못할 말을 했어요. 제 주제도 모르고 란 말이 뭐가 나빠요. 사실이 그런 것 아니에요?"

덕수는 기가 막혔다. 물론 수련에 대한 이야기는 자신이 했지만 수련을 통해서 아이를 낳아 오라고 한 것은 경희였다. 그러던 그녀가 자신이 낳지 않고 다른 곳에서 낳아 데려온 아이란 것을 노골적으로 어린 아이에게 말하고 있는 것이나 다름 없었다.

"그렇게 그 말이 억울하면 애새끼를 데리고 나가던지 당신 마음대로 해요. 잡지 않을 테니까."

"그렇게 하지, 당신 절대 후회하지 않겠지."

원래 싸움이란 작은 싸움이 확대되어 큰 싸움이 되는 것이다. 서로가 한 발짝씩 물러서면 될 일을 한 치도 양보 없는 그들의 자존심 싸움이 일을 더 크게 만든 것이었다. 덕수는 홧김에 아이를 데리고 나왔지만 딱히 갈 데가 마땅치 않았다. 그는 고아 출신이었기에 이런 일을 상의할만한 일가친척 한 사람도 없었기 때문이었다. 덕수는 수련과 그렇게 헤어진 후 경희 몰래 사람을 시켜 수련의 근황을 알아보고 있었다. 그래서 지금까지의 수련의 행적을 잘 알고 있었다. 그러던 차에 수련이 자살을 시도 했다가 살았다는 소리를 듣고 충격을 받았으나 수련을 볼 면목이 없어 한 번도 찾아올 수가 없었다. 언젠가는 경희와 이혼을 하고 수련과 함께 아이와 셋이서 살려고 다른 사람의 명의로 아파트 한 채를 사놓기도 했다. 그러나 마음뿐이지 실행에 옮기진 못하고 시간만 흘려보내고 있었던 것이다. 그러던 차에 오늘 아이 일도 있고 해서 홧김에 아이를 핑계로 찾아오게 된 것이었다. 이야기를 듣고 보니 인정에 약한 수련의 마음에 혼란이 인다. 덕수가 경희에게 어떤 수모를 당하던 아무런 상관이 없다. 모두가 자신이 저지른 일이기 때문이다. 허나 아이가 경희에게 학대를 받는 것은 참을 수가 없었다. 그 아이는 덕수의 아이도 경희의 아이도 아닌 수련 자신의 아이기 때문이었다.

"난 회장님이 어떻게 되든 상관하지 않아요. 그러나 내 아이가 사모님께 학대를 받고 산다면 참을 수가 없어요. 저 아이 내가 키우게 해주세요. 그리고 저 아이 이름이 뭐예요?"

"아! 이름을 가르쳐 주질 않았군. 저 아이 이름은 우빈이에요. 김우빈."

"김우빈~ 김우빈..."

그녀는 우빈이란 이름을 자꾸 되 뇌이고 있었다. 그러면서 그녀는 차차 놀라고 있었다. 정민과의 사이에 태어난 아이의 이름을 아직 호적엔 올리지 않았지만 효빈이라고 지을 예정이기 때문이었다. 이것은 우연이라고 말하기에는 너무나 운명적이라는 생각이 들었다. 수련이 어떤 생각을 하고 있는지 모르는 덕수는 수련을 설득하기에 여념이 없다.

"수련씨, 우빈이를 수련씨 혼자 키우기는 힘들어요. 내가 이혼을 할 테니 우리 셋이서 함께 살도록 합시다. 그러면 내가 처음에 수련씨에게 한 약속도 지키는 셈이 되잖아요."

"도대체 회장님은 그 이야길 얼마나 더 우려먹어야 되겠어요. 전 이제 결혼할 사람이 있어요. 그 사람도 우빈일 데려 온다고 하면 좋아할 거예요. 우빈이를 나에게 주세요. 내가 잘 키울 테니까요"

결혼할 사람이 있다는 수련의 말에 덕수의 얼굴이 순간적으로 실망하는 빛이 나타났다 사라진다.

"무슨 일을 하는 사람입니까?"

건설회사에 다니는 사람입니다. 죽으려 바다에 뛰어든 나를 살려준 사람이에요. 지금은 사우디아라비아에 나가 있어요. 이제 일 년만 더 기다리면 귀국을 할 것이고 전 이미 그 사람의 아이도 낳았어요."

"뭐라구요?"

"할 이야기 다했으면 이만 가요. 우빈이가 기다리겠어요. 우빈이는 여기에 두고 가세요. 내가 잘 키울게요."

"아니요. 수련씨가 다른 사람과 결혼을 한다면 내 자식을 성도 다른 남에게 맡기고 싶지는 않아요. 내가 그냥 데리고 갈 것이요."

"우빈이가 그렇게 학대를 받고 사는데 그래도 데리고 가겠단 말이에요?"

"이젠 절대로 그렇게 하지 못하게 할 거요. 그동안 언제인가 수련씨와 합치게 될 것이란 생각 때문에 참아 왔어요. 내가 그

회사에서 이루어 놓은 것을 모두 잃는다 해도 수련씨와 우리 우빈이와 함께 살 수만 있다면 아까울 게 없다고 생각했어요. 그러나 모든 것이 수포로 돌아갔으니 내 운명이려니 하고 살아야지요."

차를 타고 오는 길에도 덕수는 통 말이 없었다. 수련 또한 할 말이 없기는 마찬가지였다. 집에 도착을 하니 우빈이는 잠들어 있고 수옥 내외가 눈이 빠지도록 기다리고 있던 눈치였다.

"애, 뭘 하느라 이렇게 늦었어. 애가 즈이 아부질 어떻게나 찾는지 칭얼거리다 잠이 들었어. 측은해서 못 보겠더라."

"수고 하셨습니다. 전 이만 가봐야 할 것 같습니다."

덕수는 간다며 잠이 든 우빈을 품에 안는다. 우빈이는 피곤했는지 덕수의 품에서 그대로 잠들어 있다. 우빈이를 안은 채 덕수는 수옥 내외에게 인사를 한다.

"오늘 실례가 많았습니다. 수련씨도 잘 있어요."

인사를 하고 돌아서는 덕수의 모습이 쓸쓸해 보였다. 회사에서는 하늘 높은 줄 모를 정도로 당당한 사람이 가정 문제에는 여느 남자와 다를 게 없어 보였다. 수련은 그런 덕수의 모습을 보며 마음 한구석이 무너져 내리는 것 같은 느낌이다. 그러나 전과 같이 마음이 약해진다면 자신은 끝장이라는 걸 누구보다 잘 아는 수련이기에 약해지려는 마음을 모질게 다잡는다. 그러나 어린 우빈이를 보니 마음이 아픈 것은 모성애 때문에 어쩔 수가 없는 것 같았다. 우빈이를 안고 나가는 덕수의 뒤를 쫓아가 문을 열어 주고 우빈이를 받아 안아서 차에 누인다. 오랜만에 안아 보는 우빈이의 체온이 수련에게 전달이 되며 따뜻함을 느끼게 한다. 눈물이 마구 흐른다. 지금 헤어지면 언제 만날지도 모르는 기약 없는 이별이기 때문이었다. 그런 수련의 모습을 바라보고 있는 덕수의 마음도 편치 않기는 마찬가지였다. 우빈이를 보며 울고 있는 수련의 모습을 말없이 보고 있던 덕수가 무겁게 입을 열었다.

"이만 가볼게요. 수련씨 건강하고 행복하기 바랍니다."

수련을 물끄러미 바라보는 덕수의 눈에 눈물이 맺히고 있었다. 잠시 그렇게 침묵 속에 서 있던 덕수는 차에 올라 시동을 걸고 악셀레이터를 세게 밟는다. 엔진의 소음소리를 길게 내며 차는 잠시 동안에 수련의 시야에서 멀어져 간다. 수련은 언제 또 만날지도 모르는 우빈이를 보내놓고 마음이 아파 엉엉 소리를 내어 울고 싶지만 그걸 참으려니 가슴이 더 아프다.

한편 덕수의 처 민경희는 홧김에 아이를 데리고 나가라고 큰소리를 쳤지만 시간이 가고 어둠이 내리니 마음이 초조해지기 시작한다. 덕수가 아무리 큰소리를 치고 나갔어도 고아 출신이라 친인척이 아무데도 없는 걸 너무나도 잘 아는 경희다. 그런데 어둠이 내린지도 꽤나 오랜 시간이 흘렀는데도 덕수와 우빈은 들어오질 않고 있는 것이다. 경희는 화가 나면 물불을 못 가리는 불같은 성격이지만 뒤가 무른 편이었다. 원래 아버지의 성격이 그랬다. 아버지는 자상할 때는 한없이 좋은 아버지였지만 잔소리가 많았고 집안일에도 사사건건 참견하기를 좋아했다. 그래서 그랬는지는 모르나 어머니가 민경희 하나만 낳고 병으로 일찍 죽었다. 지금까지도 아버지가 말을 해주지 않아 어머니가 어떤 병으로 죽었는지 민경희는 알지를 못한다. 아버지는 그 후 재혼을 했으나 새 여자를 잘 믿지 않고 의심이 많았다. 아버지가 새 여자를 잘 믿지 않는 것은 혹 자신이 죽고 나서 하나 뿐이 없는 딸에게 어떤 위해라도 있을까 해서였다. 자신이 아닌 다른 사람은 모두 믿지를 못했고 특히 돈에 대한 애착이 강했다. 해서 새 여자에게도 돈에 대하여는 인색했던 것이다. 그러자니 자연히 민경희가 결혼을 하기까지 아버지가 재혼을 했던 여자는 자그마치 8명이나 되었다.

"경희야, 세상에 믿을만한 놈은 아무도 없단다. 애비나 너 외에는 아무도 믿지 말거라. 세상사는 것 별것 아니다. 돈만 있으면 모든 것이 해결이 되지, 그러나 혹여 애비가 죽더라도 아무도 믿지 말고 돈만 꽉 움켜쥐고 있으면 걱정 될 것은 아무것도 없다. 돈이 모든 걸 해결해 줄 테니까."

그는 딸과 마주 앉으면 늘 귀에 따갑도록 하는 말이었다. 또한 덕수와 결혼하겠다고 첫 인사를 시키고 난 후에 아버지가 한 말은 덕수를 절대 믿지 말라고 한 말이었다.

"그놈이 착하게는 보인다, 만은 여자 복이 많은 놈 같더구나. 주변에 여자가 끓으면 너에게는 좋을 리가 없지. 만약 결혼을 한다 하여도 저런 녀석은 여자가 주변에 끓기 때문에 돈을 물 쓰듯 할 수 있지. 그러니 내가 없더라도 모든 것은 네가 꽉 움켜쥐고 주인 노릇을 똑바로 해야 할게다."

아버지 밑에서 그런 교육만 받고 자랐으니 경희가 여자로서의 소양은 쌓을 시간이 없었고 가정교육 또한 배울 시간이 없었던 것이다. 그러다 보니 아버지의 삶의 방식인 돈이면 무엇이든 해결 할 수 있다는 생각이 몸에 배어 버렸다. 학교에서 공부를 하며 지식은 쌓았는지 모르지만 정작 필요한 가정

교육은 제대로 받지를 못한 것이었다. 그녀는 그런 점이 자신의 약점이라는 것을 잘 알고 있었다. 고치려고 노력은 했지만 어려서부터 밴 습관들이 쉽게 고쳐질리 없었다. 덕수는 회장이란 직함을 가졌지만 아무런 권한도 행사할 수 없는 허울 좋은 회장에 불과 했다. 덕수는 그런 걸 잘 알면서도 그녀에게 불만을 내색한 적은 한 번도 없었다. 그녀는 그런 덕수가 좋은 사람이라는 것을 잘 알면서도 아버지의 고언에 충실히 따랐다. 아버지가 죽은 후 회사의 사세가 엄청난 신장을 한 것은 덕수의 회사 경영능력에 힘입은바 컸다. 덕수는 아무리 노력을 해도 자신의 능력을 인정해 주지 않는 경희가 미웠는지도 모른다. 부부이니 노력하면 간격이 좁혀질 것이라 생각으로 살았지만 시간이 흘렀어도 경희의 성격을 조금도 변하질 않았다. 행여 우빈이를 낳아서 데려온 후 변화가 있으려 나 했지만 달라진 것 보다는 히스테리와 의부증만 키우고 만 꼴이 되고 말았다. 덕수와 다투고 난 뒤 덕수가 우빈일 데리고 나가자 그녀는 곧 후회하며 혹시 회사에 다시 나간 것은 아닌가 해서 전화를 해봤지만 일찍 퇴근을 했다는 말만 들었을 뿐이었다.

"내가 잘못했어, 마음은 안 그런데 왜 말은 그렇게 나올까, 도대체 이이가 아이를 데리고 어디로 갔을까? 나 같아도 나 같은 사람은 싫어할 거야, 그래도 이런 나와 살아주는 것만도 고마운 사람이 아닌가."

그녀는 후회를 한다. 그러나 늦은 시간임에도 덕수에게서는 연락이 없다. 아무리 자신이 못되게 했을지라도 야속한 마음이 든다. 시계는 12시를 가리키고 있었다. 시간이 자정을 넘어가니 경희는 조급증이 나기 시작한다.

"아, 이이가 도대체 아이를 데리고 어디로 갔단 말인가?"

어린 우빈이를 데리고 있을 덕수를 생각하니 한편으론 측은한 생각이 들기도 한다. 시계가 1시를 가리키고 있을 때 깊이 잠든 우빈이를 안고 덕수가 들어 왔다.

"흥, 안 들어 올 줄 알았는데 웬일로 들어왔수?"

그러나 덕수는 한마디의 대꾸도 없이 우빈이를 안고 방으로 들어간다. 그리고는 아무런 기척이 없다. 경희는 살며시 일어나 방문을 살짝 열고 방안의 동정을 살펴본다. 덕수가 우빈이를 꼭 끌어안은 채 잠들어 있다. 두 부자(父子)가 자고 있는 모습이 오늘 따라 측은해 보인다. 그녀는 안도의 숨을 쉬면서 덕수에게 따뜻한 말로 대하지 못하고 빈정대는 투의 말로 맞이한 것이 또 후회가 된다. 마음은 그러지 말자 하면서도 덕수를 보면 그렇게 말이 튀어 나오니 그렇다고 입을 막아 놓을 수도 없는 노릇이었다. 그녀는 덕수에게 하는 행동을 자신이 먼저 고쳐야 되겠다고 생각을 해본다. 덕수 또한 아침에 깨어 깊은 생각에 잠겨 본다. 이렇게 살 것이냐, 아니면 모든 걸 잊고 새로운 출발을 할 것인가를, 그러나 걸림돌은 우빈이었다. 수련이 오케이만 한다면 간단할 것 같지만 민경희가 그리 만만한 여자가 아니라는 것은 덕수가 더 잘 알고 있었다. 거기에 수련도 결혼할 사람을 기다리고 있으니 덕수가 선택할 길은 단 한 길 뿐이었다. 덕수는 마음에 결심을 한다.

"그래, 경희는 어차피 내가 짊어지고 가야할 십자가다. 그 무거운 짐을 누가 대신 지겠는가? 내가 선택한 길이니 내가 짊어지고 갈 수밖에...."

그렇게 마음을 정하니 한층 마음이 가벼워지는 느낌이 든다.

8 사막에서의 명과 암

저녁노을이 붉게 물들더니 서서히 지고 사막에도 어둠이 내리기 시작하는 시간이다. 정민이 사무실에 앉아 업무를 정리하고 있는데 중기기사가 헐레벌떡 숨이 차게 뛰어 들어오며 현장에서의 사고 소식을 알린다.

"사고가 났어요. 사람이 죽었다고 합니다."

"뭐라고요? 사람이 죽다니 무슨 사고였고 누가 죽었단 말입니까?"

정민도 놀라 책상에서 벌떡 일어나 사고의 경위를 묻는다.

"자세한 것은 잘 모르고 저녁을 먹으러 급히 들어오다가 차가 뒤집히는 사고가 났는데 한 사람이 죽었다 합니다. 모든 차량은 중기부 소속이기 때문에 차량의 고장으로 생긴 사고라면 당연히 중기부의 책임이기에 그냥 편히 사고 경위를 들을 수는 없는 노릇이었다. 급히 현장에 나가 사고 경위를 파악한 뒤 어떤 조치를 해야 하는 것이다. 정민은 급히 차를 몰고 사고 현장으로 나가 보았다. 사고 현장은 숙소와 그리 멀지 않은 곳이었다. 도로를 포장하고 아직 개통이 되지 않아 일반 차량의 통행을 막기 위해 흙더미로 쌓아 놓았는데 사고 차량이 급히 오다가 미처 막혀 있는 것을 보지 못하고 흙더미를 들이 받는 바람에 난 사고였다. 차량이 일본산 도요다 랜드크로스란 찝차였다. 차가 사막을 자유로이 다닐 수가 있어서 모래사막 현장을 측량하는 기사들이 즐겨 쓰고 있었다. 화물적재함에 천막을 쳐서 쓰고 있는 차였는데 흙더미를 들이 받는 순간 탑승한 사람들이 천막을 뚫고 튕겨 나온 사고였다. 몇 사람은 경미한 부상이었지만 한 사람은 튕겨 나오며 머리가 돌에 받혀 사망을 한 것이었다. 사망한 사람은 정민이 잘 알고 있는 사람이었다. 아직 미혼인 청년이었는데 순박한 외모에 웃는 모습이 정이 가는 청년이었다. 언제가 약혼녀라며 함께 찍은 사진과 편지를 보여준 적이 있었다. 귀국하면 바로 결혼식을 올리기로 되어 있다는 것이며 하루에 한 번씩 꼬박꼬박 편지를 보내오는데 사연들이 사랑이 배어 있는 애틋한 글이었다. 그리고 그 청년은 4대 독자라 했다. 아침마다 현장으로 측량을 나갈 때마다 중기부에 들려 차를 가지고 나가며 늘 정감어린 웃음과 인사를 하던 청년이었다.

"백대리님 좋은 아침입니다."

"아, 오늘도 사막으로 측량을 나가는군요. 조심해서 다녀와요."

늘 아침마다 이런 인사를 주고받던 사람이었다. 그 청년의 사람 좋게 보이는 인상을 생각하니 정민은 망연자실할 수밖에 없었다. 나이는 자신보다 어렸지만 고국에 두고 온 정혼녀 만날 날을 간절하게 기다리고 있다는 입장에서는 정민과 다를 바 없었다. 만약 자신이 그 청년처럼 불의의 사고로 죽었다고 상상을 해보니 소름이 돋는다. 지난번 청년이 보여 주었던 약혼녀의 사진 속 얼굴을 떠올리며 오열할 그녀의 모습과 수련의 모습이 오버랩 되어온다. 그날 저녁 회사 체육관에 그 청년의 빈소가 설치되었다. 많은 근로자들이 와 그 청년의 명복을 빌어주고 있었다. 그중 제일 슬퍼하는 사람은 사고를 낸 운전자였다. 한국에서 올 때 함께 온 동기라는 것이다. 유난히 친했던 두 사람은 사고 당일에도 열심히 측량을 하다가 깜빡 저녁 먹을 시간이 지난 것을 몰랐다. 저녁 시간이 늦으면 식당 문을 닫기 때문에 문을 닫기 전에 식당에 도착을 시키기 위해 급하게 차를 몰다 보니 도로에 막아 놓은 흙무더기를 미처 보지 못하고 사고를 내게 된 것이었다. 그는 청년의 영정 사진을 보며 자신이 죽인 거라며 슬피 울고 있었다. 영정 사진 속의 청년은 활짝 웃고 있는 모습이었다. 얼마 전 이곳 그랜드캐년이란 곳에서 동료들과 휴일 날 놀러가 찍은 사진이었다. 정민은 그 청년의 영정 사진을 한참을 들여다보고는 빈소에 무릎을 꿇고 기도를 했다.

"주님, 여기 젊은 한 영혼이 주님의 부르심으로 주님의 곁으로 갔습니다. 열심히 살고자 이역만리 열사의 나라에 와서 땀 흘리다 불의의 사고로 주님의 곁으로 간 것입니다. 부끄럽지 않게 살다간 영혼입니다. 그 영혼을 받아 주시고 이 땅에 남아 애통해할 정혼녀의 마음을 위로하여 주시고 상처가 빨리 아물도록 치유하여 주십시오. 그 영혼이 얼마나 애통해 하겠습니까."

정민은 기도를 마친 후 일어나 슬피 울고 있는 사고를 낸 운전자의 곁에 앉았다.

"너무 슬퍼 말아요. 일부러 그런 건 아니잖아요. 다 운명이라 생각해야지요."

빈소에는 그 청년과 함께 일을 했던 토목과의 직원들이 여기저기 모여 앉아 김빠진 맥주를 마시며 사고에 대한 이야기들을 나누고 있었다. 요즘 들어 사고가 자주 일어나는 편이었다.

얼마 전에는 콘크리트 펌프카로 콘크리트 공사를 하던 중 펌프카가 고압선에 닿으며 사고가 발생해 한 사람의 인명 사고가 있었고, 또 한 건의 사고는 야간작업을 하고 오는 도중 한 사람이 행방불명이 된 사고였다. 아무리 찾았으나 그 사람의 행방은 묘연했다. 그와 함께 일을 했던 사람들은 몸이 불편해 먼저 간다며 앞서 출발을 했다는 것이었다. 그래서 올 때 그가 왔을만한 길을 수색을 하기로 하였다. 그런데 수색 중 도로 옆에서 그의 옷 조각을 발견할 수 있었다. 사람의 뼈와 살점들이 지나가는 차들의 바퀴에 수도 없이 치여 짓이겨져 있어 형체를 알아볼 수 없었다. 일을 끝내고 도로 옆을 걸어오다가 지나가는 덤프차에 치여 쓰러진 것을 새벽이라 다른 차들이 미처 발견을 못하고 계속 그 위를 치고 지나가 형체를 알아 볼 수 없게 만든 것 같았다. 또 얼마 전 귀국을 한 중기부 기능공이었던 사람이 자살을 했다는 소식이 있었다. 어떻게 보면 총 대신 연장을 든 것만 다를 뿐 전쟁터와 다름이 없다는 생각이었다. 일터에서, 사고로 죽는 인원이 그만큼 만만치 않았다. 총성은 없지만 삶을 위한 치열한 산업 전쟁은 각 나라마다 각축을 하고 있는 전쟁터를 방불케 하는 곳이기도 했다. 건설 산업도 엄밀하게 보면 요즈음 유행하는 다단계와 흡사하다고 볼 수 있었다. 세계 굴지의 건설업체가 공사를 수주해 우리 업체에게 하청을 주면 우리 업체는 하청을 받아 우리보다 못사는 나라의 기능공들을 고용해 저렴한 인건비로 공사를 하고 있는 것이었다. 강대국 건설사들은 공사만 수주하면 힘 하나 안 들이고 쉽게 공사 감독관만 파견하고도 돈을 벌고 있었다. 한마디로 이곳은 약육강식의 구도가 분명하게 짜여 진 곳이기도 했다. 잘사는 나라, 못사는 나라, 다 국적의 인종들이 몰려와 남아도는 오일 달러를 벌기 위해 경쟁을 하는 각축장인 것이었다. 얼마나 빨리 공사 기간을 단축하고 튼튼하게 시공을 했느냐에 따라 평가가 달라지는 것이다. 그러자니 각국이 치열한 경쟁을 하여야만 하는 것이다. 그러자니 무리수가 따르는 것은 당연한 것이었고 그 때문에 사고는 예정되어 이는 것이었다. 공사를 하다 작업 중에 죽는 것은 가족에게는 슬픈 일이겠지만 그래도 보상금이라도 있어 남은 가족이 살아가는 데는 도움이 될 것이었다. 그러나 열사의 땅에서 피땀 흘려 번 돈을 정작 자신은 손에 한 번도 쥐어 보지도 못하고 날려 버리는 사람의 심정은 어떤 것일까? 약 한달 전 중기부에서 용접공으로 일하던 장원식이라는 사람이 급히 귀국을 해야만 하는 일이 발생하였다. 정민이 이곳으로 전출을 온지 얼마 안 되어 장원식과는 함께 근무한지 오래되지 않지만 원래 정이 많았던 정민이었던지라 짧은 기간 동안이었지만 가깝게 지냈었다. 장원식은 가난이 지긋지긋하게 싫어 한 번 나온 길에 꾹 눌러 앉아 돈을 벌어 나가겠다고 굳게 결심을 하고 8년이란 세월을 귀국 한번 하지 않은 채 일에만 묻혀 산 사람이었다. 그런데 집에서 아들에게 편지가 왔는데 아내가 장원식이 8년 동안 보낸 돈과 집까지 팔아서 정부(情夫)와 도망을 했다는 것이다. 장원식이 힘이 쭉 빠지는 소식이었다. 아이들이 보고 싶어도 그 고통을 참고 열사의 땅에서 영혼을 불살랐건만 8년 동안 공들인 탑이 어느 한 입에 몽땅 처넣은 꼴이 되고만 것이다. 장원식은 그 소식을 들은 후 얼굴이 수척하여진 가운데 무언가 단단하게 결단을 내린 모습이었다. 평소에 보았던 그의 모습이 아니었고 섬뜩함을 느끼게 했다. 밤에는 자다가 일어나 소리죽여 우는데 그 모습이 괴기해 보였다. 귀국하기 전날 밤 정민은 장원식과 김빠진 맥주를 마시며 밤새워 이야기를 했다.

"장원식씨 심정은 잘 알아요. 그러나 나쁜 마음은 먹지 말아요. 한창 커가는 아이들이 있잖아요. 그 아이들을 생각해 굳게 살아야 합니다."

"네, 백대리님 말씀 감사합니다. 허지만.... 흐흐흑"

말을 잇지 못하고 울던 장원식은 한참 후 눈물을 닦고 그동안 아이와 아내가 보낸 편지의 이야기를 대강해 주었다. 장원식이 중동으로 떠난 후 장원식의 아내는 남편이 보내는 돈은 한 푼도 쓰지 않겠다는 생각으로 살았다. 그러나 시간이 지나며 통장에 쌓이는 돈이 불어감에 마음이 우쭐해지며 부자가 되었다는 생각이 들기 시작했다. 처음엔 돈 쓰기가 아까워 쓰지를 못했으나 한 번 두 번 쓰다 보니 배포가 커지기 시작했다. 그동안 푸르렀던 마음 밭이 돈으로 인하여 조금씩 모래밭으로 변해가기 시작한 것이다. 없을 때는 안 쓰면 그만이었지만 돈 쓰는 맛이 들으니 그 맛처럼 좋은 것이 없었다. 원래 중이 고기 맛을 알면 옷에 이가 한 마리도 남아나지 않는다는 말이 있다. 그녀는 돈 쓰는 맛을 알자 친구들과 어울려 캬바레를 출입하기 시작했다. 그곳에서 만난 것이 제비족이었다. 그녀는 그 제비족에게 몸을 빼앗긴 후 걷잡을 수 없이 빠져들게 된 것이다. 제비는 그녀의 남편이 중동에 나가 있고 오랜 시간을 휴가 한 번 오지 않고 있었기에 돈이 꽤 모아져 있다는 것을 알았다. 그는 적극적으로 그녀를 공략했다. 그녀는 한번 제비에게 몸을 허락한 후 완전히 무너지고 말았다. 제비가 말하면 그녀는 무조건 제비의 말에 순종했다. 제비가 있는 것 몽땅 털어서 도망하자는 말에 그 마저도 그녀는 허락을 한 것이다. 그녀는 아이들도 모르게 살고 있는 집까지도 모두 팔았다. 집값은 하루 전에 급히 쓸 데가 있으니 먼저 지불해 달라고 해 모두 챙긴 뒤 그날 밤 아이들에게 저녁을 잘해 먹인 후 제비와 함께 야밤도주를 한 것이었다. 그는 말을 하다말고 울음을 터트린다. 고통의 8년이 머리를 스쳐간다. 아내와 아이들과 잘 살아보겠다고 피땀 흘리며 여기까지 왔는데 순식간에 물거품이 되어 버렸으니 누구인들 절망에 빠지지 않을 수 있겠는가. 그러나 정민으로서는 부하 직원인 그를 달랠 수밖에 없었다.

"장원식씨 사람이 개똥밭에 굴러도 죽는 것보다는 살아 있는 것이 낫다고 하잖아요. 죽으면 모든 것은 끝이지만 살아 있다면 언젠간 또 다른 희망을 가질 수 있으니까요. 힘들겠지만 귀국해 정리가 되는대로 다시 나오도록 하세요."

"네, 백대리님 감사합니다."

이것이 장원식과의 정민이 마지막으로 나눈 대화였다. 장원식은 날이 밝자 그날로 급히 귀국을 하였다. 그러나 귀국한 장원식에게서는 이렇다 할 소식이 없었다가 3일 전 장원식이 자살을 하였다는 소식을 들었다. 그는 귀국하여 정부(情夫)와 도망한 아내를 찾아 헤맸었다는 것이다. 아무리 찾아 헤맸지만 종적을 찾을 수 없어 아이들을 형에게 부탁한다는 유서를 한

장 남기고 자살을 한 것이다. 이 소식을 들은 사람들은 장원식의 사람됨을 잘 알기에 그의 죽음을 안타까워했다. 그러던 차에 젊은 측량사의 죽음은 또 한 번 이곳 현장을 숙연하게 하고 만 것이다. 병원에 안치됐던 그 청년의 시신은 방부제 처리를 한 후 알미늄 관에 입관되어 공항으로가 비행기에 실려 고국으로 향하게 되었다. 그 청년이 비행기에 실려 떠나는 시간에 전 현장 직원들이 체육관에 모여 공항 쪽을 향하여 묵념을 하였다. 체육관 문을 나서며 한 직원이 지나가는 투의 말로 이런 말을 한다.

"내가 이럴 줄 알았다니까. 내가 죄받는다고 그러지 말자고 했는데 그렇게 말들을 안 듣더니 기어코 이런 사고가 터지고 말았잖아."

정민이 나오며 그 직원에게 물었다.

"무슨 소리죠? 하지 말자고 한 일은 뭐며 무슨 일을 어떻게 했다는 말입니까?"

"글쎄요. 이 이야기를 해야 하는지 모르겠습니다."

"죽을죄가 아니라면 못할 말도 없잖아요,"

"허긴 죽을죄는 아니지만 만약 사우디아라비아 경찰서에서 안다면 큰일이 발생할 수도 있지요."

"그러니 그게 뭐냐니까요."

그러자 그 직원이 마지못해 이야기를 한다. 약 2개월 전의 일이라 했다. 중장비가 세워져 있는 부지에 길 잃은 양 두 마리가 들어왔다. 그때 사람들은 이 길 잃은 양을 붙들어 놓고 한쪽에서는 그 양들을 놓아 주어야 한다고 하고 한쪽에서는 양이 이곳으로 들어온 것을 아무도 못 봤으니 잡아먹자고 하였다.

서로가 갑론을박 하다가 잡아먹자는 쪽의 수가 많아 결국 양을 잡아먹기로 결정이 나고 말았다. 그들은 양을 소리 없이 죽이기 위해 드럼통에 물을 채우고 양을 드럼통에 거꾸로 처박아 죽이는 방법이었다. 양을 번쩍 들어 드럼통에 처박는 과정에서 양은 들어가지 않으려고 발버둥을 치며 울어댔다. 그러나 여러 사람들의 완력을 순한 양이 당해낼 수는 없었다. 슬픈 울음을 울며 드럼통에 처박혀 죽어가는 모습을 남은 한 마리의 양이 보면서 눈물을 뚝뚝 흘리며 미친 듯이 울어대고 있었다. 목이 줄에 묶여 있으면서도 남은 양은 인간에게 저주라도 하는 듯 하늘을 보며 마구 울부짖는다.

"하늘이여, 저 무도한 인간들에게 천벌을 내려 주소서."

남은 양의 모습은 마치 인간을 저주라도 하는 듯 처절한 모습이었다. 그때 그 직원은 남은 양의 모습에서 모골이 송연해지는 느낌을 받았다고 했다.

"당신들이 잡아먹고자 하는 양은 길 잃은 양입니다. 그 양들을 주인에게 찾아 주는 것은 당연한 일이지요. 죽은 양은 할 수 없고 남은 저 양은 살려주기로 합시다. 난 죄받을까 두렵습니다."

그러나 사람들은 그 직원을 비웃기라도 하듯이 냉소적으로 한마디씩 한다.

"하하하, 길 잃은 양? 그렇게도 하늘이 무섭수? 걱정일랑 붙들어 매고 구구로 가만히 앉아 고기나 드슈. 알았수?"

"저 사람 하는 행동이 예수쟁인 가봐. 허긴 예수쟁이는 살상을 무서워하는 거 같더구먼. 흥 그렇지만 삼일만 굶어 보라지. 옷 속에 이 한 마리 남아나지 않을 걸. 하하하"

"저 남은 놈마저 쳐 넣도록 해."

그는 남은 양은 살려 주자고 사정을 했지만 사람들은 그를 비웃기라도 하듯이 남은 양 마저도 드럼통에 처박아 죽이고 말았다. 양을 모두 죽인 후 그들은 양의 내장과 털은 함께 모래에 묻어 버렸다. 그리곤 양의 고기는 불판에 구워서 먹기를 시작했다. 그들은 고기를 구워 게걸스럽게 먹으며 그 직원에게도 먹으라고 권한다.

"어이, 자네도 양고기 좀 먹게나. 고기가 아주 부드러워 맛이 더 좋은 걸."

"자네들이나 많이 먹도록 하게."

"나는 먼저 들어가겠네."

하고는 들어 왔다는 것이었다.

정민은 그 이야기를 들으며 죽기 싫어 울부짖었을 처절한 양의 모습이 떠올랐다.

"죽음을 목전에 둔 양의 모습이 그렇게도 처절하게 보였습니까?"

"처절할 정도가 아니었습니다. 인간이나 동물이나 죽음 앞에서는 모두가 같다는 것을 저에겐 다시 한 번 일깨워준 계기가 된 것 같습니다."

"그럼 요즈음의 사고가 그 양의 죽음과 연관이 있다고 생각하고 있군요."

"네, 다른 사람은 몰라도 나는 그렇게 생각이 듭니다. 그 일이 있고 나서 사고가 다발적으로 나고 있잖아요. 그러나 그게 문제가 아니었지요. 고기를 다 먹고 난 후에 양의 주인이 나타나서 잃어버린 양을 찾았어요. 만약 양고기를 먹고 있는 도중이나 양을 드럼통에 넣고 죽일 때 나타났다고 생각을 해봐요. 당장 예측하기 어려운 문제에 봉착했을 것입니다."

그 직원의 말을 들으며 과연 그럴 수도 있겠다는 생각이 들었다. 큰 말썽이 생길 소지가 충분히 있었던 일이었다. 사실 우리 근로자들은 고기를 먹을 수만 있다면 물불을 가리지 않고 먹었다. 이곳에는 방치되어 있는 주인 없는 들개가 많다. 들개의 먹이는 병으로 죽은 양이나 낙타, 말, 소 등이다. 그러한 동물들이 죽으면 이곳 사람들은 차에다 실어다 사막에 내다 버린다. 그러면 날씨가 더운 이 나라 특성상 얼마 지나지 않아 버린 동물들이 빨리 부패하게 마련이다. 가스가 차서 배가 풍선처럼 부풀다가 터져 버리면 그 속에는 구더기가 바글거린다. 그때에 들개들은 달려들어 부패한 동물들의 고기를 뜯어 먹는 것이다. 또는 방목하는 양을 주인 모르게 잡아먹어 양의 주인은 들개를 보면 총으로 쏘아 죽인다. 그러면 바로 죽은 들개의 차지는 한국 사람의 것이 되는 것이다. 개고기를 먹는 나라는 그곳에 와 있는 나라 중에서는 한국과 필리핀 사람들이다. 그래서 그런지 가끔 시내에 나가 현지인을 만나면 듣는 말이다.

꼬리, 멍멍 찹찹?"

코리아, 멍멍이 먹느냐는 물음인데 말이 안 통하는 현지인들은 그렇게 국제 공통어로 물어 오곤 했다. 그렇게 묻고는 새끼손가락을 밑으로 내리며 한국 사람을 비하하는 표현을 하는 것이다. 사람과 가까이 살면서 때로는 사람을 지켜주기도 하는 개를 먹는 종족은 야만인이라는 것이었다. 정민은 그 직원의 말을 전적으로 믿는 건 아니지만 그럴 수도 있겠다는 생각은 할 수 있었다. 그러나 양의 주인이 양을 찾아 왔을 때 양을 잡는 것이나 양고기를 먹는 것을 목격했다면 문제는 복잡하게 엉켜들 수도 있었다. 다행이 그 순간을 비켜나서 찾아 온 것이 그나마 천행일 뿐이었다. 그러나 그 일이 요즘에 빈번하게 일어나는 사고와는 무관 하다는 생각이었다. 어쩌다 일어난 우연의 일치일 뿐, 정민의 회사에서만 그런 사고가 발생하는 것도 아니고 사우디아라비아에 나와 있는 건설회사의 현장에서는 다반사로 일어나는 일이었다. 다 같이 조국을 위하여 자신을 위하여 남의 나라에 와 목숨을 걸고 일하는 것은 마찬가지지만 돈을 벌기 위해 나왔다는 이유로 근로자는 현장에서 죽으면 개죽음을 하는 것과 다를 바 없었다. 군인이야 해외 파병이 되어 전사하면 영광스럽게 국립묘지에 묻히고 가족은 평생 연금을 받으며 살겠지만 해외 근로자에게는 어떠한 혜택도 부여되지 않는 것이다. 가끔 게시판에는 이런 글이 게시되기도 한다.

"집에서 보내오는 고추장이나 김 같은 것은 자세히 확인 후 먹기 바랍니다."

다른 건설회사에서 난 사고였는데 집에서 보내온 고추장과 김을 동료들과 함께 나누어 먹고 죽은 사건이 발생 했다는 것이었다. 이곳에서 피와 땀으로 번 돈을 바람이 난 아내가 그 돈을 모두 탕진하고 얼마 후면 돌아올 남편이 무서워 김이나 고추장에 독약을 넣어 보낸다는 것이다. 유언비어인지 사실인지는 확인한 사실이 아니기 때문에 확실한 것은 모른다. 그러나 회사의 게시판에 실려 있는 것을 보면 유언비어만은 아닐 것이었다. 상황이 이러하니 현장의 분위기도 가라 앉아 있을 수밖에 없다. 정민이 사무실에서 나오니 뜨거운 기운이 몸으로 부딪쳐 온다. 밖에서는 중장비를 정비하는 직원들이 땀을 뻘뻘 흘리며 정신없이 일들을 하고 있었다. 공연히 그들에게 미안한 마음이 든다. 그들이 땀 흘리며 일할 때 정민은 에어컨이 있는 사무실에서 편하게 일을 하고 있으니 미안할 수밖에 없다. 요즈음 사고도 많았던 관계로 중기부의 사기도 많이 떨어져 있었다. 다음 날은 회교도의 안식일이라 건설 현장도 쉬는 날이다. 오늘은 모든 일을 일찍 끝내고 저녁에 시내에 나가 사기진작 차원에서 멋진 양고기 파티나 열어 주어야겠다는 생각을 했다. 그러자면 분위기를 띄울 필요가 있었다. 밖에서 일하고 있는 직원들을 사무실로 들어오라고 마이크로 방송을 했다. 잠시 후 밖에서 일을 하고 있던 직원들이 무슨 일이 있는가 하는 의아한 시선으로 들어와 정민의 입에서 무슨 말이 흘러나오는지 궁금한 표정으로 쳐다보고 있었다.

"여러분들을 사무실로 들어오라고 한 것은 내일이 휴일이니 일찍 시원한 곳에서 쉬라고 부른 것입니다. 그리고 여러분에게 오늘 저녁 일을 마치고 시내에 나가 양고기 파티를 하려고 하니 일이 끝나는 대로 씻고 1호 버스에 타시기 바랍니다. 양고기 파티의 전초전으로 지금 이 시간부터 작업을 종료하고 수박 파티를 열고자 합니다. 수박은 내가 박기사와 함께 가서 사올 것이니 여러분은 시원한 사무실에서 잠시 기다리고 계시기 바랍니다."

현장에서 오아시스의 수박밭은 그리 멀지 않았다. 오아시스에는 수박과 토마토도 함께 심어져 있었는데 늘 햇볕을 받고 커서 그런지 수박은 엄청 달았다. 수박밭 주인과 말이 통하지 않는 관계로 조금 아는 아랍어와 영어 그리고 국제 공통어인 손짓 발짓을 하며 말을 하니 어느 정도는 통한다. 수박을 받고 난 후 돈을 건네니 받지를 않는다. 하늘은 가리키며 자기 집에 온 손님한테 돈을 받으면 알라가 노한다며 목을 탁 치며 "할라스' 하고 말한다. 손님에게 돈을 받고 물건을 주면 알라가 노해서 자신을 죽인다는 뜻이었다. 정민은 수박만 덜렁 받아 올 수는 없는 노릇이었다. 마침 차에 회사에서 간식으로 나오는 오렌지가 한 박스 있었다. 오렌지를 한 박스 그들에게 주니 오렌지는 너무 고마워하며 받는다. 그들은 찾아온 손님에게 돈을 받는 것은 사양을 했으나 물물교환은 좋아한다는 것을 그때서야 알았다. 그렇게 수박을 사다가 직원들과 함께 나누어 먹고 저녁엔 시내로 나가 양고기 집으로 가기로 했다. 양고기는 기름은 제거하고 살만 나오는데 숯불에 구우니 한국의 숯불 갈비집에서 먹는 것과 다름이 없었다. 그리고 놀란 것은 그들이 어떻게 한국인의 음식 취향을 알았는지 양고기와 더불어 고추와 마늘 양파 상추 등이 골고루 나왔다. 정민은 직원들과 양고기를 함께 먹으며 아라비아 상인들의 상술이 어떤 것인가 알 수가 있을 것 같았다. 한국에서는 고기를 먹게 되는 좌석이면 소주는 자연스럽게 따라오게 마련인데 술을 금하는 나라이기 때문에 그런지 자리가 짬짬한 것 같았다. 그렇지만 양고기로 포식을 해 포만감 때문인지 모두가 기분이 좋은 모습이다. 회식을 마치고 숙소로 돌아오니 한통의 편지가 와 있었다. 수련에게서 온 편지였다. 그 편지를 보는 순간 그동안 가라앉았던 기분이 밝은 쪽으로 반전이 되고 있었다. 수련의 편지는 우빈이에 대한 이야기가 주를 이루고 있었다.

정민씨께 드립니다.

50도를 오르내리는 열사의 땅에서 오늘도 사풍(砂風)과 싸우시느라 얼마나 고생이 많으시겠어요. 우리의 행복한 미래를 위해서라지만 이곳에서의 저는 정민씨를 사지(死地)로 보낸 것 같아 늘 죄송한 마음으로 하루하루를 보내고 있답니다. 며칠 전엔 원수가 다녀갔어요. 제가 전에 얘기했던 김덕수라는 사람이요. 제가 빼앗겼던 아이 우빈이도 데리고 왔답니다. 그 아이 이름이 우빈이래요. 이런 편지를 띄우면 정민씨가 기분이 나쁠까봐 망설였어요. 그러나 우리에겐 비밀이 있으면 안 된다는 생각에 모두 얘기하는 거랍니다. 언니가 그러는데 나를 쏙 빼닮았다고 하며 그래서 씨 도둑질은 못해 먹는 거래요. 마음 같아선 내가 데리고 같이 살고 싶었지만 세상사가 뜻대로 되는 건 보질 못했어요. 설사 된다 하여도 나 혼자만의 생각은 소용이 없는 거잖아요. 정민씨 보고 싶어요. 이제는 귀국할 날이 그리 멀지는 않네요. 나는 오늘도 약국에서 열심히 일하고 있어요. 정민씨 오는 날을 손꼽아 기다리고 있으니 꼭 건강하게 돌아와야 됩니다.

설수련 올림

그녀의 편지를 받고나면 늘 그랬지만 없던 힘도 솟아난다. 오늘도 좋지 않은 일과 사고 소식으로 마음이 착 가라앉았었는데 수련의 편지를 받고 기분이 완전히 백팔십도 달라진 것이다. 정민은 편지를 읽으며 빙그레 웃는다. 수련이 낳아서 빼앗겼다는 우빈이는 어떻게 생겼을까, 허긴 수련이를 빼닮았다니

예쁠 것이란 생각이다. 수련이가 비밀이 없이 모든 것을 털어놓아야 한다는 대목에서는 더 눈길이 간다. 그만큼 수련이 자신을 믿고 있다는 증거이기 때문이었다. 해서 자신은 과연 수련에게 감추고 있는 일은 없는가 생각을 해본다. 그러나 아무리 생각을 해봐도 자신은 수련에게 비밀로 해야 할 일들이 전혀 없었다. 다만 수련이 행복해야할 일이라면 무엇이든지 해주고 싶다. 수련에게 행복하게 하여줄 수 있는 일은 우빈이를 데려다 함께 사는 일 같았다. 정민은 우빈을 데려올 수만 있다면 데려다 함께 살고 싶다. 수련의 행복이 자신의 행복이란 생각이었기 때문이다. 그러나 아이가 없어 다른 사람을 희생시키면서까지 얻은 귀한 아이를 덕수 측에서 순순히 내어줄 리는 만무할 것이란 생각이다. 오늘 따라 수련이 더욱 보고 싶다. 아직도 남은 몇 개월의 시간이 길게 느껴지기만 한다. 다음 날이다. 담맘의 지점에서 연락이 왔다. 지점에 다녀가라는 호출 명령이었다. 담맘의 지점으로 가니 부장은 반갑게 맞이해 준다.

"백정민 대리 오랜만이야, 요즈음 현장에서 사고가 많이 나 마음고생 좀 했겠는걸."

"네, 그렇긴 했지만 현장에서는 늘 있는 일이라... 그러나 조금만 신경을 썼다면 인재사고로까지 이어질 일들은 아닌데 그 점이 안타깝습니다."

"그렇지, 그런 사고는 회사의 손해를 떠나서 가족들의 슬픔은 또 어떻겠어, 앞으로는 그런 사고가 없어야 할 텐데, 그건 그렇고 이번에 회장님께서 오신다 하는데 신경 좀 써야할 것 같아서 잠시 오라고 했네."

"네, 어떤 일인지 모르지만 걱정 없도록 하겠습니다. "

"전에 경험을 한 건데 사용하지 않는 장비가 야적장에 그대로 방치 되어 있지 않나, 회장이 보면 왜 수리해서 쓰지 않느냐고 또 불호령이 떨어질 거야. 그 장비들 백대리가 알아서 처리 좀 해줘야겠어."

현장 야적장에 방치되어 있는 장비들은 사실상 쓰지 못할 장비들이었다. 비싼 부속을 들여 수리를 한다 하여도 며칠을 견디지 못하고 고장이 나곤 하는 것들이었다. 그냥 버리는 것이 회사에는 훨씬 이익이었다. 그러나 얼마 전에 있었던 일이었다. 이곳 항만 공사를 하는 현장에서 폐기처분을 해야 할 장비가 방치 되어 있었다. 마침 현장을 시찰 중이던 회장의 눈에 이 장비들이 눈에 띄었다. 당장 지점장을 비롯한 전 직원을 집합 시키는 것이었다.

"야, 이 자식들아, 이것이 너희 것이라도 이렇게 버려두겠어?"

그러자 중기 부장이 앞에 나서서 왜 그런가를 설명을 했다.

"그 장비들은 너무 오래 되어 폐기처분을 해야 할 장비들입니다. 아무리 수리를 하여도 얼마 쓰지를 못하고 다시 고장이나 부속 값도 나오지 않습니다."

"네가 뭘 알아, 사무실에서 편하게 에어컨 바람이나 쐬고 있는 놈들이 뭘 안다고 떠들어대는 거야."

하고는 느닷없이 중기부장의 무릎을 안전화를 신은 발로 차는 것이었다. 중기부장이 무릎을 걷어 채이고 쓰러지자 거들떠보지도 않고 연쇄적으로 지점장부터 늘어 서 있는 임원들의 무릎을 사정없이 걷어차는 것이었다. 이런 사실을 잘 알고 있는 부장은 그런 일을 미연에 방지하기 위해 정민을 부른 것이다.

곧 바로 현장으로 돌아온 정민은 중기부 직원들을 모이도록 해 회장이 오는 시간에 맞춰 일사분란하게 일을 처리할 수 있도록 일일이 지시를 했다. 쓰지 못할 장비는 가려서 포크레인으로 땅을 파 흔적도 없이 묻도록 했다. 그리고 쓸 수는 있으나 당장 수리가 어려운 장비는 트레일러를 동원해 실고 회장이 갈 때까지 멀리 나가 있도록 했다. 한바탕 소란스러웠지만 미리 손을 쓴 덕분에 회장이 다녀갔으나 별 이상이 없이 지나갔다.

회장이 한번쯤 한국에서 출장을 다녀가면 공사현장은 이렇게 시끄럽고 분주하지만 공사 현장이라고 해서 늘 이런 일만 있는 것은 아니다. 힘든 일이 있으면 즐거운 일도 있게 마련이다. 내일은 휴일이다. 휴일 날은 모든 중기부 직원들이 바닷가로 오징어잡이를 가기로 한 날이다. 휴일 날 가는 것이 아니고 휴일 전날 미리 가서 밤에 오징어잡이를 하는 것이다. 오징어잡이를 위하여 횃불을 밝힐 솜방망이와 오징어를 찍어 잡을 작살은 미리 만들어 놓은 상태였다. 또 불판과 초장, 고기를 잡아 요리해 먹을 수 있는 양념과 냄비 등을 가지고 출발했다. 말하자면 1박 2일 동안 바닷가에서의 피크닉 일정이었다. 바닷가 모래사장에 밤이슬만 피할 수 있는 천막을 쳤다. 하늘엔 별이 초롱초롱하게 빛나고 있었고 낮에 달궈진 모래의 열기는 전혀 추위를 느끼지 못하게 했다. 해가지고 바닷가에 어둠이 깃들자 준비해간 솜방망이에 불을 붙였다. 어둠이 내렸던 바닷가에 환하게 불을 밝히자 오징어 떼들이 불빛을 보고 한 마리 두 마리 몰려들기 시작했다. 함께 간 직원들은 몰려드는 오징어 떼를 준비해간 작살로 찍어 잡는다. 한쪽에서는 오징어 배를 따서 내장을 꺼내어 씻고 한쪽에서는 가져온 불판에 오징어를 굽는다. 비늘이 없는 고기를 먹지 않는 그 나라의 풍속 때문인지 오징어를 잡지 않아 한국 근해에서 잡히는 오징어 보다 훨씬 큰 오징어가 잡힌다. 그러나 바닷물이 따뜻해서 오징어 맛이 한국 근해에서 잡히는 것 보다 맛이 없다. 오징어 잡는 재미에 밤이 하얗게 샌 줄도 모른 채 새벽녘이 되었다. 그러자 썰물때가 되어 바닷물이 서서히 빠지기 시작했다. 물이 완전히 빠지자 현지인이 쳐놓은 그물에 빠져 나가지 못한 고기들이 갯벌에 즐비하게 널려있다. 잠시 후 현지인들이 나귀가 끄는 수레를 타고 나타났다. 그들은 널려있는 고기 중에 큰 고기들만 가져가고 손바닥만 한 크기의 작은 고기들과 비늘이 없는 가오리같은 고기들은 버려둔 채 그냥 가버리고 만다. 싱싱한 고기들이 갯벌에서 펄떡펄떡 뛰고 있다. 정민 일행은 그들이 떠나자 버리고 간 싱싱한 고기들을 그냥 두고 가기가 아깝다.

"백대리님 이 고기들 그냥 두고 가기는 아깝지 않아요?"

"그럼 어떻게 하려고?"

"이거 갖다가 회를 떠서 모든 직원들과 함께 먹으면 좋지 않겠어요?"

"그럴까? 생각해 보니 그럴 듯한데..."

함께 간 직원의 말을 듣고 보니 그것들을 버리고 갈 이유가 없다는 생각이 들었다. 정민 일행은 가지고 온 그릇에 갯벌에 널려있는 싱싱한 고기들을 주워 담기 시작했다. 가오리와 같은 큰 고기는 식당에 갖다 주면 회를 떠서 전 직원이 포식을 할 것 같았다. 식당에 같다주니 주방장은 깜짝 놀라는 것이었다.

"백대리님 웬 고기예요? 오징어잡이를 가신다더니 엉뚱한 고기를 잡았나 봐요."

"아니지요. 오징어는 오징어대로 잡았답니다."

"백대리님 여하튼 고생이 많으셨어요."

주방장은 휴일 날 점심에 싱싱한 생선회를 만들어 주어야겠다며 가오리 회를 뜨기 시작했다. 휴일 점심은 모든 직원이 싱싱한 가오리 회로 포식을 했다. 그러나 무슨 일이었는지 몇 명의 사람이 가오리 회를 먹고 탈이 난 것이다. 죽은 고기를 가져온 것도 아니었고 바다에서 펄펄 뛰는 생선을 직접 가져온 것인데 배탈이 났다니 이해할 수가 없는 노릇이었다. 그러나 몇 사람이 배탈이 나 의무실에서 주사를 맞은 다음 며칠씩이나 쉬었으니 회사에서는 손해를 본 것이다. 별 탈이 없이 넘어 갔지만 앞으로는 아무리 좋은 취지의 일이라도 함부로 할 수 있는 일이 아니라는 것을 정민이 깨닭은 날이었다.

9 파 산

영우는 토지개발공사에서 입금이 된 통장을 들여다보면서 함지박만큼이나 입이 딱 벌어진다. 그동안 조금씩 사놓았던 땅이 물류쎈터의 부지로 편입이 되어 땅값으로 받을 돈이 통장으로 입금이 된 것이다. 생각보다 더 묵직한 돈이다. 그는 그 돈으로 좀 더 싼 땅을 사기로 했다. 투자 가치도 있으며 싼 땅이면 그에겐 안성마춤이었다. 마침 같은 교회 조성진 장로의 소개로 강원도 정선 임계에 있는 땅을 보기로 하였다. 앞으로 세상의 종말이 올 때면 산속에 들어가 살아야 하는데 미리 그런 곳에 땅을 사놓는 것도 괜찮다는 조언이 있었기 때문이었다. 이미 그 교회의 장로들과 집사 몇 명은 그곳에 땅을 사놓은 상태라는 것이었다. 그 소리를 듣고 보니 자신만 쳐져 있는 것 같았다. 다른 사람들은 모두 살 길을 찾아 준비를 하고 있는데 자신만이 돈 버는 세상 재미에 빠져 아무 것도 모른 채 멸망의 길을 걷고 있는 것 같았다. 그래서 조성진 장로를 볶아대 함께 가서 땅을 보기로 하였다. 시간을 내어 가본 곳은 그리 높지 않은 산이 마을 주변을 빙 둘러싼 듯 마치 알프스의 어느 전원 마을을 보는 느낌이 드는 곳이었다. 우선 주변 경관이 수려한 것이 마음을 사로잡았다. 몇 채 안 되는 마을이 형성되어 있었는데 살림까지 할 수 있는 집까지 포함된 땅이었다. 마을이 형성된지 얼마 안 되어 집은 깨끗했다. 영우는 이 아름다운 전원속의 마을을 보며 수련과 함께라면 행복할 것만 같다. 그는 수련을 알고 난 후부터는 어떤 일을 하여도 수련과 연관 지어 생각했다. 이곳에 와서 땅을 보게 된 것도 수련이 노후에는 한적한 곳에서 여생을 보내고 싶다는 말을 누군가에게 들었기 때문이었다. 한국에도 이런 알프스와 같은 마을이 있다는 것이 꿈만 같았고 이런 풍경속의 집과 땅이 수련과 자신의 소유가 된다는 것에 큰 만족을 느끼며 곧바로 계약을 했다. 그리 비싸지 않은 땅이었기에 그가 보상으로 받은 돈의 일부 밖에는 되지 않는 적은 금액이었다. 지금은 수련이 자신을 거들떠보지도 않지만 언젠가는 자신의 사람으로 만들고야 말겠다는 생각에는 추호의 흔들림이 없었다. 살다보면 반드시 자신한테도 어떤 기회가 올 것이란 확신을 가지고 있었다. 그가 보이고 있는 행동과 집착은 스토커 수준을 훨씬 뛰어넘고 있는 수준이었으나 다만 수련의 눈에 띄지 않는 선에서 하는 행동이었기에 수련은 크게 눈치를 채지 못하고 있었다. 보상을 받은 돈도 넉넉하다 보니 구태여 일을 할 필요성을 느끼지 않았고 시간만 나면 수련이 눈치 채지 못하게 그림자처럼 따라 붙었다. 계약을 마치고 돌아온 영우는 기분이 매우 좋았다. 수련이 어떻게 생각하던 자신은 수련을 위하여 땅을 사놓았기 때문이다. 예배일이 기다려진다. 그러나 영우는 수련이 교회에 나오지 않을 것을 잘 알고 있었다.

어느 날인가부터 수련이 교회를 나오지 않았다. 이상하여 수옥의 집을 서성여 보았지만 수련의 모습은 볼 수가 없었다. 시내에 있는 약국을 가보니 간판은 그대로인데 수련의 모습은 보이질 않았다. 그는 약국 문을 밀고 들어가 드링크 한 병을 사서 마시며 물었다.

"여기 설수련이라는 약사 어디 갔어요?"

"여기 주인이 바뀌었어요. 꽤 되었는데요."

"네?"

그때서야 영우는 수련이 이천을 떠났다는 것을 알 수 있었다. 공연히 마음이 허전한 것이 자신도 이곳을 떠나고 싶었다. 그러나 어떤 경우라도 수련이 있는 곳을 알아야 했다. 수련이 있는 곳을 알려면 수옥의 뒤를 밟는 수밖에 없다는 결론이었다. 그러나 아무리 수옥의 동향을 살폈지만 수옥은 과수원 일 외에는 별다른 일이 없어 보였다. 그러기를 몇 개월을 한 눈 팔지 않고 지킨 보람이 있었는지 어느 날 갑자기 수옥이 일을 하다말고 옷을 갈아입고 어딘가로 급히 가는 것이었다. 영우는 그런 수옥의 뒤를 소리 없이 밟았다. 그녀는 고속버스터미널로 가서 표를 끊었다. 수옥이 표를 끊고 버스에 오르려고 하자 영우도 표를 사서 바로 수옥이 눈치 채지 못하게 바싹 뒤를 좇아가 뒷좌석에 앉았다. 서울 강남터미널에 도착한 수옥은 3호선 지하철을 탔다. 그리고는 종로 3가역에서 내리는 것이었다. 그녀는 종종 걸음으로 부지런히 걷는다. 1호선으로 갈아타려는지 1호선 상행선 타는 곳에서 차를 기다리고 있다. 잠시 후 종착역이 청량리인 지하철이 도착하자 그녀는 지체 없이 차에 타는 것이었다. 영우도 그녀를 따라 차에 올랐다. 3가 역을 출발한 차가 5가에 역에 도착하자 그녀는 5가 역에서 내려 밖으로 나왔다. 그녀는 빠른 걸음으로 종로 5가 거리를 걷고 있었다. 5가에는 약국이 대형약국부터 규모가 작은 약국까지 즐비하게 늘어서 있었다. 한참을 걸어가던 수옥은 새 생명 약국이라고 간판이 걸려 있는 작은 약국으로 들어간다. 그때서야 영우는 수련이 서울에다 약국을 개업한 사실을 알게 되었다. 그는 더 이상 알아볼 필요를 느끼질 않았다. 수련이 있는 약국만 알아두면 되는 것이었다. 그가 좀 더 인내심을 가지고 기다렸다면 수련이 아이를 낳기 위하여 병원에 입원해 있다는 사실을 알았을 것이다. 그러나 그는 수련이 있는 곳을 알아 놓는 것이 수옥을 뒤쫓아 온 목적이었다. 목적을 달성한 마당에 그곳에 더 이상 머물 이유가 없다는 생각이었다. 영우는 그길로 이천으로 내려 왔다.

약국으로 들어온 수옥은 약사인 혜영의 안내로 수련이 입원해 있는 병원으로 갔다. 수련이 입원해 있는 병원은 약국에서 그리 멀지 않은 곳에 있는 E대학병원이었다. 수련이 아침에 일어나니 산기가 있는지 배가 많이 아팠다. 급히 혜영과 가까운 E대학병원에 입원을 하고 수옥에게 연락을 취했던 것이다. 마침 수옥도 수련이 서울에 약국을 개업 하고 이사할 때 한 번 와봤지만 수련의 근황이 궁금해 전화로만 소식을 주고받는 게 고작이어서 한 번쯤 올라오려고 마음을 먹고 있었다. 그러던 참에 아침 일찍 수련이 산기가 있으니 빨리 올라오라는 전화를 받은 것이었다. 그러나 수련이 산기가 있다는 소식을 듣기 전에 수옥에게는 말 못할 고민이 있었다. 수련과 만나 상의

해야겠다는 생각을 하고 있었지만 워낙 큰 중대 사항이라 고민만 하고 있던 중이었다. 수옥의 남편 병기가 큰 사고를 친 것이다. 수옥을 병원의 병실에 안내하고 혜영은 약국이 비어서 곧 돌아갔다. 수옥이 간호사에게 수련의 근황을 물으니 좀 전 진통이 있어 해산의 기미가 보여 분만실로 들어갔다고 한다. 수옥은 분만실 앞에서 기다릴 수밖에 없었다. 그리 많은 시간이 걸리지 않아 간호사가 아기를 안고 수유실로 가기 위해 나왔다. 수옥이 아기를 안은 간호사에게 물었다.

"설수련씨 아기죠?"

"네"

"딸이에요, 아들이에요?"

"공주님이랍니다. 아주 예쁜 공주님인걸요. 호호호"

수옥은 수련이 초산이 아니고 두 번째의 아이기 때문에 크게 걱정을 하진 않았다.

"산모는 건강한가요?"

"네, 건강하셔서 쉽게 순산을 하셨어요."

"감사합니다."

잠시 후 수련이 건강한 모습으로 침대에 누운 채 입원실로 가기 위해 분만실에서 나왔다. 그리고 며칠이 지나며 수련의 모습은 아기를 낳기 전의 건강한 모습으로 돌아오고 있었다. 수옥은 수련이 건강한 모습을 찾자 자신의 어려운 일을 상의해 보고자 했지만 도저히 입에서 말이 떨어지질 않는다. 차라리 수련이 언니라면 말하기 쉬울 것 같은데 동생인 수련에게 자신의 어려움을 말할 수가 없었다. 몇 번인가 말을 하려 했지만 끝내 말 못하고 내려오고 말았다. 그리고 한 달이 지났다. 수옥은 아무 곳에도 외출을 삼간 채 두문불출하고 있었다.

저녁 예배일이었다. 영우는 서울에 간 수옥이 내려 왔나 해서 주위를 둘러보아도 수옥은 보이질 않았다.

"아직 내려오지 않았단 말인가. 그렇다면 무슨 일로 간 걸까?"

하고 곰곰이 생각하는데 정선에 함께 갔던 조성진 장로가 어깨를 툭하고 친다.

"뭔 생각을 그렇게 골똘하게 하고 있어?"

"영우는 깜짝 놀라 뒤를 보고 인사를 건넨다.

"정선에 다녀와 피곤치는 않으세요?"

"피곤하기는요. 그곳이 공기가 좋아 그런지 멀리 다녀왔음에도 전혀 피곤치가 않아요. 역시 사람은 공기가 맑은데서 살아야 하나봅니다."

"그런데 설수옥 집사님이 안 나오셨네요."

영우는 조성진 장로에게 넌지시 물어 본다. 무슨 일이 있다면 분명히 조성진 장로가 교회의 수석 장로이기 때문에 소식이 닿아 있을 수 있기 때문이었다.

"설수옥 집사님의 남편이 사고를 쳤나 봐요."

"네? 무슨 사고요?"

그렇다면 남편이 사고를 쳐서 수련과 상의를 하러 간 것일까? 영우의 머릿속은 별안간 복잡해져 온다.

"이따가 그 일로 예배 끝난 후 교회 직원회의가 열릴 예정입니다."

"그렇군요,"

일은 그랬다. 평소 수옥이 교회에 나가는 것을 좋아하지 않던 남편 병기는 농사일 보다는 시내에 나가 친구들과 어울리기를 좋아 했다. 시내에 나가면 술에 취하여 들어오곤 했던 남편이 사고를 낸 것이다. 친구가 상가를 지어 분양을 하는데 과수원을 은행에 저당을 잡히고 돈을 빌려 투자를 한 것이다. 분양을 함께 해서 이익금은 반씩 나누기로 하고 들어간 것이었다. 정상적으로 분양을 한다면 분명 수익은 쉽게 따낼 수 있는 요지였기 때문이다. 그러나 일이 안 되려고 했는지 공사를 맡아 짓던 건설회사가 그만 부도를 낸 것이다. 건설회사 사장은 부도를 낸 후 어디론가 자취를 감추고 말았다. 상가를 분양하는 친구는 돈이 없어 투자자를 유치한 것이라 돈이 나올 때가 없었다. 그러나 곧 해결이 될 것이라는 그 친구의 말만 믿고 지금까지 몇 년을 기다렸으나 돈이 나오지 않자 원금을 갚는 것은 고사하고 이자가 많이 밀린 것이다. 과수원을 잡히고 돈을 빌려 온지도 오래 전의 일이었는데 남편인 병기가 숨기고 있어 수옥은 전혀 모르고 있었다. 그러던 차에 은행에서 과수원을 경매에 넘긴다는 통보가 온 것이다. 여기저기 돈을 구하러 백방으로 알아보았지만 돈이 쉽게 마련되지 않았고 이젠 경매 날만 기다릴 수밖에 없는 딱한 처지가 되었다. 속은 터지지만 경매가 이루어지면 당장 나가서 살집을 마련하는 것이 문제였다.

수련이 병원에서 퇴원을 한지도 한 달 여가 지났다. 그녀는 병원에서 퇴원해 우선 아기의 이름을 효빈이라 짓고 동사무소에 가서 출생신고를 마쳤다. 더 쉬고 싶은 마음이었지만 약국일이 바빠 혜영 혼자 감당하기엔 무리여서 오래 쉴 수가 없는 입장이었다. 효빈은 어린이 집에 맡기고 출근을 했다. 그날도 바쁜 일과를 마치고 혜영과 함께 어린이 집에 맡겨 놓았던 효빈이와 집에서 쉬고 있던 참이었다. 종일 만나지 못하다가 집에 와 효빈이를 보고 있으면 하루의 피로가 모두 풀리는 것 같았다. 효빈이는 수련이 아직 정민과 혼인신고를 하지 않았기에 신고를 할 때까지는 호적에 설효빈으로 올릴 수밖에 없었다. 한참 효빈에게 분유를 먹이고 있는데 내려 간지 한 달여 만에 수옥의 전화가 걸려왔다.

"얘, 수련아 별일 없지? 몸은 건강하고?"

"언니, 나 원래 건강하잖아. 다 언니 덕분이지."

"아기 이름은 지었니?"

"응."

"이름은 무어라 지었니?"

"효빈이야. 설효빈."

"허긴 그렇다. 네가 아직은 미혼모이니 네 성을 딸 수밖에 없겠구나."

"효빈이 아빠와 결혼식을 올리면 그때 바꿔도 되지 뭐."

"그래, 그렇게 해."

"그런데 언니는 별일 없지?"

"왜?"

"왠지 언니 말에 힘이 없는 것 같아서."

전 같으면 신이 나 목소리에 힘이 있어야할 수옥의 목소리엔 전 같지 않게 힘이 실려 있지 않았다. 그건 오랫동안 함께 살았던 피붙이만이 느낄 수 있는 감각과도 같은 것이었다.

"사실은 너 출산하러 병원에 입원 했을 때였단다. 그때 나도 알았어. 병원에 있는 너에게 말할 수가 없어서 그냥 내려 왔단다. 어쩌면 좋으니? 형부가 또 사고를 쳤어."

"형부가? 또 무슨 사고를 쳤길래?"

병원에 있을 때 언니의 얼굴이 밝지 않아 의문이 들었지만 별일은 아닐 것이라 대수롭지 않게 생각했는데 형부가 사고를 쳤다는 것이었다.

"상가 분양하는 곳에 과수원과 집을 저당 잡히고 대출을 받았는데 상가를 짓던 건설회사가 부도가 나 원금은 고사하고 이자도 한 푼 못 내니 집이 경매에 넘어가게 됐단다. 흐흐흑"

수옥은 경매일이 가까워 오니 더 이상 혼자서 고민할 단계가 아님을 알았던 것이다. 자신에게 형제라고는 오로지 수련이 유일했기에 수련과 상의할 수밖에 없었다. 거기에 수련은 언니의 일이라면 자신을 희생해서라도 도울 것이란 확신이 있었다.

"형부는 가만히 있는 게 차라리 언니를 돕는 일이야. 그럼 어떻게 하지?"

"글세, 당장 어떻게 해야 할지 앞이 캄캄하구나."

"언니, 내가 가지고 있는 돈 모두 보낼 테니 그것으로 일단 어떻게 해봐. 전세를 준 아파트를 팔아서라도 막아 봐야지."

수련은 일단 자신이 있는 돈은 톡톡 털어 수옥에게 보내 주었지만 그 돈으로는 어림도 없는 일이었다. 다급한 일이라 수련의 전세 놓은 아파트를 팔려고 내놓았지만 마침 부동산이 불경기라 그마져도 팔리지 않는다. 다급한 나머지 덕수에게 연락하여 도움을 요청할까 생각도 했지만 마지막 남은 자존심마저 송두리째 무너지는 것 같아 그만 두었다. 어머니가 죽고 난 후 수옥은 수련에게 있어서는 언니라는 것을 떠나서 엄마와 같은 존재였다. 슬플 때나 기쁠 때나 언제나 수련에게는 수옥은 편안하게 기댈 언덕이었다. 이 위기를 넘길 수만 있다면 지금의 심정으로는 자신의 영혼이라도 팔 수 있는 것이라면 팔아서 언니를 돕고 싶었다.

이 소식을 조성진 장로를 통해 알게 된 영우는 실제적으로는 수옥을 돕는 일이 되겠지만 간접적으로라도 수련을 도울 수 있는 호기라 생각했다. 처음엔 쾌재를 불렀지만 시간이 가며 상황이 심각하다는 것을 알고부터는 한가하게 대처할 일이 아니라는 걸 알게 되었다. 일이 어떻든 우선 수습을 하고 볼 일이었다. 영우는 부동산 경매업자를 만나기로 하였다. 자신도 부동산중개업을 하지만 서로의 분야가 틀리기 때문에 경매에는 문외한이었기 때문이다. 그러나 같은 부동산을 하기 때문에 모르는 부분은 서로가 협력을 하면서 풀어가는 편이었다. 대략 경매에 넘어가게 된 요지를 설명하니 이미 경매 날자가 정해졌으면 경매에 부쳐질 수밖에 없다는 것이었다. 그러나 그 경매 물건을 다른 사람의 이름으로 받는 방법을 택하면 경매기 때문에 훨씬 싼값에 낙찰을 받을 수 있는 장점이 있다는 것이었다. 도움이 필요하면 언제든지 도와주겠노라고 약속까지 했다. 영우는 직접적인 경매 절차를 모르기에 그 사람에게 일임을 하였다. 우선 영우의 이름으로 수옥의 과수원을 경매로 사기로 하고 경매 신청을 하였다. 너무 싸게 써내도 안 될 확률이 있고 해서 적당하게 중간선으로 써냈다. 경매는 운 좋게도 1차에 영우에게 낙찰이 되었다. 약 40%정도 싸게 산 것이다. 수옥에게 돌려줄 경우 경매 비용을 빼고 30%의 빚을 탕감하게 된 효과를 보게 된 것이다. 수옥의 집이 정리가 되니 영우는 마음이 편했다. 이젠 다른 사람의 손으로 넘어갈 염려는 없게 된 것이다. 영우는 우선 그 일을 조성진 장로에게 알렸다. 그러자 그 말을 들은 조성진 장로는 자기 일이 해결이 된 양 기쁨에 들떠 당장 수옥에게 알려야 되겠다며 달려 나간다. 조성진 장로가 나간 후 영우는 수옥에게는 알리지 않았지만 이 소식을 들으면 좋아할 수옥과 수련의 밝은 모습을 떠올려 보았다.

그날 밤 수련이 서울에서 수옥을 찾아왔다. 자매가 걱정으로 초상집 분위기인데 교회 수석 장로인 조성진 장로가 숨이 턱에 바쳐 들어온다.

"설수옥 집사님 이제 됐어요. 이제 살았습니다."

"장로님 뭐가 살았단 말입니까?"

밑도 끝도 없이 살았다고 하는 조성진 장로의 말에 수옥과 수련은 어리둥절했지만 살았다는 말은 나쁜 소식은 아닐 거란 생각에 순간적으로 마음이 놓이며 물었다.

"경매에 넘어 가는 것을 일단 장영우씨가 잡았답니다."

"장영우씨가요?"

수련이 고개를 갸웃하며 묻는다. 순간적이긴 하지만 무엇 때문에 과수원을 경매로 샀을까? 하는 의문이 들었다.

"그럼 우리 집과 과수원이 장영우씨 것이 된 거잖아요."

"설수옥 집사님 그렇게 단정하진 마세요. 장영우씨가 연락을 할 때까지는 아무에게도 말하지 마세요. 장영우씨가 무슨 생각이 있을 겁니다."

"조장로님 말씀대로 그렇게 하겠습니다."

조성진 장로가 간 뒤 수련이 수옥에게 묻는다.

"언니, 장영우씨가 무엇 때문에 과수원과 집을 경매로 샀을까?"

"낸들 알겠니? 그러나 내 생각으로는 너와 연관이 있을 것 같기도 하구나."

수련은 일이 잘 되었으니 안심은 되지만 장영우의 다음 행보가 어떻게 나올지 궁금하기도 했지만 우선 그에게 고마움을 느꼈다. 그동안 그에게 단 한 번도 따뜻하게 대해본 적이 없기 때문이었다. 그러나 아파트가 팔리는 대로 장영우의 돈은 갚을 생각이었다. 수옥은 허탈감이 몰려오면서 한편으로는 안도의 숨을 쉴 수가 있었다. 장영우가 과수원을 경매로 샀다면 이 집에서 더 살 수 있을 것이란 기대를 해도 될 것 같았다. 그러나 찜찜한 구석이 없잖아 있었다. 그는 수련이 약혼자가 있다는데도 스토커처럼 집요하게 쫓아 다니는 사람이다. 행여 수련과 연관 지어 이 과수원을 샀다면 어떻게 해야 할 것인가 고민이 되는 것이었다. 그러나 지레 겁을 먹을 필요는 없다는 생각이 들기도 했다. 남녀의 관계란 무조건 쫓아다닌다고 되는 일도 아니고 운명의 시계바늘이 가르치는 방향으로 갈 수밖에 없는 것이 인생이라는 생각이었다. 거기에 수련은 이미 정민의 아이를 낳은 것이다. 아무리 장영우가 수련을 포기하지 않는다 하여도 결혼을 하지 않았다 뿐이지 수련은 이미 정민의 아내나 마찬가지였다. 수련과 장영우가 맺어질 운명이라면 어떠한 방법으로 방해를 해도 맺어질 수밖에 없다지만 이미 모든 것은 물 건너간 상황이었다. 수옥으로서는 정민이 올 때까지 수련이 아무 일 없기를 바랄 뿐이었다. 다음날 수련은 아침 일찍 서울로 올라가고 오후에 장영우가 찾아 왔다. 영우 입장에서도 마냥 모른 체 할 일은 아니었기 때문이었다. 마침 수옥은 혼자 집에 있었다. 수옥의 남편 병기는 경매에 과수원과 집이 넘어 간다고 하자 면목이 없었던지 집을 나간 지 며칠이 되었음에도 소식이 없었다. 상심한 나머지 어딘가에 틀어박혀 술이나 푸고 있을 것이 틀림없을 것이다.

"설집사님 죄송합니다."

"장영우씨, 뭘 죄송합니까? 오히려 내가 죄송하고 고맙지요."

"설집사님, 제가 분명하게 말씀 드릴게요. 이 집과 과수원은 제가 싸게 경매로 샀어요. 그러나 제가 이 과수원이 탐이 나서 산 것은 아닙니다. 이 과수원은 설수옥 집사님의 것입니다. 왜냐고요? 여기엔 설수옥 집사님의 꿈이 고스란히 담겨 있는 곳이잖아요. 이젠 아저씨의 앞으로 등기를 하지 마시고 설수옥 집사님 앞으로 등기를 해놓으세요."

"장영우씨, 그게 무슨 말씀이세요. 이 과수원이 어떻게 제 것이 될 수 있어요. 말도 안 되는 소리입니다."

"미안해하지 마세요. 그러시면 나중에 돈 버는 대로 갚으시면 되잖아요. 40% 싸게 샀으니 나중에 돈 벌면 60%의 돈만 갚으면 돼요."

수옥은 마치 꿈을 꾸는 것만 같다. 전화위복이라는 말이 있더니 바로 이것이 전화위복이라는 것을 알 수가 있을 것 같았다. 그리고 지금 것 수련의 뒤나 졸졸 따라다니는 스토커 같은 볼품없는 사람으로만 보아 왔는데 오늘은 그가 제법 크게 보이는 것이었다.

"그동안 수련씨 괴롭힌 것 잘 압니다. 전과 같이 수련씨를 괴롭힌다면 이 일로 인해 오해를 살 요지가 있어 앞으론 그런 일이 없을 겁니다. 그러나 수련씨를 포기했다는 것은 절대 아닙니다. "

수옥은 수련이 이미 정민의 아이까지 낳았으니 포기하라고 말을 하려다 말았다. 경매로 수옥의 과수원을 찾아 주려고 애쓰고 있는 사람에게 공연한 실망감을 줄 수가 없어서였다. 저녁에 수련이 퇴근할 때쯤 해서 집으로 전화를 했다. 수옥은 낮에 장영우가 다녀간 일을 이야기 했다. 과수원을 싸게 샀으니 나중에 갚으려면 경매로 산값인 60%만 갚으라는 이야기도 해주었다.

"오종종하게 보이는 사람의 속에 어디에 그렇게 큰 배포가 숨어 있는지 모르겠다. 어딘가 귀여운 구석이 보이는 것 같기도 하고,,,, 호호호."

"언니, 이제는 장영우씨에게 쌀쌀하게 대하진 말아야겠어. 내가 언니네 과수원과 집을 찾을 수만 있다면 내 몸이 지옥에 떨어지더라도 괜찮다는 생각을 했었어, 얼마나 고마운 사람이야."

그렇게 수옥과 통화를 하면서 그동안 그에게 못되게 행동한 것이 미안하기만 했다. 수옥과 전화를 끝내고 수화기를 놓자 또 다시 전화벨이 울린다. 전화의 수화기를 들으니 정민이다.

"여보세요, 저 백정민입니다."

"네, 저예요. 수련이에요."

"수련씨, 보고 싶습니다."

"정민씨, 저도 정민씨가 보고 싶어요."

"수련씨, 건강하죠? 그리고 언니네도 무고 하시지요?"

"이번에 큰 일이 있었는데 무사히 넘겼어요."

"무슨 일이었는데요?"

"별일 아니었어요. 걱정 마세요. 이제 정민씨 귀국할 날이 얼마 남지 않았어요."

"그래요, 이제 얼마 남지 않으니 날짜 가는 것이 멈추어 있는 것 같아요."

"그래도 세월은 가고 있는걸요. 그곳 사막의 모래시계도 멈춤 없이 지금도 돌아가고 있으니 남은 기간 동안 편히 계시다가 건강하게 돌아 오셔야 돼요."

"그럼요, 누구 명이라고 감히 거역을 하겠어요. 하하하"

"호호호"

"언니께서도 건강하시지요?"

"그럼요, 언니는 매일 과수원에서 땀 흘리며 늙어요."

"너무 무리하시지 말라고 전해 주세요. 또 전화 할게요."

"네, 꼭 건강해야 해요."

정민의 전화를 받고 그의 음성을 들으니 공연이 신이 난다. 하루의 피로가 싹 풀린 것 같다. 입에선 노래가 절로 나온다.

"사장님, 좋은 소식인가 봅니다."

혜영이 수련의 모습을 보며 묻는 말이다.

"응, 이제 얼마 후면 효빈이 아빠가 귀국을 하거든, 그것처럼 좋은 일이 어디 있겠어?"

"정말요? 사장님 정말 좋으시겠다."

수련이 기분이 좋아 웃으니 효빈이도 따라서 방긋방긋 따라 웃는다. 이제 정민만 건강하게 돌아오면 되는 것이다. 그동안 수옥의 집과 과수원 문제로 마음이 어수선 했는데 그 일이 일단 해결이 되니 수련의 얼굴에 웃음꽃이 핀다.

영우가 경매로 산 집과 과수원의 금액은 수련의 아파트를 팔아 지불하면 집과 과수원은 수옥의 앞으로 등기를 하기로 했기 때문에 모든 것은 원위치로 돌아오게 되는 것이다. 언젠가 갚아야할 돈이지만 영우가 언제까지라고 못 박은 것도 아니고 거기에 남편인 병기가 은행에서 낸 빚의 60%만 갚으면 되는 것이니 영우가 그렇게 고마울 수가 없다. 영우가 자신의 뒤를 몰래 미행해 수련의 약국을 알고 간 것도 모른 채 수옥은 영우에게 늘 미안한 마음이 든다. 영우는 아직도 수련이 정민의 아이를 낳고 이곳을 떠나 서울에 정착해 있는지 모르고 있을 것이란 생각 때문이었다. 수옥의 마음은 수련이 아이만 낳지 않았다면 영우와 결혼을 한다 해도 나쁠 것이 없을 것 같다. 정민이 수련을 살려 주었을 때는 정민이 수련과 결혼하여 주었으면 했었다. 그 마음은 변하지 않을 줄 알았다. 그러나 수옥이 위기에 처하고 그 위기의 순간에 정의의 흑기사처럼 나타나 자신을 구하여준 영우가 그렇게 멋질 수가 없었다. 세상에 영원히 변하지 않는 것은 없다고 하더니 수옥의 마음이 그랬다. 수옥의 마음은 수련이 정민의 아이를 낳았지만 그래도 영우가 수련과 결혼을 하겠다고 한다면 말리고 싶은 마음이 없을 것 같았다. 영우가 그런 수옥의 눈치를 모를 리 없었다. 영우는 우선 그런 수옥을 자신의 편으로 만드는 일이 정민과의 싸움에서 유리할 것이라는 판단을 했다. 그런 영우의 의도대로 수옥의 마음은 영우를 지지하는 쪽으로 기울고 있었다. 위기의 순간에 영우의 도움으로 극적인 회생을 하였으니 영우의 아군이 안 되는 것이 도리어 이상한 것이었다. 처음엔 수옥도 영우의 오종종한 외모에 마음이 가질 않았다. 그리고 수련을 좋아 한다는 말에 콧방귀를 뀌었다. 그러나 큰일을 겪고 난 수옥의 생각은 많이 바뀌었다. 체구는 작지만 영우가 배짱이 두둑하고 멋진 사람으로 보이기 시작한 것이다. 말속에 은연중 자신도 모르게 작은 사람을 칭찬하는 말이 자주 튀어 나왔다. 예를 들자면 가까운 사례로 박정희 대통령을 칭찬하는 말과 나폴레옹이 작았지만 영웅이라는 얘기와 강감찬이 키는 작았지만 청천강에서 거란족을 무찔렀다는 얘기 등이었다. 영우는 수옥의 그런 마음을 확인 하고는 더 친해지려면 함께 여행을 하는 것이란 생각을 하게 되었다. 정선 임계에 사놓은 땅을 자랑도 할 겸 보러 가자고 하였다.

"설집사님, 언제 시간이 나면 정선에 한 번 놀러가지 않을래요?"

"정선엔 왜요?"

"제가 정선 임계에 땅을 조금 사놓았어요."

"네~에, 정선에다가요? 왜 그렇게 먼 산골짝에다 땅을 사놓았어요"

"다 생각이 있어 서지요."

"오지에 가서 귀양살이할 일이 있어요?"

"그건 옛날에나 그랬지 지금은 돈 있는 사람들이 맑은 공기 찾아서 가는 곳이지요. 언제 시간이 되면 아저씨와 함께 한번 가기로 해요. 바람도 쏘일 겸 당일치기로 다녀와도 되거든요. 제 차로 잠시 다녀오면 되잖아요."

"정말 그래도 돼요? 정선은 한 번도 가보질 않았거든요. 여행 삼아서는 한번 가볼만한 곳이란 생각은 드네요. 우리 아저씨와 상의해 그렇게 하도록 해보지요."

남편인 병기는 수옥이 가자면 가는 수밖에 없는 처지였다. 경매사건 후 병기는 모든 실권을 수옥에게 송두리째 내준 상태였기 때문이다. 3일 후 영우와 약속한 장소에서 만나 정선 임계로 향했다. 임계를 가려면 우선 강릉을 거쳐 임계로 가는 것이 빨랐다. 강릉에서 임계로 가는 길은 굽이굽이 돌아서 가는 길이 험하기는 했지만 눈에 보이는 모습은 환상적인 아름다움 그 자체였다. 차도 숨이 찬지 언덕을 힘들게 오른다. 그렇게 40여분을 달리니 작은 소도시가 나타났다. 임계면에 도착을 한 것이다. 배가 고픔으로 우선 간단한 요기부터 하기로 했다. 식사를 마치고 밖으로 나온 병기가 영우를 보며 말했다.

"임계란 곳은 나도 처음인데 아주 산골짜기구먼."

"네, 맞습니다. 그러나 생각보다는 산이 그리 높지는 않은 것 같습니다."

"그러면 땅을 사놓았다는 데가 여기서 얼마나 더 가야 합니까?"

"여기서 차로 약 20분도 안 걸립니다."

"그럼 다 온 거네요."

모두 차에 오르고 임계면사무소를 왼쪽으로 끼고 달리니 삼거리 길이다. 삼거리에서 또 다시 좌회전을 하여 좁은 도로를 달리니 작은 다리가 나오고 차 한 대가 겨우 다닐만한 길을 따라 들어가니 작은 마을이 나타났다. 일단 차에서 내려 영우가 사놓은 땅과 집을 걸어서 가기로 하였다. 걸으면서 주변 환경을 보니 깨끗한 마을과 경관이 수려하다. 땅도 꽤 넓은 것이 밭농사 짓기에는 쾌적한 땅 같아 보였다. 수옥은 좀 더 나이가 들면 이런 곳에 들어와 사는 것도 괜찮을 것 같은 생각이 들었다.

"와 보신 소감이 어떻습니까?"

영우가 수옥 내외에게 물었다. 제 딴엔 자랑삼아 데리고 온 것인데 수옥 내외의 대답이 궁금했다.

"난 정선이라 해서 첩첩 산골인줄 알았는데 도회지도 가깝고 좋군요. 그리고 마을을 감싸고 있는 산이 높지 않아서 마을이 아담해 보이는 것이 공기도 맑고 아름다워요."

"그렇지요? 제가 그래서 한번 모시고 오고 싶었던 겁니다."

영우는 수옥이 좋다고 하니 절로 기분이 하늘을 나는 것처럼 좋기만 하다. 마을을 한 바퀴 돌고 나니 시간이 꽤 지난 것 같다. 시계를 보니 3시를 넘기고 있었다. 아이들이 있다지만 가축들의 먹이를 주는 일이 쉽지 않을 것이란 생각을 하니 더 이상 지체하지 말고 출발을 하여야 할 것 같았다.

"이제 출발을 하지요. 아무래도 집안 일이 밀려서 빨리 가야할 것 같아요. 돼지와 개밥도 줘야 하는데 애들이 잘 못할 거예요."

"그까짓 밥 주는 일도 못하겠어요?"

"애들한테 한 번도 시켜보질 않았거든요."

"그래요? 그러면 빨리 가야 되겠어요."

그렇게 대답을 한 영우는 차를 급히 몰기 시작한다.

정선을 여행 하면서 수옥 내외와 영우는 자연스러운 사이로 바뀌어가고 있었다. 영우로서는 수옥의 과수원을 찾아준 덕분에 자신에게 유리한 우군을 확보하게 됐다고 생각했다. 정선 임계에 다녀온 후부터 수옥의 집에 영우의 발길이 잦아졌다.

휴일이다. 수련은 오늘 가벼운 마음으로 혜영과 함께 효빈이를 데리고 도봉산을 다녀오기로 하였다. 효빈이 때문에 등산은 할 수 없고 계곡에서 시원한 물에 발도 담그고 맑은 공기 속에서 하루를 쉬고 싶어서였다. 도봉산 입구에 들어서니 계곡 건너편에서 공연이 벌어지고 있었다. 마침 산을 오르던 사람들이 건너편의 공연을 재미있게 관람을 하고 있었다. 수련과 혜영은 인파의 숲을 헤집고 산의 계곡을 오르기 시작했다. 중턱도 오르지 못해 효빈이 때문에 더 이상 오르기에는 무리일 것 같았다. 그냥 계곡에 자리를 깔고 앉아서 효빈이에게 물놀이를 시켰다. 물이 시원했는지 효빈이는 물을 손으로 치며 벌쭉벌쭉 웃는다. 아이의 천진한 모습을 보고 있으니 세상이 더없이 편안한 것만 같다. 가져온 간단한 음식과 음료수를 마시며 보내다 보니 해질 무렵이 되어가고 있었다. 하산을 하는 등산객들의 모습이 보이기 시작했다. 수련이 도봉산을 내려와 집에 도착해 샤워를 하고 식사를 마치자 전화벨이 요란하게 울린다.

"수련씨, 나 정민입니다."

"어머, 정민씨."

"이제 수련씨를 만나게 될 날이 며칠 남지 않았어요. "

"그렇군요. 며칠날이지요?"

"지금이 7월초이니 한 달이 조금 더 남았네요. 8월 말경이지요."

"그때까지도 안전에 힘쓰세요. 기다릴게요."

그러나 전화를 받으면서도 수련은 정민의 목소리가 멀고 아득하게만 느껴진다. 아직도 한 달이란 기간이 너무 지루하게 많이 남은 것 같기 때문이었을 것이다.

다음날 약국에 출근을 해 정리를 하고 있는 중 혜영이 전화가 왔다며 수화기를 넘겨준다.

"여보세요. 여기 부동산입니다. 설수련씨 좀 부탁합니다."

" 부동산이라고요? 제가 설수련입니다."

"설수련씨의 아파트를 오늘 당장 계약하자는 사람이 있습니다. 오늘 계약을 할 수 있나 해서 전화 드렸습니다."

"네, 당장이요? 그렇게 하겠습니다. 제가 지금 그리로 가겠습니다."

약국을 혜영에게 부탁하고 부동산으로 갔다. 집을 사겠다는 사람이 마음에 든다는 것이었다. 그리고 부동산에 모든 것을 일임 했으니 계약은 바로 하자는 것이었다. 전세를 사는 사람과는 부동산에서 알아서 처리하기로 하고 일단 계약을 하였다. 집값은 요즘의 시세에 비해 후한 금액이었다. 집값은 기다릴 것도 없이 그 자리에서 전액 모두 받기로 하였다. 집을 깨끗하게 정리하고 기분 좋게 약국으로 온 수련은 우선 수옥을 만나기로 했다. 저녁에 이천 집으로 가면 만날 수야 있겠지만 마음이 그걸 허락지 않았다. 당장 만나서 영우의 돈을 갚아야 시원할 것 같았기 때문이었다. 바로 이천 집으로 가니 수옥은 아직도 과수원에 있는지 집에는 없었다. 수련은 과수원으로 들렸다. 수옥이 수건을 쓴 채 과수원에서 일군들과 일을 하고 있다가 수련을 보고는 일손을 멈춘다.

"네가 과수원엘 이 시간에 웬일로 왔니? 무슨 일이 있어?"

"무슨 일이 있겠어. 그냥 언니 좀 보러 왔어. 잠깐 나하고 얘기 좀 해."

"무슨 얘긴데?"

"그냥 따라만 오란 말이야."

집으로 온 자매는 냉장고에서 시원한 물을 꺼내어 따라 마시며 수련이 먼저 입을 열었다.

"언니, 영우씨 돈 언제까지 갚을 수 있어?"

"별안간 그걸 왜 물어? 그건 내가 알아서 할 건데."

"그 알아서가 언제냐고."

"?"

수옥은 아무 말을 할 수가 없었다. 영우가 경매로 산 후 등기를 수옥의 앞으로 해놓았지만 수옥은 아무런 권리 행사도 할 수 없는 입장이었다. 물론 법적으로 처리하자고 똥 뱃장을 부리면 그만이지만 주도면밀한 영우가 그렇게 쉽게 내줄 위인도 아니었고 수옥도 그런 욕심을 부릴만한 뱃장도 없었다.

"자, 언니 영우씨 돈 갚아."

"너 이 돈 어디서 났어?"

두 눈을 크게 뜨고 수옥이 놀란 표정으로 묻는다.

"언니, 그 사건이 있고 바로 서울 아파트 팔려고 내놨었어. 그런데 요즈음 매매가 없어서 팔지를 못하다가 오늘 마침 그 집을 사겠다는 주인이 나타난 거야. 일시불로 집값을 모두 받았어. 그래서 하루라도 언니 마음을 편하게 해주고 싶어서 돈 받는 대로 급히 내려온 거야. 언니. 이 돈으로 영우씨 빚을 모두 갚고도 많이 남으니 너무 일에만 매달리지 말고 어디 여행도 다니고 그래, 응."

수련의 말을 놀 란 표정으로 듣고만 있던 수옥이 수련을 와락 끌어안는다.

"내가 이 돈을 어떻게 써, 이 돈은 너를 판돈인데 내가 이 돈을 어떻게 쓰느냐 말이다. 흐흐흑흑."

"언니, 그런 소리 마슈, 그 바람에 정민씨 같은 사람을 만날 수 있었던 것 아니유?"

"허긴 그렇긴 하지만.... 수련아 이 돈으로 네가 하고 싶은 것 해라. 나야 영우씨에게 언제든 갚으면 되니까. 너를 판 돈이나 마찬가지인 것을 내가 어떻게 쓰겠니. 흐흐흑"

"언니, 그런 소리 다신 하지 마, 나 약국도 있고 나름대로 부자야. 나 먹고 사는 데는 아무 걱정 없으니 하루라도 빨리 영우씨 빚 갚아."

수옥도 울고 수련의 눈에도 눈물이 흐른다. 전 같으면 그 많은 돈을 어디서 구하겠는가. 그래도 아파트라도 한 채 받았기에 영우의 돈을 쉽게 해결할 수 있는 것 아닌가. 자매는 서로 부등 켜 안고 실컷 울었다.

그날 밤 수련은 수옥과 함께 자며 그동안 못했던 이야기들을 하며 밤을 지새우다 시피 하고는 다음날 일찍 서울로 올라왔다. 수련이 일찍 올라가지 않으면 혜영 혼자서 효빈이를 유아원에 맞기고 약국 문을 열어야 했기 때문이었다. 수련이 서울로 올라 오고난 후 오후에 영우가 수옥을 찾아 왔다.

"마침 잘 왔어요. 그렇지 않아도 연락을 하려 했던 참이었어요."

"아, 그러셨어요? 무슨 좋은 일이라도 있어요?"

"지난번 영우씨에게 너무 큰 신세를 져서 마음이 늘 무거웠었어요. 그런데 어제 수련이가 아파트가 팔렸다며 돈을 가져왔지 뭐예요. 영우씨 돈 빨리 갚으라고요. 돈을 갚는다고 은혜를 모두 갚은 것은 아니랍니다. 평생을 두고 고마워하고 갚을 겁니다.”

“무슨 말씀을 하시는 거예요. 두고두고 천천히 갚으시라고 했잖아요. 돈을 쌓아두면 뭘 합니까? 어차피 돈은 필요한 사람을 위하여 있는 것 아닙니까. 필요하실 텐데 더 두고 쓰세요. 경매로 매입한 금액만 갚으라고 말씀 드렸지만 실은 갚지 않아도 됩니다. 사 드릴 때부터 받을 생각 않고 한 일이니까요.”

“무슨 말씀을... 수련이가 꼭 갚으라고 했어요. 어제 밤에 아파트 판돈을 일부러 가지고 내려왔다가 자고 오늘 아침 일찍 갔답니다. 영우씨에게 너무 고마웠다고 전해 달래요.”

“네, 그랬군요. 그러면 감사히 받겠습니다.”

영우는 수옥에게 수련이 가져 왔다는 돈을 받았지만 마음이 개운치 않다. 어차피 그 돈은 영우가 수련에게 투자한 돈이라고 생각하고 있었기 때문이었다. 영우는 씁쓸한 마음을 지울 길 없었지만 내색은 않고 수옥의 집을 나왔다.

10 사막에서 길을 잃다

정민의 귀국 날도 한 달 남짓 남았을 뿐이다. 서서히 귀국 준비를 하여야 했다. 귀국 준비래야 선물을 사는 일이다. 그러나 살 수 있는 것은 벌써 사놓은 상태였다. 돈으로 구할 수 있는 것은 모두 준비해 놓았지만 돈으로도 구할 수 없는 것이 있었다. 그곳에서만이 구할 수 있는 화석이었다. 정민은 직접 눈으로 확인을 해보지 않아 잘 모르지만 다녀온 사람들 말에 의하면 아름드리나무와 같은 나무화석이 사막 속에 무수하게 널려 있다는 것이었다. 얼핏 보기에는 분명 나무인데 가까이 가서 보면 단단한 나무처럼 보이는 돌로 된 화석이라는 것이었다. 정민은 말로만 들어도 신기했다. 어떻게 망망한 모래사막에 나무화석이 존재하는 걸까? 눈으로 확인하고 싶었다. 성서 창세기에서 말하는 에덴동산이 이곳과 가까웠으니 옛날에는 이 사막도 나무가 빽빽이 들어 찬 수림(樹林) 이 아니었을까 하는 생각 때문이었다. 마침 남석현이라는 중기부 주임이 그곳을 알고 있다고 하였다.

"남주임, 그 나무화석이 있다는 곳을 안다고 했지?"

"네, 한번 다녀오기는 했는데 오래돼서 찾을 수가 있을지 모르겠습니다."

"그럼 남주임 말고 또 아는 사람이 있는가?"

"기사 중에서 박기남씨가 잘 알아요. 박기남씨는 그곳에 몇 번 다녀온 것으로 알고 있습니다."

"그래, 그러면 내가 귀국하기 전에 남주임과 함께 박기남씨와 그곳에 한번 다녀오기로 하지."

"그렇게 하시지요. 그러면 박기남씨에게 제가 말하지요."

"아니야, 내가 직접 박기남씨에게 말하지 뭐."

"네, 알겠습니다."

그동안 이곳의 주변을 돌아보며 소라 화석 같은 것들은 종종 본적이 있으나 나무 화석은 본적이 없기에 더 호기심이 일었다. 정민은 일이 끝나고 박기남의 숙소로 갔다. 박기남은 막 씻고 들어와 있던 참이었다.

"백대리님이 어쩐 일이세요?"

"저녁은 먹었어요?"

"네, 저녁 식사 후 지금 샤워하고 들어 왔습니다. 그런데 어쩐 일로 저희 방엘 오셨습니까?"

"하하하, 뭐 내가 못 올 때 왔나요."

"그건 아니지만...."

"다른 게 아니고 박기사가 나무 화석이 있는 곳을 잘 알고 있다기에 함께 가보았으면 해서 의견을 물으러 왔어요."

"저야 백대리님이 가자고 하면 아무 때고 좋아요. 언제 가시려고요."

"이번 휴일에 가는 것이 어떨는지요."

"그렇게 하겠습니다. 그러면 백대리님과 저만 가나요?"

"아니요. 남석현 주임이 함께 가기로 하였습니다."

"그럼 잘됐네요."

"그럼 식당에 부탁해 그날 먹을 것은 준비 시키도록 할게요."

정민은 나무 화석에 대한 호기심도 있었지만 나무 화석을 수련에게 선물하고 싶었다. 선물할 물건이야 돈만 있으면 얼마든지 사면되지만 이런 화석은 아무데서나 구할 수 있는 물건이 아니기 때문이었다. 일행은 휴일 아침 일찍 나무 화석을 찾기 위하여 출발을 하였다. 타고 갈 차타이어는 사막용을 부착 하고 먹을 것은 당일 갔다 올 것이라 점심만 준비하고 물은 조금 여유 있게 준비하고 출발했다. 가도 가도 끝이 없는 사막이 펼쳐진다. 그렇게 가기를 2시간여를 달린 것 같다. 정민은 이곳에 온지 2년여가 다 되어 가지만 줄 곳 현장에만 있었기에 일터인 현장을 떠나서 광활해 보이는 사막의 풍경을 보니 신기하게만 느껴진다. 어느 지점을 지나다 보면 낙타 떼가 줄지어 모래사막을 걷는 모습을 보기도 했고 수많은 양떼가 사막의 가시가 돋혀 있는 거친 풀을 뜯는 모습도 볼 수 있었다. 또 사막 어디엔가 알라딘의 램프가 있어서 그 램프 속에 거인이 나와

"주인님 무엇이든지 주문만 하십시오."

하고 나타날 것만 같다. 햇볕은 사정없이 내려 쬐이고 사막의 모래가 뜨겁게 달궈져 올라오는 열기에 에어컨을 켜놓은 차 안이지만 후덥지근하다. 박기남은 몇 번인가 왔었다고 하기에 지형을 잘 아는 줄 알았다. 그러나 모래사막이라 바람이 불 때마다 지형이 바뀌기 때문에 몇 번을 왔다 하여도 찾기가 그리 쉽지 않았다. 운전을 하며 유심히 지형을 살피던 박기남이 오

랜 침묵 끝에 입을 연다.

"다 온 것 같습니다."

박기남이 차를 세우고 사막의 지형을 자세히 살펴보더니 이곳 같다는 것이었다. 사막의 특성이란 게 바람이 불 때 마다 지형이 자주 바뀌기 때문에 한번 온 곳을 찾기가 그리 쉽지 않은 것이다. 그러나 이곳은 옛날에 화산의 폭발이 있었는지 주위에 검은 돌들이 드문드문 흩어져 있어서 그것을 기억하며 왔다는 것이다. 운이 없는 날은 모래바람이 그런 흔적들을 덮어서 찾지 못하고 허탕을 치는 날도 있다는 것이었다. 그러나 오늘은 운이 좋았는지 쉽게 찾은 것 같았다. 차에서 내려 주위를 살피던 박기남이 갑자기 큰소리로 외친다.

"백대리님, 저기 좀 보세요. 나무 화석의 천지입니다."

박기남이 손가락으로 가르치는 쪽을 보니 마치 고목나무가 쓰러져 있는 형상을 한 나무 화석들이 여기 저기 흩어져 있었다. 마치 언뜻 보면 사막에 고목나무들을 벌목해 놓은 것 같은 형상이었다. 그러나 아무리 귀한 화석이라도 고목과 같이 큰 화석을 눈으로 확인하고 감상은 할 수 있지만 가져올 수는 없는 노릇이었다. 손으로 간단하게 들고 올 수 있는 것만 가져오기로 하였다. 정민은 그중에서 나이테가 선명한 작은 화석을 골랐다. 썩은 나무 같았는데 망치로 쳐도 깨지지 않을 정도의 단단한 돌이었다. 마치 거대한 나무화석의 전시장이 광활한 사막 위에 펼쳐진 모습이었다. 언제였는지는 모르지만 그 전에는 여기가 울창한 숲이었을 것이다. 그렇다면 저렇게 큰 나무가 왜 저런 화석으로 변하였을까? 성서에 보면 이곳과 가까운 곳에 에덴이 있었는데 노아의 홍수로 인하여 이렇게 사막화

된 것인가? 주위를 둘러보니 대략은 답이 나온 것도 같다. 어느 곳에선가 화산의 폭발이 있었던 듯 주위가 온통 검은 돌로 널려 있었다. 화산이 폭발하고 분출된 용암이 나무에 흘러들어 있을 때 비가 내려 용암을 식히니 돌이 되었고 세월이 흐르며 나무는 썩어 없어지고 돌만 남아 화석이 되어 있는 것이란 결론이었다. 이런 저런 생각을 하며 가져올 수 있는 것만 수집을 하다 보니 꽤 많은 량이다. 용광로처럼 달구어진 뜨거운 사막에서 몇 시간을 보내고 나니 몸이 축 처진다. 배도 고프고 갈증이 난다. 남석현이 배가 고프다고 했다.

"백대리님 배가 고프네요. 이정도면 충분한 수집을 한 것 같습니다. 이제 식사를 하고 출발하기로 합시다"

"어, 벌써 시간이 이렇게 됐나, 나무화석 줍느라고 시간 가는 줄도 모르고 있었잖아. 그러면 배도 고픈데 밥부터 먹고 출발하기로 합시다."

망망한 사막에서 차를 세워놓고 차가 만들어준 그늘에 앉아 가지고온 음료수와 음식을 담소를 나누며 거의 다 먹어가고 있을 때였다. 별안간 하늘이 검게 변하며 어두워지기 시작했다. 이어서 모래바람이 덮쳐왔다. 일행은 놀라 급히 차안으로 몸을 피했다. 한치 앞도 못 볼 정도의 모래 바람이 마치 차를 날려 버릴 듯이 맹렬하게 덮쳐온다. 차안에 꼼짝을 못하고 갇혀 있는데도 숨을 쉴 수가 없다. 숨 쉴 때 모래가 입안으로 들어와 침을 삼킬 때마다 모래가 으적 거린다. 이럴 때일수록 침착해야 되는데 이런 일을 처음 당해보는 일행은 우왕좌왕할 따름이었다. 한치 앞도 분간을 못할 정도의 모래바람 속에서 어느 쪽으로 방향을 잡고 가야할지를 몰라 무조건 차를 몰고 모래폭풍을 빠져 나가려 우왕좌왕하다 보니 가야할 방향이 어느 쪽인지도 모른 채 시간만 가고 연료가 바닥이 나고 말았다. 연료가 떨어지니 이젠 옴짝 달싹 할 수 없게 되었다. 사막 속에서 햇볕은 사정없이 내려 쬐이고 연료가 떨어진 차 속은 마치 찜통과 다를 바 없었다. 이럴 때일수록 정신을 똑바로 차리고 사태를 관망하다가 모래바람이 가라앉은 다음 행동을 했다면 괜찮았을 것이다. 호랑이에게 물려가도 정신만 차리면 산다는 말이 이럴 때 필요한 말이었을 것이다. 이제 가져온 음식은 고사하고 제법 충분하게 가져 왔다는 물도 모두 떨어진 상태다. 어떤 방법으로든 살아남아야 한다는 생각 밖에 없다. 모래 바람이 멈추자 차 밖으로 나왔다. 그러나 어둠이 찾아든 사막은 어디가 남쪽이고 북쪽인지 분간할 수가 없다. 차는 연료가 떨어져 움직일 수 없으니 사막에 버려둔 채 그냥 발길이 가는대로 방향도 모른 채 걷기 시작했다. 누가 먼저랄 것도 없이 한 사람이 가면 그쪽으로 무조건 따라가는 것이다. 그래도 밤이라 햇볕이 없는 것이 일행에겐 다행이라면 다행이었다. 그러나 먹는 것은 고사하고 물을 마신지 오래 되어 갈증이 문제였다. 그렇게 방향도 모른 채 걷다보니 아침이 밝아오고 있었다. 이제 몸과 마음도 지쳐 꼼짝도 못할 지경에 이르렀는데 풀밭이 나타난다. 혹시 풀밭이라 어딘가에 물이 있을 것이란 생각에 물을 찾아보았으나 물의 흔적조차 찾을 수가 없다. 물을 찾아 헤매다 지쳐서 앉아 있으려니 풀밭에서 뭐가 펄떡 뛴다. 메뚜기였다.

"야, 메뚜기다. 메뚜기라도 잡아먹자."

"뭐? 메뚜기, 메뚜기가 어디 있어?"

작은 풀밭에서 메뚜기 잡기가 시작 되었다. 지친 상태라 메뚜기를 잡는 것도 쉬운 일은 아니었다. 아무래도 메뚜기 잡는 데는 남석현이 일가견이 있는 것 같다. 어느새 한주먹을 잡아 쥐고 있었다. 정민과 박기남이 그것을 보고 나눠 먹자하니 석현은 들은 체도 않더니 퉁명스럽게 한마디 던진다.

"날씨도 덥고 메뚜기 잡기도 힘든데 각자 잡아먹기로 합시다."

하면서 누가 빼앗아 먹을까 그런지 살아 있는 날 메뚜기를 한입에 넣고 어적어적 씹어 댄다. 이젠 배가 고픈 것보다는 갈증이 문제였다. 메뚜기를 씹어 먹으면 약간의 물기가 있어 어느 정도의 갈증은 해소가 되는 것 같다. 이제 세 명의 일행은 메뚜기 잡기에 혈안이었다. 그러나 사막 속의 작은 풀밭에 메뚜기가 있어야 얼마나 있겠는가, 일행을 피해서 이리저리 날던 메뚜기도 어느새 바닥이 나버렸다. 그런 와중에도 남석현의 손에는 메뚜기가 그득 쥐어져 있었다. 그는 정민과 박기남이 달라고 할까봐 그랬는지 손에 쥐고 있던 메뚜기를 한입에 구겨 넣더니 어기적거리며 씹어댄다. 입으로 메뚜기를 씹은 잔해가 흘러내려 게걸스러워 보인다. 그러자 보다 못한 박기남이 한마디 던진다.

"서로 힘든데 좀 더 잡은 사람이 조금 잡은 사람과 나누어 먹으면 안 됩니까?"

"뭐라고? 내가 잡은걸 내가 먹는데... 뭣 때문에 나눠먹어, 배고프면 당신들도 잡아먹으면 될 것 아냐. 지금 누구 때문에 이 고생인데..."

석현은 진즉부터 마음에 불만이 많았다. 일이 잘 끝났으면 별말이 없었겠지만 일이 잘못되니 마음속에 정민에 대한 불만이 가득 차 있었던 것이다.

"공연히 함께 오자고 하여 죽게 생겼잖아, 살지 죽을지도 모르는 판에 뭐가 이쁘다고 힘들게 잡은 내 몫을 나누어 줘. 쳇."

정민은 이곳에 와서 부하 직원으로서 남석현과 제일 가깝게 지냈다. 그러나 극한 상황에 처하게 되니 사람이 저렇게 변하는가보다. 그러나 이상하게 배는 고프고 갈증 때문에 정신이 없을 줄 알았는데 머리는 더 맑아지는 느낌이다. 박기남은 그래도 정민이 자신의 직속상관이라 그런지 메뚜기를 잡는 대로 정민과 함께 나누어 먹는다. 그는 중장비정비사인데 정민보다는 나이가 10년 이상이 연배였다. 그러나 상관인 정민에게는 언제나 깍듯했다.

"백대리님, 힘내십시오."

"박기사님 고맙습니다. 어떻게든 이곳을 빠져 나가야 하는데...."

시간이 한낮으로 접어들며 태양이 다시 이글거린다. 모래사막이 다시 달아오르는 것이다. 이대로 있다가는 분명 죽을 것은 빤 한 일이다. 더 뜨거워지기 전에 이곳을 벗어나야만 한다. 벌써 이렇게 사투를 벌이고 있는지도 이틀이 지났다. 일행은 어떻게든 사지는 벗어나야 한다는 생각으로 걷고 또 걷는다. 그러나 끝내 남석현이 탈진이 되어 쓰러지고 만다. 정민은 그래도 평소에 운동을 많이 한 사람이라 남석현과 박기남에 비해 체력이 남아 있었다. 정민은 어떤 일이 있어도 남석현을 그대로 버리고 갈 수는 없는 일이었다. 모든 일이 자신에 의해서 발단이 된 일이기 때문에 자신은 죽을지라도 이 두 사람은 어떤 일이 있어도 살려내야 한다는 일념 뿐이었다.

“박기사님, 어떤 일이 있어도 두 사람은 가야합니다. 나는 죽을 지라도 두 사람이 죽는다는 것은 상상도 할 수 없어요.”

“백대리님 너무 걱정 마십시오. 전 어떤 일이 있어도 백대리님과 함께할 겁니다.”

한낮으로 변한 사막의 열기는 상상을 초월할 정도였다. 그 상황에서 남석현을 끌다시피 하고 가려니 체력은 더 고갈이 될 수밖에 없다. 이젠 목이 너무 탄다. 지금 것 버텨온 것은 오줌 한 방울도 버리지 않은 덕분일 것이다. 어떻게든 살아야 된다는 일념이 오줌 까지 받아 먹게 한 것이다. 그렇게 기진맥진한 상태에서도 남석현을 포기하지 않고 오느라 모든 체력은 소모되어 더 이상 움직일 수 없는 상태가 되었다. 이제는 더 이상 버틸 힘도 없고 죽을 수밖에 없을 것 같다. 한창 젊은데 이곳 모래땅에서 죽는다는 것은 너무 억울하다는 생각이 든다. 그러나 더 이상 버틸 힘이 남아있지 않다. 이제 정신도 몽롱해오기 시작한다. 그때 박기남 마저 쓰러졌다. 그는 정민보다 10년 이상 연배이면서도 어떻게든 이 사지를 뚫고 나가려는 정민에게 큰 힘이 되어 주었던 사람이다. 그렇게 힘이 되어 주었던 사람마저 쓰러진 것이다. 정민은 앞이 캄캄했다. 절망감에 빠질 수밖에 없는 상황이 된 것이다.

"아! 여기가 내 인생의 끝이란 말인가? 여기서 끝내 인생을 끝내야 한단 말인가?"

절망에 빠져 정민은 통곡이라도 하고 싶었다. 그러나 지금 여기서 자신마저 포기 한다면 모두 이름 없는 사막에서 죽을 수밖에 없는 운명일 수밖에 없었다. 그때 박기남이 힘없는 음성으로 말했다.

"백대리님 전 이제 더 이상 갈 수가 없을 것 같습니다. 혹시 백대리님이 아직 힘이 남아 살아 날 수 있다면 나중에 우리 시신이라도 찾아 가족에게 전해 주십시오. 꼭 살아나시길 바랍니다."

"박기사님, 무슨 소리를 하는 겁니까. 이 마당에 나 혼자 살아서 간다면 무슨 의미가 있겠습니까. 조금만 힘을 냅시다. 살아도 함께 사는 것이고 죽어도 함께 죽는 것입니다."

정민은 박기남 마저 쓰러지니 함께 오자 한 것에 대하여 뼈저리게 후회가 된다. 혼자 와서 죽는다면 가족도 없는 자신으로서는 아무런 부담도 아쉬움도 없을 것이다. 다만 수련의 생각에 미치면 안타깝긴 하지만 그녀와 정식 결혼도 하지 않았기에 책임감은 두 사람에 비해 훨씬 덜 한 것이다. 수련이야 상처는 입을지 모르지만 망각의 동물인 사람이기에 세월이 흐르면 또 잊고 살아 갈 것이다. 여기까지 생각을 하니 두려울 것이 없었다. 자신은 죽더라도 어떻게든 두 사람은 살려야 한다는 오기와 책임감이 강하게 인다. 어떻게든 살아야 한다는 생각에 미치자 어디서 나오는지 힘이 불끈 솟는다. 아직 젊고 체력이 강했던 정민은 우선 석현을 둘러메고 가기로 했다.

"박기사님, 어떻게든 힘을 내고 계십시오. 내가 남석현이를 안전한 곳에 뉘어 놓고 바로 오겠습니다."

그는 남석현을 어깨에 둘러메었다. 다시 사막의 뜨거운 열풍이 몰아쳐 온다. 그는 푹푹 빠지는 모래를 밟으며 한 발짝 한 발짝 무거운 걸음을 옮기고 있었다. 한 시간 정도를 걸으니 작은 나무들이 모래 언덕을 만들어 놓고 있었다. 작지만 그늘도 드리워져 있었고 그늘에 앉으니 제법 시원함을 느낄 수 있었다. 우선은 석현을 그곳에 뉘어 놓아도 안전할 것 같았다. 정민의 몸은 이미 땀으로 후줄근하고 입술은 바짝 말라 입 안에는 모래가 가득했다. 모래를 삼키는지 침을 삼키고 있는지 모르 지경이었다. 지칠 대로 지친 정민은 석현을 내려놓고 잠시 쉬고 있으려니 머릿속에 많은 생각들이 스치고 지나간다.

"내가 여기서 이대로 죽는다면 수련은 어떻게 될까?"

아마 자신이 이 모래사막을 벗어나지 못하고 죽는다면 처음엔 죽은 줄도 모르고 기다리다가 나중에 어떻게 알고는 슬퍼할 것이다. 그러자 그의 귀에 늘 그가 즐겨 듣던 솔베이지의 노래가 들려오는 것 같았다. 음울하고 슬픈 곡이다. 그의 머릿속에는 돈을 벌려고 떠난 페리퀸트의 모습이 떠오르고 떠나간 페리퀸트를 하염없이 기다리고 있는 솔베이지의 모습이 스쳐 지나간다. 수련이 페리퀸트를 기다리고 있는 솔베이지의 모습으로 연상이 되기도 하고 솔베이지가 수련으로 바뀌기도 한다. 그러자 마음이 약해져 온다.

"나는 절대로 페르퀸트와 같은 사람은 될 수 없어, 난 당당하게 살아서 돌아가 수련을 솔베이지처럼 기다리게 하지는 않을 거야."

수련을 떠올리자 가슴 속에서 살아야겠다는 욕망이 꿈틀거리기 시작한다. 어차피 모두 살지 못할 바에는 자신이라도 살아야 되겠다는 이기적인 마음이 고개를 들고 있었다. 지금은 아무리 사방을 둘러보아도 살 수 있는 구멍은 어느 곳에도 보이질 않는다. 한낮의 태양은 이글거리고 달구어진 모래에서 뿜어 나오는 열기는 살아 있는 모든 것들을 태우고도 남을 기세였다.

"아! 난 살아야 해, 난 죽기 싫어, 수련이 기다리고 있는데 난 여기서 죽을 수 없어. 그래, 나만이라도 사는 거야, 사막의 폭풍 속에서 헤어져 서로가 흩어져 어디로 갔는지 모른다고 하면 알게 뭐야."

정민은 석현이 누워 있는 것을 보며 한 발짝 두 발짝 떼어놓기 시작했다. 살아야겠다고 작정을 하자 그는 뒤도 돌아보지 않고 앞만 보고 달리며 소리친다.

"뭐 어때, 어차피 이대로 가다간 모두 죽을 텐데 나만이라도 살아서 저 두 사람의 시신이라도 찾아야할 것 아니겠어."

그러자 수련의 모습이 떠오르더니 환청 같이 수련의 음성이 들려 왔다.

"그래, 잘했어요. 지금 나는 당신이 오기를 얼마나 학수고대하고 있는데 저 사람들과 함께 죽다니요. 바보 같은 생각 이예요. 생명이 얼마나 귀한 것인데 그렇게 쉽게 버려요. 당장 그 사지(死地)를 벗어나 혼자라도 살아 돌아오세요. 지금 것 당신은 저들을 살리기 위해 최선을 다했잖아요."

"맞아, 나는 저들을 위해서 최선을 다했어, 이젠 나로서도 어쩔 수 없잖아, 나라도 살아야 해."

하면서 자신이 살아야 하는 당위성을 마음에 굳힌다. 그러자 한편에서 또 다른 수련의 환청이 들려 왔다.

"정민씨, 당신 그렇게 비겁한 사람이었어요? 저 사람들은 당신 때문에 이곳에 왔는데 그런 사람들을 죽게 버려두고 당신만 살겠다고요? 당신 본래 그런 사람이었군요. 원래 당신은 당신보다는 남을 더 위하는 사람이 아니었나요? 지난번 나를 살릴 때만 해도 당신은 생명의 위험을 무릅쓰고 그 차가운 바닷물로 뛰어들어 나를 구했어요. 그때 그 정신은 어디로 갔나요? 빨리 돌아가세요. 그리고 저 사람들과 함께하세요. 당신의 그런 정신이라면 분명히 모두 살리고도 남을 거예요."

그 소리를 들으니 귀가 번쩍 뜨이며 정신이 맑아진다.

"아! 내가 지금 것 무슨 짓을 하고 있었던 거지, 지금 것 함께 했던 동료를 버리고 나만 살겠다고 했으니, 이기적인 나를 수련씨가 일깨워주는구나."

환청과 같이 들려온 수련의 음성에 정민은 주위를 돌아보았지만 보이는 것은 망망한 사막과

금방이라도 모든 걸 태워 버릴 듯한 기세로 대려 쬐이는 뜨거운 햇볕이 있을 뿐이었다. 그는 뜨거운 햇볕을 맞으며 혼자 중얼 거린다.

"수련씨, 고맙습니다. 당신은 이 못난 놈의 정신을 일깨워 주었습니다. 당신 말대로 끝까지 저 사람들과 함께 할 겁니다. 비록 이 사막 속에서 내 인생의 길을 잃더라도 비겁하게 혼자 살아서 평생을 구차하게 사느니 당당하게 죽은 내 모습을 보여 드리겠습니다."

생(生)즉 사(死), 사(死)즉 생(生), 살고자 하면 죽고 죽고자 하면 산다고 했으니 당당하게 죽고자 마음을 먹으니 편해졌다. 그는 죽음이란 두려움 속에서 잠시 한 생각이 부끄럽기만 하다. 석현이 메뚜기를 잡아서 혼자 먹으며 각자 잡아먹으라 했을 때와 이렇게 모두 죽게 된 것이 누구 때문이냐고 원망을 했을 때 조금이나마 서운한 생각이 들었던 것은 사실이었다. 사람이라면 그런 극한 상황에서 어느 누구도 그랬을 것이다. 그

걸 이해하지 못하고 서운한 생각을 가졌던 자신이 부끄러웠다. 부끄러움을 느끼자 그는 혼자 살겠다고 떼어 놓던 발길을 되돌려 내달리기 시작했다. 마음을 고쳐먹자 어디서 그런 힘이 생기는지 모르게 걸음이 빨라졌다. 그들과 헤어져 온지가 얼마 되지 않았음에도 무척 길게만 느껴진다. 그 시간에 혹시 그들이 어떻게 되지나 않았는지 하는 마음 때문이었다. 급히 석현이 누워 있는 곳에 와보니 석현은 아직도 세상모르고 깨어나지 않고 있었다. 그런 석현을 보는 순간 셋 중에 누가 먼저 죽을지 모른다는 위기감을 느꼈다. 그러자 그의 머리에는 어떤 일이 있어도 두 사람을 살려야 한다는 일념 외에는 아무런 생각이 나지를 않는다. 뜨거운 사막에서 지친 몸으로 자신을 기다리고 있을 박기남이 떠올랐다. 그는 반 미친 사람이 되었다. 그는 석현을 메고 오면서 쉴 때마다 표시를 해 놓았었다. 한 시간여를 걸어 왔지만 그리 먼 거리는 아니었다. 석현의 무게와 떨어진 힘 때문에 쉬엄쉬엄 왔던 것이다. 박기남이 있는 곳과는 그리 멀지 않은 거리였다. 사막을 걷는 것이지만 석현을 내려놓고 걸으니 지쳤다고는 해도 한결 몸이 가볍기만 하다. 박기남은 기운이 없어 걷기가 힘들 뿐이지 남석현처럼 정신을 놓은 상태는 아니었다. 정민이 부지런히 걸으니 30분 정도 되어 박기남이 있는 곳에 당도할 수 있었다. 박기남이 힘든 몸을 이끌고 조금씩 기어 온 것 같았다. 그의 얼굴엔 땀과 모래로 범벅이 되어 처참한 형상이었다. 그러나 정민의 모습 또한 박기남과 다를 바 없는 모습이다. 정민은 자신의 모습을 볼 수가 없어 그렇지 박기남이 하고 있는 형상보다 더 하면 더했지 조금도 다를 바 없다는 것을 모르고 있었다. 두 사람은 서로의 모습을 보며 놀라고 있는 것이었다. 그 두 사람의 모습은 이미 사람의 모습이 아니었다. 정민은 박기남의 모습을 보면서 자신 때문에 두 동료를 죽일 수 없다는 책임감과 자신은 그들을 살리고 죽으면 여한이 없다는 두 마음이 복합된 얼굴이었다. 즉 두 사람은 어떻게든 살리고 자신은 죽어도 좋다는 비장함이 서려 있는 모습이었다. 그런 정민을 보며 박기남의 얼굴에 감동이 피어나고 있었다. 사람의 마음은 간사한 것이라고 늘 생각했던 박기남이었다. 자신이 아무리 잘못을 했다 해도 위기에 닥치면 자신의 잘못은 덮고 빠져 나가고 싶어 하는 것이 인간의 본능이라 생각했다. 그러나 자신의 생각과는 달리 전혀 다른 인간을 보고 있으려니 감동이 되는 것이다. 마치 정민의 모습이 거룩하게까지 보이는 것이었다. 그런 마음이 들자 그는 어디에서 힘이 나는지 벌떡 일어섰다. "백대리님, 나 걸을 수 있습니다. 백대리님의 모습을 보며 감동을 받으니 어디서 나오는지 힘이 불끈 솟아 이렇게 일어설 수 있게 되네요."

"박기사님, 무리하지 마세요. 그만하기 다행입니다만 저를 잡고 걸으십시오."

정민은 잘 안다. 박기남이 그리 오래 걷지 못한다는 것을, 지금은 어떤 감동으로 기운을 내고 있지만 원천적으로 에너지가 몸속에 남아 있지 않은데 걸어야 얼마나 걷겠는가. 거기에 사정없이 따가운 햇볕은 내려 쬐이고 햇볕으로 달궈진 지열(地熱)마저 올라와 숨조차 쉬기 힘들다. 삼백 미터나 왔을까, 박기남이 무릎을 꿇는다. 정민이 그를 일으켜 어깨에 둘러멨다. 지금은 부축해 가는 것보다는 메고 가는 것이 힘이 덜 들기 때문이었다. 그렇다고 정민이 힘이 남아돌아 메고 가는 것은 아니었다. 그 힘은 그들을 끝까지 책임을 져야 된다는 사명감에서 나온 자신도 모르는 초인적인 힘인 것이다. 한 발짝씩 뗄 때마다 박기남의 무게가 천근만근의 무게로 정민을 짓누르는 것 같다. 지금은 무슨 힘으로 박기남을 메고 가는지 자신도 모를 정도로 제 정신이 아니었다. 다만 그들을 살려야 한다는 정신만이 그를 지배하고 있었다. 남석현을 메고 올 때는 한 시간 정도의 시간이 박기남을 메고 오면서는 거의 한 시간 반을 소비했다. 사막의 지평선 너머로 해가 지면서 한낮의 뜨거웠던 열기도 차츰 식어가고 있는 것 같았다.

"백대리님, 이 은혜 어떻게 갚아야 될지 모르겠습니다."

"무슨 말씀이세요. 내가 이곳에 오자고 하지 않았다면 이런 일도 없었을 겁니다."

"그렇게 말씀을 하신다면 백대리님이 함께 가자했을 때 내가 싫다고 했으면 되는 것 아니겠어요. 그러나 나는 스스로 선택해 이곳에 온 것입니다. 백대리님은 아무 잘못이 없어요."

"어떻든 상관이 없습니다. 두 사람은 반드시 살아서 돌아가야 합니다. 나는 두 사람을 살려 내야할 의무가 있기 때문입니다."

그렇게 말하는 정민의 얼굴은 비장했다. 또한 그를 바라보는 박기남의 얼굴에서도 정민의 마음에 감동되어 눈물이 볼을 타고 흘러내린다. 이제 사막에도 어둠이 내리고 있었다. 그때였다. 한쪽을 유심히 보고 있던 박기남이 놀란 음성으로 외친다.

"백대리님, 저기 불빛이 비치고 있습니다."

"어디요?"

"제가 손가락으로 가리킨 방향을 보십시오."

과연 박기남이 말하고 있는 방향에서 불빛이 비추고 있었다. 거리도 그리 멀지 않은 것 같았다. 그러나 신중을 기할 필요가 있었다. 사막에서는 낮이나 밤에도 가스를 태우는 불이 흔히 있기에 그것부터 확인할 필요가 있었다. 그러나 가스가 타는 불은 큰 불빛이라 주변이 환했다. 그러나 지금 보이고 있는 불빛은 아주 작은 불빛이었다.

"백대리님, 저 불빛이 있는 곳에 분명히 천막이 있을 것 같습니다. 그렇다면 사람이 있다는 증거이니 우린 살 수가 있는 겁니다."

"그럴 것 같군요. 그럼 서둘러 가야겠는데 박기사님 천천히 걸을 수 있겠어요? 남주임은 내가 책임 질 테니까요."

"걸을 수 있을 것 같습니다. 불빛을 보니 기운이 나는걸요."

말은 그렇게 해도 살아야겠다는 정신 하나로 버티고 있을 뿐 체력은 이미 바닥이 난지 오래였다. 남석현이 있는 지점에 도착했을 때 아직도 석현은 정신을 차리지 못하고 있는 상태였다. 정민은 입에 가득 모래가 들어가 숨조차 쉬기도 힘이 들었다. 그러나 쓰러져 죽는 한이 있어도 두 사람을 안전지대 까지는 어떠한 일이 있어도 데려다 놓아야만 했다.

"박기사님, 우리가 너무 지쳐 있어서 헛것이 보이는 것은 아닌지 모르겠습니다."

"아닙니다. 저 불빛은 사람이 사는 곳이 분명합니다."

이곳에서는 가끔 바다인줄 알고 가보면 모래사막이 나오는 착시현상을 몇 번인가 겪은 적이 있었다. 그런 현상을 자주 보아 왔기에 박기사의 말이 선뜻 믿어지지가 않았다. 그러나 지금으로서는 믿고 안 믿고 할 문제가 아니었다. 죽는 길이라도 갈 수밖에 없는 상황이었기 때문이었다.

“그래요, 박기사님, 속아도 좋으니 마지막 힘을 내기로 합시다.”

정민은 마지막 있는 힘을 다하여 남석현을 메고 박기남과 함께 불빛이 보이는 방향을 보며 무거운 발걸음을 떼어놓기 시작했다. 이미 기력이 쇠진해진 몸이라 천근만근으로 짓눌러 오는 남석현의 무게를 이겨 내기도 힘이 든다. 그러나 살아야 한다는 정신력으로 버티고 있는 것이다. 이젠 그 정신마저 혼미해져 오고 있었다. 그렇게 얼마의 시간이 흘렀는지도 모른다. 도착을 해보니 한쪽엔 사람이 사는 천막이었고 한쪽으로는 양을 치는 우리였다.

“박기사님, 일단 양 우리로 들어갑시다.”

정민의 말이 떨어지기가 무섭게 박기남이 양 우리로 들어가 쓰러진다. 벌써 쓰러질 몸이 정신력으로 버티고 여기까지 오자 긴장이 풀리며 쓰러진 것이다.

정민도 박기남의 뒤를 따라 양 우리로 들어가 석현을 내려놓자 정신을 잃고 그 자리에 쓰러졌다. 그렇게 시간이 흐른 뒤 다음날 아침 제일 먼저 정신이 든 것은 박기남이었다. 눈을 떠 보니 세 사람은 양 우리가 아닌 카펫이 깔린 천막에 나란히 누워 있었다. 박기남이 정신을 차린 후 얼마 있다 남석현이 깨어났다. 둘은 일어나 사방을 둘러 봐도 사람은 보이지 않았다. 천막 안에는 아무 것도 없었고 텔레비전 한 대만 덩그러니 놓여 있을 뿐이었다. 어떻게 된 것인가 의아하여 서로가 얼굴을 마주 보고 있다가 살아 있다는 것에 대한 놀라움에 살을 꼬집어보기도 하며 얼싸안고 눈물을 흘린다. 그러나 정민은 깨어나질 않고 있었다.

"박기사님, 우리가 살아 있군요. 흐흐흑"

"네, 남주임님, 우리가 분명히 살아 있습니다. 흐흐흑흑"

"그런데 백대리님은 왜 안 일어나고 있지요?"

"말도 마세요. 백대리님이 아니었다면 우린 저 사막에다 뼈를 묻었을 거예요."

"무슨 소리에요. 백대리 아니면 우리가 사막에 뼈를 묻었을 거라니요?"

"지금까지 백대리님이 남주임님을 어깨에 메고 여기까지 온 거랍니다. 나 또한 백대리님이 어깨에 메고 왔고요."

"아니, 백대리가 무슨 힘으로 두 사람을 어깨에 메고 온단 말입니까? 말이나 되는 소리를 해야지요."

그러자 박기남은 정민이 어떤 방법으로 자신들을 살렸는지에 대해 자세하게 설명했다. 그때서야 석현은 놀라며 정민이 자신의 목숨을 버리고 남의 목숨을 살리려 했던 희생정신에 고개가 숙여졌다. 사람이란 자신이 어떻게 했던 잘잘못을 떠나 위기에서는 자신의 목숨을 먼저 챙기려는 게 본능이기 때문이다. 석현과 기남은 자신들이 살아 있다는 것이 믿기지 않는지 서로의 몸을 부등 켜 안아본다. 분면 촉감이 있다. 귀신은 육신이 없다지 않던가. 그들이 깨어나고 얼마 후 인기척과 함께 사람이 들어왔다. 그 사람의 손에는 밀로 만든 떡과 잼, 그리고 물이 들려져 있었다. 그들은 며칠을 굶었는지도 모른다. 지금 것 모르고 있던 허기가 몰려왔다. 그걸 눈치라도 챘는지 집주인은 아무 말 없이 음식을 내려놓고 아직도 깨어나지 않고 있는 정민은 걱정 하지 말라는 듯 국제 공통어인 손짓 발짓으로 말하는 것이었다.

그러면서 배가 고플 것이니 어서 먹으라고 손으로 배와 입을 가리키며 나간다. 말이 통하지 않는 사람이지만 마음속에 가지고 있는 인정은 한국 사람이나 이곳 사람이나 같다는 생각을 하며 음식을 맛있게 먹었다. 음식을 먹고 나니 또 다시 잠이 몰려왔다. 기남과 석현은 그 자리에 쓰러져 긴 잠에 빠져 들었다. 다음날 박기남이 일어나니 남석현도 곧 따라 일어났다. 그러나 정민은 어제와 다름없이 꼼짝도 않고 있었다. 그들은 더럭 겁이 난다. 정민이 음식을 먹지 않은지 벌써 5일째가 되어가고 있었다. 기남이 정민의 코에 손을 대보니 숨은 쉬고 있으나 숨결이 고르지 못하고 가래가 끓고 있었다. 또 몸에서는 열이 많이 나고 있었다. 이대로 두면 무슨 일이 일어나고 말 것만 같다.

"남주임님, 우리를 살린 건 백대리님입니다. 우리를 살리고 백대리님이 쓰러진 겁니다. 이대로 두면 백대리님 죽을 것 같습니다. 빨리 서둘러야 할 것 같습니다."

박기남의 말을 알아들었다는 듯 벌떡 일어난 남석현은 집주인에게 급히 갔다. 통하지 않는 말을 하려니 손짓발짓을 하며 정민이 위험하다는 것을 알리는 수밖에 없었다. 집주인은 무슨 말인지 알았다고 고개를 끄덕이더니 차에 정민을 태우라 한다. 박기남과 남석현이 정민을 부축하여 차에 태웠다. 그리고 기남과 석현은 정민의 옆에 앉았다. 집주인은 사막을 빠져나와 먼저 병원으로 향했다. 길게 뚫린 도로로 나오니 석현과 기남은 꿈을 꾸는 것만 같다. 이렇게 살아서 사막을 벗어날 줄은 당시엔 상상할 수도 없는 일이었다. 병원에 도착을 하여 우선 정민을 입원 시켜야 했다. 박기남은 병원에 남고 석현은 집주인의 차를 타고 회사로 향했다. 회사에 들어가니 회사에는 난리가 난 상태였다. 휴일 날 놀러 나간 사람들이 5일이 지났는데도 돌아오지 않고 있으니 평온할리 없었다. 사람을 동원하여 나무 화석이 있다는 사막 주변을 찾았으나 종적을 알 수가 없었다. 그런데 남석현이 나타난 것이다. 남석현은 자초지종을 설명하고 정민이 입원을 하기 위해 병원에 가 있음을 알렸다. 회사에서는 급히 사람을 보내어 입원 수속을 마쳤다. 그러나 정민은 병원에 입원을 하였음에도 여전히 깨어날 줄을 몰랐다. 여러 가지 검사가 진행이 되었다. 병명은 사막에서 탈진 시 기력을 너무 무리하게 소진시킨 것 같다는 것과 너무 많은 모래를 삼켜 폐에 이상이 생겼다는 것이었다. 정민이 병원에 입원한지도 한 달이 넘어가고 있었다. 이제 정민은 귀국 일을 넘기고 있었다. 그러나 그는 아직도 혼미한 상태에서 깨어나지를 않고 있었다. 폐에 물이 차는 폐수종과 함께 합병증이 왔다는 것이었다. 그는 두 사람을 살릴 수만 있다면 자신은 죽어도 상관이 없다는 생각이었기 때문에 가지고 있던 기력을 초인적인 정신으로 소진했던 것이다. 그는 사경을 헤매고 있지만 두 사람을 살렸다는 안도감 때문인지 얼굴은 평온해 보였다. 그는 편안한 마음으로 쉬고 있는 것 같았다. 그가 계속해서 깨어나지를 않자 회사에서는 어떤 결단을 내려야만 했다. 이곳 병원에서는 의술이 부족해 더 이상 할 수 있는 일들이 없다는 결론이었다. 곧 귀국을 서둘렀다. 그는 병상의 침대에서 곧바로 비행기를 탔다. 귀국 즉시 대학병원으로 옮겨졌다. 인재를 아끼는 회사의 정신에 의해 취해진 일이었다. 한국에 돌아 왔으나 가족이 없는 정민은 누나 정희가 보호자였다. 정희가 수련과 공항에서 만날 기회가 있었을 때 별안간 시댁에 초상이 나는 바람에 무산이 된 바 있었다. 만약 그때 만났더라면 정희가 수련에게 연락을 했을 것이다. 그러나 정민이 혼수상태에 있는 상태에서는 수련의 연락처를 알고 있는 사람은 아무도 없었다. 귀국해 대학병원으로 오며 정민의 몸은 차츰 좋아지고 있었다. 하얗던 얼굴이 붉게 변해가고 있었고 현지 병원에 있을 때와는 판이하게 다른 모습이었다. 그러나 여전이 정신은 돌아오지 않고 있었다. 그렇게 귀국한지도 일 년여, 정민은 식물인간과 다름없는 생활을 하고 있었다. 정희는 수련의 소재지를 알고 싶었지만 수련의 소재지를 알 길이 없었다. 정희에겐 수련에 대한 것은 아무 것도 없으니 알릴 방법이 없었고 그녀의 소재를 파악하지 못하고 있는 것만 아쉬워하며 언제 깨어날지도 모르는 동생 정민의 수발을 하는데 최선을 다하고 있을 뿐이었다.

11 흔들리는 마음

한편 귀국일이 지났음에도 정민에게서는 귀국한다는 소식이 전혀 없었다. 귀국 1개월 전에 전화로 소식이 있고는 전혀 연락이 없는 것이다. 형제 중 유일하게 누나가 있다고 하였지만 한 번도 만난 적이 없었고 어디에 살고 있는지도 알 수가 없었다. 수련은 무슨 연락이 오겠지 하며 기다렸으나 한 달, 두 달, 6개월이 지나도 통 연락이 없는 것이었다. 그녀의 마음은 불안해지기 시작했다. 혹 마음이 변한 것은 아닐까, 하는 불길한 생각이 들기도 했다. 효빈이를 볼 때마다 정민에 대한 야속함이 든다. 정민에게 귀국하면 더 큰 기쁨을 주기 위하여 효빈의 존재를 알리지 않고 있었던 것이 어쩌면 자신의 실수였는지도 모른다는 생각이 들었다. 점점 수련의 마음은 타들어가기 시작한다.

"효빈아 미안하다. 아빠가 올 때가 됐는데 왜 안 오는지 모르겠다. 너의 아빠 마음이 변할 사람은 아닌데 말이다."

회사에 찾아 가보면 알 것을 전혀 그런 생각은 하질 못했다. 자신이 호적상 정민의 아내였다면 당연이 그랬을 것이다. 그러나 몇 번 만나지 않은 사이였고 잠정적으로 둘이만 결혼을 하기로 약속한 사이였기 때문에 그런 생각은 아예 하지도 못했던 것이다. 그러다 보니 시간은 흐르고 정민의 귀국 예정일이 일 년이 넘어가고 있었다. 그러자 수옥이 수련을 다그치기 시작했다.

"애, 수련아 정민씨가 네가 좋다면 왜 귀국일이 1년이 넘었는데도 아무 소식 한 장 없이 안 오겠니. 정민씨 오기는 이미 물 건너갔어. 지금 효빈이 몇 살이야. 4살이잖아. 네가 재혼을 하려면 그 애가 더 크기 전에 해야 해."

지금 껏 연락이 없다는 것은 수련이 싫어서 연락을 않고 있다는 것이었다. 그러니 아무소리 말고 정민을 잊고 새로운 상대를 찾는 것이 좋을 것 같다는 것이 수옥이 말하는 요지였다.

"언니, 그 사람 그럴 사람 절대 아냐. 무슨 사정이 있는 걸 거야. 나 그 사람에 대하여 언니가 함부로 말하는 것 싫어."

수옥이 자신을 걱정해서 하는 말은 좋지만 정민에 대하여 그렇게 함부로 말을 하는 것은 싫었다. 짧은 시간이었지만 정민은 수옥이 말하는 것처럼 그렇게 가벼운 사람이 아니었기 때문이다. 그녀는 정민에게 피치 못할 무슨 사정이 있을 것이기 때문에 연락이 없는 것이라 확신을 하고 있었다. 또 한편으로는 집 문제로 수옥이 영우에게 진 빚 때문에 자신을 영우와 맺어 주고 싶어 하는 것을 알고 있었다. 영우에게 빌린 돈은 갚았다 해도 마음에 빚은 영원히 존재할 것이기 때문이다.

영우는 수련이 이천을 떠난 후 수련을 자주 볼 수는 없지만 수옥의 집을 자주 드나들며 수련의 소식은 가끔씩 듣고 있었다. 수옥은 영우가 수련 때문에 아직도 결혼을 하지 않고 있는 것에 대하여 미안한 마음을 가지고 있었다. 아무런 관계가 없다면 별로 신경을 쓰지 않아도 되겠지만 위기의 상황에서 영우의 도움을 받아 평생의 은인으로 생각하고 있는 사람이었다. 그런 영우가 지금도 수련만 바라보고 있으니 애처롭기까지 하다. 하루는 시간을 내어 영우를 만나 당부를 하였다. 수련이 아무리 좋아도 좋아 한다는 내색을 하지 말라는 것이었다. 자꾸 좋다는 내색을 하다보면 수련의 반발만 사게 되니 차라리 모른 체 하면 궁금증을 유발 시킬 수도 있다는 것이었다. 그러면서 자신이 알아서 할 것이니 영우는 가만히 있는 것이 영우에게 유리한 국면을 만드는 것이라 했다. 그날 저녁 피곤하여 힘없는 발걸음으로 퇴근한 수련에게 수옥이 전화를 했다.

"수련아, 넌 도대체 어떻게 할 심산이니? 일 년이 넘었어도 소식 한 장 없는 사람을 한정도 없이 기다릴 거니, 너는 영우씨가 관심이 없다지만 영우씨의 정성을 생각해봐, 그 많은 돈을 들여 우리가 누구라고 집과 과수원을 찾아 주었겠니. 내가 과수원을 찾아 주어서 그러는 것은 아니다. 그 사람 겉으론 볼 데는 별로 없지만 부지런하고 성실한 것은 너도 잘 알잖아, 사람은 겉보다 속이 좋아야 하는 거란다."

"언니, 그 말 이젠 그만하면 안 돼? 내가 전에 아파트 팔아서 언니 집 찾을 돈 주지 않았어. 나보고 더 이상 어쩌라는 거야. 내가 영우씨 싫으니 제발 그만 좀 해."

수련은 수옥의 그런 모습이 싫었다. 언제는 정민이 좋다고 했다가 영우가 돈을 들여 과수원을 찾아 주니 마음이 영우에게로 기운 것이다. 그래서 수련이 수옥의 그런 행동을 막기 위하여 아파트를 팔아서 영우의 돈을 갚게 한 것이었다. 그러나 한번 입은 은혜의 고마움을 쉽게 떨쳐 내기란 그렇게 쉬운 것이 아닌 모양이었다. 수옥의 입장은 수련과는 다른 것 이었다. 수련의 아파트를 팔아서 영우의 돈은 갚았다지만 그 당시의 급박한 상황에서는 영우의 도움이 없었다면 집과 과수원은 벌써 날아갔을 것이었다. 성격상 남에게 받은 은혜는 아는 수옥이었다. 그런 수옥의 성품을 잘 알고 있는 영우로서는 수옥의 그런 점을 잘 이용하고 있었다. 영우가 계획한대로 일이 진행되고 있는 것이다. 그는 침묵으로 일관하고 있지만 무언의 압력 속에 자신이 계획한 일들을 착착 진행하고 있는 것이었다. 영우는 보기와는 달리 치밀한 성격의 소유자였다. 수련은 매일을 눈이 빠지도록 기다렸지만 정민에게서는 아무런 소식이 없었다. 차차 수련의 마음에도 소식 한 장 없는 정민이 야속하고 배신감마저 들기 시작했다. 자신이 순수한 처녀도 아니고 애까지 낳은 여자라 그런가, 하는 마음이 들기도 했다. 그런 생각이 마음속에 자리를 잡으니 걷잡을 수 없는 불신감이 고개를 들기 시작했다. 그렇게 정민에 대한 불신감이 고개를 들고 있을 때 수옥이 전화를 해 그런 마음에 불을 지폈다.

"수련아, 정민씨는 네가 싫은 거야, 네가 좋다면 이렇게 무심할 수는 없다. 귀국한다는 날자가 지난지가 벌써 일 년도 넘었잖니, 올 사람이라면 벌써 왔어."

"언니, 정민씨 내가 처녀가 아니고 애까지 낳은 여자라서 그런 건 아닐까?"

"그런지도 모르지, 눈에서 멀어지면 마음도 멀어진다고 떨어져 2년을 지내다 보니 마음이 달라질 수도 있겠지. 양심은 있으니 연락 않는 게 상책이라 생각한 모양이다."

"언니, 정말 정민씨가 그런 사람이었을까? 그러면 난 어떡하지."

"걱정할 것 뭐 있어, 영우씨가 죽자고 따라다니는데, 영우씨와 결혼하면 되잖아."

"언니는 또 그 소리야. 이젠 듣기도 싫어. 언니 전화 끊을래."

수련은 전화의 수화기를 내려놓고 한참을 고민한다.

수옥에게는 그렇게 말을 했지만 아무리 생각을 해봐도 이해가 되지 않는 부분이 많았다. 분명 일 개월 후에 귀국을 한다 해놓고 이렇게 무심하게 일 년이 넘는 세월을 기다림 속에 허비하고 만 것이다. 귀국해 일 년이면 결혼해 애를 또 낳고 살 수 있는 시간이었다. 늦었지만 정민의 회사를 찾아가 그의 근황을 알아보아야 하는 것이 원칙인데도 부추기는 수옥의 말만 듣고 정민에 대해 괘씸한 생각과 함께 몹시 화가 나 어떤 결론을 내려야 되겠다는 생각을 했다. 이렇게 운명이란 묘한 곳에서 인생을 바꾸어 놓고 있었다.

"그래, 언니의 말이 맞아, 눈에서 멀어지면 마음도 멀어 진다는 말이, 그동안 왜 좋은 여자가 안 생겼겠어, 변한거야."

휴일이면서 날씨는 화사하다. 하는 일 없이 쉬고 있는데 연락도 없이 수옥이 올라왔다.

"아니 아무 연락도 없이 언니가 웬일이유?"

"휴일 날은 방구석에서만 처박혀 있지만 말고 어디라도 놀러 라도 다녀오라고 왔어."

"청승맞게 혼자 무슨 재미로 놀러 다녀."

"영우씨가 함께 왔어, 내가 함께 가자고 부추겼지. 내가 효빈이를 봐 줄 테니 느긋하게 놀다와."

"언니, 미쳤어?"

"말은 그렇게 해도 싫지는 않은 얼굴인데. 호호호"

"그럼 영우씨가 밖에 있단 말이야?"

"그래, 네가 혼자 청승 떨고 있는 것 같아 그랬어."

수련이 수옥과 함께 집 앞으로 나가니 영우가 차를 가지고 와 있었다. 모두 함께 놀러 가자고 수옥이 부추긴 것이다. 그러나 수옥의 마음은 다른 곳에 있었다. 함께 놀러 간다고 한 것은 영우를 오게 하기 위한 핑계였고 수련과 영우를 만나게 해주려는 속셈이었다. 사실 수옥의 입장에서는 하루라도 빨리 수련을 짝지어 살게 하고 싶었다. 수련이 애비도 없는 어린 조카와 혼자 살고 있는 것을 생각하면 하루라도 빨리 영우와 결혼하기를 바랐다. 아무런 연락도 없는 사람을 무조건 기다릴 수도 없는 노릇이었기 때문이다. 수련이 그냥 처녀도 아니고 아이까지 낳았고 이젠 두 번째 아이까지 둔 입장이었다. 물론 영우는 수련이 두 번째 아이까지 낳은 것은 모르나 영우라면 그걸 안다 해도 이해할 수 있는 사람이라고 생각했다. 그러니 수련의 짝으로서는 영우와 같은 사람이 안성맞춤이라고 생각했다. 기다려도 오지 않는 정민을 기다리는 것보다 수련을 좋아해서 쫓아다니는 영우가 수옥의 보기에는 훨씬 나은 상대였다. 지금 수련의 입장이라면 어디 재취 자리 밖에는 갈만한 곳이 없을 처지였다. 그런데도 영우는 수련의 모든 과거를 알면서도 수련에게 목을 매고 있는 것이다. 수옥은 수련을 불러서 조용히 속삭이듯이 말했다.

"수련아, 이제 정민씨는 오지 않아, 올 사람이며 벌써 왔을 거야, 이젠 영우씨와도 오늘 기회를 놓치면 마지막인줄도 몰라."

"언니"

"수련씨, 오랜만입니다."

"네"

"차에 타시지요?"

"네"

수련이 차에 오르자 천천히 차가 움직이기 시작했다. 영우의 옆에 탄 채 수련은 아무 말이 없었다. 영우 또한 멋쩍은지 아무 말 없이 운전에만 열중하고 있었다. 수련은 영우가 어디로 가는지도 모른다. 그냥 그가 가는대로 따라갈 뿐이었다. 영우가 약 한 시간가량을 달려 도착한 곳은 서해안의 바닷가였다. 마침 서해안 바닷가는 썰물 때여서 물이 빠져 갯벌이 넓게 드러나 있었다. 물이 빠져나간 갯벌에는 통나무들이 여기 저기 널부러져 있었고 그 통나무 위에는 수많은 갈매기 떼들이 떼를 지어 앉아 있었다. 날씨가 추우니 갈매기들도 따뜻한 햇살이 그리운가 보다. 쌀쌀한 날씨에 거무스름한 갯벌이 드러난 바다는 더 삭막해 보이게 마련이다.

"수련씨, 바다에 물이 빠져 갯벌이 삭막해 보이지요?"

"네, 좀 그래 보이네요."

"난 바다의 모습이 사람의 모습과 흡사하다는 생각을 늘 해왔어요. 그래서 오늘 일부러 수련씨를 이곳으로 안내했는지도 모르겠습니다."

"왜죠?"

"바다가 물이 꽉 차 있을 때는 위엄이 있어 보이기도 하고 아름다움과 신비로움을 품고 있기도 합니다. 그러나 물이 빠지고 난 갯벌은 썰렁하고 참 볼품이 없지만 그 볼품없는 갯벌은 수많은 생명을 따뜻하게 품고 있지요. 사람도 옷을 우아하게 입었을 때는 옷이 날개인 것처럼 물이 꽉 찬 바다와 같이 위엄 있어 보이고 아름다워 보이지요. 허나 겉치레를 한 아름다움이나 위엄은 고귀한 생명을 품을 수는 없습니다. 갯벌은 외관상 삭막해서 아름답진 않지만 수많은 생명의 터전을 마련해 주고 있는 거지요. 갯벌이 볼품은 없어도 많은 생명을 품고 있듯 사람도 겉의 아름다움보다는 내면이 더 아름답다면 그보다 행복한 세상은 없을 겁니다. 나는 그런 사랑을 하고 싶은데 왜 다가가기가 그렇게 어렵고 힘든지 모르겠습니다."

영우는 수련에 대한 애틋한 자신의 마음을 우회적으로 말하고 있는 듯 했다. 수련은 영우의 그런 마음을 알 것 같았다. 영우에 대해 연민이 조금씩 꿈틀 거린다. 자신이 뭐라고 긴 시간을 변함없이 지금도 사랑하고 있는가 하는 마음이 들자 귀국 날자가 일 년이란 시간이 지났음에도 연락 한 번 없는 정민보다는 영우가 더 믿음이 가기도 한다. 수련은 이제 정민을 더 이상 기다릴 수 없는 사람이라고 결론을 내릴 수밖에 없었다.

"그 사람은 변한거야, 변하지 않았다면 이렇게 오랜 시간 연락이 없을 수 없잖아, 내가 영우씨와 결혼을 한다 하여도 정민씨는 날 원망 할 수는 없어."

그렇게 마음의 결정을 내리니 수련의 마음은 차라리 편해진다. 자신이 마음을 결정하면 수옥의 마음도 편해질 것이었다. 그동안 언니에게 지어 주었던 무거운 짐을 시원하게 내려놓게 할 수 있는 것이기 때문이었다. 마음에 결정이 이루어지자 수련은 영우에게 자신의 마음을 전하기로 했다. 더 이상 망설일 필요가 없었다.

"영우씨, 나 영우씨와 할 말이 있어요."

"네, 무슨 말씀인지 하세요. 수련씨 말이라면 다 들어 줄 테니까요."

"영우씨에게 고백할 것이 있어요. 제가 서울로 올라온 것은 저에게 피치 못할 사정이 있었기 때문이었어요."

"그 사정이라는 게 뭡니까?"

"사실 그때 전 정민씨의 아이를 임신하고 있었어요. 그 사실을 다른 사람들이 아는 것이 전 두려웠어요."

"그랬군요. 그래서 서울로 올라온 것이었어요. 얼마나 마음 고생을 했으면 그 어려운 결정을 했겠습니까."

"그 아이가 이젠 벌써 4살이 되었어요. 그동안 영우씨에게는 말하지 않았지만 영우씨가 모든 걸 알고 나면 나를 예전처럼 좋아하지 않을 거예요.

"무슨 말씀입니까? 내 마음은 그때나 지금이나 변하지 않았어요. 아이가 있으면 더 좋지요. 수련씨가 나와 결혼 한다면 그 아이 또한 내 아이가 되는 것 아니겠어요."

"그러면 저와 결혼해 주시겠어요?"

"네?"

영우의 작은 눈이 토끼 눈처럼 놀란 모습으로 수련을 보며 감격해 하는 모습이다.

"수련씨, 정말입니까? 이거 꿈은 아니지요."

"영우씨, 죄송해요. 별 것도 아닌 저를 그렇게 사랑해 주시니…."

"무슨 말씀이세요. 난 언젠가 이런 날이 꼭 올 줄 알았어요. 이 못난 나와 결혼해 준다니 감사해요."

영우는 연신 고개를 숙이며 수련에게 감사의 표시를 한다. 수련이 미안할 정도였다. 그동안 영우는 어머니로부터 결혼을 하라는 이야기를 수도 없이 들었다. 영우가 정선에 땅을 조금 사놓자 땅 부자로 소문이 나 여기저기서 중매가 들어 왔다. 하지만 영우의 마음엔 오직 수련만이 자리 잡고 있어 다른 여자가 들어올 자리는 전혀 있을 수 없었다. 그날 기분이 좋아진 영우는 수련과 함께 수옥이 있는 수련의 집으로 향했다. 집에 도착을 하니 마침 저녁 시간이었다. 수옥과 혜영이 막 식사를 하려고 준비 중이었다.

"저녁 안 먹고 온 것 같네, 둘이 나갔으면 어디 멋있는 곳에 가서 저녁이라도 먹고 오지 그랬어. 으이구, 영우씨가 멋대가리가 없나봐."

수옥은 실망한 눈치였다. 당연히 수련과 영우가 잘 됐다면 저녁을 먹고 늦게 들어와야만 한다고 생각했기 때문이었다.

"저녁이 문제가 아니에요. 수련씨가 저와 결혼을 승낙 했어요."

"뭐라고요? 정말이에요?"

"그럼요, 수련씨에게 물어 보세요. 난 딸도 하나 힘 안 들이고 생기기까지 한걸요. 하하하."

"얘~ 수련아 영우씨 말이 맞니?"

"언니, 맞아, 나 영우씨와 결혼하기로 했어."

"아유, 이것아, 잘했다, 잘했어."

영우는 기분 좋게 수옥이 차려준 저녁을 먹고 어머니에게 알려야 한다며 급히 내려가자고 한다. 그러나 수옥은 수련과 결혼에 대하여 상의해야할 일이 있었다.

"미안하지만 영우씨 먼저 내려가도록 해요. 난 수련이와 할 이야기가 좀 있으니까요."

"네, 그러면 전 먼저 내려가겠습니다."

하고 밖으로 나간다. 모두 밖으로 나가 영우를 전송하고 집으로 들어와 저녁상을 치운 후 수옥은 수련과 마주 앉았다.

"수련아, 괜찮은거니?"

"응, 괜찮아."

"쉽지 않은 결정이었을 텐데."

"언니, 내 나이도 이제 적은 나이가 아니잖수, 거기에다 난 또 효빈이 같은 혹도 달려있고, 갈 수 있는 곳은 재취 자리밖에 더 있겠어. 그런 걸 빤히 알면서 총각이면서도 내가 죽도록 좋다는 사람인데, 거기에 내가 고생하지 않을 정도의 능력도 있고 내가 이제와 무얼 망설이겠어. 언니, 나 속물 맞지?"

"아니야, 결혼은 이상도 아니고 현실이야. 언니 살고 있는 것 보고도 모르니? 너의 형부 속 썩이는 것 말도 마라. 허구한 날 술이나 먹고 경마나 해서 재산이나 날리고 엉뚱한 짓이나 안 하고 살면 다행이지. 형부에 비하면 영우씨는 얼마나 성실한 사람인지 모르겠다. 아마 너에겐 잘 할 거다."

"언니, 그동안 걱정해 주어 고마웠어. 나 영우씨와 결혼해 잘살게."

수련은 영우와 결혼을 약속한 후 마음의 안정을 찾아 가기 시작했다. 이렇게 마음이 편할 줄은 몰랐었다. 왜 진즉에 영우와 결혼을 하지 않았을까 하는 후회가 들기도 한다. 그러면서도 마음 한 구석에는 행여 정민에게서 연락이 오지 않을까 하는 생각에 한쪽 구석이 텅 빈 것 같은 느낌이다.

12 영우 모(母)의 반대

수옥보다 일찍 내려온 영우는 우선 이 기쁨을 어머니에게 알려야 했다. 영우는 차에서 내리자마자 들뜬 기분으로 어머니에게 말했다.

"어머니, 저 수련씨와 결혼하게 됐어요."

"그게 뭔 소리여?"

영우의 어머니는 시큰둥한 얼굴로 영우를 보며 별일도 아니란 듯 말했다.

"수련씨가 저와 결혼을 하겠다고 허락을 했단 말입니다."

그러나 영우의 어머니의 얼굴엔 기쁜 표정은 고사하고 아무런 표정도 없는 무덤덤한 모습이었다. 아무런 말이 없던 영우의 어머니는 무거운 표정으로 입을 열었다.

"수련이라는 샥시가 그리도 좋은거여?"

"어머니 난 수련씨 아니면 누구와도 결혼하고 싶지 않아요. 수련씨 아니면 평생 혼자 살거예요."

그러자 영우 어머니는 한숨을 '휴~'하고 쉬고는 영우를 보고 말한다.

"네가 그렇게 말하니 내가 말릴 수 없다만 나는 그 처자와 결혼을 하지 않았으면 좋겠다.”

“어머니 지금 것 아무소리 하지 않으셨잖아요. 그런데 수련씨가 결혼을 승낙하니 이번엔 어머니가 반대를 하시니 그 이유가 뭐예요?”

“나는 배운 것도 없어 무식하지만 보는 것이 있고 듣는 것이 있고 느끼는 것이 있다. 너와 그 처자와는 차이가 너무 난다. 그 처자 내가 듣기로는 서울에서 여자들이 다니는 대학 중제일 좋은 대학을 나왔다고 하더구나. 인물은 또 어떠냐? 너는 그 처자 인물 발뒤꿈치도 쫓아가지 못한다는 것 너도 눈 있으면 알 수 있는 것 아니냐. 네가 그 처자보다 나은 것이 도대체 뭐가 있냐? 배운 것이 많으냐, 아니면 인물이 그 처자보다 반듯하기를 하냐, 하나도 그 처자보다 나은 것이 없는 네가 무엇 때문에 그 처자와 결혼을 하겠다고 욕심을 부리고 있는지 알 수가 없구나. 나는 왠지 불안하기만 하다.”

“어머니 누가 뭐라 해도 수련씨는 저와 결혼할 겁니다. 어머니가 뭐라고 하던 수련씨와 전 꼭 결혼 합니다.”

영우는 수련에게 가까스로 결혼 승낙 받고 들뜬 기분으로 내려와 어머니에게 알렸건만 뜻하지 않은 어머니의 반대에 기분이 좋지 않았지만 수련과의 결혼은 자신이 좋아 하는 것이기에 결혼을 서둘러야겠다고 생각했다. 영우의 마음엔 이미 수련과의 결혼은 이제는 돌이킬 수 없는 일이었다. 영우는 어머니의 생각은 무시한 채 교회 목사와 장로 등과 함께 결혼에 대해 상의 후 결혼식은 교회에서 하기로 하고 결혼 날자를 수련에게 통보했다. 정민에게서는 이렇다 할 연락은 끝내 없이 결혼 날자는 빨리도 닥쳐왔다. 영우의 입장에서는 거추장스러운 예식 따위는 생략한 채 당장이라도 물 한 사발 떠놓고 맞절을 하고 혼례를 올리고 싶었다. 행여 정민이 돌아오면 수련의 마음이 다시 돌아 설 수도 있다는 조바심 때문이었는지도 모른다. 예정대로 결혼식은 교회에서 조촐하게 치러졌다. 교회 목사님의 주례로 교인들의 축복을 받으며 수련과 영우의 결혼식은 무사히 마쳤다. 결혼식을 마치고 수련과 영우는 제주도로 신혼여행을 떠나기 위해 공항으로 출발을 하고 있었다.

13 엇갈린 운명

정희는 무심코 정민의 짐 속에서 나온 음악 테이프를 정민의 침상 머리맡에 있는 카세트에넣고 틀었다. 의사가 어쩌면 환자가 즐겨 듣던 음악을 들으면 더 빨리 의식이 돌아올지도 모른다는 조언이 있었기에 정민의 짐 속에 있던 카세트와 음악 테이프를 정민의 침상 위에 올려놓고 가끔 정민이 즐겨 들었음 직한 음악을 들려주곤 했다. 그날도 정희가 보니 정민이 즐겨 듣던 음악 같아 무심코 카세트에 테이프를 넣고 스윗치를 눌렀다. 그 음악이 정민이 늘 즐겨 듣던 그리그의 솔베이지의 노래였다.

정민은 병원의 침상에서 어딘가에서 아련하게 들려오는 음악을 들으며 꿈을 꾸고 있었다. 그 꿈은 수련이 눈물을 흘리며 강에서 배를 타고 어디론가 떠나는 모습이었다. 눈물이 맺힌 눈에 손을 흔들며 떠나는 수련을 정민은 손을 뻗어 잡으려 했지만 잡을 수가 없다.

그 겨울이 지나
또 봄은 가고 또 봄은 가고

그 여름이 가면 더
세월이 간다, 세월이 간다.
아! 그러나 그대는 내님일세.
내 정성을 다하여 늘 고대하노라.

아! 그 풍성한 복을
참 많이 받고 참 많이 받고
오! 우리 하나님
늘 보호하소서. 늘 보호하소서.
쓸쓸하게 홀로 늘 고대함 그 몇 해인가.
아! 나는 그리워라 널 찾아 가노라 널 찾아 가노라.

솔베이지의 노래가 쓸쓸하게 울려 퍼지고 있었다. 마치 수련과 영우의 결혼이 정민에게는 비극이라도 되듯이 그 슬픈 노랫말에 실려 정민의 뇌 속에도 깊이 전달이 되고 있는 것이었다. 그때 별안간 정민이 소리를 지른다.

"수련씨, 안돼요. 가지 말아요."

"정민씨, 기다리다 못해 난 떠나요. 부디 좋은 사람 만나 행복하세요. 흐흐흑"

수련은 눈물을 흘리며 슬픈 얼굴로 배를 타고 떠나고 있었다.

"앗, 수련씨, 안돼요, 수련씨."

눈에 뭐가 보인다. 그리고 허탈하다. 그의 눈에 보인 것은 병실의 천정이었을 것이다. 일 년이 넘어서야 부스스한 얼굴로 눈물을 흘리며 세상을 다시 보게 된 것이었다. 정민의 얼굴을 닦아 주려고 수건을 빨아 오던 정희는 눈을 뜬 채 눈물을 흘리고 있는 동생 정민을 보고 놀라 눈물을 펑펑 쏟는다.

"정민아, 네가 살아났구나. 네가 살아났어. 난 일 년이 넘도록 깨어나지 않아 네가 영영 못 일어나면 어쩌나 하고 얼마나 걱정을 했다구. 하나님이 무심치는 않으셨구나. 내 동생 장하다. 네가 기어이 일어났구나. 흐흐흐흑"

정희는 정민의 몸에 얼굴을 묻고 울음을 터트린다. 정희에게는 정민이 깨어난 것이 기적과 같은 것이었다. 지난 일 년 간 깨어나지 않는 동생을 보며 얼마나 애간장을 태웠는지 모른다. 병원에서는 모든 것이 정상으로 돌아가고 있다고 말했지만 깨어나지를 않으니 걱정만 쌓이고 있었다. 그러나 정희가 정민에 대한 희망을 가지고 있었던 것은 시기가 문제지 깨어나는 것은 틀림없다는 담당 의사의 확인이 있었기 때문이었다. 깨어나는 시기는 알 수 없지만 빠른 시간 내에 일어날 것인데 정확한 때는 알 수 없다고 한 것이었다. 그래서 오늘인가 내일인가 기다리고 있었는데 꿈과 같이 깨어난 것이다. 정희는 정민의 주치의에게 동생이 깨어난 것을 알렸다. 급히 온 주치의가 정민을 몇 군데 체크를 했다.

"몸이 워낙 건강한 사람이라 살았지 약한 체질이었다면 벌써 죽었을 겁니다. 그리고 본인이 무의식 속에서도 살아야겠다는 강한 의지를 가지고 있었던 것 같습니다."

"정민아, 네가 기어이 이겨 냈구나. 내 동생 장하다. 난 네가 이렇게 영영 깨어나지 않을까봐 얼마나 조바심 속에서 살았는지 모른단다. 흐흐흑"

깨어나긴 했지만 아직도 정신이 맑지 못한 정민은 누나 정희의 말이 무슨 말인지 알 수가 없었다. 분명히 자신은 사막에서 쓰러졌는데 어떻게 누나 정희가 옆에서 울고 있는 건지 영문을 모르고 있는 것이었다.

"누나, 도대체 뭐가 뭔지 아무 것도 모르겠어. 난 사막에서 쓰러졌는데 왜 내가 여기 있으며 나와 함께 쓰러졌던 사람들은 어떻게 된 거야."

"정민아, 너 그러면 하나도 생각나는 게 없단 말이야?"

"무슨 생각이 난단 말이야. 난 사막에서 쓰러졌고 함께 있던 친구들이 있었는데... 그럼 그 친구들은 모두 죽었단 말이야."

그때 마침 귀국해 매일 들리다시피 하는 남석현과 박기남이 늦은 저녁 퇴근하는 길에 들려 정민이 깨어난 것을 알게 되었다. 그들은 정민이 깨어났다는 소리를 정희에게 듣고는 환호하며 축하했다.

"백대리님, 드디어 깨어나셨군요. 너무 반가워요."

남석현과 박기남은 눈물을 흘리며 그동안의 이야기를 들려주었다. 차차 정신이 맑아지며 사막에서의 장면이 하나하나 떠오른다. 몸서리가 쳐졌다. 다시는 그곳에 가고 싶은 마음이 없다. 남석현과 박기남은 매일 찾아오기도 했지만 휴일 날은 병원에 와서 살다시피 했다. 그들은 사선(死線)을 함께 넘은 사이라 그런지 더욱 우정이 돈독해졌음을 느끼고 있었다.

"남주임과 박기사님께 드릴 말씀이 있어요."

"부탁이라니요. 무엇이든지 말씀하세요."

정민은 깨어나기 직전에 꾸었던 꿈이 꺼림칙했다. 자신이 정신을 잃고 쓰러져 일 년이 넘도록 소식을 전하지 못 했으니 혹 수련이 기다리다 못해 실망감에 또 자살을 했는가 하는 불안감이 들었다. 처음 만날 때 수련이 바닷물로 뛰어드는 것을 목격했던 정민으로서는 자신으로 인하여 수련이 전과 같이 일을 또 저지를까 못내 걱정스러웠던 것이다.

"나는 조금 전 막 깨어나 사막의 일이 이렇게 오래 된 일인 줄 몰랐어요. 깨어나 보니 일 년이란 시간이 넘었잖아요. 그동안 나는 죽은 사람이었어요. 누님의 정성과 나를 위하여 걱정해준 사람들의 마음으로 내가 살아난 것 같아요. 그런데 수련 씨가 어떻게 됐는지 모르겠어요. 일 년이 넘도록 소식을 전하지 못했으니 기다리다 지쳐 어떻게 된 것이 아닐 런지 걱정이 됩니다. 한번 알아봐 주시겠습니까?"

정민은 머릿속에 입력된 주소를 가르쳐 주었다. 걱정하지 말라며 박기남과 남석현이 나갔다. 전화번호를 기록해 놓았던 수첩은 정민이 쓰러졌을 때 급히 오느라 어떻게 되었는지 알 수가 없었고 머릿속에 입력이 되었던 전화번호를 기억하려 했지만 이미 지워졌는지 기억이 또렷하게 떠오르질 않았다. 그래서 흐릿한 기억이지만 주소는 대략 맞을 것 같아 가르쳐 준 것이다. 휴일이 되자 기남과 석현은 함께 만나 수련의 소식을 알기 위해 이천으로 내려갔다. 수옥의 집을 찾는 것은 그리 어려운 일이 아니었다. 도심에서 떨어진 과수원이었기 때문이었다. 대문에 초인종을 누르니 고등학생 정도의 여자 아이가 나온다.

"누구세요?"

"설수련씨를 만나러 왔는데 혹시 여기 살고 있나요."

"네, 맞아요, 저의 이몬데요. 며칠 전에 결혼해 신혼여행 갔는데 돌아 왔는지는 모르겠어요."

"결혼해 신혼여행?"

“엄마가 집에 계시니 우리 엄마에게 물어 보세요.”

하고는 아이가 안으로 들어간 후 조금 서 있으려니 수옥이 나왔다.

“처음 뵙는 분들인데 우리 수련이를 찾으신다고요. 수련이는 제 동생인데 무슨 일이시죠?”

“네, 저희들은 백정민 대리님의 부탁으로 설수련씨를 만나러 왔습니다. ”

“백정민씨요? 아니 귀국한다 해놓고 일 년이 넘도록 소식 한번 없더니 웬일로 모르는 분들이 오셨어요.”

“백정민 대리님은 사우디아라비아에서 귀국 한 달을 남기고 수련씨에게 줄 선물을 구하러 갔다가 사고로 인하여 일 년이 넘도록 식물인간으로 있다가 깨어 난지 겨우 3일이 지났습니다.”

“네? 뭐라고요? 사고로 식물인간이 됐었다고요? 그런 일이 있었어요? 이게 웬일이람.”

“조금 전 학생이 그러는데 설수련씨가 결혼을 했다고 하는데 무슨 말씀인지요? 자세하게 말씀해 주십시오.”

“죄송해요, 수련이는 며칠 전 결혼을 했어요. 일 년이 넘도록 기다렸으나 소식이 없으니 할 수 없이 내가 억지로 결혼을 시킨 거지요. 들어오셔서 차 한 잔 하시며 자세한 이야기 좀 들려주십시오.”

기남과 석현은 수련이 결혼을 했다는 말에 망연자실 할 수밖에 없었다. 수옥 또한 마찬가지일 수밖에 없는 처지였다. 정민이 1년이 넘는 동안을 사경을 헤매고 있었을 줄은 꿈에도 몰랐다. 정민은 수련에게는 생명의 은인이고 수련이 영우에게 시집을 갔더라도 수련은 아직도 정민을 사랑하는 것은 틀림없는 사실이었다. 공연히 영우에게 진 신세 때문에 수련을 부추긴 자신이 부끄럽기만 하다. 그러나 어쩌랴 이제는 모든 것이 엎질러진 물인걸, 기남과 석현은 자신들이 정민과 함께 겪었던 생과 사의 지옥과 같았던 사막의 일들을 생생하게 들려주었다. 본인들이 겪은 일을 직접 들려주니 더 감동적이었고 동료들을 살리기 위해 자신을 던진 정민에 대하여 고개 숙여지며 존경하는 마음과 미안함이 겹쳐왔다. 수련을 구할 때도 마찬가지였다. 자신의 위험을 무릅쓰고 그 험한 바닷물에 뛰어 들어 남의 생명을 구할 사람이 흔치 않은 세상이다. 수옥은 어쩌면 그때 일은 우연이라고 생각 했었는데 지금 사막의 일을 생생하게 듣고 보니 정민의 살신성인(殺身成仁)의 마음에 고개가 절로 숙여지는 것이었다. 기남과 석현은 수옥에게 수련이 일 년이 넘도록 정민을 기다렸던 이야기를 듣고 안타까운 마음으로 수옥의 집을 나올 수밖에 없었다. 그들은 정민에게 이 일을 어떻게 전할까 고민을 했지만 결국은 실망이야 되겠지만 솔직한 말을 전해야 한다는 결론을 내렸다. 기남과 석현은 수옥을 만나고 온 이야기를 정민에게 그대로 들려주었다. 가만히 듣고 있던 정민은 한숨과 같은 긴 탄식이 흘러 나왔다.

"신이여! 운명이라 해도 너무 잔인합니다. 이제 난 어디로 가야합니까?"

정민은 그 말을 뱉고는 눈물만 흘리며 더 이상 아무 말이 없었다. 그리고 그는 병실 창밖을 우두커니 바라보고만 있었다. 기남과 석현은 그런 정민을 보며 살며시 병실을 빠져 나왔다. 정민은 아무리 생각을 해봐도 이건 운명이라는 생각밖엔 들지 않았다. 수련이 바닷물로 뛰어든걸 보고 구한 것은 분명 운명적이었다. 어떻게 그 많은 차량이 지나가면서 눈에 띈 건 정민뿐이었으니 말이다. 또한 결혼을 약속하고 그녀와 열흘간을 함께 보내고 사우디아라비아에 2년이란 세월을 보내면서 그녀는 자신의 사람이라고 확신을 했었다. 그러나 귀국을 앞두고 수련을 기쁘게 해주기 위하여 구하러간 나무화석 때문에 이런 사고가 난 것은 운명이 아니라면 일어나서는 안 될 사건이었다.

"하나님, 너무 잔인하십니다. 왜 수련씨를 저에게 보내 주시고 또 빼앗아 가셨는지요. 원망스럽습니다."

미칠 것 같은 마음이었지만 사람의 힘으로는 안 되는 일이라 생각하며 마음을 진정시켜 보려 애를 쓴다. 그리고 허허롭게 웃을 수밖에 없었다. 이건 누가 싫어서 배신을 하고 배신을 당한 것도 아니기 때문이었다.

"그래, 내가 사막에서 남석현과 박기남을 살리고자 할 때 그때 이미 나는 두 사람의 목숨과 수련을 바꾼 것이다. 이제 두 사람을 살렸으니 하나님께서는 두 사람의 목숨과 수련을 맞바꾸고 보너스로 내 목숨까지 살려 주셨으니 이보다 더 감사할 일이 어디 있겠는가."

정민이 이렇게 마음을 먹으니 한결 마음에 위안이 된다. 이제는 빨리 병원에서 훌훌 털고 일어나 건강을 되찾는 것이 급선무라는 생각이었다.

"수련씨, 운명은 또 다시 당신과 나를 갈라놓고 말았어요. 부디 행복하게 잘 살길 바랄 뿐입니다."

14 재회

요즈음 회사의 일이 눈코 뜰 새 없이 바쁘게 돌아가고 있었다. 아침에 일어나면 밤늦게까지 거래처를 돌고 파김치가 되어 집으로 돌아오는 날의 연속이었다. 정민이 병원을 퇴원해 건강을 회복한 후 다니던 건설회사를 퇴사하고 개인 회사를 차린 지도 13년이 되어가고 있었다. 아침에 일찍 출근을 하니 직원이 전화가 왔다고 한다. 수화기를 들으니 여자의 음성이다.

"백정민입니다."

"백정민씨 맞죠?"

"네, 맞습니다만 누구시죠?"

"혹시 설수련이라는 사람을 지금도 기억하고 있는지요."

"네, 기억하고 있습니다. 지금도 생생하게 기억하고 있지요."

"13년이 지났는데도 아직도 기억하고 계신단 말입니까?"

"그래요, 내 인생에서 지울 수 없는 사람이니까요."

"그렇게도 잊지 못할 사람입니까?"

"그녀와 나는 결혼을 약속했던 사이였지요. 그러나 운명은 얄궂게도 우리를 갈라놓고 말았어요."

"그랬군요. 가슴 아픈 일이었군요."

"그런데 이런 이야기를 묻고 있는 분은 누구십니까? 설수련씨를 아십니까?"

"?"

"그럼 혹시 설수련씨인가요? 수련씨 맞죠?"

"네, 그래요. 수련이에요. 죄송합니다. 그동안 죄송하다는 전화를 하려고 수화기를 몇 번인가 들었다가 못하고 오늘에야 용기를 내어 전화를 드리는 겁니다. 그런 사건이 있어 병원에 일 년 넘게 식물인간으로 있었다는 걸 나중에야 언니에게 들어 알게 되었습니다. 지금까지 언니는 나에게 정민씨가 그런 사건으로 인하여 못 왔다는 사실을 철저하게 숨겨 왔으니까요. 만약 정민씨가 그런 일로 못 왔다는 것을 알았다면 난 모든 것을 버리고 정민씨에게 갔을 겁니다."

"이제 와 그런 일들이 무슨 소용이 있겠습니까. 모두 지나간 일인걸요."

"정민씨는 나에게 평생 잊지 못할 선물을 주신 분입니다. 앞으로도 죽기 전에는 잊지 못할 겁니다."

"그러고 보면 난 수련씨에게 아픔만 준 것 같군요. 모든 것은 지나간 과거일 뿐인걸요. 이젠 모두 잊으십시오."

수련은 영우와 결혼을 해 살고 있지만 영우와의 사이에 아이가 없었다. 그래서 영우는 효빈을 자신의 친 딸 이상으로 사랑했다. 영우는 결혼을 하자 곧 바로 효빈을 자신의 호적에 친딸로 입적을 시키고 싶었으나 수련이 반대를 했다. 언젠가 정민이 나타나면 효빈에게 친 아버지를 찾아 주어야 했기 때문이었다. 수련은 효빈을 볼 때마다 정민의 모습을 떠올리지 않을 수 없었다. 분명 그는 어떤 피치 못할 사정이 있어 자신을 찾아오지 못한 것이라고 수련은 믿고 싶었다. 그러던 차에 수옥에게 정민의 소식을 듣게 되었다. 수옥이 생각하기에는 수련의 나이도 40을 넘겼으니 그 나이에 정민이 살아 있다한들 무슨 일이 있겠는가 한 것 같았다. 그러나 수련은 수옥이 정민에 대하여 들려준 이야기는 충격적이었다. 그런 줄도 모르고 자신은 죽어가고 있던 정민을 버리고 결혼을 하여 까마득하게 잊고 살았다니 큰 충격이 아닐 수 없었던 것이다. 그녀는 이미 늦은 줄은 알지만 그길로 정민의 연락처를 알아내기 위해 정민이 전에 다니던 건설회사로 찾아 갔다. 그러나 정민은 오래 전에 회사를 그만 두었다는 것이었다. 그 소리를 듣고 실망하여 막 나오려는데 한 사람이 자리에서 일어나 수련에게 물었다.

"혹시 백정민씨를 찾으세요?"

"네, 그렇습니다."

"백정민씨는 제가 모시던 분인데 지금은 회사를 퇴직하고 오래 전에 개인회사를 창업하셨습니다. 제가 연락처를 알려 드리지요."

하며 정민의 회사 전화번호를 알려 준다. 수련은 그길로 내려와 몇 번인가 수화기를 들었지만 죄지은 것 같은 마음이 전화를 하도록 허락치를 않았다.

"정민씨, 제가 3일 후에 서울에 갈 일이 있어요. 서울에 가서 얼굴이라도 한번 보고 싶습니다. 가능 할 런지요."

"그러면 동대문에 오셔서 전화를 주십시오."

"네, 감사합니다."

3일 후 오후였다. 점심시간이 이미 지난 시간인데 전화의 벨이 울린다. 직원이 전화를 받아서 정민에게 건넨다.

"설수련씨라고 하는데요."

"전화 바꿨습니다."

"저 설수련이예요. 어디에서 기다릴까요."

"동대문 옆에 작은 호텔이 있어요. 호텔 커피숍에서 기다리세요. 내가 바로 나갈게요."

정민은 왠지 모르지만 가슴이 설렌다. 사우디아라비아로 떠날 때 헤어지고 10년이 훨씬 넘어서 보게 되는 얼굴이다. 어떻게 변했을까? 지금은 어디에서 살고 있을까? 여러 가지 궁금한 것들이 많았지만 남의 여자인데 그런 건 알아서 무얼 해 하는 마음도 들었다. 1층 커피숍에 들어가 한 바퀴 둘러보니 핑크색 쉐터와 치마를 입은 여자가 안쪽에 앉아 있었다. 수련이었다. 모습은 예전과 전혀 다르지 않았지만 시골 아줌마 같은 분위기가 풍기는 모습이 분명 수련이었다. 정민이 수련을 향해 가자 수련이 알아보고 일어나 인사를 한다.

"안녕하셨어요. 오랜만이에요."

정민이 손을 내밀며 악수를 청하자 수련도 손을 내민다.

"정말 오랜만이네요."

"정민씨도 많이 변하신 것 같아요."

수련이 정민을 보며 많이 변했다고 한다.

"저야 제 모습 매일 보니 변한 줄은 잘 모르겠어요. 변한 것 같아요? 허허허"

"나이가 들으니 중후한 멋이 있어요. 더 멋져 보이는걸요. 호호호"

"감사합니다."

"변한건 제가 더 많이 변했을 거예요. 제가 보기에도 많이 늙은걸요."

그녀의 말대로 수련은 외모에 많은 변화가 있었다. 얼굴이 늙은 것은 아닌데 화장기 없는 모습에서 도회지에서 사는 여자와는 전혀 다른 모습이었다.

"전 강원도 정선에 살아요. 오늘 고속버스로 언니 집에 다니러 오다가 정민씨나 한번 보고 가려고 이렇게 만나자고 한 거예요."

"그랬었군요. 그럼 아직 식사도 못했겠는데요."

"아니에요. 식사는 하지 않아도 배가 고프지 않아요."

"그러지 말고 식사하러 가기로 해요."

정민은 그녀를 근처에 있는 식당으로 안내를 했다. 정민은 좀 전에 식사를 했기에 식욕이 땡기지 않았으나 여자 혼자 밥을 시켜 놓고 먹으라 하기에는 부끄러워 할 것 같아 함께 2인분을 시켰다. 밥을 먹으며 밝은데서 수련의 얼굴을 보니 얼굴에 약간의 멍 자국이 있었다. 처음엔 모른 척 하려 했으나 모습에서 초췌함이 보였다. 그래서 정민은 묻지 않으려던 것을 물을 수밖에 없었다.

"수련씨, 오늘 상당히 초췌해 보이는 것 알고 있어요? 혹시 무슨 일이라도 있어요?"

"아니에요. 아무 일도 없어요."

"그런데 내 눈엔 왜 그렇게 보일까요."

그러자 수련이 눈을 밑으로 내리며 눈물을 흘린다. 수련이 눈물을 흘리자 정민은 당황할 수밖에 없었다.

"수련씨, 무슨 일이 있어요. 무슨 일인지 말해 봐요."

수련은 한숨을 쉬더니 그동안의 이야기를 시작했다. 결혼을 한 후 영우의 부동산은 확장을 하여 성업 중이었다. 원래부터 수완이 좋았던 영우의 사업은 날로 번창을 하였다. 돈줄이 튼튼했던 영우를 따라잡을 업자는 그리 많지 않았다. 말 그대로 영우의 사업은 무풍지대와 같았다. 그러나 문제는 영우에게 있었다. 수련과 결혼 후 신앙심도 더 돈독해진 영우는 직원들에게 점포를 맡기고 교회 사업에 더 열중을 하게 되었다. 그러던 어느 날 교회에서 집으로 온 영우는 수련과 상의할 일이 있다는 것이었다. 마주 앉은 영우는 상의랄 것도 없이 정선으로 이사를 해야겠다는 것이었다. 전에 사 놓았던 정선 임계면에 사 놓은 땅으로 이사를 간다는 것이다. 이미 부동산과 모든 것은 정리가 끝났고 바로 이사만 하면 되는 단계라는 것이었다. 정리하고 이사를 하게 되면서도 무엇 하나 수련과 상의 한마디 한 적이 없었다. 수련이 그렇게 도망을 하는 것처럼 이사를 하는 이유가 무엇이냐고 물으니 세상의 종말이 곧 오는데 상의할 시간이 없다는 것이었다. 산속에 들어가 오염이 되지 않은 것들로 직접 농사를 지어 먹고 세상과는 단절하며 살아야 한다는 것이었다. 상의를 하면 무조건 안 간다고 할 것은 빤한 일이기에 혼자서 모든 것을 결정할 수밖에 없었고 교회 장로 한 가족과 집사들 가족 몇 가구가 함께 가기로 했다는 것이다. 수련은 기가 막혔다.

"당신이 진정한 신앙을 가진 사람이라면 당신들만 살기 위해 산속으로 피신 한다는 것이 온당한 것이라고 생각하나요? 아무리 세상이 타락을 했어도 그 속에 의인은 있게 마련이에요. 당신이 올바른 신앙을 가진 사람이라면 그렇게 하면 안 됩니다. 노아는 홍수가 나기 전에 죄인들을 구원하기 위해 죄인들 속에서 130년간을 회개하라고 외쳤어요. 그런데 당신은 뭐에요. 당신들만 살겠다고 산속으로 숨어드는 것은 자신들만 살겠다는 이기적인 얄팍한 신앙이 아닙니까? 난 그런 당신들 절대로 구원 받지 못할 것이라 확신합니다."

수련이 아무리 말려도 영우의 귀에는 들리지 않는 모양이었다. 모든 일은 정해졌고 떠나기만 하면 되는 상태에서 수련이 아무리 떠들고 안 간다 하여도 갈 수밖에 없는 상황이 조성되어 있었다. 약국은 성업 중이었기에 급하게 내놓으니 작자가 바로 나타났다. 나머지 일들은 수옥에게 부탁하고 일단 영우를 따라 이사를 하기로 한 것이다. 효빈은 초등학교 6학년이었다. 효빈도 산골 학교로 전학을 해야만 했다. 그렇게 낯선 땅 정선 임계로 가서 수련은 적응을 하려 노력을 했지만 잘 되질 않았다. 밤이면 온 사방이 어두음뿐이었고 이 분위기에서 빠져 나갈 틈이라고는 바늘구멍만한 틈새도 보이지 않았다. 거기에 영우는 세상과는 완전히 등져야 한다며 신문은 볼 수도 없었으며 텔레비전은 아예 없애 버렸다. 완전히 세상과는 격리된 상태가 되었다. 당장 이곳을 탈출해 떠나고 싶지만 마음뿐이었다. 마을이 분지처럼 산으로 둘려져 있어 밤이면 하늘에 빼곡하게 들어찬 별들만 보일 뿐이었다. 이곳엔 집들이 모두 재래식으로 지어져 있어 그 흔한 가스라든가 석유와 같은 연료는 없었다. 그래서 낮이면 산에 가서 나무를 해다 때야만 했다. 이곳에서는 마을의 오염을 막기 위해 화석연료와 같은 것들은 쓰지를 않았고 여자들이 산에 가서 나무를 해다가 때야만 했다. 산에는 죽은 나무가 지천으로 널려 있어 나무를 하는 것은 그리 어려운 일은 아니었다. 다만 운반이 힘들었다. 간신히 힘들여 가져 오면 영우가 톱으로 자르고 도끼로 나무를 패서 장작을 만들어 잘 마르도록 쌓아 놓으면 갔다 때기만 하면 되었다. 그러나 여자의 몸으로 나무를 한다는 것 자체가 매우 힘든 일이었다. 나무를 하다가 행여 뱀을 만나면 놀라서 다시는 산에 나무를 하러 다니기가 싫었다. 산에서의 어둠은 도시보다 더 빨리 찾아든다. 수련이 사는 마을에도 해가 지기 무섭게 어둠이 찾아 든다. 저녁을 짓느라 아궁이에 불을 때며 밖을 보면 칠흑 같은 어두움뿐이다. 사방은 온통 산으로 둘려 있어 뚫린 건 하늘뿐이다. 밤하늘엔 별들이 총총히 서려 아름다워 보이지만 이곳 생활이 불만족스러운 수련으로서는 하루라도 빨리 이곳을 벗어나고 싶은 마음뿐이었다. 아궁이의 불빛에 비치는 수련의 얼굴은 부스스하게 부어 있고 곳곳에 멍 자국이 나 있었다. 오늘 영우와 한바탕 다투다가 처음으로 영우에게 구타를 당한 것이었다. 이유는 수련이 이곳에선 도저히 살 수가 없으니 다시 도회지로 나가자고 했기 때문이었다.

"여보, 난 정말 여기가 싫거든요. 제발 다시 생각해봐요."

"안 된다고 했잖아, 이곳이 얼마나 좋아. 공기 맑고 공해 없고, 이렇게 좋은 곳이 왜 싫다는 거야."

"그렇게 좋으면 당신 혼자 여기서 살아요. 난 효빈이와 여길 떠날테니까."

"내가 나 혼자 잘살려고 여기 온줄 알아? 우리 식구 모두가 구원 받고 하늘나라에 가서 영원히 살고 싶어 그런 거라구."

"당신이나 구원 많이 받고 하늘나라에 가서 실컷 살아요."

그러자 화가 난 영우는 장작개비를 집어 들어 수련을 사정

없이 때리기 시작했다. 매를 맞으니 악에 바친 수련이 말대꾸를 하다 흠씬 매를 더 맞는다. 영우에게 손찌검까지 당하고 부터는 이곳이 더 싫어졌다. 어떻게 하면 이 지옥 같은 곳을 벗어날 수 있을까 기회만 있으면 연구하게 되었다. 이곳에서는 임계면까지 나가는 차도 없지만 걸어서 나가려 해도 한 시간 이상은 족히 걸리는 거리였다. 또 임계까지 나간다 해도 임계에서 강릉이나 정선까지 가는 버스가 많지 않았다. 거리상으로 본다면 임계에서 강릉이나 정선은 비슷했지만 교통은 강릉이 훨씬 편리했다. 그러나 그 거리가 원체 멀어서 이곳 지형을 잘 모르는 수련으로서는 감히 엄두도 낼 수가 없었다. 어떻게 할까를 결정하지 못하고 있을 때 머릿속에 떠오른 것이 정민이었다. 수옥에게 정민의 이야기를 듣고 난 이후 정민이 전에 다녔던 회사로 찾아가 연락처를 알아내어 몇 번인가 전화를 하려 했었다. 그러나 끝까지 기다리지 못하고 정민을 떠난 것이 미안해 수화기를 들었다 놓기를 수없이 반복했던 수련이었다. 그러나 정민이 너무 보고 싶고 목소리만이라도 듣고 싶었다. 그래서 전화를 했더니 마침 직원이 정민을 바꾸어 주는 것이었다. 그녀는 정민과 통화가 이루어진 김에 한번쯤 만나보고 싶은 욕심이 생겼다. 마침 수옥과 만날 일이 있어 한번은 이천에 와야 했기에 핑계 김에 정민과 만날 요량으로 영우에게 맞아서 몸에 난 멍 자국의 부끄러움도 잊은 채 정민을 만난 것이었다. 영우에게는 수옥에게 다녀온다는 핑계를 댔다.

그 이야기를 듣는 정민은 괴롭기만 하다. 그때 나무화석을 주우러 가지만 안았더라면 상황은 완전히 달라져 있을 것이란 생각을 하니 마음이 더 아픈 것이다.

"정민씨, 결혼은 했어요?"

"네?"

"그럼 아직도……"

"그래요. 아직…."

그렇게 대답을 하는 정민의 음성에 힘이 실려 있지 않았다. 사실 그때까지도 정민은 결혼을 하지 않고 독신으로 혼자 살고 있었다. 그는 여자에게 실망을 하여 독신으로 살겠다고 결심을 한지 오래였다. 첫 번째 결혼 실패 후 수련과는 정말로 행복 하고 싶었다. 수련이 물에 뛰어들어 죽으려 할 때 위험을 무릅쓰고 함께 물에 뛰어들어 살리고부터 그녀는 자신과의 만남이 운명적이며 필연적인 만남이라 생각했다. 그러나 운명은 그것마저 비껴가고 만 것이다. 신이 자신에겐 짝을 주지 않았다고 단정했다. 그는 여자에겐 아무런 관심을 갖지 않은 채 일에만 몰두했다. 이미 자신은 사막에서 죽은 몸이었다. 지금 살고 있는 것은 신이 자신에게 보너스로 준 삶이라고 생각했다. 모든 것을 잊기 위해 일을 하며 불우한 사람들과 가깝게 지냈다. 그들을 도우며 사는 게 유일한 기쁨이고 행복이었다. 그러던 차에 수련에게서 전화가 왔던 것이다. 그는 한편으론 반갑기도 했지만 한편으로는 두렵기도 했다. 두려운 것은 수련을 만남으로 전과 같은 뜨거운 사랑이 되살아날 것 같아서였다. 수련 또한 정민이 아직도 결혼 전이라는데 대하여 충격을 받은 것 같았다. 그녀는 서둘러 일어섰다.

"전 이만 가야 되겠어요."

수련이 이천의 수옥에게 가겠다며 일어선다. 정민은 일어서는 수련을 잡을 수가 없다. 그는 이미 남의 아내이기 때문이었다.

“정민씨 아직도 결혼을 하지 않고 혼자 산다니 안타깝네요. 제가 뭐라고... 빨리 좋은 소식이 있기 바랍니다.”

“걱정해 주셔서 감사합니다. 안녕히 가십시오.”

정민은 떠나는 수련을 보며 왜 그리 마음이 허전한지 모른다. 힘이 빠지고 어디 한군데가 뻥 뚫려버린 것 같았다. 그녀는 강남터미널에 가서 고속버스를 타고 이천으로 간다며 동대문 지하철역으로 내려간다. 정민은 함께 내려가 지하철 표를 끊어 주기 위해 내려갔다. 그녀는 혼자 가도 된다며 극구 말렸지만 이대로 표도 끊어 주지 않고 그냥 보내면 평생 후회할 것 같아서였다. 그는 앞장서서 내려가 지하철 표를 끊어 주었다.

“잘 다녀가십시오.”

“감사했어요. 안녕히 계세요.”

그녀는 손을 흔들며 개찰구를 빠져나가 총총히 계단으로 사라진다. 정민은 그녀의 모습이 시야에서 사라지자 발길을 돌렸다. 그녀가 떠난 후 돌아서 오는 발걸음은 무거웠고 가슴이 허전했다. 수많은 사람들이 바쁘게 오고 가는데 혼자만이 고독을 뼈저리게 느끼고 있었다. 군중 속의 고독이 어떤 것인지 오늘에야 비로소 몸으로서 느끼고 있었다. 그날 퇴근해 집에 와서도 잠을 이룰 수가 없었다. 뒤척이다 새벽녘에야 잠이 든 모양이었다. 깜빡하는 바람에 늦잠을 잔 것이다. 부랴부랴 씻고 아침은 생략한 채 회사에 나가니 어느 여자에게서 전화가 왔었다고 한다. 아직 출근 전이라 했더니 나중에 전화를 다시 하겠다며 끊었다는 것이었다. 분명 수련이었다고 단정했다. 정민이 아직도 결혼을 하지 않고 혼자 살고 있다하니 수련의 성격상 마음이 아파 그냥 있을 수가 없었을 것이다. 점심때쯤이었다. 전화벨이 울린다. 정민이 수화기를 들으니 수련의 목소리다.

“어제 정민씨가 아직도 결혼을 않고 혼자 살고 있다는 소리를 듣고 큰 충격을 받았어요. 마음이 아파 밤새 울었어요. 모든 것이 내 잘못 때문에 그런 거라 생각이 들었어요. 정말 미안하고 죄송해요.”

“지나간 일인데 이제와 잘잘못을 따지면 무슨 소용이 있어요. 사람에 만남이란 게 연이 닿지 않으면 안 된다는 것을 알았어요. 그게 모두 운명이라는 거죠. 안 될 인연이라면 아무리 발버둥을 쳐도 안 되는 거지요.”

“정민씨, 오늘 가는 길에 한번만 더 만나고 가도 될까요? 오늘 정선으로 돌아가는 길에 한번만 꼭 보고 싶습니다.”

“수련씨의 마음이 시키는 대로 하십시오.”

“가는 길에 근처에 가서 전화 드리겠습니다.”

전화를 끊고 정민은 고민을 해본다. 이미 자신을 버리고 떠난 사람을 이렇게 만나서 어떻게 하자는 건가, 하는 마음이 들기도 하지만 다른 한쪽에선 ‘원래 네 여자였는데 그녀의 남편된 놈이 네가 없는 틈을 타 빼앗아 가버린 것 아니냐’ 하는 마음이 일기도 한다. 이렇게 갈피를 못 잡고 마음은 방황을 거듭하고 있는 중에 시간은 흘러 전화의 벨이 힘 있게 울렸다. 수련의 전화였다. 건너편 호텔 커피숍에 와 있다는 것이었다. 정민은 기쁘기도 하지만 한편으로는 부담감이 마음을 무겁게 짓누르는 느낌이다. 그는 벗어 놓았던 양복을 걸치고 사무실 문을 나섰다. 호텔 커피숍을 살피니 수련이 화장을 하였는지 어제보다는 화사한 모습으로 다소곳이 앉아 있었다. 왠지 그녀를 보니 아까부터 하였던 고민은 어디로 사라지고 도리어 마음이 가벼워 진다.

"그렇게도 만나기 힘들더니 한번 만나게 되니 쉽게 만나지게 되는군요."

"정선에 가기 전에 한번만 더 보고 싶었어요. 저 이렇게 뻔뻔한 여자예요."

"마음이 원한다면 마음이 시키는 대로 하도록 해요. 사람 한번 더 보고 싶다는 게 죄가 됩니까?"

"정선에 가서도 전화 하고 싶으면 할게요."

"글쎄요, 그건 수련씨 마음이에요."

"이젠 정민씨 얼굴 봤으니 전 갈래요."

"강남 터미널에서 차를 타나요?"

"아니에요. 동서울터미널에 강릉 가는 고속버스가 있어요."

"그래요. 그러면 함께 가기로 해요. 내가 표를 사줄게요."

"그러면 저야 좋지만 회사가 바쁘지 않은지 모르겠어요."

"괜찮습니다. 직원들이 알아서 잘 하니까요."

정민과 수련은 정말 오랜만에 함께 걸어 본다. 그들은 동대문역사문화공원역까지 걸어서 가기로 했다. 4호선을 동대문에서 타고 동대문역사문화공원역에서 갈아타느니 걸어서 동대문역사문화공원역까지 걷기로 한 것이다. 한 정거장의 짧은 거리였지만 마음은 지난 10년이 넘는 세월의 아쉬움이 그 짧은 거리에서 해소될 수는 없겠으나 그들은 그 짧은 거리를 걸으면서라도 아쉬웠던 세월의 앙금을 털어내고 싶었는지도 모른다. 그들은 걸으면서도 아무 말이 없었다. 그냥 아무 말 없이 걷고 있지만 그동안 하지 못한 말들을 무언 속에 하고 있었다. 동대문 역사문화공원역까지는 긴 거리가 아니기에 아쉽게도 눈 깜박 할 새에 도착이 된 기분이다. 매표소에서 승차권을 끊어 함께 탔다. 누가 뭐라고 해도 지금 이 순간만은 정민과 수련은 연인이었다. 얼마 걸리지 않아 전철은 동서울터미널에 도착했다. 마침 강릉으로 가는 버스가 잠시 후 출발하는 것이 있었다. 정민은 급히 표를 끊어 수련에게 주었다. 그녀가 버스에 오르자 버스의 문이 닫히고 바로 차가 출발을 하려고 한다. 정민은 버스가 떠날 때까지 손을 흔들고 있었다. 드디어 차가 출발을 하자 수련의 눈에서 눈물이 반짝이는 것을 정민은 놓치지 않고 보고 있었다. 정민은 회사에 전화를 하여 직원들에게 퇴근 시간이 되면 문을 닫고 퇴근하라 이르고 일찍 집으로 들어 왔다. 마침 누나 정희가 밑반찬을 해가지고 와 있었다. 정희는 오늘도 분명 결혼은 언제 할 것이냐고 닦달 을 하러 온 것일 것이다. 아니나 다를까 정민이 들어가 앉자마자 정희의 잔소리가 시작된다.

"애, 너 정말 결혼 안 하고 그렇게 살거니? 너 이러다간 네 조카보다도 결혼 늦겠다. 조카들도 결혼을 하는데 삼촌이란 자가 40대가 되어서 결혼도 못했다면 단단히 뭐가 잘못 됐다고 할 것 아니겠니? 내 친구가 소개하는 사람인데 너 한번 맞선이나 보는 게 어떻겠니?"

"누나, 나 솔직히 결혼 안 하고 싶어, 나 결혼해서 좋았던 기억이 하나도 없어."

"그건 네가 운이 없어서 그런 여자를 만나서 그래, 그러나 좋은 여자도 참 많단다."

"차차 생각해 볼게."

"그래, 알았다. 생각해 보고 연락 줘. 알았지?"

"응."

"정민아, 나 너 때문에 신경 쓰여 죽겠어. 빨리 너를 결혼 시켜야 내가 좀 편할 텐데 말이다."

정희는 사십이 넘은 동생 정민이 결혼도 하지 않은 채 혼자 살고 있는 것이 늘 마음에 걸렸다. 그래서 집에서 먹을 반찬을 만들 때면 더 만들어 정민에게 가지고 왔다. 그리고 상하지 않게 냉장고에 꼭 넣어 놓고 가는 것이다. 정희는 꼭 엄마를 닮았다. 그 엄마에 그 딸이라더니 남편과 조카에게도 잘하면서 정민을 챙기는 것 또한 소홀히 하지 않았다. 얼마 후면 딸이 시집을 간다. 그러나 정희는 딸을 시집보내기 전에 정민을 먼저 결혼을 시키고 싶은 것이다. 정희의 집에서 멀리 떨어져 있어 자주 왔다 갔다 하기가 힘들지만 정희는 사랑하는 동생을 위한 일이기에 힘든 줄도 모른다. 정희는 저녁을 해놓고 가면서 정민에게 한마디 한다.

"정민아, 끼니는 거르지 말고 꼭 챙겨 먹어라. 몸 상하지 않게."

"누나, 걱정 마. 나 식사는 거르지 않고 꼭꼭 챙겨 먹고 있어. 그러니 내 걱정은 하지 말고 누나 건강에나 신경 좀 써."

"그래, 나, 간다. 또 올게."

정희가 가고 나니 별안간 집안이 조용해진 느낌이다. 그래도 누나가 왔다 가면 집안 공기가 따뜻한 것 같은데 가고 나면 집안 분위기가 이내 썰렁해지고 마는 것이다. 다음날 출근을 하니 수련에게서 전화가 왔다. 잘 도착 했다는 말과 함께 가끔 전화를 해도 되겠느냐는 질문이었다. 정민으로서는 안 된다고 할 수는 없었다. 수련은 정민과 만나고 나서부터 더욱 정선이란 곳이 싫어진 것 같았다. 그녀는 종종 전화를 하여 영우와 싸운 이야기를 하였다. 이제는 죽어도 그곳에서는 살기가 싫다는 것이었다.

15 가 출

그렇게 여름이 가고 가을도 가고 겨울의 어느 날 저녁 시간이었다. 막 집에 도착해 씻고 저녁 식사를 하려고 준비 중인데 전화 벨이 울린다.

"백정민입니다."

"죄송합니다. 저 수련이에요."

"수련씨 전화였군요. 무슨 일이 있으세요?"

"저 지금 고속버스로 서울로 가는 중입니다."

짐작으로 보아 그녀는 남편인 영우와 다툰 것 같았다. 버스를 타고 동서울터미널로 가고 있으니 나와 달라는 것이었다. 9시나 되어야 도착이 될 것 같은데 나오지 않으면 큰일이라고 했다. 또 서울에는 아는 사람이 없어서 어디 갈 데가 없다는 것이었다. 정민은 나가겠다고 대답은 했지만 이젠 남이 된 사람인데 이렇게 자꾸 엮이게 되는 것이 반가운 일만은 아니란 생각이었다. 물론 처음 만났을 때는 너무도 반가웠다. 그리고 지금도 수련을 사랑하고 있는 것은 사실이었다. 그러나 그녀와의 만남에는 한계가 있는 것이다. 일단 하고 있던 식사 준비를 그만두고 동서울터미널로 나가기로 했다. 아직은 시간에 여유가 있어 천천히 지하철을 타기로 하고 현관문을 나섰다. 2호선 지하철을 타고 강변역에 내리니 9시가 막 되어가고 있었다. 급히 동서울터미널로 가 조금 기다리니 강릉에서 오는 버스가 마침 도착을 하고 있었다. 버스에서 내리고 있는 승객을 하나하나 살펴보아도 수련의 모습은 보이지 않았다. 버스가 몇 대가 도착을 했지만 그녀의 모습은 볼 수가 없었다. 시계는 10시를 가리키고 있었다. 그때 강릉 발 고속버스 한대가 들어오고 있었다. 여러 승객들 틈에 끼여 수련이 내리고 있는 모습이 눈에 들어온다. 정민이 나와 있는 걸 보고 수련이 안도하고 있는 표정이 역력하다. 아무도 아는 이 없는 서울에서 정민이 나오지 않았다면 실망감에 빠져있을 수련의 모습을 상상해 보니 잘 나왔다는 생각이 들었다. 우선 늦었지만 저녁식사는 해야 할 것 같았다.

"수련씨, 저녁은 먹어야지요."

"너무 늦어 한 끼 정도는 건너뛰어도 괜찮을 것 같은데요."

"한번 굶으면 평생을 두고도 못 찾아 먹는다 하잖아요."

"아, 그런가요. 그러면 간단하게 먹도록 하죠?"

"저 오늘 아주 나왔어요. 그래서 약사 면허증까지 가지고 왔거든요. 그것만 있으면 서울 어디에서라도 취직하여 돈을 벌 수 있어요."

"수련씨, 꼭 그렇게 해야만 해요?"

"정민씨가 몰라서 그래요. 전 이렇게 사람이 많은 곳이 좋은데 별안간 산속으로 들어가 살고 있으니 적응이 잘 되질 않아요. 밤만 되면 온통 사방이 어두워 무섭기만 한걸요. 이 손 좀 보세요. 여자가 별안간 아무 준비도 없이 산속에 들어가 나무를 해다 때야하고 해보지 않은 농사를 지어야 하니 너무 힘들어요. 거기에다 신문이나 텔레비전 같은 것들조차 못 보게 하며 세상과는 완전히 단절하고 살라 하니 어떻게 살겠어요."

정민이 보아도 손이 상처로 엉망이었다. 그러나 정민으로서는 어떻게 할 수 없는 노릇이었다. 간단하게 저녁식사를 하고 나오니 11시가 넘어가고 있었다. 그녀의 잠자리를 어디로 정할까가 문제였다. 물론 혼자 살고 있는 정민의 집으로 간다면 쉽게 해결이 되겠지만 남편이 있는 남의 아내를 혼자 사는 집으로 데리고 갈 수는 없는 노릇이었다. 그래서 우선 여관으로 그녀를 안내했다. 동서울터미널 근처에 여관을 잡고 숙박료를 지불하고 방으로 함께 들어가 앉으니 방은 따뜻했다.

"수련씨, 앉아 봐요. 강릉에서 여기까지 오려면 시간이 꽤나 걸릴 텐데 피곤할겁니다. 일찍 자도록 해요. 난 내일 일찍 출근을 해야 하니 가봐야 해요."

"정민씨, 조금만 더 있다 가면 안돼요? 전 이런 곳이 무서워요."

정민은 수련의 청에 그냥 일어서 갈 수가 없었다. 앉아서 조금만 더 수련의 이야기를 듣기로 했다.

"수련씨 별안간 왜 그런 거예요?"

"별 일도 아닌데 그랬어요."

수련은 한숨을 푹 쉬더니 전날 밤 있었던 이야기를 시작했다. 겨울이라 시골에도 별로 할 일이 없어 영우도 어딘가로 마실을 나간 것 같았다. 수련은 저녁식사 준비를 하려던 참이었다. 그때 밖에서 사람들이 웅성거리는 소리가 들렸다. 무슨 일인가 밖으로 나와 보니 여자들이 모여 있었다. 가옥이 많지 않아 웬만한 사람들은 다 아는 얼굴들이었다.

"무슨 일인데 이렇게 모여 있어요?"

수련이 궁금해서 한 여자에게 물었다.

"아 글쎄 산 아랫집 젊은 여자가 어느 남자와 배가 맞아 도망을 쳤다 하네요. 어쩐지 얼굴이 반반한데다 매일 짙은 화장을 하고 있는 꼬락서니가 수상하더라니...."

"네에? 그 여자가요?"

그 여자라면 수련도 잘 아는 여자였다. 나이도 비슷하고 얼굴 윤곽이 뚜렷해 인물이 잘 생긴 여자였다. 남편이 령관급 군인이었는데 제대를 해 이곳에서 노후를 보내기 위해 왔다는 것이었다. 남편과는 나이 차이가 꽤 많은 것 같았다. 나중에 안 일이지만 남편은 사별을 하고 이 여자와 재혼을 한 것이었다. 그러기에 전처와의 소생들은 서울에 살고 둘이만 이곳에서 살기로 하고 들어온 모양이었다. 그러나 이곳은 전원생활을 꿈꾸는 사람들이 생각하는 이상향의 세상은 아니었다. 사람이 많고 밤과 낮이 불분명한 환한 불빛 속에서 살았던 사람은 적응하기 쉽지 않은 곳이었다. 전기가 있다고는 하나 대개가 집안에서 켜는 것이 고작이고 드문드문 어두운 곳에만 전봇대에 백열등을 달아 놓은 게 고작이었다. 그런 곳에서 한창 젊은 여자가 나이 차가 많은 남자와 함께 살면서 무슨 생각을 하며 살았을까, 노후를 보내겠다고 온 남편은 천국이었을지 모르지만 그녀에겐 그런 조건들이 다름 아닌 지옥이었고 고통이었고 귀양살이였을 것이다. 그러다 보니 어떻게 하면 이곳을 탈출할 수 있을까 연구를 했을 것이고 기회가 주어지자 뒤도 안 돌아보고 떠나버린 것이었다. 수련은 도망친 그 여자의 일이 남의 일 같이 느껴지지 않았다. 그래서 영우가 들어오자 이 이야기를 했던 것이다. 그 이야기를 듣고 있던 영우는 화를 버럭 내며 수련이도 그 여자와 같이 바람이라도 나서 도망 갈 테면 가라는 것이었다.

"그럼 당신도 그 여자처럼 도망이라도 하고 싶은 거야?"

"내가 언제 도망간다고 했어요. 그냥 생각해 보니 그 여자의 생각도 틀린 것이 아니란 것이지요."

"아니 남편 있는 여자가 다른 놈과 배가 맞아 도망을 했는데 틀린 생각이 아니라고..."

"난 당신이 뭐라고 해도 그 여자의 행동이 나쁘다고 동의하지 않아요. 얼마나 이곳이 싫었으면 도망을 쳤겠어요. 자기가 좋으면 혼자 와서 살 일이지 왜 싫다는 사람을 데리고 와 고생을 시켜요. 자기들 좋은데서 살라고 내버려 두지."

"당신 지금 나한테 하는 소리야?"

"그래도 귀는 있어서 듣고 찔리는 데가 있기는 한가보지요."

"에이- 썅."

영우는 참지 못하고 수련의 얼굴을 후려 쳤다. 한번이 어렵다더니 그런 일이 있고 나서 영우가 수련을 폭행하는 일이 반복되고 있는 것이었다. 영우가 자신의 아내를 그렇게 세게 때린 것은 아니지만 여자의 피부는 연해서 약하게 맞아도 피부가 멍들게 마련이었다. 효빈이 수련과 영우의 싸우는 모습을 보면서 마구 울기 시작했다. 효빈도 이곳에 사는 것을 못 마땅해 하지만 감히 영우에게 말을 못하고 있을 뿐이었다. 또 영우의 어머니도 방에 가만히 앉아 아들 내외의 싸우는 소리를 들으며 눈물을 훔치고 있었다. 영우의 어머니는 여간해서는 자신의 마음을 밖으로 표현하지 않는 사람이라서 이곳으로 이사를 할 때도 별다른 내색없이 좇아 왔었다. 이천에 살 때에는 교회에서 같은 또래의 집사들과 어울릴 수도 있었고 동네 노인정에 가면 친구들도 많았다. 또 이곳에선 영우가 세상과는 단절하고 살아야 구원을 받아 하늘나라에 갈 수 있다고 텔레비전이나 신문 따위는 일체 보지 못하게 하였기 때문에 밖에서 일어나는 일은 전혀 모르고 살 수밖에 없었다. 영우의 어머니는 몇 가구 없는 이런 산속 생활이 싫을 수밖에 없었다. 그러나 아들 내외의 다투는 소리를 들으며 이천에 있는 친구들이 새삼 그리워졌다. 그러나 며느리가 이곳에 살기 싫다고 저렇게도 진저리를 치는데도 꿈쩍 않는 아들이 밉기도 했지만 대놓고 며느리 편을 들 수도 없었다. 그러면 아들은 더욱 길길이 뛸 것은 불 보듯 뻔 노릇이었다. 수련은 이 기회에 이곳을 떠나야겠다는 결심을 하기에 이르렀다. 우선 약사면허증을 챙겼다. 그것만 있으면 어디 가서라도 일을 할 수 있을 것이기 때문이었다. 우선 일자리를 잡고 효빈을 데려가면 될 것 같았다. 결심이 여기에 이르자 그녀는 간단한 짐을 챙겼다. 거울을 보니 영우에게 맞은 손자국이 얼굴에 선명했다. 겨울이라 산속의 해는 일찍 떨어질 것이었다. 간단한 짐이기에 아무에게도 이상하게 보일 리는 없었다. 영우는 수련과 싸우고 홧김에 어디론가 나가 버렸다. 그녀는 영우가 나간 것을 확인 후 우선 시어머니에게는 알리고 나가야 할 것 같았다.

“어머니, 소란을 피워 죄송합니다. 그러나 전 영우씨에게 매를 맞고 사는 것도 견디기 어렵지만 그것보다는 이런 산속에서는 도저히 살아갈 자신이 없습니다. 어떻게 자신의 신앙을 남에게까지 강제로 접목을 시키려 하는지 모르겠습니다. 신앙이란 원래가 자유로워야 되는 것인데 이렇게 강제적인 신앙이라면 전 영우씨와 이혼하고 효빈이와 함께 살겠습니다. 전 지금 서울로 갈 것이니 어머니 이해해 주시기 바랍니다. 제가 다시 올 때까지 효빈이를 부탁합니다."

"엄마, 나도 같이가."

"효빈아, 엄마가 서울에 가서 자리를 잡고 우리 효빈이 데리러 다시 올게. 그동안 할머니 말씀 잘 듣고 기다려."

"엄마, 그러면 빨리와."

"그래, 알았어."

그녀는 그길로 마을 사람들의 눈을 피하여 산으로 올라가 산길로 해서 임계로 향하였다. 길에 들어서니 마침 지나가는 화물차가 있었다. 수련이 임계까지만 태워 달라고 하니 어디까지 가느냐고 묻는다. 강릉까지 가려고 임계로 나간다 하니 마침 강릉으로 가는 차니 강릉까지 태워다 주겠다고 한다. 그 친절한 운전기사 덕분에 강릉까지 쉽게 올 수가 있었다. 아무런 생각 없이 강릉에 도착을 하고보니 막상 갈 곳이 마땅치가 않았다. 우선 고속버스 표를 동서울터미널까지 끊어 놓고 차 시간을 기다리고 있자니 서울에 도착을 해도 마땅히 갈만한 곳도 없었고 반겨줄 사람은 더욱 없었다. 그 많고 많은 사람 중에 그녀를 반갑게 맞아줄 사람이 서울에 한명도 없다는 게 공연히 서글퍼졌다. 그녀는 힘없이 공중전화 박스로 걸어갔다. 서울엔 정민뿐이 아는 사람이 없었다. 그녀는 정민의 집 다이얼을 돌리고 있었다. 미안 하지만 정민에게 매달릴 수밖에 없었던 것이다.

여기까지 이야기를 마친 수련은 정민에게 이제는 가라고 하였다. 속에 있던 말을 다 하고나니 가슴이 후련하다고 말하며 웃는 수련의 모습이 정민은 가엾기도 하고 한편으로는 밉기도 하다. 차라리 결혼해서 잘 산다면 행복이나 빌어 주련만 그녀가 처한 상황은 정민으로서도 어찌할 수 없는 일이기에 애증(愛憎) 어린 시선으로 그녀를 지켜볼 수밖에 없는 것이다. 신은 왜 자그마한 저 여인에게 모진 인생을 살게 하는가 하는 생각이 들어 신이 원망스러웠다. 그는 여관을 나와 터벅터벅 걸으면서 결심을 했다. 수련이 자신에게 어떻게 했던 한 때 자신이 사랑했던 여인이었기에 아니 지금도 그때와 다름없이 그녀를 사랑하기에 서울에 머무는 동안은 그녀를 위해 최선을 다해 이곳에 있는 동안 마음 편하게 있을 수 있도록 도우리라 다짐을 한다.

한편 수련은 정민이 떠나고 나니 왠지 모른 외로움 속에 슬픔이 밀려온다. 자신의 잘못된 판단으로 인하여 두 사람의 인생이 엉망이 되어 버린 것이다. 정민이 40대 중반의 나이에도 불구하고 결혼을 하지 않고 있는 것은 무엇 때문인가. 수련이 배신한 상처가 너무 컸기에 그 상처가 아직도 아물지 않아 독신을 고집하고 있는지도 모른다는 생각이었다. 그러나 그녀 또한 정민과 다를 바 없었다. 정민이 기다려도 오지 않자 배신감에 결혼을 했지만 지금 것 단 한 번도 정민을 잊고 산적은 없었다. 몸은 영우에게 가 있지만 마음은 언제나 정민 곁에 있었다. 그러니 자연 영우가 하는 일들이 마음에 들지 않았고 짜증스럽기만 했다. 만약 정민과 함께라면 더 깊은 산골짝이라도 행복해 했을 것이다. 이런 저런 생각을 하다 수련은 늦은 시간이 되어서야 잠이 들었다. 정민은 아침에 눈을 뜨자 여관에서 혼자 자고 있을 수련에게 전화를 해야 되겠다는 생각을 했다. 생각이 난 김에 바로 수화기를 들었다. 그러나 어제 늦게까지 피곤했는지 아직도 자고 있다는 것이었다. 일어나 세면 후 곧바로 옷을 입고 회사로 출근해 식당에서 간단하게 먹을 수 있는 라면요리를 시켰다. 정민은 출근하면 늘 라면 시켜먹는 것을 즐겼다. 식사를 막 마치고 사무실로 오니 전화벨이 울린다. 수련이었다.

"수련씨, 잘 잤어요. 많이 피곤했나 봐요. 아까 여관으로 전화를 했더니 자고 있는 것 같다고 하더군요."

"그랬어요. 미안해요. 잠이 푹 들었었나 봐요. 그렇게 곤하게 잠을 자본지가 언제인지 몰라요."

"난 아침을 간단하게 라면으로 때웠는데 이쪽으로 와서 식사를 하도록 해요."

"네, 그렇게 할게요."

겨울이라 하지만 겨울속의 봄을 느낄 정도로 날씨는 포근했다. 수련을 만나 아침식사를 하고 비원을 함께 돌아보기로 했다. 정민은 서울에서 오래 살았지만 비원에 가 본적은 한 번도 없었다. 수련이 별안간 집을 뛰쳐나와 그랬는지 입고 있는 옷이 초라해 보였다. 그래서 우선 수련에게 옷을 한 벌 사 입히기로 했다. 정장으로 한 벌을 입혀 놓으니 옷이 날개라고 전혀 다른 사람이 되어 있었다. 정민은 수련과 함께 종로 3가역에서 비원 쪽으로 걸어서 올라갔다. 표를 사서 들어가니 일본 관광객들이 손님의 대부분을 차지하고 있는 것 같았다. 안내원을 따라 한 바퀴 돌고 나오니 점심때가 되어 있었다. 점심은 그녀가 냉면을 먹고 싶다하여 종로 4가의 함흥냉면 집으로 갔다. 점심시간이어서 손님이 붐볐다. 간신히 한 귀퉁이에 자리를 잡고 앉았다. 그녀는 이 집 냉면이 이름이 있는 냉면인데 말로만 듣다가 직접 먹어보니 별 맛도 아닌 것 같다고 했다. 허긴 모든 것이 그렇다. 그래서 소문난 잔치 집에 먹을 것 없다는 말이 왜 나왔겠는가. 점심을 마치고 수련은 일자리를 알아보겠다며 헤어졌다. 약국을 정리한 돈과 아파트를 정리하고 남은 돈이 있었다. 그렇기에 일단 일자리를 잡은 후 차차 봐가며 약국을 개업 하겠다는 복안을 가지고 있었다. 일자리를 잡을 때까지는 여관방은 그대로 쓰기로 했다. 그날 저녁에 수련에게서 전화가 왔다. 정민의 회사에서 가까운 곳의 약국에 일자리를 구했다는 것이었다. 정민으로서는 어떻든 간에 축하할 일이었다. 정민은 그녀가 취직을 하였으니 방 얻을 돈이 필요할 것이라 생각했다. 집에서 별안간 나왔으니 돈이 없을 것이란 생각이었다. 그러나 정민의 생각은 틀린 것이었다. 수련은 영우와 결혼을 할 때 약국을 정리한 것과 아파트 팔아서 수옥의 빚을 갚고도 남은 돈이 꽤 되었다. 지금 것 영우와 살면서도 그 돈에 대하여는 영우에게 비밀로 하고 있었다. 그러나 급히 나오느라고 통장을 챙기지 못하고 나왔던 것이다.

“수련씨 취직을 축하해요. 그런데 취직도 했으니 방은 얻어야 될 것 아니에요. 집에서 나올 때 빈손으로 나왔을 텐데 내가 보증금은 도와줄게요.”

“그럴래요. 그렇잖아도 급히 나오느라고 통장을 챙기질 못했어요. 통장에 돈은 쓸 만큼은 있어요. 전에 약국을 하던 것 정리한 것과 아파트 팔고 남은 것이 있거든요. 바로 해드릴게요.”

“허허, 그러고 보니 수련씨 부잔데요. 하하하.”

“맞아요. 저 부잔지 이제 알았어요. 호호호”

그길로 정민과 함께 집을 보러 다닌 끝에 우선 오피스텔을 계약했다. 월세가 조금 비싼 듯 했지만 오래 살 것도 아니기에 정민이 우겨 그 자리에서 계약을 했던 것이다. 수련은 다음 날부터 출근을 시작했다. 퇴근을 하면 정민에게 전화를 하는 것이 수련의 유일한 낙이었다. 정민과 같은 서울 하늘에 있다고 생각하니 마음이 든든하고 행복감을 느꼈다. 휴일 아침이다. 늦잠을 자고 있는 데 전화의 벨이 울린다. 정민이었다.

“정민씨가 아침부터 웬일이세요. 뭐 좋은 일이라도 있나요?”

“수련씨, 오늘 나하고 바람이나 쐬러가요.”

“어디로 갈 건데요.“

“꼭 어디라고 정하고 가야 하나요. 그냥 차를 몰고 가다 좋은 곳이 있으면 그곳이 목적지지요.”

“그렇긴 하네요.”

“어떻게 할래요.”

“그럼 가기로 해요. 제가 준비하고 있을 테니 오도록 하세요.”

“넵, 그렇게 하겠습니다.”

날씨는 포근했지만 겨울이라 들판에는 여기저기 잔설이 남아 있었다. 정민은 차를 몰고 아산만으로 향했다. 아산만 방조제에는 물이 가득한데 바다는 썰물 때라서 갯벌만 보일뿐이다. 갯벌에는 통나무들이 즐비하게 널 부러져 있고 갈매기들이 통

나무에 앉아 무리를 지어 쉬고 있다. 지난번 영우와 갯벌에 왔던 기억이 떠올랐다. 그때 갯벌을 보면서 영우와 결혼을 허락했었다. 그런데 오늘 공교롭게도 정민과 함께 갯벌에 앉아 있으려니 왠지 정민에게 미안함과 경솔했던 자신이 원망스러워 빨리 갯벌을 떠나고 싶다.

"정민씨, 겨울 갯벌은 삭막해 보여 싫어요. 우리 다른 곳으로 가요."

"왜 갯벌이 싫어요? 허긴 날씨도 추운데 물이 빠진 바닷가의 갯벌은 나도 쓸쓸하게 보여 좋아하진 않아요."

수련의 괴로운 속을 정민이 알 길이 없다. 수련은 아무 것도 모르는 정민을 보며 마음이 서글퍼진다. 옛날로 돌릴 수만 있다면 당장이라도 돌려놓고 싶었다.

"여기서 온양 현충사가 멀지 않아요. 조금만 가면 현충사거든요."

"그럼 현충사로 가기로 해요."

정민은 아산만 방조제를 건넜다. 방조제를 건너오니 현충사는 그리 멀지 않았다. 현충사 주차장에 차를 세우니 눈보라가 치기 시작했다. 잠깐 사이에 주위엔 눈이 수북하게 쌓여 있었다. 수련이 눈을 뭉쳐 정민에게 던진다. 별안간 눈 세례를 받은 정민은 곧 반격을 시작했다. 눈을 손에 뭉쳐서 수련을 잡아 얼굴에 마구 비벼댄다. 그들은 옛날 연인으로 돌아간 것 같았다. 눈싸움을 한참 하다 보니 수련이 지쳐 눈 위에 나뒹군다. 수련이 눈 위에 쓰러지니 정민도 눈 위에 벌렁 누워버린다. 하늘이 회색빛으로 잔뜩 흐려 있고 눈은 계속 내리고 있었다. 정민의 얼굴에도 수련의 얼굴에도 눈이 쌓여가고 있었다. 그러나 오랜만에 이런 시간을 가져보는 두 사람은 가슴이 터지도록 행복하기만 하다. 수련이 누운 채로 하늘을 보며 정민에게 말했다.

"정민씨 처음 만날 때부터 지금까지 나는 한 번도 정민씨를 잊은 적이 없어요, 영우씨에게는 죄가 되겠지만 난 한시도 당신을 잊지 않았어요. 당신이 사우디아라비아에서 소식 한 장 없이 1년을 넘겼을 때도 나는 흔들림 없이 기다렸어요. 그 기다리는 동안 심한 배신감과 증오심도 있었어요. 내가 순결한 처녀가 아니었기에 오지 않는 거라고 생각도 했어요. 그러나 배신감도 증오심도 나에겐 모두가 당신을 사랑했기 때문에 가졌던 감정이었던 것 같아요."

정민은 수련의 말을 들으며 무어라 할 말이 없었다. 그냥 아무 말 없이 수련을 꼭 끌어안고 서럽게 울고 싶었다. 그러나 그녀는 정민이 범접할 수 없는 남의 아내다. 가까이 할 수 없는 여인인 것이다.

"정민씨, 정민씨가 솔베이지의 노래를 좋아 하는 것 저도 잘 알아요. 그 노래의 곡이 너무 슬프잖아요. 너무 슬픈 노래를 좋아하면 그 노래와 같아진대요. 보통 요절한 가수들이 다 그렇잖아요. 제가 대학교 때 연극 동아리에 있었어요. 그래서 페르퀸트란 연극을 해 본적이 있었지요. 그때 제 배역이 솔베이지였어요. 마지막 장면에 솔베이지의 무릎을 베고 페르퀸트가 죽을 때 제가 솔베이지의 노래를 불렀지요. 그 장면에선 너무 슬퍼서 정말로 눈물을 흘리며 노래를 불렀어요. 솔베이지의 노래가 페르퀸트 마지막 장면에 나오는 곡이잖아요. 떠나간 페르퀸트를 기다리다 솔베이지는 백발이 되었고 솔베이지는 백발이 되도록 페르퀸트와 함께 살았던 오막살이집에서 페르퀸트를 기다리고 있었던 거지요. 돈도 많이 벌었지만 방탕해서 날리고 마지막엔 폭풍을 만나서 바다에 모든 걸 수장 당하고 병들어 돌아온 페르퀸트는 오막살이집에서 기다리고 있던 솔베이지의 무릎을 벤 채 아내인 솔베이지가 부르는 노래를 들으며 숨을 거두는 거였어요. 전 아직도 그 장면이 머릿속에서 지워지지를 않아요. 나도 언젠가는 누군가를 기다리다가 그렇게 죽어가겠지요. 그 사람이 누군지 아세요?"

"네?"

그게 정민씨예요. 정민씨만 생각하면 가슴이 콱 막히고 죽을 것만 같아요. 제가 지금 것 살면서 기구하게도 팔자가 사나워 세 남자를 알게 됐어요. 첫 번째는 김덕수란 남자였고 두 번째가 정민씨였지요. 그리고 세 번째는 지금의 영우씨구요. 그러나 정말 사랑했고 죽어도 잊지 못할 사람은 정민씨 당신 하나뿐입니다. 제일 짧은 시간을 당신과 함께 했지만 난 그 10일간 당신과 함께한 시간이 내 인생에서 제일 행복한 시간이었어요. 이제 그런 시간은 나에겐 영원히 없을 테지만 말입니다."

"미안해요. 당신을 위한다는 것이 그만 예상치 못한 사고로 인하여 이렇게 당신이나 나나 인생이 뒤죽박죽이 되고 말았어요. 사막 속에서 나는 당신과의 젊은 날을 잃어버렸다고 하는 것이 맞는 말일 겁니다."

정민이나 수련이나 지난 세월을 떠올리면 후회스러운 것이 너무나 많고 아쉽다. 세월을 되돌릴 수만 있다면 그렇게 하였을 것이다. 그러나 인생이란 누구에게나 단 한 번 밖에 주어지지 않았으니 후회해도 소용이 없다는 것을 알면서도 아쉬움을 곱씹을 수밖에 없다. 그들은 일어나 현충사 경내를 한 바퀴 도니 배가 고프다. 겨울이라 현충사엔 손님이 많지를 않았다.

"정민씨, 손님이 없으니 쓸쓸하네요. 우리 도고 쪽으로 가보지 않을래요?"

"수련씨가 가고 싶으면 그렇게 해요. 난 운전기사일 뿐이니까요. 하하하"

수련은 어렸을 때부터 천안에 살았었기에 이 근처의 지리는 잘 알고 있는 것 같았다. 정민은 수련의 말대로 도고 온천 쪽으로 차를 몰았다. 눈발이 더 굵어지기 시작한다. 도로가 미끄러워 차의 속도를 낼 수가 없다. 천천히 달려 도고에 도착을 하니 시간이 점심시간을 훨씬 초과하고 있었다. 우선 밥을 먹기로 하고 식당으로 들어갔다. 정민도 배가 고팠지만 수련도 배가 무척 고팠던 모양이었다. 밥그릇과 반찬그릇이 모두 깨끗하게 비워져 있었다. 그리고 기왕 온 김에 온천욕까지 하고 가기로 합의가 이루어졌다. 온천욕이 끝나면 욕탕 앞에서 만나기로 하고 각자 남탕 여탕으로 들어갔다. 약 1시간 정도를 하고 정민은 나왔다. 혹시 수련이 먼저 나와 기다리고 있을 것 같아서였다. 아니나 다를까 수련은 온천물에 몸만 담그고 바로 나왔다고 한다. 시간이 많이 지체된 것 같아 온천에서 나와 바로 서울로 향했다. 그러나 눈발이 굵어져 눈이 쌓이자 타이어가 눈길에 미끄러진다. 거북이걸음을 걷듯 하며 천안에 도착을 할 때까지도 눈은 계속 내리고 있었다. 천안에서 고속도로에 진입을 해 평택 안성 톨게이트를 지나니 그 위로는 눈이 내리질 않아 정상적인 속도를 낼 수가 있었다. 한 시간 남짓해 서울에 도착을 하였다. 우선 수련을 그의 오피스텔에 내려 주고 정민은 집으로 향했다. 집에 도착하여 조금 앉아 있으려니 전화벨이 요란하게 울린다. 수화기를 들으니 여자의 목소리다.

"여보세요. 혹시 그 전화 백정민씨댁 전화가 아닌가요?"

"네, 제가 백정민입니다. 실례지만 누구시지요?"

"아, 그렇군요. 안녕하세요. 전 수련이 언니 설수옥입니다."

"오랜만입니다. 그런데 무슨 일로?"

"수련이가 집을 나갔다 하는데 혹시 백정민씨가 알고 있나 해서요."

"왜 내가 수련씨의 행방을 알고 있다고 생각하시지요?"

"기분 나쁘게 생각은 말아요. 저번에 수련이가 왔다 가면서 정민씨의 이야기를 했어요. 만났었다고요. 그날 제가 정민씨에게 전화라도 한 번 해줘야겠다고 해서 수련이에게 전화번호를 알아놓았어요. 그래서 혹시나 해서 전화를 해본 겁니다. 수련이가 제부와 다투고 나갔는데 어디에 있는지 몰라 저희 집으로 찾으러 왔지 뭐예요."

정민은 수련의 행방을 알려줘야 하는지 아니면 모른다고 해야 하는지 잠시 망설이다가 알려주어야 한다는 결론을 내릴 수밖에 없었다.

"알고 있습니다."

"그럼 함께 있나요?"

"아닙니다. 수련씨는 취직을 하여 오피스텔을 얻어서 혼자 살고 있습니다."

"그러면 만나게 해 주실 수 있겠지요?"

"올라오십시오. 안내해 드리겠습니다."

정민은 수련의 행방을 알려줄 수밖에 없었다. 다음날 아침 일찍 수옥과 영우가 정민의 회사로 찾아왔다. 정민과 영우는 처음대면이었다. 키는 작았으며 바람만 불어도 날아갈 것 같은 체격에 신경질적이면서 날카로워 보이는 인상을 가지고 있었다. 수옥이 정민을 보고 반갑게 아는 체하자 영우는 뒤에서 정민을 날카로운 시선으로 보고 있었다.

"당신이 백정민이야?"

"그렇습니다만 누구시죠?"

정민은 처음 수옥과 영우가 왔을 때 그가 영우란 것을 알 수가 있었다. 그러나 그렇게도 예의가 없는 사람인 줄은 몰랐다. 돌발적인 영우의 말투는 정민의 기분을 상하게 하고도 남음이 있었다. 처음 본 사람에게 그것도 나이도 한참 어린 사람이 반말을 함부로 하는 데는 어이가 없었다. 그러나 정민은 아무 말 없이 영우의 다음 행동을 주시하고 있었다. 분위기가 이상해지자 수옥이 당황하여 수습을 하려했다.

"제부 왜 그래요. 백정민씨는 우리를 도와주려 하고 있잖아요. 이게 무슨 무례한 행동이에요. 빨리 사과해요."

그러자 영우의 기세가 누그러지며 미안한 듯이 손을 내밀며 정민에게 사과를 한다.

"미안합니다. 초면인데 신경이 날카로워져서 본의 아니게 실례를 범하고 말았습니다. 이해해 주십시오."

"이해할 수 있을 것 같습니다."

웃는 얼굴에 침 못 뱉는다고 먼저 사과하는 사람에게 화를 낼 수도 없는 노릇이었다. 정민은 유쾌한 기분은 아니었지만 수옥을 봐서라도 참는 수밖에 없었다. 정민은 남의 아내가 된 수련과 다시 한 번 옛날로 돌아가고 싶은 마음은 추호도 갖고 있지 않았다. 윤리적으로도 그렇거니와 공연히 남의 가정을 깨트리고 싶은 마음은 더욱 없었기 때문이었다. 그러면서도 정민이 수련을 냉정하게 내치지 못하는 것은 착한 심성 때문이었다. 정선 생활에 적응을 못해 방황하는 그녀를 나 몰라라 한다면 어떻게 될지 몰라 그녀가 가정의 소중함을 알 때 까지만 이라도 도와주고 싶었다. 그는 수련이 직장을 잡고 있어도 얼마 가지 않아 정선으로 돌아 갈 것이라는 것을 확신하고 있었다. 겉으로 나타나는 그녀의 성격은 강해 보이지만 실제 알고 보면 정 많고 눈물 많은 착한 여자였기 때문이다. 그녀가 자식에 대한 모성애가 얼마나 강한지는 이미 강화대교에서 목숨을 끊으려 투신했을 때부터 알고 있었다. 아이를 빼앗긴 나머지 삶의 의욕을 상실한 그녀는 죽음을 선택했던 것이다. 그런데 정선에 아이를 두고 서울에서 직장생활을 오래도록 할 것이라고 생각하지 않았다. 그러나 영우와 수옥이 알고 온 이상 정민으로서도 어찌할 수 없는 입장이 되고 말았다. 수련을 만나게 해줄 수밖에 없었다. 수련이 일하고 있는 직장명과 위치를 가르쳐 주었다.

그런 후 한참 뒤에 수련의 전화를 받았다.

"정민씨, 미안해요. 저 정선으로 지금 가요. 흐흐흑"

"가서 잘 살아요."

16 또 다른 재회(再會)

그렇게 정선으로 간 그녀가 정민에게 연락이 다시 온 것은 6개월 후였다. 아버지의 산소에 들리기 위해 천안에 왔는데 마지막으로 한번만 보았으면 좋겠다는 것이었다. 마치 죽으러 가는 사람의 애원 같이 들렸다. 망설여졌으나 마지막이라는 말이 귀에 쟁쟁거리며 맴돌았다. 이젠 정말 한번이라 작정을 하고 천안으로 출발을 하였다. 그녀는 천안역에서 초조한 모습으로 기다리고 있었다. 남편과 효빈이 온양에 있는데 잠깐 급한 일로 다녀온다고 하고 나왔다는 것이다. 어디 조용한 곳에서 차 한 잔 마실 시간도 없었다. 그녀는 먼저 번 오피스텔 얻을 때 정민이 주었던 보증금을 돌려주기 위해서 온 것이었다. 아직 오피스텔 보증금을 뺀 것도 아니었다. 그날 영우가 찾아와 급히 가는 바람에 정민이 부동산에 내놓았으나 아직도 수련이 살던 그대로 방치가 된 상태에서 다달이 월세로 보증금을 까 나가고 있었다.

정민이 해결해도 될 일인데 구태여 이렇게까지 하는 것은 영우가 싫어해서 그런 것 같았다. 다시는 정민과 엮이는 것을 영우가 용납하지 않는 것이었다. 정민은 그럴 수 있을 것이라고 짐작은 했었다.

"정민씨, 미안해요. 지금 헤어지면 언제 만나지요? 이젠 우리 죽어도 언제 죽었는지 서로 모른 채 우연하게 바람결에 소식 들으면 꽃 한 송이 사들고 찾아와 무덤가에 앉아 울겠지요. 흐흐흑"

"그래요. 그럴지도 모르지요. 이젠 정말 잘 살아요. 다시는 날 찾지 말고....."

울고 있는 그녀를 뒤로 하고 정민은 서울행 열차에 몸을 실었다. 그 후 그는 수련의 소식을 들은 적이 없다.

그리고 또 13년의 세월이 흘렀다. 그녀가 살았는지 아직도 살아 있다면 어떻게 살고 있는지 알고 싶었다. 이제는 그녀의 나이도 오십을 훌쩍 넘긴 나이이니 만날 때도 되었다는 생각이 들어서였다. 정말 그녀의 말대로 그녀가 이 세상 사람이 아니라면 꽃이라도 한 송이 무덤가에 갖다놓아야 할 것 같아서였다. 천안에서 마지막 헤어진 지 13년 만에 그녀의 소식이 궁금해 정선으로 향했다.

그러면 그 아이는 우빈이라는 아이가 틀림이 없을 것이다. 그렇다면 분명 가까운 곳 어딘가에서 모자가 지나온 이야기를 하며 뜨거운 상봉을 하고 있을 것이었다. 그러나 정민 또한 기왕에 마음먹고 왔으니 한번 수련의 얼굴을 먼발치에서라도 보고 싶었다.

"혹시 이곳에 묵을 만한 곳이라도 있는지요?"

하고 옆에 서 있는 수련의 약국 맞은편 점포 주인에게 물었다.

"묵을만한 여관이 이곳엔 없어요. 그것보다 정선으로 나가면 좋은 여관도 많고 내일이 정선 5일 장이라 구경도 하시고 가시면 괜찮을 텐데요. 약국 아주머니가 오시면 제가 말씀을 드릴 테니 연락처라도 저에게 주십시오."

"그럼 그렇게 할까요. 초면인데 감사합니다."

감사의 인사를 하며 정민은 자신의 명함을 꺼내어 건넨다. 그 사람의 말을 듣고 보니 그 말이 맞는 것 같았다. 어릴 적 고향에서 5일장을 보고 지금 것 한 번도 5일장 구경을 한 적이 없었다. 시골 인심이라 처음 본 사람인데도 매우 친절하다는 느낌을 받아서 그런지 기분이 매우 상쾌함을 느꼈다. 정민은 임계에서 택시를 타고 정선으로 가기로 하였다. 임계에서 정선까지의 거리는 강릉에서 임계까지의 거리와 거의 흡사한 것 같았다. 구불구불하고 급경사가 많은 길을 돌고 돌아 오다 보니 길옆에 아우라지 강이란 팻말이 보였다. 정민은 택시 운전기사에게 아우라지 강으로 가자고 하였다. 그곳에서 운전기사에게 아우라지 강에 대한 간단한 설명을 듣고 정선에 도착을 하니 해가 뉘엿뉘엿 서산으로 넘어 가고 있었다. 다음 날이 정선 5일장이어서 그런지 벌써부터 장을 준비하는 사람들의 손길이 바쁜 모습이었다. 저녁을 식당에서 곤드레 나물로 만든 비빔밥을 시켜 먹고 숙소를 정하기에 앞서 정선 시내를 한 바퀴 돌아보기로 하였다. 읍내라고는 하지만 그리 크지 않은 면적이라 얼마 안 된 시간에 한 바퀴를 돌아 볼 수 있었다. 정선 시내를 돌아본 뒤 숙소를 정하기 위하여 조용하고 깨끗한 여관을 물색했다. 마침 조양강의 정경을 한 눈에 볼 수 있는 곳에 깨끗한 여관이 있었다. 그곳에 묵기로 하고 여장을 풀었다. 욕조에 들어가 물을 트니 따뜻한 물이 시원하게 콸콸 쏟아져 나온다. 욕조에 따뜻한 물을 그득하게 받아 그 속에 몸을 담그니 물의 따뜻함이 몸속에 스며들어 피로가 말끔하게 사라지는 것 같은 기분이다. 욕조에서 기분 좋게 나오니 휴대폰의 신호음이 울린다.

"백정민입니다."

"오랜만입니다. 앞집 아저씨가 주는 명함을 받고 놀라서 전화를 했습니다."

수련이었다. 목소리는 예나 지금이나 하나도 변한 것이 없는 것 같았다. 또 서울 말씨와 충청도 말씨가 섞인 것이 전과 달라진 것이 하나도 없는 것 같았다.

"겸사겸사해서 왔습니다. 소식도 궁금하고요."

"아직도 저를 기억하고 계시는군요. 내일이 정선 장날이니 제가 그리로 가지요. 점심에 맞추어 가겠습니다. 가서 전화를 드리겠습니다."

"공연이 번거롭게 하는 것은 아닌지 모르겠습니다."

"무슨 말씀이세요. 편히 주무십시오. 내일 뵙겠습니다."

다음날 정민은 아침 일찍 일어났다. 세수를 하고 집에서 가져온 스킨과 크림을 얼굴에 바르고 간편한 츄리닝 옷으로 갈아입었다. 아침식사를 하기 위해서였다. 여관 문을 나오려는데 여관과 붙은 건물에 식당이 있었다. 그곳에서 식사를 하고 강가를 걸었다. 강은 넓었지만 갈수기여서 물이 많이 흐르지는 않고 있었다. 강에 놓여 진 다리를 건너니 왼편 강변 부지에 하얗게 꽃이 만발하게 피어 있었다. 가까이 가서 보니 메밀꽃이었다. 아직 봄인데 메밀꽃이 일찍도 피어 있구나 하고 생각하며 강변으로 내려오니 작은 돌들이 물결에 씻기고 씻겨 반들반들한 모양이 햇볕에 반사되어 예쁜 모습을 하고 있었다. 그 돌을 보며 수억 년 전인지 수천 년 전인지 모를 시간을 물이 흐를 때마다 깎이고 깎여 이렇게 아름다운 모습으로 변해 앞에 있다고 생각을 하니 돌 하나가 그렇게 귀하게 보일 수가 없었다. 그 중 예쁜 돌 몇 개를 주워 주머니에 넣었다. 정신없이 돌에 심취해 있는데 휴대폰의 신호음이 울린다. 시계를 보니 12시가 거의 되어 가고 있었다.

"여보세요. 저 수련입니다. 정민씨죠?"

"네, 맞습니다."

"지금 어디에 계시지요? 저 여기 정선에 도착 했는데요."

"전 지금 조양강에 와 있습니다. 강에서 돌을 구경하며 줍기도 하고 있지요. 정선역으로 통하는 다리를 건너오다 보면 우측 다리 밑으로 메밀꽃이 피어 있는 곳이 있어요."

"어디쯤인지 대강 알 것 같습니다. 제가 그곳으로 가겠습니다."

20여분이 지나 수련이 천천히 강변을 향하여 걸어오고 있었다. 그녀는 검은 썬그라스를 쓰고 있었는데 가까워지면서 자세히 보니 전과는 틀리게 수척한 모습이었다. 어디가 많이 아픈 것이 분명했다. 의학적 상식이 없는 사람이 본다면 모르겠지만 의학에 대하여 어느 정도의 지식을 가지고 있는 정민으로서는 얼굴을 보자 금방 알 수 있었다. 정민이 의학상식에 대하여 잘 아는 것은 IMF때에 회사가 부도가 나 놀고 있을 때 대체의학을 배워둔 덕분이었다. 그는 사람의 얼굴만 보아도 대략은 무슨 병이라고 잡아낼 수 있는 상식은 가지고 있었다.

"반가워요. 그런데 어떻게 된 겁니까? 안색이 좋지 않아요. 어디가 아픈 것 같은데…"

"그렇게 보여요? 그런 얘기는 나중에 하고 오늘은 반가우니 좋은 얘기만 하기로 해요. 우리 너무 오랜만이잖아요."

"마지막 헤어진 것은 13년 되었지만 우리가 처음 만난 것은 거의 30여 년이 다 되어가고 있습니다. 세월 참 많이 흘렀어요. 청춘에 만나서 이렇게 육십을 바라보는 나이가 되었으니 말입니다. 아이도 많이 컸을 테고 영우씨도 이젠 많이 늙었겠지요."

"애 아버지 떠난 지 오래 됐어요."

"떠나다니요? 그게 무슨 말이에요."

"그때 제가 그 사람과 서울에서 함께 올라온 후에도 마음을 잡을 수가 없었어요. 전 이곳이 몸서리 쳐지도록 싫었으니까요. 그래서 다투는 날이 많았어요. 제가 천안에서 정민씨를 만나고 나서 6개월 정도 흘렀을 겁니다. 그때도 여전히 전 이곳을 어떻게 하면 빠져 나갈 수 있을까 고민 중이었어요. 그날도 남편에게 이곳이 지겨워 못살겠으니 떠나자고 했더니 그 사람은 못 떠난다고 다투다가 홧김에 집을 나갔어요. 나간 지 두 시간 가량 되어서 전화가 왔어요."

"뭐라고요?"

"홧김에 강릉으로 나갔대요. 곰곰이 생각을 많이 했나 봐요. 그렇게 몸서리치도록 지겨운 곳이라면 떠나자고 했어요. 그러면서 시간이 지나면 정이 들어 떠나자는 말을 하지 않을 줄 알았대요. 그날은 비가 억수같이 쏟아졌어요. 영우씨는 집으로 오는 도중 빗길에 앞차를 피하려다 산 아래로 구른 것 같다고 경찰이 말하더군요. 사고 현장을 보질 못했으니 그런 줄 알고 있는 거지요. 그 사람이 그렇게 죽고 나니 나 때문에 죽었다는 죄책감에 늘 죄인 된 마음으로 살았습니다."

"그러면 죽은 지 10여 년이 넘었다는 애기네요."

그렇지요. 벌써 그렇게 되었네요. 그래도 남겨 놓은 재산이 조금 있었고 제가 전부터 가지고 있던 것이 살만큼은 가지고 있어 임계에서 약국을 하며 지금 것 별 어려움 없이 살고 있습니다."

"그러면 영우씨 어머니께서는 수련씨와 함께 살고 있겠군요?"

"아니에요. 영우씨가 죽고 난 후 바로 요양원으로 가셨어요."

"왜요?"

"영우씨가 자신의 고집으로 이런 곳에 와 나와 효빈이를 괴롭혔다고 생각 하셨나 봐요. 미안하다고 하시며 요양원에 가서 마음 편하게 사시겠다며 우기셔서 보내 드렸어요."

"그렇군요. 무슨 말로 위로의 말을 대신하여야할지 모르겠습니다."

"전 원래 전생에 죄가 많았던 사람인가 봅니다. 정민씨에게도 못할 짓만 하였고 영우씨에게도 그런 것 같습니다. 다 제가 죄가 많은 탓이지요."

그렇게 말을 하고 있는 수련의 얼굴에 정민에 대한 미안함과 자신의 인생에 대한 회한이 쓸쓸하게 나타나고 있었다.

"그랬군요. 몰랐습니다. 공연히 아픈 곳을 건드린 것 같습니다.”

“아닙니다. 어차피 숨길 일도 아닌걸요.”

그런데 앞집 아저씨의 말을 들으니 젊은이가 찾아 왔다 하는 데 혹시 예전 그 아이가 아니었는지요.“

“네, 맞아요. 한참 잊고 살았는데 그 아이가 찾아 왔더군요. 의외라 많이 울었어요. 어릴 때보고 다 큰 청년이 되어 만나니 어미로서 해준 것도 없는데 생모라고 찾아 왔으니 눈물 밖에 나오는 것이 없었어요.”

그녀는 우빈이의 이야기가 나오니 금 새 눈에서 눈물이 글썽인다. 그리고 성인으로 건장하게 자라준 우빈이 자랑스러운 듯 우빈과의 만났던 이야기를 한다.

17 우빈을 만나다

약국으로 찾아온 우빈이를 처음엔 알아보지를 못했다. 평상시와 다름없이 약을 사러온 손님인줄로만 알았던 것이다. 그런데 약국으로 들어온 우빈은 약은 달라고 하지 않고 수련을 뚫어지게 보고 있는 것이었다. 그런 그를 영문을 몰라 마주 보고 있으려니 어디선가 많이 본 얼굴이었다. 그때 우빈이 눈물을 글썽이며 묻는 것이었다.

"혹시 설수련씨가 아닌가요?"

"누군데 내 이름을..."

"그렇군요. 어머니였군요."

그때서야 우빈이의 얼굴을 알 것만 같았다. 어렸을 때 덕수가 한 번 데리고 왔을 때의 모습이 떠올랐던 것이다. 그래서 처음 들어와 자신을 뚫어지게 쳐다보고 있을 때에 어디선가 많이 본 것 같은 느낌이 들었던 것이다.

"네가 우빈이구나. 그래 그때 너의 아버지와 왔다 간지가 엊그제 같은데 벌써 이렇게 훌륭하게 커줬구나. 흐흐흑"

"어머니 보고 싶었어요. 흐흐흑"

"우빈아 엄마도 네가 얼마나 보고 싶었는지 모른단다. 흐흐흐흑"

모자는 누가 먼저랄 것도 없이 부둥 켜 안고 울고 있었다. 정신없이 감격에 겨워 울었다.

"어머니 너무 보고 싶었어요."

"그래, 나도 네가 무척 보고 싶었단다. 내가 여기 있는 것은 어떻게 알고 찾아 왔니."

"아버지가 가르쳐 주셨어요. 이제 저도 컸으니 생모에 대하여 알 때가 됐다며 한 번 찾아가 보라고 하셨어요. 아버지는 어머니와의 과거 일까지 소상하게 얘기해 주시고 어머니를 불행하게 만든 것은 당신 때문이라며 자책을 하셨답니다. 어머니, 어머니의 과거까지는 제가 보상을 못해 드려도 이제부터의 인생은 저에게 맡겨 주십시오."

"우빈아, 네 마음은 알겠다. 그러나 이곳에도 네 여동생이 하나 있단다. 그 아이는 너에 대하여 아무 것도 모르고 있지. 가끔 나에게 궁금치나 않게 연락이나 주려므나."

"제가 미쳐 그걸 생각을 못했군요. 그러면 차차 동생에게 저에 대하여 알려 주세요. 어차피 어머니의 소생이라면 그 아이와 전 남매인걸요. 아쉽지만 오늘은 어머니 말씀대로 하겠습니다. 그러데 오늘은 제가 어머니가 살고 있는 정선을 구경하고 싶은데 어머니께서 저와 함께 가 주셨으면 합니다."

"약국은 어떻게 하구."

"어머니 약국이 문제예요. 오늘은 그냥 문을 닫고 저와 함께 해주세요. 오늘 못 번 돈 제가 모두 보상해 드릴게요. 어머니."

우빈과 함께 나온 수련은 꿈만 같다. 우빈이를 빼앗기고 죽으러 바닷물에 뛰어 들었는데 그때 만일 죽었다면 우빈이의 가슴에 상처를 주고 오늘 같은 좋은 날도 없었을 것이었다. 그 생각에 미치니 정민의 얼굴이 자연스럽게 우빈의 얼굴과 함께 겹쳐져 온다. 고마운 사람인데 자신이 몹쓸 짓을 했다는 생각에 이르자 정민을 죽기 전에 한 번은 보아야 할 것 같다는 생각을 갖게 되었다. 수련은 기분 좋은 마음으로 우빈과 함께 정선의 명소를 찾았다. 이곳에 꽤 긴 시간을 살았지만 제대로 가본 곳은 없었다. 백석폭포를 돌아 별천지 박물관을 들려 화암약수로 갔다. 그곳엔 피톤치드 삼림욕장과 몰운대가 있었다. 피톤치드 삼림욕장과 몰운대는 산을 타고 8km올라가야 했다.

"어머니 몰운대가 경치가 괜찮아 올라가고 싶은데 어머니가 올라갈 수 없을 것 같아요."

"그럼 내가 여기서 기다릴게 다녀오도록 해."

"어머니와 함께 있고 싶어 왔는데 어떻게 저 혼자 가요. 어머니 그러지 말고 화암약수터에 가기로 해요."

우빈과 함께 있는 곳에서 화암약수터는 가까웠다. 다리를 건너니 바로 앞에 화암약수터가 있었다. 그곳에 걸려 있는 조롱박으로 만든 바가지를 들고 물을 떠서 마시니 쇳물 냄새가 나며 탄산수를 마시는 듯 톡 쏘는 맛이다.

"어머니 물맛이 마치 사이다를 마시는 것 같아요. 여기에 설탕만 넣으면 사이다라고 해도 속겠어요."

"정말 그렇구나. 난 이곳에 오래 살았어도 한 번도 와본 적이 없어 이런 약수가 있는지도 몰랐구나. 아들 덕분에 엄마는 이런 약수 물도 마셔보게 되는걸. 호호호"

"어머니 이런 것은 아무것도 아니에요. 이제부터 어머니 편안하게 모실 거예요."

"이 물을 한통 받아 가는 게 어때?"

"어머니가 좋으실 대로 하세요. 제가 물통을 구해 올 테니까요."

마침 약수터 맞은편에 물통을 파는 가게가 있었다. 작은 물통을 사다 약수를 한통을 받아 차에 실었다. 다음 행선지는 화암동굴이었다. 화암동굴은 약수터에서 그리 멀지 않은 곳에 있었다. 밑에서 조금 올라가야 했는데 그곳에는 전기 궤도차가 손님을 실어 나르고 있었다. 우빈이 표를 끊어 수련과 함께 잠시 기다린 후 궤도차를 타고 화암동굴 입구에서 내렸다.

"어머니 동굴이 좀 컴컴하니 제 팔을 꼭 붙들도록 하세요."

"그래, 우빈이만 꼭 붙들고 갈 테니 걱정 말거라."

화암동굴은 옛날엔 금을 캐는 광산이었다. 약 1000m가 넘는 길이의 동굴이었는데 금광 동굴과 자연 종유석 동굴이 함께 있는 동굴이었다. 아마 금광을 개발하는 과정에서 발견된 종유석 동굴이 아닌가 하는 생각이 들었다. 그런 동굴을 잘 개발하여 갖가지 금과 관련된 자료들을 구경을 하는 사람들에게 제공하고 있었다. 화암동굴을 보면서 대강 옛날 정선 사람들의 생활상을 떠올릴 수가 있었다. 지금이야 많은 광산들이 폐광이 되어 문을 닫았지만 광산이 아니더라도 먹고 살 수 있는 수단은 얼마든지 있을 것이다. 하지만 그때는 지금과는 판이하게 달랐던 것이다. 산골에서 특별하게 먹고 살 수단이 없었던 그곳 사람들은 광산에서 일을 하며 고달픈 명줄을 이어갔을 것이기 때문이었다. 이런 산골짝에서 거의 30여 년이 되도록 살았을 어머니를 생각하니 우빈은 공연히 가슴이 아프다. 물론 어머니가 광산에서 일을 하며 먹고 산 것은 아니지만 문화의 혜택을 받지 못하고 살아온 30여 년은 그 어느 곳에서도 보상 받을 수 없는 일이었다. 그곳에서 나와 향토 박물관을 들린 후 식사를 하기로 했다. 1층부터 2층까지를 견학 한 후 천포 금광촌을 돌아보았다. 금광촌에서 일하는 사람들의 생활상을 마네킹으로 만들어 놓아 그대로 재연을 해놓은 곳이었다. 금광촌에서 일하던 사람들의 생활상을 한눈에 볼 수 있었다. 금광촌을 나온 수련과 우빈은 너무 배가 고팠다. 우선 허기진 배를 채우기로 했다. 처음엔 우빈이 곤드레 비빔밥을 먹겠다고 하였다. 그러나 메뉴판을 들여다보던 우빈이 수련에게 물었다.

"어머니, 곤드레 비빔밥 보다는 민물매운탕을 드셔보는 것이 어떻겠어요?"

얼큰한 국물이 있는 민물매운탕을 메뉴판에서 보았기 때문이었다.

"그래, 그게 괜찮을 것 같구나. 여기 민물고기는 깨끗해 잡는 즉시 회를 쳐 먹어도 괜찮다고 하더구나."

"어머니도 괜찮으시다면 민물매운탕으로 하지요."

들어올 때는 곤드레 비빔밥을 먹기로 했는데 별안간 우빈의 제의로 메뉴가 민물매운탕으로 바뀌고 말았다. 대신 곤드레 나물이 반찬으로 나왔다. 식사를 마치고 다음 행선지를 돌기로 했다. 그러나 하루에 정선을 모두 본다는 것은 불가능할 것이라는 것은 알고 있었지만 턱도 없이 모자랐다. 일단 아라리 촌으로 향했다. 아리리 촌으로 온 수련과 우빈은 대충 이곳저곳을 돌아본 후 아우라지 강이 있는 곳에 당도하였다. 수련은 아우라지에는 몇 번인가 왔었던 기억이 있었다. 처음 이곳에 와 도망치고 싶어 무작정 걸어온 곳이 아우라지였다. 그냥 걸어서 몇 고개를 넘었는지 모른다. 길에서 보니 오른쪽으로 가면 아우라지라는 팻말이 있어서 간 곳이었다. 그때 아우라지 강 뚝에서 얼마나 울었는지 모른다. 이곳이 싫어서 울었고 막막한 마음에 떠나고 싶어 울었던 곳이었다. 가사도 잘 알지 못하는 정선아리랑의 노래를 입에서 나오는 대로 부르며 떠나지 못하는 한을 토해내던 곳이 여기였다.

새벽달 지새고 서리 친 고요한 밤
홀로 난간을 의지하고 애수에 잠겼을 제
처량한 실솔성은 이내 설음 자아내고
창망한 구름밖에 외기러기 슬피 울며 날아가니
울적한 심회를 어이할까

세파에 시달린 몸 만사에 뜻이 없어
홀연히 다 떨치고 청려를 의지하여 지향 없이 가노라니
풍광은 예와 달라 만물이 소연한데
해 저무는 저녁놀을 무심히 바라보며
옛일을 추억하고 시름없이 있노라니
눈앞에 온갖 것이 모다 시름뿐이다.

(정선군지에서 발췌)

그런 절망감 속에서 왔던 이곳에 오늘은 우빈과 희망에 잔뜩 부풀어 온 것이다. 살다 보니 이런 좋은 날도 있다는 것을 수련은 오늘 느끼고 있었다. 우빈은 아우라지 강에 대하여 많이 들어는 봤지만 와보긴 처음이라 했다.

"그럼 엄마가 아우라지 강에 대한 전설을 들려줄까?"

"정말 그러실래요. 어머니."

18 아우라지의 전설

봄철이면 제일 먼저 피는 꽃이 동백꽃이란다. 동백꽃은 노란 동백과에 속하는 나문데 열매가 아주 아름답게 맺혀서 양력으로 7월 말이면 열린단다. 여량과 송천은 아우라지 강가를 마주하고 있는 마을인데 여량의 처녀와 송천의 총각이 서로 사랑을 하게 되었지. 어느 해 여름 그들은 동백이 열리면 싸리 골로 동백 열매를 따러 가자고 굳은 약속을 하고 헤어졌는데, 하필이면 며칠 전부터 내리던 비가 그치기는커녕 더욱 더 거센 빗줄기로 변하여 아우라지 강물이 넘쳐나기 시작했어. 강을 건너가고 건너오던 나룻배도 움직일 수가 없었지. 이 풍랑에 배를 띄우는 것은 자살행위나 마찬가지였기 때문이었어. 그러나 한창 사랑을 속삭이던 두 처녀 총각에겐 이것이 문제가 될 게 없었단다. 뱃사공을 졸라 강 건너 님에게 로 실어다 달라고 부탁을 아무리 해보아도 배를 띄울 수는 없었어. 두 처녀 총각은 서로 강변에서 만나지도 못하고 상대방의 이름만 부를 따름이었지. 그때 불려 진 노래가 정선아리랑 1호로 지정된 곡이란다.

"아우라지 뱃사공 배 좀 건네주게 / 싸리골 올 동백이 다 떨어지네.

“떨어진 동백꽃은 낙엽에 싸이지 / 사시사철 님 그리워 나는 못 살겠네.

처녀의 마음은 싸리골에 있는 동백 열매를 빨리 따다가 짜내어 머릿기름을 내어 머리에 바르고 싶었지. 그리하여 님에게 더 예쁘게 보이고 싶었는데, 마음은 바쁘기만 한데 날씨는 그 마음을 더욱 애태우게 하는 것이었어. 더구나 이 폭우에 동백 열매라도 떨어지는 날이면 머릿기름은 구경조차 못할 지경이니 처녀의 마음은 애가 탈대로 탈 지경이었지.

(정선군지 인용)

수련과 우빈이 앉아 있는 곳이 물이 양쪽에서 흘러들어 한 곳으로 어우러지는 곳이었다. 수련은 이곳 전설에 대해 길지 않은 이야기를 들려주었다.

“어머니, 어머니도 그 처녀처럼 저를 간절한 마음으로 만나고 싶었을까요?”

“그럼, 너를 빼앗기고 엄마는 산다는 것에 대한 의미를 잃었었지. 그래서 죽고자 바다에 뛰어 들었는데 위험을 무릅쓰고 날 살려낸 사람이 있었단다. 난 그 사람과 결혼을 약속 했지만 기다리지 못하고 끝내 그 분을 배반하고 말았지. 그 사람은 이제 것 내가 세상을 살면서 만난 사람 중에 그 분과 같은 사람은 없었어. 지금은 어떻게 살고 있는지 모른단다. 그 분이 날 살렸기에 우빈이를 만날 수 있는 것 아니겠니? 언젠가는 너를 만날 날이 있을 거란 생각을 하며 살았는데 바라면 이루어진다더니 정말 너를 만난 것이 꿈만 같구나."

"어머니, 언제 그 분을 저와 한 번 만나게 해주세요. 어머니를 살려 주신 분인데 아들인 제가 감사의 인사라도 들여야지요."

"잘 커준 우빈아 고맙구나. 네가 이만큼 성장하기까지 순탄치는 않았을 텐데... 내가 그 분의 전화를 가르쳐 줄 테니 네가 서울에 가면 그 분에게 전화라도 해보렴. 그 분은 너에 대하여 잘 알고 있단다.

하며 수련은 우빈에게 정민의 전화를 알려 주었다.

"옛날 전화번호인데 지금도 그대로 쓰고 있는지 모르겠구나. 혹시 틀리더라도 그 전화로 수소문하면 찾을 수 있을 것 같구나."

"네, 어머니 말씀대로 하겠습니다. 어머니의 생명에 은인이신데 꼭 찾아서 뵙도록 하겠습니다."

우빈의 말을 듣고 있는 수련은 우빈이 그렇게 대견스러울 수가 없다. 장영우와의 사이에서는 소생이 없었으나 정민의 소생인 효빈과는 너무나 닮아 있었다. 효빈은 의과대학을 졸업하고 S대학병원에서 수련의로 근무 중이었다. 그래도 의과대학을 졸업하며 우수한 성적으로 졸업을 하였기에 S대학병원에서 수련의로 근무할 수 있었던 것이다.

"그런데 어머니 어디가 아프세요?"

"왜? 엄마 어디가 아픈 것 같아? 아픈데 없어."

수련은 우빈의 물음에 당황하며 말을 얼버무린다. 그러나 영우가 그렇게 죽고 그 죽음이 자신 때문에 죽었다는 죄책감 때문에 수련은 언제부터인가 조그만 일에도 깜짝깜짝 잘 놀랐다. 그때부터 자신의 몸이 점점 쇠약해져 감을 감지하고 있었다. 이 병은 영우와 살고부터 생긴 것이라고 보면 옳을 것이다. 마음에도 없는 이곳에서의 생활은 수련에게는 지옥이나 다름없는 것이었다. 그러다 보니 그때부터 병은 서서히 시작된 것이다. 그러던 중에 갑작스런 영우의 죽음이 겹치며 병은 중증으로 발전해 갔다. 언젠가는 몸이 너무 안 좋아 강릉에 있는 병원을 갔더니 의사가 고개를 갸웃 하며 소견서를 써줄 테니 서울의 큰 병원으로 가서 정밀 진찰을 받아 보라고 권하는 것이었다. 그러나 수련은 죽을병이라면 차라리 더 이상 병원에 가고 싶지 않았다. 누구에게도 자신이 나쁜 병이 들었다는 말을 하지 않았지만 얼굴에 나타나는 병색은 어찌할 수가 없었다. 병색을 감추려 화장을 짙게 해도 갈수록 깊어가는 병색은 감출 수는 없었다.

"누가 말하지 않아도 어머니는 몸이 아프다고 얼굴에 씌어 있어요. 그러니 저와 함께 병원에 가서 종합검진을 받아 보기로 해요."

"우빈아, 내 병은 내가 더 잘 안다. 나 아픈데 없단다. 너무 걱정하지 말거라."

수련은 끝내 우빈의 말을 듣지 않았다. 우빈은 도저히 자신으로서는 수련을 설득할 수 없다고 생각이 미치자 더 이상 권하지 않기로 했다. 서울에 가면 정민을 만나 수련을 설득해 달라고 부탁하기로 하고 일단 서울로 돌아갈 결심을 했다. 그대로 방치하면 수련에게는 별로 시간이 없을 것 같은 예감이 들어서였다.

"어머니 제가 별안간 바쁜 일이 생겨 오늘 중으로 서울로 가야겠어요. 바로 또 올게요."

"바쁜 일이 있다면 가봐야지, 시간이 되면 오고 너무 무리해서 오진 말아라."

우빈은 수련을 약국에 내려놓고 급히 차에 올라 서울로 향했다.

우빈이 떠나자 수련은 별안간 자신이 황량한 벌판에 홀로 서 있는 기분이다. 아니 지금 수련의 처한 상황이 꼭 그와 다름없었다. 영우가 죽고 효빈이 S대학병원의 수련의로 가 있어 늘 혼자였는데 우빈이 찾아와 잠시 들떠있던 마음이 우빈이 떠나고 나니 다시 황량한 벌판에 서 있는 것 같은 기분이 된 것이다. 수련은 약국의 문을 열고 들어가려 하는데 앞집 점포의 주인이 명함을 건넨다. 무심히 명함을 받아 물끄러미 보던 수련의 얼굴에 생기가 돌고 있었다.

"아! 정민씨가 왔었구나. 정민씨가 왔었어. 아저씨, 이 사람 어디로 간다고 했어요?"

"처음엔 이곳에 묵을 때가 없냐고 물었어요. 그래서 이곳엔 마땅하게 잘만한 곳이 없다고 말했지요. 내일이 정선 장날이니 장구경도 할 겸 정선으로 나가기를 권했어요. 아마 정선으로 갔을 겁니다."

그녀는 약국으로 들어와 명함에 있는 휴대폰의 전화번호를 눌렀다.

정민은 수련의 긴 이야기를 듣고 보니 모든 것이 잘 마무리된 것 같다. 어쩌면 가던 날이 장날이라고 정민이 온 날 우빈이도 왔다 간 것이다.

"김덕수씨가 알려주어 우빈이가 찾아오게 되었군요. 실로 우빈이와 오랜만에 만나 모자의 정을 나누었겠습니다."

모두가 정민씨의 덕이지요. 그때 내가 죽었다면 우빈이는 영영 못보고 말 뻔 했습니다. 정민씨는 나에겐 영원히 소중한 친구이면서 은인이지요. 앞으로 살아가면서 이 은혜 갚아 나갈게요."

"은혜는 새삼스럽게 무슨 얼어 죽을 은혜예요. 하하하"

정민의 웃음소리가 수련에게는 쓸쓸하게 들렸다.

"난 이만 가렵니다. 소식이 궁금해 알려고 왔다가 좋은 소식 듣고 가니 앞으로 나도 마음 편하게 살 것 같습니다."

19 우빈의 기억

우빈은 민경희를 친엄마로 알고 자랐다. 자신이 낳은 아이는 아니지만 경희가 사랑하는 남편의 씨앗이기에 자신이 낳은 자식 이상으로 사랑하며 키웠다. 덕수와 경희가 바라는 만큼 우빈은 건강하게 잘 자라 주었다. 경희는 백화점이나 마트를 갈 때는 항상 우빈이를 데리고 다녔다. 사람들이 우빈이를 데리고 나가면 아이 칭찬이 자자했기 때문이다.

"어머, 아이가 어쩌면 저렇게 잘생겼어요. 아유, 귀여워라."

"아줌마 아들이에요? 잘생기기도 했어라."

사람들은 우빈이를 볼 때마다 잘생겼다며 칭찬 일색이었다. 신혼부부들은 우빈이 사진을 한 장만 찍어도 되냐며 경희에게 간청을 하기도 했다. 잘생긴 아이의 사진을 매일 보면 그렇게 잘생긴 아이를 낳을 수 있다는 믿음 때문이었다. 그러면 경희는 흐뭇한 표정으로 인심을 쓰곤 했다. 한마디로 경희가 사는 것은 우빈이 때문이라고 해도 과언이 아닐 정도였다. 집에서도 우빈이 재롱떠는 모습에 웃음이 그칠 날이 없었다. 처음에는 밖에서 낳아온 자식이라며 구박을 하더니 덕수가 밖으로 돌지 않고 우빈이와 집에서 노는 날이 많으니 그 사랑이 우빈이에게로 쏠리게 된 것이다. 덕수가 우빈이를 두고 출근을 하며 오늘은 아내가 우빈이를 어떻게 괴롭힐까 걱정이 되었는데 지금은 그런 일은 상상할 수도 없는 일이 되고 만 것이다. 덕수는 이 평화가 언제까지나 깨지지 않기를 바랐다. 그런데 우빈이 열 살이 되던 해, 초등학교 3학년 때였다. 경희가 계속해 구토를 하여 병원에 가보았더니 느닷없이 임신이라는 것이었다. 처음엔 나이도 많은데 무슨 임신이냐고 했지만 임신은 사실이었다. 경희는 기뻐 어찌할 줄 몰라 했다. 평생 아이 한번 낳아보지 못할 줄 알았는데 늦은 나이에 아이를 가졌으니 세상을 모두 얻은 기분이었다. 그녀는 그 아이가 아들이길 바랐다. 어차피 자신이 아들을 낳는다면 그 아이가 집안 정통 핏줄로서 대를 잇는 것이 정상이라 생각했다. 아직 낳지도 않은 아이를 경희는 아들이라고 단정을 하고 있었다. 저녁에 덕수가 퇴근을 하면 그 아이가 집안의 대를 이을 핏줄이라고 대놓고 말을 했다. 이제는 집안이 평화로워 한시름 놓았다 했더니 호사다마라고 평화가 지속되나 했더니 바람이 불기 시작한 것이다. 덕수는 아이가 계집아이이기를 바랐다. 공연히 아들을 낳는다면 분명히 경희의 성격에 바람 잘 날이 없을 것이라는 걸 너무도 잘 알고 있기 때문이었다. 아이가 세상에 나올 때까지 우빈이 경희에게 미움을 받을 것은 틀림이 없었다. 그러나 덕수는 우빈이 잘 견뎌 주기를 바랐다. 경희는 임산부로는 고령에 갖은 아이기 때문에 힘들어 했다. 짜증을 자주 냈고 아프다고 하는 날이 많았다. 그러다 보니 우빈은 경희가 짜증을 내도 아파서 그런다고 생각하는 것 같았다. 경희 또한 우빈이 초등학교 3학년이 되니 어렸을 때처럼 함부로 말을 하진 않았다. 그렇게 10개월이 흐르고 경희는 아이를 제왕절개 수술을 하여 낳을 수 있었다. 고령이라 위험하다 하여 제왕절개를 한 것이었다. 아이는 경희의 바람과는 달리 딸이었다. 경희는 실망스러워 했지만 덕수로서는 안도의 한숨을 쉴 수 있었다. 만약 아들이었다면 덕수로서는 골치 아픈 일이었다. 경희의 그 성격으로 분명히 재산 때문에 새로 태어난 아이를 적자 타령을 하며 우빈이를 내치려 했을 것은 빤한 일이기 때문이다. 가끔 덕수에게 여자도 대를 이을 수 있다는 등 강짜를 부리기도 했지만 대부분 일회성에 그치고 말았다. 영리했던 우빈은 모를 줄 알았는데 덕수와 함께 수련을 찾아갔던 일을 기억하고 있었고 경희에게 들었던 나쁜 기억들도 모두 알고 있었다.

우빈이 군에 다녀오고 25세의 건장한 청년이 되었다. 하루는 덕수와 목욕탕을 함께 간적이 있었다. 서로 등을 밀어주고 있을 때 우빈이 덕수에게 뜬금없이 말을 하는 것이었다.

"아버지 내 친엄마 지금 어디 살아요?"

우빈의 뜬금없는 질문에 덕수는 깜짝 놀라며 대답했다."

"이 녀석아, 집에 있지 어디 있어."

그렇게 대답을 하면서도 가슴이 뜨끔했다. 이렇게 묻고 있다는 것은 뭔가를 알고 묻는 것이 분명했다.

"아버지 아니잖아요. 저 다 알아요. 전에 아버지와 어느 곳에 갔을 때 나를 안아주며 울던 아줌마가 우리 엄마잖아요. 전 어렸지만 아버지의 차에 태울 때 나를 안아 주는데 어떻게나 따뜻했는지 지금도 그 따뜻한 체온을 잊을 수 없어요. 난 잠든 척 했지만 그때 생각하면 분명해요. 내가 지금 엄마에게 어려서부터 내가 이해하지 못할 야단을 맞을 때는 그 아줌마가 내

친엄마라고 수십 번을 다짐했어요.”

우빈에게 그 이야기를 듣는 덕수는 마음이 아프다 못해 쓰려왔다. 어린 마음에 경희에게 당한 상처를 그대로 가지고 있으면서도 내색을 않고 살았으니 얼마나 아팠을까. 생각하니 우빈에게 측은하고 미안한 마음이 든다. 그는 이제 성인이 된 우빈에게 솔직하게 모든 걸 말해 주어야 한다고 생각하기에 이르렀다.

“그래, 그 아줌마가 너를 낳아준 친엄마란다. 이제 네가 알았으니 언제 친엄마를 찾아보렴. 아마 너를 보면 무척 기뻐하실 게다.”

“어디에 사시는데요?”

“정선군 임계라는 곳에서 약국을 운영한다고 들었다. 작은 면소재지니 찾기는 그리 힘들지 안 을 게다.”

그러면서 그동안 수련과의 있었던 이야기를 하나도 빠짐없이 우빈에게 들려주었다. 우빈은 덕수의 이야기를 들으며 고생하며 살았을 친 어머니를 생각하니 분노에 치를 떨며 눈물이 흐를 수밖에 없었다.

“아버지, 전 아버지께 뭐라고 할 말을 잃었습니다. 또 아버지를 이해할 수도 없고요. 그렇게 대를 잇는 것이 중요했습니까? 그 대를 잇는 일 때문에 한 여자의 인생을 그렇게 망쳐 놓아도 되는 겁니까? 지금 이 시대가 이조시대입니까? 아버지를 존경했었는데.... 흐흐흑”

“우빈아, 네가 그렇게 말하는 것을 보니 너도 이제 다 컸구나. 미안하다. 네 엄마를 지켜주지 못해서, 아버지는 너의 엄마를 지키지 못했으니 이제부터 네가 엄마를 지켜 드려라.”

덕수의 눈에서도 눈물이 흐르고 있었다. 그동안 수련을 지켜주지 못한 회한의 눈물이었다. 우빈은 아버지의 말을 들은 후 하루라도 친어머니를 만나보고 싶었다. 다음날 덕수가 가르쳐 준 정선을 향하여 출발을 하였다. 정선을 향하여 출발하는 우빈을 바라보는 덕수는 착잡한 심정이었다. 그러나 이젠 장성해 친엄마를 찾는다는 데는 대견하게 느껴지기도 했다. 우빈이 정선군 임계면에 도착을 해보니 면소재지라 작은 도회지라고도 볼 수없는 곳이었다. 약국을 물으니 금방 찾을 수 있었다. 약국 안을 들여다보니 깨끗한 약국에 아직은 손님이 없었고 하얀 약사 가운을 입은 여자가 혼자 있었다.

20 모자의 만남

수련과 헤어진 정민은 고속버스를 타고 오면서 많은 생각에 잠긴다. 사람들은 인생이란 자신이 하기에 따라서 얼마든지 달라질 수 있다고들 말한다. 그러나 그런 말을 할 수 있는 사람들은 세상을 편하고 순탄하게 산 사람들일 것이란 생각이었다. 정민은 자신이 살아온 인생을 돌아보았을 때는 분명 아니라고 말 할 수 있었다. 사람마다 태어날 때부터 운명은 정해져 태어나기 때문에 사람이 자신의 인생을 자신의 의지대로 살려고 해도 안 된다는 것을 알았다. 그것은 오직 신만이 할 수 있는 영역이기 때문이다. 고속버스가 영동고속도로를 힘차게 달리고 있다. 정민이 집에 도착한 시간은 밤 12시가 거의 다된 시간이었다. 씻고 잠자리에 들으니 1시가 넘어가고 있었다. 오랜만의 여행이라 그런지 집에 왔어도 기분은 상쾌했지만 먼 여행길이었기에 피곤했는지 곧 깊은 잠에 빠져들고 말았다. 다음날 깨어 시간을 보니 오전 11시가 넘어가고 있었다. 곧 일어나 출근을 할 차비를 하고 있으려니 휴대폰의 벨이 울린다. 회사에서 온 전화였다. 아마 회사에서 오늘은 여행에서 돌아와 있는 것을 알고 그동안의 근황을 보고하는 전화였다. 정민은 다시 일상으로 돌아와 있었다. 그동안 새로 개발한 제품들이 상품화 되고 시중에서 조금씩 반응을 보이기 시작했다. 처음이라 큰 반응은 아니었지만 써본 사람들은 너무 좋은 제품이라며 다시 구매하는 일이 많아졌다. 조금씩 생산라인이 바빠지기 시작할 무렵이었다. 고향에서 친구가 찾아와 함께 식사를 하러 식당에 나와 있는데 휴대폰의 벨이 울린다. 회사에서 온 전화였다.

"사장님 방금 전화가 왔었는데 사장님을 찾는 전화였습니다. 젊은 사람 같았는데 사장님이 안 계신다 하니 잠시 후에 다시 전화를 한다 하였습니다. 사장님 전화번호를 가르쳐 주어도 괜찮겠습니까?"

"그렇게 하도록 해요."

잠시 생각을 하니 젊은 사람에게서 전화가 올 데가 없었다. 그러나 별안간 번개처럼 스쳐가는 것이 있었다. 혹 우빈이가 아닐까 하는 생각이었다. 우빈이가 정민의 전화를 물었을 때 수련이 정민의 전화번호를 알려 주었다고 한 말이 떠올랐기 때문이었다. 그렇다면 우빈이가 왜 그렇게도 빨리 전화를 하였을까? 하는 의구심이 들었다. 조금 있으려니 휴대폰의 신호가 울린다.

"네, 백정민입니다."

"아, 아저씨, 안녕하세요. 혹시 저를 아실런지 모르겠습니다. 저는 김우빈이라고 합니다."

"아, 우빈군, 알고말고요. 설수련씨 아들이라는 것 전부터 잘 알고 있었어요. 그런데 김우빈군이 무슨 일로 나에게 전화를 주었을까?"

"꼭 뵙고 드릴 말씀이 있어서 그렇습니다."

"그래요. 그러면 언제든지 찾아오도록 해요. 기다리고 있을 테니까요."

"그러면 지금 곧 찾아뵙겠습니다."

"오, 그렇게 하도록 해요."

"그럼 지금 곧 회사로 찾아가 뵙도록 하겠습니다. 위치만 가르쳐 주시면 그리로 가겠습니다."

정민은 우빈에게 자신이 살고 있는 오피스텔로 오라고 하며 자세한 위치를 가르쳐 주었다. 약 한 시간 정도가 되어서 현관의 벨소리가 울렸다. 우빈이 도착했을 것이라는 직감으로 현관문을 여니 젊은 청년이 들어서며 인사를 한다. 키도 큰 것이 잘생긴 젊은이였는데 수련과 많이 닮은 모습이었다. 한 눈에 수련의 아들인 우빈이란 걸 알아 볼 수 있었다.

"안녕하세요. 좀 전에 전화 드렸던 김우빈입니다. 이렇게 실례를 범해 죄송스럽게 생각합니다."

요즘 젊은이 치고 예의가 무척 바른 모습이었다.

"우리 초면이지요. 어머니에게 얘기는 많이 들었어요. 훌륭하게 성장해서 나도 기뻐요. 우선 여기 앉도록 해요. 내가 차를 내 올 테니 잠시만 기다려요."

정민은 우빈을 소파에 앉게 한 후 우선 차를 내왔다. 은은한 향취가 묻어나는 국화차였다.

"다른 것이 아니고 어머니에 대한 의견을 여쭙고 싶어 왔습니다. 옛날에 저의 어머니를 죽음 직전에서 살려 주셨다고 알고 있습니다. 진심으로 감사드립니다."

우빈이 가정교육이 잘된 것을 보니 덕수의 인품을 알 수가 있을 것 같았다.

"원 별말을 다 하는군요."

"말씀을 놓으세요. 아들이나 마찬가지인걸요."

"그래, 그럼 그럴까. 그런데 무슨 일로?"

"어머니가 많이 아파요. 제가 병원에 가자고 해도 제 말은 들으시질 않아요. 아저씨께서 도와주셨으면 해서 이렇게 찾아 왔습니다. 부디 도와주십시오."

"어머니가 아프다는 것은 얼굴을 보며 대략은 나도 알고 있었지. 허나 심각하게까지 아픈 줄은 몰랐어. 내가 보기엔 간이나 신장이 나쁜 것으로 보았는데."

"맞습니다. 간도 안 좋고 신장도 정밀검사를 받아 봐야 안다는데 제가 말을 하면 듣지를 않으십니다. 어머니를 설득해 주십시오."

우빈의 말을 들으면 매우 심각한 수준에 와 있는 것 같았다. 그런데도 수련이 자신의 병이 깊은 것을 알면서도 한사코 병원에 가지 않는다는 것은 무슨 이유 때문인가.

"그럼 곧 정선으로 가야 되겠군."

"네, 지금 가셔도 되겠습니까?"

"음, 그러기로 하세."

정민은 회사로 전화를 했다. 지금 곧바로 정선으로 출발을 해야 하기 때문이었다. 정민이 본 수련의 안색은 당장 병원에 입원해야 할 상황인 것 같았지만 정민의 입장에서는 뭐라고 말할 처지가 되지 못해서 그냥 왔던 것이다.

"김부장 난데 급한 일로 정선엘 다시 다녀와야겠어. 며칠이 걸릴지 모르니 일은 전대로 처리해 가도록 해, 알았지."

"네, 알겠습니다. 지금 것 하던 대로 진행하겠습니다."

21 다시 정선으로

일단 회사에 일의 진행을 지시하고 정선으로 출발을 하였다. 차는 우빈의 것을 타고 가기로 하였다. 우빈은 중부고속도로를 타고 가다 이천인터체인지에서 강릉 방면으로 차를 몰기 시작했다. 평일인 관계로 차가 밀리지 않아 소통이 원활하게 이루어지고 있었다. 통상적으로 3시간이 걸려야 도착할 수 있는 거리를 2시간 30분이 걸려 강릉에 도착을 하였다. 강릉에서 간단한 식사를 하고 임계로 들어가기로 하였다.

"가서 어머니를 설득 한다면 어떻게 할 작정인가? 가령 병원 문제 말일세."

"서울로 모시는 것이 좋지 않겠습니까."

나도 자네 생각과 동감일세. 어차피 큰 수술이라면 지방보다는 서울이 훨씬 나을 테니까 말일세."

정민은 우빈과의 의견 조율이 끝나자 임계로 들어가기로 하고 식당 문을 나섰다. 우빈은 차를 몰고 임계로 향하며 이 험한 고개를 넘을 때 어머니가 얼마나 싫어했던가를 생각 안 할 수가 없었다.

"이번에 가면 꼭 어머니를 서울로 모셔야겠어요. 아저씨께서 꼭 도와 주셔야 합니다."

"지금에 와서 내 말을 들을지는 나도 모르겠다. 그러나 최선을 다할 셈이지. 그러니 너무 걱정하지 말게나."

"네, 그렇게 하겠습니다."

"우빈이는 어머니가 왜 자신의 몸이 나쁘면서도 병원엘 가지 않으려고 하는지 알겠나?"

"전 그 이유를 잘 모르겠습니다. 전엔 이곳이 죽기보다 싫었다고 했습니다."

"어머닌 장영우씨를 자신이 죽인 거라 생각을 하고 있는 거지. 장영우씨가 죽는 날 어머니와 싸우고 나갔거든. 나갔다 돌아오다 이곳 어디에선가 사고로 차가 굴렀던 것 같아. 그래서 죽었기에 자신도 그 충격으로 병을 얻었고 죽을병이라면 그 죄값을 받는 거라 생각을 하고 있는 것 같았어."

"말도 안 되잖아요. 왜 오기 싫다는 사람을 억지로 데려와 자신은 죽고 어머닌 병들어 죽게 하는 냔 말이에요."

우빈은 사뭇 억울하다는 표정이 역력했다. 이제 차는 고개를 넘어 임계면에 도착을 하고 있었다. 우선 약국으로 가기로 했다. 그러나 약국 문은 굳게 닫혀 있었다. 저번에 앞집 점포 주인이 정민과 우빈을 보고는 반가운 표정으로 나온다.

"안녕하세요. 오늘은 두 분이 함께 오셨네요. 그런데 약국은 오늘 문을 열지 않았어요. 많이 아픈 것 같았어요."

"어디가 얼마나 아픈지 모르겠어요?"

"얼굴이 전보다 많이 검어졌어요. 강릉 종합병원에서 전에 검진을 받았던 것 같아요. 간인지 콩팥인지가 나쁘다고 말씀하시는 것 같았습니다."

병원에서 그렇게 말했다면 정민이 생각하고 있는 쪽이었다. 그가 보기엔 간이 나쁜 것이었다.

"그러면 지금 집에 계신가보죠?"

"네, 그런 것 같습니다. 집으로 가보시면 계실 겁니다."

우빈과 함께 정민은 가슬비의 집으로 차를 몰았다. 우빈이 가슬비를 잘 모르기 때문에 정민이 방향을 가르쳐 주는 대로 갈 수밖에 없었다. 채 20분이 걸리지 않아 차는 가슬비에 도착을 하였다. 집 앞에 차를 대고 문을 두드리니 병색이 완연한 몸을 이끌고 수련이 나온다.

"아니 무슨 일로 왔어요. 어서 들어와요."

"어머니!"

"수련씨 이렇게 있지 말고 우리와 함께 병원으로 갑시다. 병원에 가 무슨 병인지 알아야 치료를 할 것 아닙니까?"

"내가 무슨 낯으로 뻔뻔하게 세상을 살아요. 그 사람이 죽은 것은 나 때문인데요. 그냥 이렇게 살다가 때가 되어 하늘이 부르면 갈래요."

그럼 수련씨는 아이들 생각은 안 합니까? 앞으로 우빈이 결혼 하는 것도 보고 또 딸아이 시집가는 것도 보아야 할 것 아닙니까? 아버지가 없는 지금 수련씨 마저 없다면 남은 딸아이는 어떻게 하라고 그런 책임 없는 말을 하는 겁니까."

그때 우빈이 수련의 가슴에 얼굴을 묻고 어깨를 들먹이며 흐느낀다.

"어머니 제발 제 소원을 들어 주세요. 어머니가 돌아가신다면 만나자 이별뿐이 더 되겠어요. 지금 저는 생모인 어머니를 만나 얼마나 행복해하고 있는지 알아요? 제발 저의 이 소망을 져버리지 말아주세요. 부탁입니다. 흐흐흐흑"

흐느끼고 있는 우빈의 머리를 쓰다듬고 있는 수련의 모습이 수척해 보였다. 그런 모자의 모습을 보고 있는 정민의 마음 또한 편치가 않기는 마찬가지였다. 한 때는 죽도록 사랑했던 여인이다. 아니 지금도 정민은 사랑하고 있는 것이다. 참 모질기도 한 사랑이었다. 병에 시달리고 있는 수련을 보고 있는 정민의 마음은 차라리 형벌을 받고 있는 것이나 다름이 없었다. 무엇이 그렇게도 끈질기게 둘의 관계를 끊어 놓지 못하고 질기게도 연결되어 있는 것일까 하는 생각에 미치자 정민은 도저히 수련을 이대로 둘 수가 없다는 생각이었다.

"수련씨. 더 이상 고집부리지 말고 저 아이에게 마음 편하게 살 수 있도록 해주면 안 돼요? 부탁해요. 서울로 갑시다. 더 늦기 전에..."

우빈의 머리를 쓰다듬던 수련이 정민을 연민어린 눈으로 바라본다. 한참을 바라보던 수련의 눈에 눈물이 맺히더니 끝내 얼굴을 타고 흘러내린다.

"정민씨 우린 참으로 끈질긴 인연이네요. 무엇으로 연결된 인연의 끈이기에 이렇게도 쇠심줄처럼 끊기가 힘이든가요. 흐흐흐흑"

"아무 생각도 말아요. 그냥 살 생각만 하도록 해요. 우빈이와 딸아이가 있잖아요. 앞으로 행복한 일들만 남았잖아요. 그런데 딸아이는 왜 안와요?"

"그 아이는 내가 이렇게 아픈 줄을 몰라요."

"그럼 수련씨는 집에 혼자 있단 말입니까?"

"사정이 그렇게 됐어요. 서울에 있거든요."

"도대체 이렇게 몸이 아픈데도 딸에게 조차 비밀로 하는 이유는 뭡니까?"

"나중에 밝힐게요. 다만 지금은 모른체 해주세요."

22 딸 효빈

효빈이는 수련이 이렇게 아픈 줄은 전혀 모르고 있었다. 서울 S의대를 졸업하고 S대 병원에서 수련의로 바쁘게 일하고 있어 집에는 거의 오지를 못하고 있는 실정이었다. 가끔 전화를 해 수련의 안부를 묻는 것이 고작이었다.

"엄마, 몸 아프면 즉 방 나한테 전화해야 해?"

"그래, 알았어. 걱정도 팔자다. 호호호."

"엄마가 건강해서 오래 살아야 내가 효도하지. 엄마 알았지?"

"그래, 걱정 마. 너하고 오래오래 살 테니까."

수련에게는 가끔 오는 효빈의 전화가 세상사는 즐거움의 전부였다. 효빈이 마저 없었다면 삶의 의미가 없었을 것이다. 그러나 수련의 말을 듣고 있는 정민은 수련의 말이 도저히 이해할 수가 없었다. 아니 이해할 수 없는 것을 떠나 가슴 한구석에는 서운함이 일었다. 지금 것 수련이 한 사람만 바라보고 살아온 자신은 뭐란 말인가, 그때였다. 수련의 휴대폰 소리가 울리고 있었다.

"여보세요. 누구세요?"

"엄마, 나 효빈이, 별일 없지?"

"응, 엄만 별일 없어. 아무 걱정하지 말고 네 일이나 열심히 해."

그때 정민이 수련이 전화를 받는 소리를 들으며 화가 나 전화를 휙 하고 빼앗았다.

"수련씨 당장 죽게 생겼는데도 무엇 때문에 딸에게까지 그런 거짓말을 하는 겁니까?"

"정말이에요. 저 아무렇지도 않아요."

그때 전화에서 떠드는 소리에 놀란 효빈의 소리가 들려왔다.

"엄마, 왜 그래. 전화기의 남자 목소리 누구야?"

그 소리를 정민이 들으며 효빈에게 말을 했다.

"수련씨의 따님인가 보군요. 난 옛날 수련씨의 친구 백정민이라는 사람입니다. 지금 어머니가 많이 아프답니다. 그런데도 고집을 부리고 병원에 가기를 한사코 거부하고 있어요."

효빈은 백정민이란 말을 들으니 몽둥이로 뒤통수를 한 대 맞은 것 같은 기분을 느꼈다. 효빈이 꿈에도 그리던 아버지였다. 그동안 효빈은 설효빈으로 살았다. 수련이 장영우와 결혼을 하고 살았지만 효빈은 수련의 성을 따 설효빈으로 살게 한 것이었다. 물론 언젠가는 정민에게 말을 해야 한다고 생각은 했지만 결혼도 하지 않고 살고 있는 정민에게 효빈이 정민의 딸이라고 밝히기에는 너무 잔인한 것 같아서였다. 아직도 혼자 살고 있는 정민에게 효빈의 존재는 혹이 될 수도 있다는 생각 때문이었다. 효빈이 어느 날 무심코 엄마의 옛날 물건들이 든 박스를 열어볼 기회가 있었다. 자신의 물건을 찾다가 우연히 본 몇 묶음의 편지였다. 겉봉에는 받는 사람은 설수련이었고 보낸 사람은 백정민이었다. 이상하단 생각에 수련에게 물었다.

"엄마, 백정민이란 사람이 누구야?"

그러자 수련이 화들짝 놀라며 물었다.

"아니, 네가 백정민이란 이름을 어떻게 알아?"

그동안 효빈에게 수련은 정민에 대한 이야기는 일체 한 적이 없었다.

"아까 우연하게 엄마 옛날 짐을 열어 봤어. 그런데 편지 보낸 사람이 모두 백정민이란 사람의 이름이었어."

수련은 이젠 효빈에게 아버지의 존재에 대해 말해 줘야겠다고 생각했다. 그리고는 수련이 그동안 겪었던 이야기를 모두 들려주었다.

"그럼 백정민이란 사람이 우리 아빠! 그럼 살아있단 말이에요?"

"그래, 그렇단다. 이 엄마 잘못이 크지, 조금만 더 기다렸다면 네 아빠와 행복하게 살았을 텐데...."

"엄마, 빨리 아빠 만나게 해줘."

"효빈아, 지금은 안 돼, 모든 건 때가 있는 거란다. 지금은 우리와 살고 있는 아빠가 알면 서운해 하실 거다. 네가 조금 더 크면 그때 만나자."

장영우가 죽었지만 의대에 6년을 다니고 수련의로 S대 병원에 근무를 하다 보니 아버지에 대한 일들은 잠시 접고 있었다. 그런데 전화의 목소리가 아버지의 목소리라니 세상에 태어나 처음 들어본 아버지의 음성이었다. 효빈은 어머니의 병도 그렇지만 아버지의 모습을 빨리 보고 싶었다.

"엄마가 그렇게 아파요? 저에겐 전혀 그런 말씀을 안 하시니 몰랐어요. 그러면 엄마를 싣고 s대 병원으로 오실 수 있을까요? 전 여기서 모든 준비를 해 놓겠습니다."

"그렇게 해 줄래요. 그러면 빨리 데리고 가겠습니다."

그 소리를 듣는 우빈은 정민을 데려오길 잘했다는 생각에 안도의 숨을 쉴 수가 있었다.

"아저씨, 그러면 강릉 병원에 들러 그쪽에서 검사한 소견서를 가지고 가는 것이 어떨까요?"

"그러기에는 시간이 없을 것 같아. s대 병원에서 효빈양이 준비를 하기로 했으니 그게 더 빠를지도 모르겠어."

지금은 수련이 병원에 가고 안 가고가 문제가 아니었다. 수련을 번쩍 안으니 뼈만 남아 앙상한 몸이 새털처럼 가볍다. 뭐가 이 여인을 이렇게도 질기게 모진 삶을 살게 하는 것일까? 하고 생각을 하니 가슴이 저며 온다. 정민은 수련을 차의 뒷좌석에 뉘고 옆에 앉아 수련의 머리를 자신의 무릎에 베게 했다. 곧 우빈이 서울을 향해서 출발을 했다. 차가 밀리지 않아 3시간이 조금 넘은 시간에 서울 S대 병원에 도착을 하여 효빈에게 전화를 하였다. 효빈은 입원 수속을 마치고 기다리고 있었다. 우선 급한 대로 병실로 들어가 환자복으로 옷을 갈아입혔다. 그리고 곧바로 검사에 들어갔다. 효빈이 근무를 하는 병원이어서 모든 것이 일사천리로 진행이 되었다. 다음날 수련의 병명이 나왔다. 그녀의 병은 간암이었다. 많이 살아야 6개월이라는 진단이었다. 그러나 수련에게는 일체 비밀에 부치기로 하였다.

"아, 엄마 어떻게 해. 왜 이렇도록 아무 말 않고 있었던 거야. 흐흐흑."

"효빈 양, 진정해요. 일단 엄마에게는 간암이란 말은 비밀로 하기로 해요. 지금은 간암은 얼마든지 낳을 수도 있어요. 의사 선생님과 깊이 상의하기로 합시다. 효빈 양이 이곳에 근무를 하니 더 진지한 의논이 이루어질 수 있을 거라 생각해요."

아무 것도 모르는 수련은 우빈과 효빈을 불렀다.

"나 아무렇지도 않다고 하지. 공연히 너희들이 호들갑을 떨어 나도 큰 병인 줄 알았었어. 우리 효빈이 일하는 병원이라 그런지 마음이 편하구나."

"엄마, 피곤하지 않아? 이젠 마음 편하게 먹고 내가 있으니 약국 걱정은 하지 말고 푹 쉬어요."

"효빈아, 내가 너에게 소개할 사람이 있단다. 우빈이 이리와 봐."

"네,"

"효빈아, 전에 내가 너에게 말한 적이 있을 거야. 낳자마자 헤어진 너의 오빠란다."

"오빠?"

"내 동생이요?"

"처음이라 서먹할 거다. 그러나 분명히 우빈이가 오빠고 효빈이가 동생이지. 어쩌다 보니 이름까지도 빈자 돌림처럼 되고 말았구나."

마침 그곳에는 정민은 없었다. 회사의 급한 일로 전화가 와서 가고 없었기 때문이었다.

"왜들 처다 보고만 있어."

그러자 남자인 우빈이 먼저 말을 건넨다.

"나 우빈이야. 김우빈."

"좀 쑥스러워요. 오빠, 난 효빈이야."

"그래, 너희들 참 잘 어울린다. 남매가 아니라 연인 같구나. 아유, 내 새끼들."

오랜만에 수련의 얼굴에 행복한 미소가 번지고 있었다. 우빈과 효빈은 어머니의 얼굴에 미소가 오래도록 머물기를 바라는 마음이었다. 그러나 행복의 여신은 그들에게 오래 머물러 주질 않았다. 우빈이 잠시 집에 다녀온다며 나간 후 방송이 흘러나온다. 흉부외과 과장이 효빈을 찾는 방송이었다. 급히 효빈이 과장실로 가니 과장이 어머니의 간을 찍은 사진을 심각한 표정으로 보고 있었다.

"설효빈 선생 와서 이걸 봐. 조금만 서둘러 일찍 왔으면 좋았을 걸 왜 이리 늦게 왔어."

이미 수련의 간은 암이 모두 번진 상태였다. 어떻게 손을 쓸 수가 없는 상황이었다. 복수가 차고 있었고 이젠 복수가 차면 정기적으로 뽑아 주고 고통스럽지 않게 진통제를 투여하는 방법 밖에는 다른 수가 없는 지경에 와 있었다. 효빈은 과장의 설명을 들으며 울 수밖에 없었다.

"과장님, 우리 엄마 불쌍한 분이에요. 우리 엄마 살려줄 수 없어요? 제발 우리 엄마 살려 주세요. 네."

"이젠 내 힘으로는 어머니의 생명을 구할 길이 없어. 너무 늦었어."

"흐흐흑"

효빈의 힘으로도 수련의 생명을 살릴 수는 없었다. 효빈은 수련의 병이 여러 가지 복합적으로 이루어진 병이라고 생각했다. 처음엔 우빈을 빼앗기고 생긴 아픔과 정민을 기다리다 사고가 난 줄도 모르고 영우와 결혼한 아픔, 영우와의 결혼생활이 원만치 않았던 데다 원치 않던 정선에서의 산골생활, 또 그로 인한 다툼으로 발생한 영우의 돌연한 죽음, 철인이래도 병이 안 올래야 안 올 수 없었을 것이었다. 지금 간암이 아니더라도 어디인가 다른 장기가 푹푹 썩고 있을 것이었다. 수련의 병은 일종의 홧병의 일종이었다. 심장에서 받은 뜨거운 화기가 간에서 받아 수용하지를 못해서 생긴 병인데 그것을 장기간 방치하여 간암으로 진행이 되었다는 추측이었다.

수련이 간암이라는 사실을 알고 실망한 것은 효빈보다는 우빈의 충격이 더 컸다. 그에게는 수련이 간암이라는 판정은 청천벽력과 같은 것이었다. 간암이라는 말을 의사로부터 들었을 때 정민도 잠시 정신이 아뜩함을 느꼈다. 그러나 정민보다도 우빈의 슬픔은 더 큰 것 같았다. 이제야 생모를 만나 행복 하고 싶었는데 만나자마자 이런 일을 당하고 보니 앞이 캄캄하고 세상이 원망스러워진다. 정민도 마음은 우빈과 다르지 않았다. 오히려 우빈이나 효빈 보다는 정민의 마음이 쓰라리게 아팠다. 정민이 지금까지 결혼을 하지 않고 산 것도 모두가 수련 때문이었다. 기다리는 사람이 없어도 어디선가 누군가 찾아 올 것 같은 느낌을 받으며 사는 것처럼 정민은 언젠가는 수련이 자신을 찾아 올 것 같은 착각 속에 살았다고 생각해도 무방할 것이었다. 말하자면 정민은 자신이 정해놓은 환각 속에 빠져서 살았다 해도 과언은 아닌 것이다. 정민이 우빈과 함께 담당 의사를 만났다.

"선생님, 그러면 이렇게 손을 놓고 죽기만을 기다려야 합니까? 어떤 방법은 없는 건지요. 무엇이든지 할 수 있도록 말씀 좀 해 주십시오."

"아직 죽는단 말씀은 하지 않았습니다. 그러나 간암인 경우는 대부분 죽는 경우가 많지요. 간 이식을 하면 살 수는 있는데 간을 기증 받기가 그리 쉽지 않습니다. 또한 가족들의 간이 맞을 것 같지만 검사를 해보면 맞지 않는 경우가 더 많지요. 그래도 모르니 가족들의 간을 검사해 보도록 하십시오."

"그렇게 하겠습니다."

그렇게 대답한 후 우선 우빈이부터 검사를 하였으나 맞지 않는다는 결과가 나왔다. 효빈이도 마찬가지였다. 또 이천의 수옥이까지 올라와 검사를 하였으나 마찬가지였다. 할 수 없이 우빈의 요청으로 덕수와 민경희까지 모두 검사를 하였으나 모두 허사였다. 덕수야 당연히 해야 된다고 쾌히 승낙했지만 경희에게는 차마 말할 수가 없었다. 그러나 경희는 우빈이 덕수에게 말을 할 때 들은 모양이었다. 이제 나이가 든 경희는 옛날의 그 날카로웠던 성격의 사람이 아니었다. 많이 유하게 변한 경희는 전에 수련에게 했던 일을 많이 후회하고 있었다. 그래서 수련을 살리는데 자신이 할 수 있는 일이라면 무엇이든 하고 싶었다. 그러나 덕수의 마음도 경희의 마음도 모두 허사였다. 이젠 절망적이었다. 장기은행에서는 순서를 기다리다 죽는 사람이 많다고 하였다. 기증을 하는 사람의 숫자는 뻔한데 이식을 받을 사람은 그 수를 모를 정도로 많기 때문이었다. 이제는 어떻게 할 수가 없는 상황이었다. 그러나 그냥 기다리다 수련을 보낼 수는 없었다.

23 장기 기증

정민 자신이 검사를 받아 보기로 했다. 우빈이나 다른 누구에게도 말하지 않고 정민이 검사를 받은 결과 신기하게도 수련의 것과 일치 한다는 결과가 나온 것이다. 이것이 운명이 아니면 뭐라고 설명할 수 있겠는가. 이것은 너무나도 질긴 운명이라고 밖에 설명할 수가 없는 것이었다. 그때야 정민은 우빈을 불렀다.

"우빈아, 내가 자네에겐 말을 않고 몰래 간 검사를 받았다네, 다행스럽게도 내가 자네 어머니와 간이 일치 한다는 결과가 나왔지. 내가 이식을 할 테니 그렇게 수속을 밟아 주게."

우빈의 얼굴이 환하게 밝아진다. 좀 전까지만 해도 어두웠던 모습이었다.

"아저씨 감사합니다. 이 은혜 꼭 갚겠습니다."

"어머니가 우빈이에게 소중한 만큼 나에게도 수련씨는 소중한 사람이지. 꼭 살려내고 싶었다네."

우빈이 수속을 밟은 다음 정민의 건강상태를 검사 받고난 후에 수술이 진행 되었다. 수술이 진행되고 있는 시간에 밖에서는 우빈과 효빈 수옥 그리고 덕수와 경희가 초조하게 수술

결과를 기다리고 있었다. 오랜 시간 끝에 수술이 끝나고 땀에 젖은 얼굴로 수술 담당 의사가 밖으로 나왔다.

"선생님, 어떻습니까?"

"수술은 성공적으로 잘 되었습니다. 결과를 조금 더 지켜보아야 하겠지만 안심하여도 될 만큼 잘 된 수술이었습니다."

"선생님 정말입니까? 감사합니다."

그래, 잘 되었다니 얼마나 기쁘니. 정민씨가 수련이를 또 살려 주는구나. 흐흐흑"

수옥이 수련의 수술이 잘 끝났다는 소리를 들으며 울고 있었다. 이런 끈질긴 인연이라면 애시 당초에 정민과 맺어 졌다면 이런 일은 없었을 것이란 생각이었다. 모든 것이 자신 때문에 일어난 일 같아서 미안하기만 하다. 정민의 얼굴을 보기가 부끄러울 것만 같다. 수술이 끝나고 정민과 수련은 회복실로 옮겨졌다. 한참 후 먼저 깨어난 것은 항시 건강한 몸을 유지하고 있던 정민이었다. 그동안 몸이 많이 쇠약해진 수련은 아직도 회복이 되려면 더 기다려야할 것 같았다. 정민은 간을 이식하기 위하여 난 상처가 아프기도 하지만 수련의 몸 상태보다는 경미하여 몸을 움직이는 데는 크게 불편한 것은 없었다. 우빈과 효빈이 자주 찾아 왔다.

"아저씨, 정말 감사해요."

우빈이 감사의 말을 하자 효빈이도 따라서 인사를 한다.

"저두 감사해요."

효빈은 엄마한테 들은 말이 있어 묻고 싶으나 어머니가 깨어나 직접 말해 줄 때까지는 말을 아끼기로 했다. 그러나 정민을 볼 때마다 아빠라고 부르고 싶은 충동이 이는 것은 어쩔 수 없었다. 효빈은 어머니를 닮기도 했지만 자신이 아버지를 많이 닮았다는 것을 느끼고 있었다. 정민은 효빈을 보면서 어디서 본 얼굴 같기도 하지만 수련의 딸이니 영우의 딸일 것이란 생각밖에 할 수가 없었다. 그러나 효빈에게 끌리는 마음은 어쩔 수 없었다. 효빈이 따뜻해 보였고 뭔가 자신과 연관이 있는 것 같은 생각이 들었다.

"효빈 양은 엄마를 많이 닮았나봐. 오래 전에 효빈 양의 아빠를 본적이 있거든 왜 그 사람과는 하나도 닮지를 않은 것 같지?"

정민의 그 소리를 들으며 하마터면 아빠 하고 부를 것만 같은 걸 꾹 참았다.

"사람들이 다 그래요. 저보고 엄마를 많이 닮았다고 그래요."

"허허, 엄마를 닮아서 다행이에요."

일주일 후 정민은 퇴원을 하여 집에서 업무보고를 받을 수 있었다. 그러나 원체 몸이 쇠약해 있던 수련의 퇴원은 시간이 걸릴 수밖에 없었다. 그녀는 빨리 퇴원하기를 원했지만 병원 측에서는 병원에 있기를 권했다. 3개월의 시간이 흐르니 수련의 건강도 몰라보게 좋아지고 있었다.

정민이 일에 매달려 한 참 바쁜 시간인데 우빈에게서 전화가 걸려 왔다.

"아저씨, 오늘 어머니 퇴원 하십니다. 병원에서도 이젠 퇴원을 해도 괜찮다고 하였습니다."

"아, 그래, 엄마에게 축하드린다고 전하고 퇴원 후 어떻게 할 생각인가?"

"일단 어머니께서 정선으로 가시길 원하니 그렇게 해야 될 것 같습니다."

"그래, 그러면 내가 바로 병원으로 가보도록 하지."

"그러면 수속을 마치고 기다리겠습니다."

정민이 병원에 도착을 하니 모두들 기다리고 있었다. 멀리서 보아도 우빈과 효빈 그리고 수련이 다정스러운 모습이다. 우빈과 효빈을 옆에 두고 있는 수련의 모습이 행복해 보였다. 정민이 가까이 가자 먼저 우빈이 정민의 손을 덥석 하고 잡는다.

"아저씨, 감사해요. 아저씨가 아니었으면 어머니는 지금 여기 계시지 않을 거예요."

그러자 수련이 의혹의 눈으로 우빈을 본다.

"우빈아, 지금 무슨 소리를 하고 있어?"

그러자 우빈은 간 이식을 정민이 해준 사실을 소상하게 설명했다. 그러자 수련의 눈에서 눈물이 왈칵 쏟아진다.

"결국 정민씨가 나를 또 살려 냈군요. 이 몹쓸 인간을 왜 무엇 때문에 살렸는지요. 저더러 평생 정민씨에게 빚만 지고 살란 말입니까? 흐흐흐흑"

수련은 어깨를 들썩이며 슬프게 울고 있었다. 평생을 자신만 생각하며 지금 것 혼자 살아온 사람이었다. 그러자 당황한 것은 정민이었다.

"수련씨, 무슨 말씀입니까? 수련씨라면 내가 죽어 가는데 나 몰라라 보고만 있었겠습니까? 이젠 건강도 찾고 했으니 아이들과 행복해야지요."

"나만 행복하면 뭐하겠어요. 정민씨를 불행하게 만든 사람이 누군데 나만 행복하란 말입니까. 애초에 내가 정민씨를 배신하지 않았다면 이런 불행은 없었겠지요."

"지나간 얘기를 하면 무얼 하겠어요. 이젠 모두 잊도록 해요."

그러자 옆에서 두 사람의 대화를 듣고만 있던 우빈이 한마디 거든다.

"그러면 두 분이 지금이라도 합치면 되잖아요. 어머니도 혼자이시고 아저씨도 혼자이시니 합치면 되는 것 아닙니까."

우빈의 말에 정민과 수련의 얼굴이 빨개진다.

"두 분의 얼굴이 빨개지셨네요. 부끄러울 것 뭐 있겠어요. 지금부터 어머니가 사시는 것은 아저씨의 간 때문에 사시는 건데요. 돌아가실 때까지 어머니 속에는 아저씨 간의 일부가 함께 있다는 걸 잊으시면 안 돼요. 외로운 두 분이 함께 하시길 저희들도 환영합니다."

우빈의 그 말에 정민과 수련은 동감을 한다는 뜻이었는지 아무 말이 없다. 건강해진 수련의 얼굴이 홍조를 띄며 더 아름다워 보였다. 얼마 후 휴가를 낸 효빈과 함께 수련이 우빈의 차를 타고 정선으로 향하고 있었다. 퇴원하기 전 여럿이서 의논을 하였다. 대수술을 했으니 정선에 혼자 있으면 위험하니 서울에서 효빈이와 함께 있는 것이 좋다고들 하였다. 그러나 굳이 수련은 정선으로 가겠다고 우겼다. 정선이 공기도 맑고 마음이 편안할 것 같아 좋겠다는 것이었다. 끝내 정선으로 가겠다는 수련의 고집을 꺾지 못했다. 그래서 효빈이 일주일간의 휴가를 내서 우빈과 함께 가기로 한 것이다.

수련이 정선으로 떠나고 서울에 남은 정민은 일에 빠져 살았다. 가끔 우빈이 찾아와 수련의 소식을 들려주곤 했다. 정선으로 떠난 지 6개월이 지난 지금에는 밭에 나가 일도 하며 소일할 정도로 건강해 졌다는 것이었다. 정민으로서는 반가운 소식이 아닐 수 없었다. 세월이 흐르면 수련의 마음속에 있는 상처도 깨끗이 치유될 날이 올 것이라는 것을 정민은 굳게 믿고 있었다. 수련의 마음이 치유될 때까지 정민은 수련을 찾지 않는다는 다짐을 하며 일에만 전념하고 있었다. 여름이 가고 계절이 바뀌어 가을이 왔다. 9월이 지나면서부터 온 산에는 붉게 단풍이 들기 시작을 했다. 만산홍엽(滿山紅葉)이라고 온 세상은 온통 붉은 빛깔로 변해가고 있었다. 가을이 되면서 정민의 회사는 정신없이 바빠졌다. 전 공장이 풀가동을 해도 주문량을 맞추기 힘들 지경이었다. 그렇게 한 참 바쁜 때에 전화가 왔다며 직원이 수화기를 건넨다.

"전화 바꿨습니다."

"아저씨, 저 우빈이에요."

"오, 우빈이가 웬일이야?"

"아저씨, 큰일 났어요. 어머니가 쓰러지셨어요."

"뭐? 무엇 때문에?"

"저도 모르겠어요. 밭에 가셨다고 해서 가보니 쓰러져 계셨어요. 급해서 우선 강릉의 종합병원에 입원을 시켰어요. 급성 폐렴에 합병증이라고 합니다. 서울의 큰 병원으로 옮기라고 해 앰블런스로 지금 s병원으로 이송중입니다. 효빈이에게 연락을 해서 준비를 해놓으라고 했으니 s병원으로 가셔서 기다리시면 될 겁니다."

정민은 마음이 급해졌다. 직원들에게 대략 지시를 해놓고 s 병원으로 급히 가 효빈을 찾으니 미리 입원실을 준비해 놓고 있었다.

"안녕하세요."

"효빈 양 오랜만입니다. 걱정이 많겠어요."

"저야 엄마니까 당연한 일이지요. 하지만 주위 분들에겐 많이 미안하기만 합니다. 엄마에게 조심하라고 그렇게도 당부했건만 결국 이렇게 되고 말았어요."

약 2시간이 지나서 앰브란스가 도착을 하였다. 우빈이 숨이 차서 들어오고 있었다. 요즘 우빈은 수련을 만난 후 눈코 뜰 새 없이 바쁜 일정이었다. 수련이 건강하다면 가끔 찾아보면 될 일을 만나자 수련의 병이 악화되어 모든 일정을 수련에게 쏟아 붓고 있었다. 덕수와 경희는 자신들이 지은 죄가 있어 늦게나마 속죄하는 마음을 가지고 있었다. 직접 와서 돌볼 수는 없지만 우빈이라도 가서 수련을 돌보고 있으니 한결 마음이 편안한 것이다. 수련이 도착 후 의사가 진찰한 수련의 병은 더 이상 병원에서는 할 일이 없다는 판정이었다. 효빈의 요청으로 몇 가지의 검사를 더 했지만 똑같은 판정만 받았을 뿐이었다. 다만 배에 복수가 찰 때마다 병원에 와서 물을 빼고 약만 받아 가라는 것이었다. 우빈과 효빈은 충격이 매우 큰 것 같았다. 그런 그들을 보고 있는 정민의 마음은 아팠다. 그러나 정민마저 아이들과 같을 수는 없는 노릇이었다.

"너무 실망들 말고 일단 병원에선 더 이상 할 것이 없다니 일단 어머니를 퇴원 시키도록 하자. 우선 공기가 맑은 정선이 안정을 취하고 요양을 하기에는 좋을 것 같다. 병원에서의 말대로 복수가 차면 우리가 병원에 가 물을 빼고 약을 타오면 되는 것 아니겠어.”

“네, 그게 좋을 것 같습니다.”

우빈이 정민의 말에 동의를 하는 것이었다. 효빈은 정민의 말에 따르겠다는 듯 아무 말 없이 눈물만 흘리고 있었다. 그날로 퇴원을 하여 정선으로 향했다. 정민은 회사에 며칠간 정선에 가 있겠다고 연락을 해놓았다. 효빈이 함께 동행 하겠다고 하였으나 정민이 말렸다. 효빈은 아직 정식 의사로 발령을 받은 상태도 아니고 수련의였기 때문에 자꾸 결근을 하다보면 병원에서 보직을 받는데도 지장이 있을 것 같아서였다.

24 딸 효빈과 솔베이지의 노래

수련이 정선으로 돌아 온지도 2개월이 지나고 있었다. 그동안 수련은 옛날의 고왔던 모습은 간데없고 바싹 마른 몸에 얼굴은 검게 변해 있었다. 배에 복수가 차면 강릉의 병원에 가 물을 빼고 약을 타오곤 하였지만 점점 그녀의 얼굴엔 죽음의 빛이 더욱 선명하게 나타나고 있었다. 그녀의 그런 모습을 보고 있는 정민의 마음도 타들어 가기는 마찬가지였다. 그날도 점심때가 막 지날 무렵 아무 것도 먹지 못한 수련이 별안간 땀을 흘리며 숨을 헐떡였다. 그녀는 숨을 헐떡이며 바싹 마른 입술로 효빈이를 불러 달라는 것이었다. 정민은 급히 우빈을 시켜 효빈을 부르도록 하였다. 어둠이 내릴 무렵 효빈이 집에 도착을 하였다.

“엄마, 나 효빈이 왔어. 몸은 좀 어때?”

“오~ 효~빈이 왔구나. 정민씨 이리 좀 올래요?”

“네, 나 여기 왔어요.”

“나 오늘 정민씨에게 할 말이 있어요. 지금까지 정민씨에게 못한 말이에요.”

“지금은 말하기도 힘이 드니 나중에 몸이 괜찮아지면 해도 되잖아요.”

“아니요. 내 목숨이 끝날 날이 오늘인지 내일인지 모르는데 오늘 말해야 돼요.”

“그렇다면 말해 보도록 해요.”

“내가 죽기 전에 오늘은 꼭 말해야할 것이 있어요. 효빈이도 잘 들어.”

“정민씨, 당신이 사우디로 떠나기 전 우리 함께 할 수 있는 시간이 열흘간 있었잖아요. 그때 우리의 아이가 생겼어요. 그 아이가 여기 있는 효빈이에요. 정민씨 당신의 딸이랍니다.”

“뭐라고요? 효빈이가 내 딸이라고요? 그게 정말입니까?”

”네, 맞아요. 분명 정민씨 당신의 딸이랍니다. 효빈아, 아빠께 인사 드려라.”

“아빠, 전 아빠를 벌써부터 알고 있었어요. 아빠라고 부르고 싶었지만 엄마가 말할 때까지 참고 있었어요. 그래서 아빠의 모습만 보면서 이런 날이 오기를 기다렸지요.”

“효빈아, 엄마가 없어도 아빠하고 잘 살아야 한다.”

“엄마, 그런 말 하지 마. 엄마는 살 수 있어. 이렇게 아빠도 만났는데 엄마가 왜 죽어.”

“그래요, 수련씬 절대 죽지 않아요. 내가 수련씨를 절대 보내지 않을 겁니다.”

“정민씨, 아니 오늘은 효빈이 아빠라고 부르는 것이 맞을 거예요. 효빈 아빠, 나를 위해서 노래 한곡 불러줄래요?”

“무슨 노래를?”

“효빈이 아빠가 좋아하는 곡 있잖아요. 솔베이지의 노래.”

수련이 솔베이지의 노래를 불러달라고 하자 정민의 얼굴이 굳어진다. 그 곡은 페리퀸트가 죽을 때 솔베이지가 들려주었던 곡이다. 수련은 이제 자신이 살 시간이 얼마 남지 않았음을 직감하고 있는 것 같았다.

"수련씨, 당신의 원대로 솔베이지의 노래는 불러 주지요. 허나 난 당신을 절대 외롭게 보내진 않을 거요. 이제 남은 생은 나와 효빈이 그리고 당신의 아들 우빈이와 함께 살게 될 거요."

정민은 수련의 곁에 앉아 솔베이지의 노래를 부르기 시작했다.

그 겨울이 지나
또 봄은 가고 또 봄은 가고
그 여름이 가면 더
세월이 간다, 세월이 간다.
아! 그러나 그대는 내님일세.
내 정성을 다하여 늘 고대하노라.

아! 그 풍성한 복을
참 많이 받고 참 많이 받고
오! 우리 하나님
늘 보호하소서. 늘 보호하소서.
쓸쓸하게 홀로 늘 고대함 그 몇 해인가.
아! 나는 그리워라 널 찾아 가노라 널 찾아 가노라.

천천히 그리고 느리게 부르는 정민의 눈에 눈물이 흐른다.

식물인간 상태에서 깨어난 직후 들은 수련의 결혼 소식을 자신은 운명이란 말 한마디로 규정을 했지만 그건 그에겐 너무나도 슬픈 소식이었다. 이미 남의 여자가 된 수련을 기다려야할 명분은 그에겐 아무것도 없었다. 그러나 왠지 그녀를 두고 다른 여자와 결혼을 하면 안 될 것 같았다. 그렇게 보내다 보니 이십여 년이 흐른 것이다. 마치 솔베이지가 페르귄트를 백발이 되도록 기다린 것과 다를 바 없는 것이었다. 정민은 노래가 끝나면 또 다시 반복해서 노래를 불렀다. 그 노래를 듣는 수련의 눈에서도 눈물이 쉴 새 없이 흘러내리고 있었다. 한참을 부르던 노래가 멈췄다. 수련이 조용하다. 정민은 깜짝 놀라 수련을 내려다본다. 혹 페르귄트가 솔베이지의 노래를 들으며 죽는 것처럼 수련도 정민의 노래를 들으며 죽은 것이 아닐까 하는 불길한 생각이 들었기 때문이었다. 그러나 얼굴이 창백하기는 했지만 수련은 정민의 노래를 들으며 잠이 든 것이었다. 숨소리가 가늘기는 했지만 그녀는 깊은 잠에 빠진 것 같았다. 정민은 잠자는 수련의 모습을 보며 결심을 한다.

"수련이 난 당신을 이대로 보낼 수는 없어, 어떤 일이 있어도 당신을 살려내고 말거야. 효빈이를 위해서도 또 나와 우빈이를 위해서도 당신은 꼭 살아야만 해."

25 운명은 하늘에 있다

정민은 다행이도 IMF때 회사가 부도가 나면서 쉴 때에 대체의학을 배웠었다. 그 당시 간암으로 죽어가던 사람을 살리는 것을 직접 눈으로 본 기억이 있었다. 그것도 완벽하게 살리는 모습을 보았기에 마음엔 수련을 살릴 수 있다는 자신감이 있었다. 그동안 그것을 생각 안 해본 것은 아니지만, 그것은 병원에서 포기했을 경우 최후에 할 일이라고 생각했기 때문이었다. 정민은 우빈과 효빈을 불러놓고 대략적인 설명을 했다. 그러자 우빈과 효빈의 눈빛이 희망으로 반짝 거린다.

"그게 정말입니까?"

"그럼 뭐든 최선을 다 해보는 거지."

"아빠, 그러면 엄마를 살릴 수 있을까요?"

효빈이 얼굴에 생기를 띄며 묻는다.

"나도 백퍼센트 자신은 할 수 없겠지. 그러나 완벽하게 살려낸 임상을 가지고 있으니 한 번 시도 해보는 거지. 엄마는 나와 우빈 오빠에게 맞기고 효빈이는 수련의로서 최선을 다하도록 해."

"하지만 마음이 잡히지 않을 것 같아요."

"그 마음을 왜 모르겠어. 그러나 사람의 삶과 죽음은 모두 하늘의 뜻에 달렸다고 생각해. 모두가 운명이란 것이지. 엄마의 운명이 살 운명이라면 꼭 살 거야. 그러기에 나에게 그런 의학을 알게 했는지도 모르지. 효빈이는 아무 걱정 하지 말고 아빠만 믿고 병원으로 돌아가도록 해. 알았지?

효빈의 눈에 안도의 눈물이 비치고 있었다. 그렇게도 그리워했던 아빠가 믿음직스러운 모습으로 나타났기 때문이었다. 그날로 수련은 집을 떠나 천마산으로 향했다. 천마산 대체의학 수련원은 예전과 다르게 변해 있었다. 천막이었던 건물은 현대식 건물로 번듯하게 세워져 많은 발전이 있었던 듯 보였다. 미리 전화를 하고 왔기에 원장 이하 모든 사람이 반갑게 맞아 주었다. 급히 치료실로 옮겨져 치료가 시작 되었다. 수련은 이미 자신의 몸도 제대로 가누지 못하는 상태였기에 처음부터 정상적인 치료를 할 수가 없었다. 그렇게 치료를 시작한지 1개월이 지나니 배에 복수가 차는 일이 현저하게 줄어들었다. 배에 복수가 차면 병원에 가서 물을 뺀 후 치료를 했다. 2개월이 지나니 얼굴에 생기가 돌기 시작한다. 6개월이 지나니 이젠 정상인과 거의 같은 수준이 되어가고 있었다. 그러나 아직은 배에서 복수가 완전히 제거 된 것은 아니었다. 아직도 그녀의 치료는 계속해서 얼마간은 더 해야 하는 것이었다. 정민은 이젠 수련을 집에서 치료를 해도 되겠다는 판단을 하게 되었다. 원장과 상의 후 치료기를 사서 집에서 정민이 직접 치료하기로 하였다. 일 년 동안 수련의 치료를 원장이 직접 했지만 정민도 함께 옆에서 거들었던 것이다. 전에 배웠던 경력이 있어 수련을 치료하며 정민의 의술은 많은 진전이 있었다. 집에서 치료하기를 권한 것은 원장이었다.

“백선생의 의술이라면 이곳에 더 이상 오지 않아도 될 것 같습니다. 이제 몸도 거의 정상으로 돌아 왔고 하니 치료기 하나 구입해 집에서 몸 관리 차원에서 쓰도록 하십시오. 그게 훨씬 환자에게도 도움이 될 것입니다. 그리고 병원에 가셔서 간 검사를 받아 보도록 하세요. 제 생각으로는 거의 정상으로 나올 겁니다.”

원장은 정민이 생각하고 있던 것을 정민의 속에 들어갔다 나온 것처럼 말하고 있었다.

“네, 감사합니다. 그럼 그렇게 하겠습니다.”

이제 수련의 몸 상태는 정상인과 다름이 없을 정도로 건강한 몸을 찾아가고 있었다. 집으로 돌아온 후 다음날 정민은 수련과 함께 s대 병원을 찾았다. 물론 효빈에게 전날 미리 연락을 해 놓았기에 예약이 되어 있었다. 검사 결과 수련의 간은 정상수치를 유지하고 있다는 것이었다. 병원 측에서도 이해 못할 정도의 결과라는 것이었다. 그러면서도 혹시 모르니 정기적으로 간 검사 받기를 권하였다. 결과가 그렇게 나오니 제일 기뻐하는 것은 효빈이와 우빈이었다. 효빈이 깡충깡충 뛰며 정민의 품으로 파고든다.

“아빠, 고마워요. 엄마가 살게 된 것은 모두 아빠 덕이에요.”

“아니다. 물론 내 덕도 있었겠지만 너와 우빈이의 힘이 합쳐져 엄마를 살려낸 것이라 생각한다.”

“우빈아, 엄마 때문에 네가 고생을 많이 했구나. 난 이번 일로 좋은 아들을 두게 된 것 같다.”

“저도 아버지라 불러도 되지요?”

"그럼, 너만 좋다면 언제든 그렇게 해라."

"전 복이 많은가 봅니다. 아버지가 두 분이나 되니 말입니다."

"우빈이가 복이 많아서 그런 것 아니겠니?. 하하하"

그날로 수련은 퇴원을 하여 정선으로 향했다. 물론 온 가족이 함께 한 것은 두말할 것도 없었다. 그렇게 정선으로 들어가 6개월이 흐르니 환경이 좋아 그랬는지 수련의 건강은 빠르게 호전되어 전과 같이 건강이 회복이 되었다. 오늘은 서울에서 효빈이 오는 날이다. 어제 효빈이 전화를 하여 좋은 소식을 가지고 가겠다고 했었다. 궁금해 무슨 소식이냐고 물으니 직접 가서 말한다며 전화를 끊었다. 그런 효빈이 막 도착을 하였다. 효빈은 싱글벙글 웃으며 먼저 정민을 찾았다.

"아빠, 좋은 소식이 뭔지 알아 맞혀 보세요. 호호호"

"아, 글쎄 뭘까? 아빠 그거 맞추려면 머리 아프니 우리 공주님이 그냥 공개하는 것이 어떨까? 하하하"

"아빠 엄마, 실은 제가 전부터 계획 했던 건데 우리 가족이 중국으로 여행을 떠나는 거예요. 이제 엄마의 건강도 회복이 됐으니 함께 중국으로 여행을 가기로 해요. 사막에서 잃으셨던 아빠의 인생을 다시 찾았으니 두 분이 한번쯤 함께 여행을 하는 것도 괜찮을 것 같아 마련했어요. 지금 것 두 분이 여행 한 번 못하셨잖아요."

"그거 좋은 생각이구나. 난 아직 엄마가 회복이 덜 된 것 같아 그 생각을 못했었구나. 네 생각이 그렇다면 그렇게 하기로 하자구나."

"아버지, 여행비용은 제가 쏘겠습니다."

우빈이 옆에 있다 하는 소리다. 사실 지금 것 수련이 회복이 되면 모든 비용은 우빈이 대서 여행을 보내주기로 계획을 하고 있었는데 효빈에게 선수를 빼앗긴 것이다.

"오빠, 반칙이야, 그건 내가 하기로 한 거잖아."

"효빈아, 우리끼리 반칙이 어디 있어. 말 한마디 없이 행동에 옮긴 네가 반칙을 한 거지. 안 그래?"

"그래, 오빠, 그러면 내가 봐줬다. 그러면 반씩 내기로 해."

"효빈아, 고맙다."

둘은 어느새 다정한 오누이가 되어 있었다. 그 모습을 보는 정민과 수련은 흐뭇하기만 하다.

26 중국 산동성 공자 유적지

오늘은 정민과 수련 효빈이 중국으로 여행을 떠나는 날이다. 인천공항에서 중국 지난(濟南)으로 가서 취푸(曲阜)에 있는 공자의 생가와 사당 묘지를 둘러보고 태산과 황하를 돌아보고 올 예정이었다. 원래는 우빈도 함께 가기로 하였으나 별안간 회사에 급한 일이 생기는 바람에 정민과 수련, 효빈만이 함께 가게 된 것이었다. 인천공항에서 11시 20분에 출발을 하는 비행기였다. 약 1시간 30분이 걸려 비행기는 중국 산동성에 있는 지난(濟南)공항에 도착했다. 공항 출구를 나오니 효빈이 근무하는 s대학 병원과 제휴해 있는 지난(濟南)병원의 흑룡강성 출신의 의사인 이민영이 마중을 나와 출구 앞에서 기다리고 있었다 정민의 일행을 보고 반갑게 맞이한다.

"설효빈 선생님, 반가워요."

"이 선생님 너무 반가워요. 오랜만이죠?"

"부모님과 함께 오시니 저도 더 반갑습니다. 오셔서 계시는 동안 제가 편히 모시겠습니다."

이민영은 S대학병원에 연수를 나와 있을 때 효빈과 같은 진료 팀에서 있었기에 친분이 두터운 사이였다. 이민영이 연수를 마치고 중국으로 떠나면서 중국에 올 일이 있으면 꼭 연락을 하라며 당부하고 갔기에 효빈이 연락을 해 놓은 것이었다. 효빈은 이민영을 정민과 수련에게 소개시켰다.

'아빠 엄마 저와 S대학병원에서 함께 근무했던 이민영 선생님이에요. 지금은 이곳 지난(濟南)병원에 근무를 하고 있어요. 이민영 선생님 제 부모님이세요. 이번에 제 친 아버지를 찾았습니다. 저의 아버지인데 멋지죠? 호호호"

"아~ 그렇군요. 축하합니다. 안녕하세요. 전 이민영이라고 합니다. 설효빈 선생과는 S대학병원에 함께 근무했기 때문에 잘 알고 있는 사이지요."

"아, 그러시군요. 전 효빈이 애비입니다. 백정민이라고 합니다. 이 사람은 효빈이 엄마고요."

"네, 잘 오셨습니다. 제가 호텔을 잡아 놓았으니 피곤하실 텐데 일단 호텔로 가시지요."

이민영이 지난(濟南)시내에 호텔을 예약해 놓았다며 호텔로 가기를 권했다. 공항에서 밖으로 나오니 지난(濟南)의 하늘은 뿌옇게 마치 황사가 낀 듯 했다. 일행은 이민영의 차를 타고 호텔로 향하는 도중에 넓은 들이 펼쳐져 있었다. 들판은 마치 파란 물감을 칠해 놓은 듯 온통 푸르러 보였다. 이민영에게 물으니 밀을 심어 놓은 것이라는 것이다. 호텔을 가는 도중에 파란 밀밭은 계속 되고 있었다. 호텔에 도착해 여장을 풀고 간편한 옷차림으로 바꿔 입었다. 지난(濟南)은 가까운 거리라 마치 제주도에 온 것 같은 기분이었다. 이민영은 이곳에서 가장 가까운 황하(黃河)를 먼저 가보자고 하였다. 황하는 지난(濟南)시에 있어서 가까운 거리였다. 일행은 이민영의 차를 타고 황하

(黃河)로 향했다. 황하(黃河)는 지난(濟南)시에 속한 강인데 삼국지에도 자주 등장하는 강이다. 황하대교를 건너니 오른쪽으로 황하(黃河)의 강 뚝이다. 강 뚝은 널찍하게 아스팔트로 깨끗하게 포장돼 있었다. 차를 달리며 강 뚝 아래를 보니 온통 푸른 밭이다. 처음엔 보리밭으로 착각을 했는데 가까이 가보니 밀밭이었다. 실제 강폭은 엄청나게 넓었으나 뚝을 쌓고 뚝의 밖으로는 온통 밀이나 포플러나무를 심어 놓았다. 이민영의 말로는 포플러나무는 심은 지 겨우 3년 정도 되었다고 했다. 그래서 그런지 나무들이 굵은 것이 하나도 없었다. 일행이 느낀 것은 넓은 땅이면서도 한 치의 땅도 놀리지 않는다는 것이 놀라웠다. 이곳에 비하면 우리는 턱도 없이 작은 땅이면서도 놀리는 땅이 많은 걸 보아 왔기 때문이었다. 더욱 놀라운 것은 황하(黃河)가 얼마나 넓은 강이란 것을 알고서였다. 실제 물이 흐르는 강폭을 보면 별 것 아니란 말을 쉽게 할 수가 있었다. 그러나 옛날 강 뚝을 막지 않았을 때는 수 십리에 걸쳐 홍수가 나서 엄청난 피해를 냈다고 한다. 지금은 강 뚝을 막아 한강의 고수부지와 같은 땅이 정민이 실제로 본 바에 의하면 강 한쪽 편만 하여도 몇 키로는 족히 되고도 남는 거리였다. 만약 양쪽을 합하고 강의 폭을 더 한다면 거의 몇 키로가 될지 모른다는 결론이다. 얼마나 넓은 강인가. 정민은 강을 보며 놀라움을 금할 길이 없었다. 지금은 물이 조금 밖에 흐르지 않는 것은 위에 땜을 5개 이상 막아 놨기 때문이라고 한다. 만약 위에서 막아 놓은 땜이 한개만 터져도 지난(濟南)시가 물바다가 되고 만다는 이민영의 설명이었다. 정민은 설명을 하는 이민영의 말을 들으며 과연 그럴 것이라고 설득력 있게 들렸다. 포플러나무와

밀밭 사이로 난 길을 따라 일행은 황하로 내려갔다. 걷는 도중에 보니 밀밭에는 드문드문 묘지가 보였다. 봉분은 아무렇게나 되어 있었고 허름하게 비만 세워져 있을 뿐이었다.

이 나라의 장묘 문화라는 것이 이렇다는 이민영의 설명이었다. 황하(黃河)로 내려가니 무척 넓은 모래사장이었고 물은 황하(黃河)라는 이름 그대로 황토물이 흐르고 있었다. 일행은 황하(黃河)에서 사진 촬영을 했다. 황토모래가 마치 물결무늬를 만들어 놓은 듯 아름다운 모습을 하고 있었다. 황하(黃河) 답사를 끝내고 지난(濟南) 시내를 잠간 돌아보고 호텔로 돌아왔다. 다음날은 취푸(曲阜)에 있는 공자의 자취를 찾아가 보기로 예정되어 있었다. 일찍 일어나 가기로 되어 있어 저녁식사를 마치고 바로 잠자리에 들었다. 다음날 아침 일찍 이민영이 차를 가지고 왔다. 일행은 준비를 하고 있다 곧바로 취푸(曲阜)를 향하여 출발을 하였다. 취푸(曲阜)는 고속도로를 달려서 가도 2시간은 족히 걸리는 거리였다. 정민은 고속도로를 달리면서도 놀라는 것은 역시 큰 나라라는 것이었다. 아무리 달려도 벌판뿐이고 산이 거의 없었다. 가끔 작은 야산 같은 것이 보이긴 했지만 그것도 돌산이라 나무는 별로 보이지 않았다. 돌산에서 살 수 있는 나무는 향나무와 지팡나무 뿐이어서, 두 종류의 나무가 돌산의 하단에 심어져 있었고 들판에는 거의 포플러 나무로 채워져 있었다. 나라 경제가 어려웠을 때는 땔감을 나무로 했기에 중국도 산과 들이 벌거숭이였다고 한다. 그래서 경제성은 떨어지지만 빨리 자라는 포플러 나무를 전국적으로 심게 되었다는 것이다. 마치 우리나라가 벌거숭이산을 푸르게 하기 위하여 아카시아나무를 심었던 것과 다르지 않음을 알 수 있었다. 정민이 이런저런 생각을 하며 가고 있을 때 민영이 한마디 던진다.

"지금 우리가 달리고 있는 이곳이 옛날 삼국지의 무대였답니다."

"아, 이곳이 바로 삼국지의 무대였군요. 이렇게 넓은 평원이었으니 그럴 만도 한 것 같습니다."

정민은 옛날 그 땅에서 삼국지의 인물들이 군웅할거 하던 땅을 달리고 있다고 생각하니 매우 흥미로움을 느꼈다. 그래서 조용히 눈을 감고 그 벌판을 바라보며 그때의 삼국지 전쟁 장면을 떠올려 보기도 했다. 세월 속에 영웅들의 자취는 흔적도 없이 묻혀 버렸지만 그때의 호령소리와 생과 사를 넘나드는 비명소리가 생생하게 들리는 듯 했다. 달리기를 두 시간이 넘으니 차는 어김없이 취푸(曲阜)에 도착을 하였다. 도심지 입구에 공자(孔子)가 시종들과 말을 타도 달리는 모습의 동상이 생생하게 살아 있는 것처럼 눈에 들어온다.

"이제 취푸(曲阜)에 다 왔습니다. 조금만 가면 커다란 성곽이 보일 겁니다. 그곳 전체가 공자(孔子)를 기리는 기념관과 같은 곳이지요. 공자(孔子)의 기념관은 세 군데로 분류되어 있습니다. 첫째 공부(孔府)는 공자가 살던 생가이고, 두 번째 공묘(孔廟)는 공자의 사당, 공림(孔林)은 공자의 묘와 공씨들의 무덤이 있는 곳이지요."

넓은 도로를 십여 분쯤 달려 도심 한가운데쯤 가니 큰 성이 보인다. 효빈이 큰 성곽을 가리키며 묻는다.

"이 선생님 저 성이 뭐예요?"

"저것이 지금 제가 말한 공부(孔俯) 공묘(孔廟) 공림(孔林)이 있는 곳이지요. 이곳은 말 그대로 공씨(孔氏)만 사는 도시라고 해도 과언이 아니지요."

그 성 전체가 공자(孔子)의 유적이 고스란히 남아 있는 곳이라는 것이다. 먼저 공자(孔子)가 살던 집인 공부를 먼저 들르기로 하였다. 매표소에서 표를 사려니 한 중국인 아가씨가 가이드를 하겠다고 자청을 한다. 한국말은 전혀 모르는 아가씨다. 이민영이 유창한 중국어로 말을 한다. 수련과 효빈이 신기한 듯 대화하는 모습을 유심히 보고 있었다. 그러자 대화가 끝난 민영이 대화한 내용을 말해 주었다. 한국 사람들인데 내가 통역이니 당신들은 필요없다고 말해 주었다는 것이다. 일행은 표를 구입하여 공자가 살던 집인 공부(孔府)로 입장을 하였다. 입장을 하자마자 놀란 것은 엄청나게 오래된 향나무였다. 수련이 놀라며 민영에게 물었다.

"아니 이 향나무는 얼마나 오래 됐기에 이렇게 나무가 고목이 되어 갈라져 있어요?"

고목이 되어 쩍쩍 갈라져 더 갈라지지 않게 강철로 단단하게 매어져 있었다. 그런 고목(古木)의 향나무가 수십 그루가 즐비하게 서 있었다.

"아마 수 천 년은 됐을 겁니다."

이민영의 대답이었다. 기원전 사람인 공자(孔子)가 생전에 쓰던 집기와 고택이 지금도 고스란히 남아 있다는 것에 놀라움을 금할 길 없었다. 특히 공자(孔子)가 살아생전에 거닐었을 정원은 매우 아름다웠고 특징이라면 수 천 년이 되었음직한 등나무가 고목이 된 채로 살아 있는 모습이었다. 일행은 공부(孔俯)를 나와 공묘(孔廟)로 향하였다. 공묘(孔廟)의 입구에 들어서자 그곳에도 수천 년이 됐음직한 향나무가 수림을 이루고 있었다. 또 양 옆으로는 광개토대왕의 비와 같은 돌로 공자(孔子)의 공적을 새긴 돌비가 무수히 세워져 있는 모습이다. 그 돌비는 여러 개였는데 뒤로 갈수록 돌비가 조금씩 큰 것이 특징이었다. 그것은 황제가 바뀔 때마다 자신이 더 위대한 황제라는 것을 알리기 위해 더 큰 공적비를 세웠다는 것이었다. 이민영은 기념이 될 만하니 사진을 찍어 두는 것도 괜찮을 것이라며 연신 카메라의 셔터를 눌렀다. 이렇게 부모님과 함께 처음 해보는 여행, 그리고 함께 찍어보는 사진이 처음인 효빈은 기쁨이 하늘을 찌를 것만 같다. 정민 수련 또한 마찬가지였다. 얼마나 이런 날을 기다렸는지 모른다. 몇 채의 전을 지나고 나니 대성전이었다. 그곳은 공자(孔子)의 제사를 지내는 곳이다. 그 대성전의 기둥은 모두 28개로 세워져 있었는데 기둥 모두가 옥돌로 만들어진 것이었다. 그리고 그 기둥에는 아름다운 문양이 새겨져 있었다. 공묘(孔廟)를 나오니 2시가 되고 있었다. 일행은 모두 배가 고팠다. 늦은 시간이지만 한국음식을 판다는 간판이 보여 그 집으로 들어갔다. 그러나 일행이 먹을 수 있는 음식은 한정이 되어 있었다. 모두가 중국음식이었고 한국음식은 신라면이 고작이었다. 할 수 없이 신라면을 시키고 한참을 기다려 나온 라면은 물만 가득하게 넣고 끓여놓은 퉁퉁 불은 맛없는 라면요리였다. 일행은 맛없는 라면을 먹어서 그런지 속이 거북스러웠다. 시간이 없는 관계로 식사가 끝난 후 공림(孔林)으로 향했다. 공림도 공묘(孔廟)와 마찬가지로 향나무 일색이었다. 수천 년은 되었을 것 같은 향나무들이 지천으로 늘어서 있는 것이다. 일행이 길을 따라 걸으니 작은 묘들이 보인다. 마치 우리나라의 애장을 보는 듯 무덤들이 총총히 붙어 있었다. 그리고 무덤에는 나무가 심어져 있었고 중간 중간에 새로 만들어진 무덤들이 있었는데 잔디를 입히지 않아 붉은 흙 무덤 그 자체였다. 한참을 걸으니 공자(孔子)의 묘(墓)가 있었다. 공자(孔子)의 묘(墓) 옆에는 나란히 공자의 장손인 공리의 무덤이 있었다. 효빈이 이민영에게 공자(孔子)의 묘지(墓地)에서 가족과 함께 사진을 찍자 하니 이곳 사람들은 죽은 자의 묘지(墓地)에서는 사진을 찍지 않는다며 사양을 한다. 할 수 없이 정민의 가족만 공자(孔子)의 묘지(墓地)에서 사진을 찍을 수밖에 없었다. 다른 무덤군과 마찬가지로 공자(孔子)의 묘지(墓地)에도 나무는 심어져 있었다. 공자(孔子)의 묘지(墓地)를 돌아본 후 일행은 공림(孔林)을 한 바퀴 돌아보고 나왔다. 공림(孔林)을 돌아보고 나오면서 공림(孔林)에서 일을 하는 사람들은 모두가 공씨(孔氏)로 이루어져 있다는 것과 취푸(曲阜) 도시 전체가 공자(孔子)로 인하여 먹고 살고 있다는 것을 알 수 있었다. 일행은 죽은 지 많은 세월이 흘렀어도 공자(孔子)의 영향력은 대단하다는 것을 새삼 느꼈다. 취푸(曲阜)를 하루 종일 돌다보니 어느덧 하루해가 지려고 지평선에 걸려있었다. 말이 통하지 않는 중국대륙에서 물건을 하나 사는데도 어려움을 겪을 수밖에 없었으나 현지에 사는 이민영이 가이드를 자청해주어 멋진 여행을 할 수 있었다. 사실 이곳 상인들은 한국말을 하는 사람들한테는 물건 값을 비싸게 불러 바가지를 씌운다는 사실을 알 수 있었다. 그날도 수련이 돌에 새긴 그림을 물으니 인민폐 140원을 달라고 했다. 그러자 이민영이 수련을 보고 말했다.

"사고 싶은 물건이 있으면 저에게 먼저 얘기 해 주세요. 저 사람들은 한국사람 들은 봉으로 알고 있거든요."

하는 것이었다. 그러자 그 상인들은 눈치를 챘는지 40원만 달라고 값을 정정하였다. 그땐 수련도 엄청남 바가지를 씌우는 그들을 보며 물건을 사고 싶은 마음이 사라진 뒤였다. 취푸(曲阜)에 어둠이 깃들고 있었다. 일행은 서둘러 지난(濟南)을 향해 출발을 했다. 수련이 피곤함을 느끼고 있을 뿐 정민과 효빈 민영은 유쾌한 여행이었다. 다음날 태산(泰山)을 가기로 되어 있어 오늘은 일찍 쉬기로 했다. 다음날 이른 아침에 민영이 김밥을 만들 수 있는 재료를 가져 왔다. 한국에 있을 때 배웠다는 김밥을 만들려는 것이었다. 오이, 햄쏘세지, 단무지, 계란부침을 가늘게 자르고 시금치를 넣은 다음 둥글게 말았으나 솜씨가 아직은 부족한지 중간에 터지고 말았다. 민영의 만드는 모습을 보고 있던 수련이 보다 못해 김밥을 싼다. 역시 수련의 솜씨는 빠르면서도 예쁘다. 잠간 동안에 보기 좋은 김밥이 만들어졌다. 그러자 민영이 미안한 모양이다.

"어머니 제가 김밥을 만들려고 했는데 아무래도 어머니 솜씨는 흉내도 못 내겠어요."

"그럼 한 번도 안 해본 사람이 그 정도만 해도 잘하는 거지요?"

그러자 효빈이 끼어들어 말을 거든다.

"여자들도 김밥 잘 못 만드는 사람 많아요. 저도 잘 못 만들거든요. 그 정도면 아주 준수하게 만드는 거예요. 호호호"

27 태산을 가다

효빈이 민영을 보며 말했다. 김밥이 다 만들어 지고 드디어 태산(泰山)으로 출발이다. 태산(泰山)은 전날 갔던 취푸(曲阜)와 같은 방향이지만 조금 가까운 거리에 있었다. 9시 30분에 출발하여 고속도로에 진입을 했다. 양 옆으로 넓은 벌판이 펼쳐진다. 벌판이 파란 페인트칠을 한 것처럼 초록색이 연속으로 길고 광활하게 펼쳐져 있다. 지금 밀이 싹을 틔우고 자라고 있는 것이다. 이곳 사람들의 주식이 밀이기 때문에 밀을 많이 심고 있는 것 같았다. 어디를 돌아보아도 쌀을 수확하는 논은 전혀 볼 수가 없다. 그 넓은 들이 밀밭인 것이다. 이곳은 일 년에 비가 몇 번 오지를 않는다고 한다. 그러다 보니 사방을 둘러보아도 저수지 같은 것은 볼 수가 없다. 그러니 자연스레 환경에 맞는 곡식을 심고 있는 것 같았다. 물이 풍부 하다면 이곳은 평야지대기 때문에 벼를 수확하기엔 아주 좋은 조건을 가지고 있었다. 그러나 산이 없어 물이 흐르는 곳도 없었고 광활한 벌판만 존재하고 있었다. 그러기에 환경에 적당한 밀을 재배하는 것이 맞는 것이었다. 약 1시간 반 정도를 달려 태산(泰山) 입구에 당도할 수 있었다. 태산(泰山) 밑의 주차장에 차를 세워 두고 태산(泰山) 입구로 들어서니 태산(泰山)을 그려 놓은 조감도가 너무도 웅장하게 보여 일행의 마음을 설레게 한다. 그중에 수련이 제일 걱정을 한다.

"이렇게 높은 산을 어떻게 올라가요. 난 올라가지 않고 여기 앉아 있을 테니까 올라갔다 오세요."

그건 사실이었다. 중병에서 겨우 회복이 된 수련으로서는 그런 산을 오른다는 것은 무리였다. 그러나 태산(泰山)은 계단을 만들어 놓아 걸어서 올라갈 수도 있지만 케이블카를 정상까지 수시로 운행하기 때문에 그렇게 걱정할 일이 아니었다. 지레 겁을 먹고 있는 수련에게 민영이 말했다.

"엄마, 걱정하지 마세요. 케이블카를 타고 올라가니 힘들일 하나도 없어요."

"정말이야? 그렇다면 올라가야지."

"그럼 엄만 정말 여기서 기다리려고 했어요? 호호호"

"얘는?"

태산(泰山) 입구에서 조감도를 배경으로 해서 몇 컷의 사진을 찍고 산을 오르기 시작했다. 약 500m정도 걸으니 버스를 타는 곳이다. 버스는 10여분 간격으로 계속 있었으나 출발을 할 때마다 버스는 만원이었다. 외국인도 있었으나 중국 전역에서 태산(泰山)을 보러 왔기에 계속 사람들이 밀리고 있는 것이었다. 순번이 되자 일행은 버스를 탈 수 있었다. 버스는 상당히 험한 길을 빙빙 돌아 약 30여 분이 되어 케이블카를 타는 곳에 도착을 하였다. 정상에 올라가면 점심을 먹을 만한 곳도 마땅치 않을 것 같아 케이블카를 타기 전에 식사를 하기로 했다. 밥 먹을 장소를 찾으니 마침 나무 그늘에 큰 바위가 있었다. 그 바위에 앉아 아침에 만든 김밥을 점심으로 식사를 마치고 케이블카를 탔다. 태산(泰山)은 깊은 산은 아니었으나 암벽으로 형성된 뾰족산이라고 보면 될 것이다. 케이블카를 타고 올라가며 수련은 무서워 밑을 내려다보질 못했다. 의자에 앉은 채 정민의 팔을 꼭 잡은 채 눈을 지그시 감고 있었다. 옆에서 그런 정민과 수련의 모습을 보며 효빈은 행복하기만 하다. 또 효빈이 보기에도 부모인 정민과 수련의 모습이 행복해 보였다. 케이블카에서 내려 정상을 향하여 올라가니 태산(泰山) 정상에 호텔이 있었다. 한국에서는 상상도 할 수 없는 일이었다. 특히 눈에 띄는 것은 무엇이든 큰 것을 좋아하는 중국인의 특성이 잘 나타나 있는 바위에 새겨진 글들이었다. 먼저 왔던 황제가 글을 써 놓은 옆에 새로운 황제가 더 큰 글씨로 자신의 위대함을 과시하는 글들이었다. 정상의 산에는 옛 황제들의 글들로 어지러울 지경이었다. 이것저것 구경을 하면서도 정민은 수련의 옆에서 항상 수련의 팔을 잡고 다녔다. 남들이 보기에는 금슬 좋은 부부라고 볼 수 있겠으나 정민은 그동안 수련과 떨어져 살았던 세월의 한(恨)이 분명히 있었다. 그러나 지금은 간암에서 겨우 회복 된 수련이 언제 또 쓰러질지 몰라 항상 걱정이 앞서 보호 차원에서 옆에 붙어 있는 것이었다. 이제 정상에 거의 다 올라온 상태였다. 정상 바위에 앉아 있으려는데 별안간 "어머니" 하는 소리가 들렸다. 많이 듣던 목소리다.

"아니 이건 우빈이 목소리 같은데...."

하고 수련이 사방을 두리번거리고 있는데 효빈이 먼저보고 달려가며 우빈을 부르고 있었다.

"우빈 오빠!"

"응, 효빈아."

반갑게 손을 잡는 우빈과 효빈을 보며 정민과 수련은 의아할 수밖에 없다.

"아니 도대체 우빈이가 어떻게 된 거야."

수련이 우빈을 보며 물었다.

"아버지와 어머니가 함께 오셨습니다."

"아니, 그게 무슨 말이냐? 아버지와 어머니라니?"

그러자 우빈의 뒤에서 김덕수와 민경희 부부가 걸어오고 있었다. 그들도 수련과 마찬가지로 당황하는 빛이 역력했다. 수련은 생각지도 않던 민경희의 얼굴을 보게 되자 별안간 얼굴이 화끈거리며 새파랗게 질려왔다. 민경희를 마주하게 되니 27여 년 전의 일이 되살아난 것이다. 거의 30여 년 전의 일이라 잊은 듯했는데 민경희의 얼굴을 보니 태어난 지 얼마 안 된 어린 우빈이를 빼앗아 가던 때의 기억이 머리에 생생하게 되살아난 것이다. 수련은 그 자리에서 실신을 하고 말았다. 중병에서 회복이 된 상태라지만 아직 완전한 몸은 아니었다. 무리를 하면 언제든 다시 재발을 할 수 있는 소지를 앓고 있는 상태였다. 수련이 자신들을 보고 갑자기 쓰러지자 당황한 것은 민경희와 김덕수였다. 사실 우빈이 함께 중국여행을 하자고 했을 때 크게 내키지 않았는데 이곳에서 수련을 만날 줄은 더욱 몰랐다. 그래서 자신들도 당황하고 있던 참이었는데 수련이 갑자기 쓰러진 것이다.

"엄마, 왜 그래."

효빈이 비명을 지르며 수련의 곁으로 갔을 때 어느새 옆에 있던 정민이 수련을 부축하고 있었다.

"수련씨, 정신 차려요."

그러나 수련은 완전히 정신을 잃은 듯 축 늘어진 상태였다. 그때 민영과 효빈이 수련의 맥을 짚어 보고 있었다. 다행히 실신한 상태였지만 크게 위험한 것은 아니었다. 그나마 다행인 것은 효빈과 민영이 이곳에 올 때 수련을 위하여 비상 의료장구를 준비해 온 것이었다. 그래도 다른 변수가 있을지 모른다는 생각 때문에 급히 태산에서 하산(下山)하기로 하였다. 일행과 함께 우빈이 수련을 엎고 케이블카를 타고 내려와 급히 병원으로 이송을 하였다. 다행스럽게도 민영과 효빈이 진단한 것과 마찬가지로 병원에서도 안정만 취하면 괜찮다는 것이었다. 호텔로 돌아와 안정을 취하고 있는데 다음날 덕수와 경희가 찾아 왔다는 연락이 왔다. 그들은 수련이 쓰러진 후 자신들 때문에 이런 일이 일어난 것이라며 미안해 하고 있었다. 우빈이 보니 수련이 많이 안정이 되어 있는 것 같았다.

"어머니, 좀 안정이 되셨어요?"

'그래, 이젠 괜찮아."

"제가 공연한 짓을 했나 봅니다."

"아니다. 내가 마음에 준비가 되어 있지 않아서 그런 것 같구나. 나에게 조금이라도 귀 뜸이라도 해주지 그랬니."

"저와 효빈이는 어머니를 깜짝 놀라게 해 드리려고 했는데 아직 어머니껜 무리였나 봐요. 지금 것 부모님이 어머니께 한 번도 정식으로 사과를 하지 않았잖아요. 두 분께서 어머니께 정식으로 사과를 하시도록 기회를 드리고 싶었습니다. 밖에 아버지와 함께 어머니가 와 있는데 어떻게 할까요?"

"그래? 걱정 말고 들어오시라고 해라. 이젠 마음의 준비가 돼 있어 괜찮다."

28 화해

잠시 후 덕수와 민경희가 들어왔다. 방으로 들어온 민경희는 수련의 앞으로 와 고개를 숙이고 사과를 한다. 그녀의 얼굴에서 예전의 그 오만한 모습은 찾을 길이 없었다. 30여 년은 안됐지만 그 가까운 세월을 살아오며 민경희의 얼굴도 많이 변해 있었다. 예전의 마른 얼굴에 날카로운 모습은 살아지고 살이 좀 붙은 얼굴에 복스러운 모습이었다.

"수련씨, 내가 죽일 년 입니다. 그 당시 이 사람을 시켜 그 짓을 하게끔 한 것이 모두 나였으니까요. 한국 사람들은 사내아이에 대한 선호 사상이 특별하잖아요. 저도 어쩔 수 없이 그런 부류의 여자였나 봐요. 공연히 잘못된 저의 생각 때문에 수련씨의 인생을 그르치게 한 잘못은 무엇으로도 보상할 수 없다는 것 잘 압니다. 그러나 부디 지난 과거는 잊고 용서하여 주기 바랍니다."

그러자 덕수가 앞으로 나오며 말했다.

"아니요. 원흉은 나입니다. 애초부터 수련씨를 이 사람에게 이야기 하지 않았다면 수련씨의 불행은 없었을 겁니다. 나의 욕심이 이런 비극을 만든 겁니다."

"이제 와서 용서가 무슨 소용 있는 일입니까? 한 때는 불행하다는 생각 때문에 죽을 결심도 했었지만 이렇게 우빈이를 잘 키워 줬으니 모든 것이 용서가 되고도 남습니다. 모두 잊으시고 우리 남은 인생 재미있게 살아 봐요."

자식들이 화해를 시키는데 그보다 더 좋은 일은 없었다. 정말 우빈과 효빈이 구김살 없이 잘 커준 것이 너무 고마웠다. 정민은 그동안 이야기로는 들어 잘 알고 있는 일이지만 모르는 채 할 수밖에 없었다. 그냥 그들의 이야기를 흘려들으면서 천정만 쳐다볼 수밖에 없었다. 그때 수련이 덕수에게 정민을 소개한다.

"정민씨, 인사하세요. 우빈이 아빠인 김덕수씨 입니다."

"아, 그러세요. 말씀은 많이 들었습니다. 백정민입니다."

"그러시군요. 전에 듣기로는 건설회사에 다니신다고 들은 것 같습니다. 중동에도 다녀오셨고요. 반갑습니다."

정민과 덕수는 서로 손을 잡으며 오랜 친구처럼 인사를 한다. 수련의 용서로 화기애애한 분위기가 된 일행은 일단 헤어지기로 하고 덕수 부부와 우빈은 자신들이 묵고 있는 호텔로 돌아갔다. 그들이 돌아가자 수련이 많이 피곤해 하는 것 같았다. 얼굴에도 피곤함이 묻어나 있었다. 수련의 그런 모습을 보며 정민과 효빈이 걱정하는 빛을 보이자 민영이 효빈에게 물었다.

"어머니께서 지난번 간 때문에 고생 하셨잖아요. 회복이 되셨다고는 하지만 한번 손상을 입은 간은 예전과 같이 돌아오기는 힘들잖아요. 기왕에 오신 길이니 간에 대하여 권위가 있는 중의학 의원을 한분 소개해 드리고 싶습니다. 괜찮다면 한번 가보시는 것도 괜찮을 것 같은데요."

"정말이에요? 꼭 한번 가보도록 해줘요."

다음날 민영은 일찍 차를 가지고 호텔로 왔다. 물론 정민과 효빈은 수련을 준비시키고 민영을 기다리고 있었다. 민영이 도착하자 효빈이 우빈에게 전화를 했다.

"오빠, 우리 잠시 엄마를 모시고 어디 좀 다녀올게 푹 쉬고 있어."

"어딜 가는 건데?"

"응, 사실은 이민영 선생님이 이곳에 간에 대하여 권위자가 있다하여 함께 가보기로 했어."

"야, 효빈아 그런 곳에 이 오라버니가 빠지면 되겠냐? 잠깐만 기다려 내가 빨리 갈게."

29 기인을 만나다

잠시 후 우빈이 급하게 왔다. 우빈과 합류한 일행은 민영이 운전을 하는 대로 몸을 맡겼다. 민영이 가는 곳은 도심이 아니라 시골을 향하고 있었다. 약 40분가량을 간 것 같았다. 허름한 집이였는데 아무리 민영이 문을 두드려도 인기척이 전혀 없었다. 한참을 차에서 기다리니 한 노인이 양 어깨에 새를 앉힌 채 들어오고 있었다. 민영이 차에서 내려 인사를 하자 무척 반가워한다. 민영과 중국어로 대화를 나누던 노인은 정민 일행을 보며 중국말로 인사를 하며 안으로 들어가자고 한다. 민영이 노인의 뒤를 따라 앞장을 서고 정민이 수련의 팔을 부축하여 뒤를 따랐다. 그리고 효빈과 우빈이 따라왔다. 안으로 들어가니 겉은 허름해 보였으나 안은 너무도 깔끔하게 돼 있었다. 그리고 벽에는 사람의 병에 관한 인체를 그린 그림이 가지런히 걸려 있었다. 노인은 수련을 앉으라 한 후 수련의 맥을 짚었다. 한참을 맥을 짚고 있던 노인은 고개를 갸웃거린다. 한참을 그렇게 하던 노인은 침을 꺼내 수련의 몸에 꽂았다. 약 30분가량 있은 후 침을 빼고 기다리라고 했다. 잠시 후 하얀 봉지에 싼 물건을 내민다. 그리고는 민영을 부른 후 한참을 뭐라고 설명을 하는 것이었다. 민영은 노인의 말을 들으며 연신 고개를 끄덕이고 있었다. 노인의 설명이 끝나자 민영이 효빈에게 노인이 한 말을 설명을 해 주었다. 지금 수련의 병이 겉으론 다 낳은 것 같지만 언제 재발을 할지 모른다는 것이었다. 첫째는 안정을 취하고 매일 좋은 일만 있게 하라고 했다는 것이다. 침을 놓은 것은 혈을 풀어 주느라 한 것이고 지어준 약을 잘 먹으면 거의 완전하게 회복이 될 것이란 것이었다. 병에 대한 좋은 소리와 침을 맞아 그런지 수련의 컨디션이 많이 좋아진 것 같았다. 정민이 돈을 주려 하자 노인은 극구 사양을 하는 것이었다. 정민이 미안해하자 민영이 말했다.

"저 분은 도시에서 얼마든지 돈을 벌 수 있으나 이제 나이도 먹고 해서 편안하게 좋아하는 새나 기르며 돈이 없어 병원에 못가는 사람들을 위하여 무료로 치료해 주며 여생을 보내려고 한답니다. 특히 여러분은 외국에서 오신 분들이니 더 특별한 대우를 받아야 한다고 합니다."

상당히 고마운 노인이었다. 사례를 하려고 해도 받지를 않으니 할 수 없이 발길을 돌릴 수밖에 없었다. 민영을 통하여 감사하다는 인사를 하고 호텔로 돌아온 일행은 일단 편안한 휴식을 취하기로 했다.

30 행복

다음날은 지난(濟南)시내에 있다는 표돌천 공원을 가보기로 하였다. 아침에 일어나 간단하게 빵으로 식사를 하고 표돌천 공원으로 갔다. 매표구에서 표를 구입을 하려하니 인민폐로 40원이다. 우리 돈으로 환산을 하면 7,000원 정도가 되는 돈이었다. 그러고 보면 공원 입장료로서는 싼 편은 아니었다. 표돌천에는 지하 3곳의 큰 구멍에서 지하수가 펑펑 솟아오르고 있었다. 표돌천은 지난(濟南) 72개의 샘물 중 으뜸이어서 샘물도시의 상징이라 한다. 또 표돌천은 물이 맑고 차며 감미로워 직접 마실 수 있고 수온이 항상 18도c 를 유지하고 있으며 샘물이 위로 솟구치며 맴돌아 흐르는 것이 매우 특이하여 볼만했다. 그때다. 효빈이 외쳤다.

"여기 커다란 고기가 있어요. 빨리 와 보세요."

효빈이 외치는 곳을 보니 많은 사람들이 모여 있었다. 일행이 부지런히 가보니 과연 효빈이 말한 대로 커다란 고기가 있었다. 자세히 보니 그 고기라는 것은 고기가 아니고 마치 바다사자와 같은 종류였다. 그 고기는 가만히 있다가 사람이 많이 모이자 신이 나는지 물속에서 여러 가지의 재주를 부린다. 일행은 고기가 부리는 재주를 보며 즐거운 한 때를 보낼 수 있었다. 공원 안에는 볼만한 것이 여기 저기 산재해 있었다. 시인의 기념관, 화가의 기념관 등 여러 가지가 있었고 넓은 공원의 무대에서는 타악기로 연주하는 사람들과 더불어 한 여성이 노래를 하는 장면도 볼 수 있었다. 표돌천 공원을 나온 일행은 공원에서 멀지 않은 광장으로 나왔다. 광장에는 많은 인파가 몰려 있었고 무대에서는 젊은이들이 공연을 하고 있었다. 마치 한국의 아이돌이 무대에서 노래를 하고 있는 것이 연상이 되기도 했다. 수련이 피곤한지 그만 호텔로 가자고 했다. 마침 점심때가 지나고 있었다. 호텔로 돌아온 일행은 점심식사를 마치고 푹 쉬기로 했다. 다음날 출국을 하기로 되어 있는데 빡빡한 일정으로 인하여 수련이 많이 피곤함을 느끼고 있었기 때문이었다. 다음날 지난(濟南)공항이다. 2시간 전에 미리 나와 수속을 밟아야 했기 때문이다. 물론 이민영이 공항까지 마중을 나왔다. 일행이 있는 동안 불편한 점이 없도록 민영으로서는 세심하게 최선의 배려를 한 것이다. 일행이 비행기를 타려고 안으로 들어가려 하자 민영은 매우 서운 한 듯 했다. 그동안 정이 많이들은 것 같았다. 일일이 일행과 손을 잡은 후 안으로 들어가는 일행을 보며 민영은 손을 흔든다.

"아버지 어머니 안녕히 가십시오. 그리고 효빈 선생님 자주 연락해요."

"네, 감사했습니다. 자주 연락할게요."

잠시 후 비행기는 굉음과 함께 지난(濟南)공항을 이륙했다. 비행기는 구름 위를 날고 있었다. 비행기가 지나가고 있는 밑에는 하얀 구름이 마치 하얗게 눈이 덮인 것처럼 장관을 이루고 있다. 정민은 구름 위를 날고 있는 비행기 안에서 많은 생각을 한다. 지난 12일간의 중국여행이 꿈만 같다. 꿈이라도 너무 행복한 꿈이었다. 꿈이라면 영원히 깨지 않을 꿈이기를 바라는 마음이었다. 결국 자신과 수련은 이렇게 만날 수밖에 없는 운명이었는데 신은 어찌하여 이렇게도 가혹한 고통을 준 후에야 만나게 하는 것일까? 원망스러움이 들기도 한다. "왜 신은 나에게 하필 그때 사풍(砂風)을 불게 해 사막에서 인생의 길을 잃게 했을까? 그때 그 일이 없었다면 우리는 그동안 행복했을 텐데... 그렇다면 신이 우리의 행복을 시샘하여 이런 운명에 빠뜨렸단 말인가? 이런저런 생각에 잠겨 있는데 옆에 앉아 있던 효빈이 묻는다.

"아빠, 무슨 생각하세요?"

"응, 가족이 오랜만에 다 만났으니 어떻게 해야 이 행복을 오래도록 지킬까 생각해 봤지. 허허허."

"아빠 엄마, 이제 우빈 오빠와 내가 이제부터 행복하게 해드릴 거예요."

"그래 우리 효빈이가 복덩어리구나. 호호호"

수련의 얼굴에도 행복한 미소가 피어오른다. 행복의 포만감을 안고 비행기는 인천국제공항에 도착을 하고 있었다. 허나 그 행복한 웃음이 오래가지 못할 것이라는 것을 그들은 꿈에도 알지 못하고 있었다.

31 시어머니의 죽음

공항에 도착을 하니 오후 2시였다. 출구를 빠져 나오자 입국장 대합실에 회장 전용차 기사가 기다리고 있었다.

"회장님 이제 오십니까?"

회장 전용차 운전기사가 깍듯하게 덕수와 민경희에게 인사를 한다.

"시간에 맞춰 나왔군. 수고했어. 차 한 대는 어디 있지?"

"주차장에 대가하고 있는데 곧 이리로 올 것입니다."

기사의 그 말이 떨어지기 무섭게 검은 세단이 일행 앞으로 다가오고 있었다. 차를 세운 기사가 차에서 내려 정중하게 회장 부부에게 인사를 한다. 덕수는 우선 정민과 수련 효빈을 호텔로 하루 밤 묶고 가기를 권했다. 정민과 수련이 망설이다 대답을 하려고 하는데 수련의 휴대폰 벨 소리가 울렸다.

"네, 설수련 입니다."

"중국엔 잘 다녀왔습니까?"

"네, 장로님 감사합니다."

"그런데 다름이 아니고 집사님 시모인 영우씨 어머니가 오늘 새벽에 돌아 가셨습니다. 이렇게 여행에서 오시자마자 연락하는 것이 도리가 아닌 줄 알지만 설집사님 아니면 친척이 전혀 없잖아요. 그래서 지금쯤은 오셨으리란 생각에 연락을 드렸습니다."

"뭐라고요? 그럼 어머니는 어디에 계신가요? 요양원에 계신가요?"

"아닙니다. 제가 미리 연락해 삼육서울병원 장례식장에 모셨습니다. 그리로 오시면 됩니다."

"네, 알겠습니다."

"엄마, 할머니가 돌아가셨대요?"

"그렇다고 하는구나."

"엄마, 어째요?"

수련은 기가 막혀 눈물도 나오지를 않는다. 영우는 싫어서 그랬다고 하지만 시어머니에겐 정말 많은 죄를 지었다는 생각에 눈물마저도 메마른 것 같았다.

수련은 장로와의 전화를 끊고 자초지종을 덕수와 정민에게 이야기 하고 삼육서울병원으로 태워다 주기를 요청했다. 수련의 요청을 받은 덕수는 즉시 기사에게 삼육서울병원으로 수련을 태워다 주기를 지시했다.

"우리도 곧 뒤 따라 갈겁니다."

수련이 탄 차에는 정민과 우빈, 효빈이 함께 했다. 차는 삼육서울병원을 향해 쏜살 같이 달린다.

영우 어머니는 원래 말이 없는 사람이었다. 화가 나도 기쁜 일이 있어도 얼굴에 내색을 하지 않는 사람이어서 기분이 나쁜

지 좋은지 알 수가 없었다. 수련이 영우와 사이가 좋지 않아 다투는 일이 많았지만 영우 어머니는 그들 부부 사이에 끼어든 적이 한 번도 없었다. 그러다 보니 있어도 없는 듯 했고 식사 시간에나 함께 어울리고는 있어도 없는 듯 살았던 사람이었다. 그러던 노인이 영우가 죽고 나서 말이 없던 노인이 더욱 말수가 줄어들었다. 그러던 노인이 갑자기 요양원으로 가서 지내겠다고 했다. 수련이 간곡하게 말렸지만 말이 없던 노인이 고집을 부리자 말릴 수도 없었다.

"아가야, 네가 이렇게 몸이 안 좋은데 내가 너와 함께 있으면 신경이 쓰여 병이나 제대로 치료를 하겠니? 너 편하게 해주기 위해서라도 나는 요양원에 가서 맘 편히 지낼란다. 제발 나 좀 그리로 보내다오. 네가 안 보내주면 나는 여기서 지레 죽는다."

"어머니 그래도 어찌...."

"아니다 내가 그리로 가야 너도 내게 신경을 덜 써 마음이 편할 것 아니냐. 그래야 병도 빨리 낫고 나도 그래야 마음이 한갓질 것 같구나."

그렇게 해서 영우의 어머니는 요양원으로 가 있게 되었던 것이다. 가끔 수련이 가보긴 했지만 몸이 시원치 않아 아프다는 핑계로 가본지가 언제인지 까마득하기만 했다. 장례식장으로 가는 차안에서야 눈물이 쉴 새 없이 흘러내린다.

"어머니, 죄송합니다. 용서해 주세요."

"수련씨 그만 슬퍼하세요. 너무 슬퍼하면 몸이 더 나빠져요."

옆에서 보는 정민이 안타까워 계속 말렸지만 말리면 말릴수록 슬픔이 더 복받쳐 오른다. 얼마 후 차는 삼육서울병원 장례식장에 도착을 하였다. 빈소는 장례식장 1층 입구에서 가까운 곳에 마련되어 있었다. 수련이 장례식장으로 들어서니 조성진 장로가 근심어린 얼굴로 수련을 맞이한다.

"설수련 집사님 어서 오세요. 여행에서 힘들었을 텐데 또 이렇게 큰일이 닥치게 되어서 어떻게 해요?"

"감사해요. 장로님, 장로님이 계시니 참 다행입니다."

그녀는 조성진 장로에게 그간의 일을 전해들을 수 있었다. 영우 어머니는 요양원에서도 말이 없었다고 한다. 요양원 사람들과도 전혀 어울리질 않았는데 가끔 그녀가 혼자 울고 있는 것을 본 사람들이 있었다는 것이다. 그러고 보면 그녀가 말이 없어 그렇지 영우의 죽음을 속으로 삼키고 있었던 것이라는 것을 알 수 있는 대목이었다. 자식이 죽으면 가슴에 묻는다 하지 않았던가? 수련은 그 소리를 들으며 너무도 절실하게 마음에 와 닿는 것을 느꼈다. 자신이 우빈을 덕수에게 빼앗기고 왜 죽으려고 강화대교에 몸을 던져야 했던가를 생각게 했다. 옆에서 그런 말을 같이 듣고 있던 정민은 수련이 그런 소리를 듣지 않는 것이 좋을 것이라는 것을 누구보다도 잘 알고 있었다. 이제야 간암에서 회복이 되어가고 있는 상황인데 이런 이야기는 그녀에게 하나도 도움이 안 되는 이야기들이었기 때문이다. 들리는 말에 의하면 영우의 어머니는 자살을 한 것이라는 것이다. 새벽에 잠이 안와 밖에 산책을 나왔던 사람이 등나무 넝쿨이 받쳐진 받침대에 목을 매인 채로 매달려 있는 것을 보고 요양원에 신고를 한 것이다. 우유 상자에 올라가 목을 맨 다음 발로 우유 상자를 밀어내고 자살을 시도한 것이었다. 자살을 했다는 말에 수련을 더 큰 충격을 받은 듯 했다. 충격 속에서도 무사히 3일 장을 끝냈지만 간암에서 회복 중이던 수련의 몸은 허약할 대로 허약해지고 말았다. 장례식을 마치고 수련은 다시 병석에 눕고 말았다. 병원에 입원해 검사를 받았지만 몸에 특별한 이상이 발견되지를 않아 공기가 맑은 정선으로 돌아가 요양을 하기로 결정을 했다. 수련은 정선으로 돌아왔지만 마음은 편할 리가 없었다.

"과연 내 인생이 어디서부터 잘못된 것일까?"

그녀는 곰곰이 생각해봐도 어디서부터 인생이 꼬였는지를 알 수가 없다. 그러나 분명한 것은 가난 때문이었다는 것에는 수긍이 간다.

"그래, 모든 것은 가난을 벗어나고 싶었기에 일어난 일들이었어."

그렇게 지나온 세월을 돌이켜 보니 모두가 후회할 일뿐이다. 처음은 가난이 싫어 시작된 욕심이 이렇게 엄청난 비극을 초래할 줄은 꿈에도 몰랐다. 그녀는 자신이 후회할 일중에 제일 잘못한 것이 영우와의 결혼이었다. 물론 언니 수옥의 부추김도 한몫을 했다고는 하지만 첫째는 자신이 중심이 없었기 때문에 일어난 일이었다는 것이었다. 자신만 중심을 잡고 믿음으로 효빈을 키우면서 정민을 기다렸다면 이런 비극은 없었을 것이었다. 그녀는 후회를 곱씹으면 곱씹을수록 병은 깊어만 갔다. 이제 잠을 잘 때 영우와 영우의 모가 꿈속에 자주 나타나곤 한다. 정민이 회사 일을 전폐하다시피 하고 와 수련을 돌보고 있지만 수련의 병은 깊어만 간다. 효빈이 있는 병원에 잠시 입원을 했지만 수련이 답답하다 하여 다시 퇴원해 정선으로 돌아오길 몇 번인가 반복하기도 했다. 그러던 수련이 회복이 되는 듯 했다. 이제 얼마 살지도 못할 것 같던 수련이 원기를 회복하고 있었다. 그러나 그것도 잠시 수련이 다시 쓰러지는 계기가 된 것은 영우 어머니가 써 놓은 글이 결정적이었다. 수련의 몸이 회복이 되어가자 오랜만에 집을 정리하고 있었다. 그러던 중 영우의 어머니 유품을 정리하던 중 작은 노트 한 권을 발견했다. 수련은 아무런 생각도 없이 무심히 노트를 펼쳤다. 그 속에는 잘 쓰지는 못한 두서없는 한글이었지만 글씨가 빼곡히 노트를 채우고 있었다. 글씨를 제대로 알아 볼 수 없었지만 자세히 정리를 해서 보니 글의 내용은 이러했다.

하나님 아부지 어찌하여 제 아들을 버리셨습니까? 우리 아들과 저는 며늘아이가 저희 집에 오기 전까지는 행복했었습니다. 그런데 어찌하여 저 아이를 우리 집으로 보내셔서 우리 아이를 죽게 하셨는지요. 하나님 아부지가 원망스럽습니다. 하나님 아부지 우리 아들이 없으니 저도 이 세상에 살고 싶지가 않습니다. 차라리 저도 제 아들 영우가 있는 곳으로 데려가 주셔유. 우리 아들 영우가 너무 보고 싶습니다. 저는 이제 제 며늘아이가 보고 싶지 않습니다. 그러나 며늘아이가 미워서 그러는 것은 아닙니다. 다만 우리 영우가 분수에 맞지 않는 짝을 골랐기에 일어난 일들입니다. 지는 처음부터 며늘아이와 우리 영우가 차이가 많이 나 결혼을 반대했었지유. 영우를 그때 끝까지 말리지 못한 것이 지금도 후회스럽습니다. 저라도 며늘아이 입장이라면 그랬을 것인디 제가 무슨 낯짝으로 며늘아이를 욕하겠어유. 하나님 우리 영우 용서해 주세유. 저도 며늘아이에게 영우 대신 사과를 하고 싶습니다. 모든 건 저희 아들과 끝까지 말리지 못한 제 잘못이니 모든 걸 용서해 주세유. 사람이 사람에게 정이 안가면 어쩔 수 없는 것이 아닌가유. 저의 며늘아이도 우리 영우에게 정이 안가 일어난 일이니 어찌하겠어유. 다 용서해 주세유,

그녀는 한글을 겨우 깨우쳐 또박 또박 글을 써놓았다고는 하지만 자세히 들여다보지 않으면 알 수 없었다. 시어머니 입장에서는 수련을 원망도 할 수 있을 것인데 한마디도 수련을 원망하는 글귀는 없었고 도리어 수련에게 사과를 한다는 것이었다.

"어머님, 용서해 주세요. 제가 나쁜 년입니다. 흐흐흑"

수련은 그 편지를 읽으며 가슴이 아파왔다. 그리고는 눈물이 마구 쏟아져 내린다. 수련은 자신의 짧은 판단으로 한 집안을 송두리째 말아 먹은 것 같다. 그때 영우가 서해 바닷가로 가서 사랑을 고백했을 때 그녀는 그의 사랑을 받아들이지 말았어야 했다고 생각했다. 그녀는 영우 어머니의 그 편지를 읽고부터 다시 자리에 눕고 말았다. 수련의 병은 점점 깊어만 갔다. 원래 간이란 장기는 한번 상처가 나면 회복이 어려운 장기다. 벌써 쓸어졌다 일어나기를 몇 번 반복을 했으니 이젠 회복이 될 기력은 모두 소진돼 어쩔 수 없는 지경에 까지 이른 것이다.

32 솔베이지의 노래

간에 좋다는 것은 모두 구해다 먹였지만 백약이 무효였다. 또 정민이 그 좋다는 대체의학 기술로 치료를 했지만 이제는 조금의 차도도 없었다. 이미 깊어진 수련의 병세는 손을 쓸 시기를 넘겼고 다만 통증 때문에 효빈이 있는 s병원에 잠시 입원했다 나오기를 반복할 뿐이었다. 이젠 수련은 고통 속에서 빨리 떠나길 원했다. 더 이상 자신을 병원에 데리고 가는 걸 거부했다. 병이 점점 깊어가던 어느 날 수련은 정민과 우빈, 효빈을 불러 주길 원했다. 그날 밤 정선의 집에는 정민, 우빈, 효빈이 함께 자리했다. 수련은 정민의 손을 꼭 잡는다. 그리고 말했다.

"여보, 오늘에야 처음으로 당신에게 여보라는 소리를 해보네요. 효빈이의 아빠인데 진즉에 그랬어야 되는데 때늦은 감이 있네요. 미안해요.

"무슨 소리에요. 다 당신의 깊은 뜻이 있어 그랬던 것 아니었겠어요."

"정민씨, 정말 사랑했어요. 아~ 나도 정말 당신과 우리 우빈이와 효빈이를 두고 떠나기 정말 싫은데 정말 싫은데 몸이 말을 안 들어요. 잠만 들면 악몽만 꾸게 되어서 잠들기가 무서워요."

"수련씨 제발 힘을 내요. 당신은 절대 죽지 않아요."

"저 너무 피곤해 잠 좀 자고 싶어요."

"그래요. 피곤하면 푹 자도록 해요."

수련은 정민, 우빈, 효빈이 지켜보는 가운데 깊은 잠에 빠져 들었다. 수련의 병이 위중하니 효빈도 병원에서 휴가를 내어 와 있었고 우빈 또한 회사 일은 전폐하고 이곳에 와 있는 것은 마찬가지였다. 정민은 수련이 다시 쓰러진 후 아예 회사 일은 직원들에게 맡기고 수련 곁에서 수족처럼 매달려 있은 지 꽤 오랜 시간이었다. 그날 밤이 지나고 다음날이었다. 병이 위중하던 수련이 아무렇지도 않았던 것처럼 일어났다. 전날만 해도 곧 무슨 일이 일어날 것만 같았는데 수련은 아무렇지도 않은 듯 일어나 아침을 하겠다고 하는 것이 아닌가? 정민과 우빈, 효빈은 믿기지 않는다는 듯 의심의 눈초리로 수련을 지켜보고 있었지만 아무런 일도 일어나지를 않고 있었다. 아침을 짓는 수련을 효빈이 도와 아침식사를 온 가족이 즐겁게 할 수 있었다. 그러나 언제 무슨 일이 돌발적으로 일어날 수 있다는 것을 염두에 항상 두고 살 수밖에 없었다. 그렇게 일주일이 지나고 한 달이 지나도 수련에게서는 아무런 일도 일어나지를 않았다. 그러던 어느 날 매일을 마음 조리며 자신을 주시하고 있는 가족들에게 수련이 말했다.

"이젠 내 걱정 하지 말고 너희들은 각자 일터로 돌아갔으면 좋겠어. 정민씨도 더 이상 내 걱정 말고 회사로 돌아가요."

그렇게 말하는 수련의 얼굴엔 웃음기가 서려 있었지만 오랜 병마에 시달려 많이 수척한 모습이다. 수련의 말을 들으며 효빈과 우빈은 정민이 무슨 말을 할지 귀를 기울였다. 수련은 아직 병색이 가시지 않은 얼굴이지만 전과 같이 아픈 곳은 없었다. 우선 아프지 않으니 일어나 가족을 위해 밥을 짓기도 하는 것이다. 정민은 그런 수련의 모습을 보며 잠시 서울에 가서 밀린 일을 정리하고 와도 될 것 같다는 생각이 들었다. 다녀온다 하여도 당일로 다녀올 것이니 무슨 일이 있겠느냐는 생각에서였다.

"내 생각은 그동안 회사에 밀린 일들이 많을 것 같은데 엄마도 병세가 많이 좋아진 것 같으니 오늘은 빨리 나가서 일을 처리하고 오는 것도 괜찮을 것 같다. 그러면 우빈이 차를 타고 함께 가서 일을 신속히 처리하고 우리 회사에서 만나 함께 오는 것이 어떠냐?"

"네, 아빠."

"네, 아버님 그렇게 해요."

이렇게 정민 일행은 그렇게 약속을 하고 서울로 출발을 했다. 초겨울의 하늘엔 구름이 드리워져 있었는데 일기예보는 오후에 약간의 눈이 내릴 것이라는 것이었다.

"일찍 돌아 올 거요. 오늘 날씨도 춥고 눈이 내린다 하니 집에서 꼼짝 말고 있도록 해요."

"네, 걱정 말아요. 조심히 다녀오세요."

정민은 수련의 전송을 받으며 우빈, 효빈과 서울로 향했다. 정민 일행이 서울로 떠나고 간단히 설거지를 마친 후 수련은 방으로 들어가 아랫목에 이불을 피고 누웠다. 군불을 때서 아랫목은 따뜻했다. 오랜 동안 병마에 시달렸던 수련은 금방 피로가 몰려오며 잠이 들었다. 아직 완전한 몸이 아님에도 정민과 아이들이 자신 때문에 휴가를 내고 와 있는 것이 불편해 아직은 건강치 못함에도 건강한 것처럼 가장하고 있었다.

찬바람이 윙윙대고 부는 밤이다. 얼굴에 피투성이가 된 한 사나이가 다리를 절뚝이며 수련이 사는 마을을 향해 걸어오고 있었다. 그의 눈에서는 피눈물이 뚝뚝 떨어지고 있었다. 차가 다니는 아스팔트길을 왼쪽으로 방향을 바꾸어 작은 다리를 건넌다. 다리를 건너면 포장이 되지 않은 소로(小路)다. 소로에서 다시 왼쪽으로 방향을 트니 비닐하우스가 있고, 비닐하우스를 뒤로하고 길을 따라 올라오니 밭 가운데 집이 있다. 얼굴에 피투성이로 물든 사내는 힘겨운 표정으로 그 집을 향하여 걸어와 집 앞에 당도하여 대문을 두드린다. 그 집은 수련의 집이다. 문 두드리는 소리에 수련이 밖으로 나와 문을 열고는 소스라치게 놀란다. 피투성이의 사내는 영우였던 것이다.

"아~ 영~ 영우씨~ 영우씨가 웬일로~"

수련은 소스라치게 놀라며 눈을 떴다. 몸은 땀으로 범벅이 되어 있었고 놀란 가슴은 아직도 뛰고 있었다. 꿈이었다. 꿈이라도 너무도 생생한 꿈이었다. 그녀는 영우가 죽고부터 지금까지 영우가 자신 때문에 죽었다는 강박관념 속에 살아왔다. 그 결과는 간암이라는 치명적인 병의 발단이 되었고 죽음 직전까지 가기도 했던 것이다. 다행스럽게 정민의 헌신적인 사랑으로 회복이 되었지만 영우 어머니의 자살은 안정을 찾아 가던 그녀의 병을 도리 킬 수 없게 만들고 말았다. 병이란 너무 깊어지면 통증이 없어져 몸이 회복 된 것 같은 느낌을 받는다. 지금은 겉으로 보기에 회복이 된 것 같지만 현대의학 장비로는 검사를 해도 나타나지 않게 그녀의 몸은 중병에 들어 있었다. 조그만 충격을 외부에서 받든지 내부에서 받든지 그 충격은 그녀의 생명을 위험하게 할 수 있었다. 그런 것을 전혀 모르는 수련은 간신히 일어나 밖을 보고 있었다. 밖에는 눈발이 날리고 있었다.

"그동안 꿈에 나타나지도 않던 영우씨가 왜 꿈에 나타났을까? 그간 내가 영우씨를 찾아보지 못해서 서운해 그런가? 오늘은 몸도 그만하니 영우씨 묘에나 다녀와야 되겠네."

사실 그동안 몸이 아파 영우의 묘를 찾아 볼 수가 없었다. 찾아가 보고 싶었다 해도 죽을병에 걸린 그녀로서는 찾아볼 수도 없었다. 그녀는 가슴이 벌렁거렸지만 몸도 그만하니 오늘은 영우의 묘를 다녀오리라 마음먹었다. 12월 초순의 날씨는 겨울이라고 하기에는 그리 추운 날씨는 아니었다. 그렇다고 눈이 내리고 있는 것을 보면 겨울은 겨울이었다. 수련은 무거운 몸을 일으켜 산으로 향했다. 영우를 꿈속에서 본 김에 영우의 무덤을 찾아가 보기로 한 것이다. 12월의 산은 이미 나뭇잎은 모두 떨어지고 나무들은 발가벗겨진 채 앙상한 가지만을 드러내고 있었다. 그리 높지 않은 곳에 영우의 묘가 있었지만 오랜 병마에 시달려 숨이 차온다. 간신히 완만한 언덕을 오르니 앞이 확 트인 곳에 고 장영우의 묘라고 씌어 있는 표지석 뒤로 묘지가 있었다. 영우의 묘지는 양지에 자리하고 있어 아늑한 분위기다.

"영우씨, 나 왔어. 그동안 나 원망 많이 했지?"

수련의 물음에 대답은 없고 대신 이것이 대답이라고 말하는 듯 올 때는 조금씩 내리던 눈발이 굵은 눈발로 변하여 앞을 분간 못할 만큼 펑펑 쏟아지고 있었다. 다행이라면 거센 바람이 불고 있지만 영우의 무덤이 바람을 막아 주고 있다. 그간 병마로 인해 허약해진 몸이라 그녀는 영우의 묘지 앞에서 쓰러지고 말았다. 하늘에서 무심한 눈은 더 세차게 내리고 있다. 그녀는 정신을 놓지 않으려고 애를 쓴다. 그러나 생각보다는 날씨가 춥지 않은 것 같다. 시간이 가며 영우의 무덤 앞에 엎드려 쓰러진 수련의 몸으로 눈이 쌓인다. 마치 눈이 식어가는 그녀의 몸을 솜으로 감싸주는 것 같다. 수련은 쓰러져 있지만 정신은 더 뚜렷해져진다. 그런 속에서 정민의 모습이 떠오른다. 정민의 얼굴이 떠오르자 정신은 또릿한데 몸에 힘이 없을 뿐이다. 그 속에서 정민과의 추억이 내리는 눈처럼 파노라마가 되어 스쳐간다. 정민이 늘 즐겨 듣던 '솔베이지의 노래'가 들려온다. 그 노래소리는 점점 더 커져서 온 천지가 솔베이지의 노래로 가득 차 있다. 자신은 페르퀸트로 분장한 정민의 품에서 숨을 거두려 하고 있다. 정민은 눈에서 눈물을 펑펑 쏟으며 솔베이지로 분장한 자신을 안고 '솔베이지의 노래'를 부르고 있다.

그 겨울이 지나
또 봄은 가고 또 봄은 가고
그 여름이 가면 더
세월이 간다, 세월이 간다.
아! 그러나 그대는 내님일세.
내 정성을 다하여 늘 고대하노라.

아! 그 풍성한 복을
참 많이 받고 참 많이 받고
오! 우리 하나님
늘 보호하소서. 늘 보호하소서.
쓸쓸하게 홀로 늘 고대함 그 몇 해인가.
아! 나는 그리워라 널 찾아 가노라 널 찾아 가노라.

그녀는 점점 더 또렷해지는 의식 속에서 정민, 우빈, 효빈의 얼굴이 떠오른다. 그녀가 빙그레 웃는다. 행복한 웃음이다. 그들을 생각하니 고통도 사라진다. 그녀는 '솔베이지의 노래'로 가득한 속에 조금씩 정신을 차려가고 있다. 그녀의 작은 몸 위로 하얀 눈이 하염없이 내리고 있다. 그녀는 또렷해져 오는 의식 속에 눈을 밟고 누군가 달려오는 소리를 듣는다.

"수련씨."

"엄마."

"아빠, 저기 무덤 앞에 불룩하게 눈이 덮여 있는 것 엄마 같아요."

효빈의 목소리다. 정민의 목소리도 들리고 우빈의 목소리도 들린다.

그녀는 정신이 또렷하게 돌아오고 있는 것을 느끼고 있었다. 하지만 병마에 시달려온 몸이라 마음은 있지만 몸이 말을 듣지 않는다. 몸은 허약하지만 분명히 정민과 아이들의 음성이라는 것을 인식할 수가 있다. 그녀는 긴장이 풀리며 의식을 잃어 가고 있다. 그런 수련의 작은 몸 위로 따뜻한 솜이불 같은 하얀 눈이 소복소복 쌓여 가고 있다. 〈끝〉

인스턴트 사랑은 싫다
사막에서 길을 잃다

초판인쇄일 | 2018년 5월 23일
초판발행일 | 2018년 5월 29일

지은이 | 봉 필 현
발행인 | 이 형 중

발행처 | 도서출판 동 강
주　소 | 서울시 성동구 성수2가 3동 277-1
전　화 | 02-2277-0423
팩　스 | 02-2277-0423
이메일 | sjmj0423@hanmail.net

ISBN 978-89-956259-2-7

정가 15,000원